Die Toten von Ralswiek

Jens-Uwe Berndt

Die
TOTEN
von Ralswiek

HINSTORFF

Liebe Leserin, lieber Leser, wir freuen uns über Ihre Bewertung im Internet!

Die Deutsche Nationalbibliothek verzeichnet diese Publikation in der Deutschen
Nationalbibliografie; detaillierte bibliografische Daten sind im Internet über
http://dnb.de abrufbar.

1. Auflage 2020
Herstellung: Hinstorff Verlag GmbH
Lektorat: Henry Gidom
Titelbild: Rainer Nieke
Druck: GGP Media GmbH, Pößneck
Printed in Germany
ISBN 978-3-356-02287-2

1

Tod auf der Theaterbühne

»So fängt eigentlich ein schlechter ›Tatort‹ an«, knurrt Karsten Schwinka, als er die Tür seines Wagens öffnet und sich in den Sitz fallen lässt. Dabei macht er dicke Backen und stößt die Luft durch die zusammengepressten Lippen. ›Tod auf der Theaterbühne. Und keiner hat's gesehen‹, denkt er. ›Bescheuerter Plot, aber Kommissarin Valerie Ziegenbart-Bunsenbrenner wird dem Bösewicht schon auf die Spur kommen.‹ Schwinka grinst. TV-Krimis findet er ziemlich daneben. Immer, wenn er die Geschichten mit seinen realen Fällen vergleicht, blickt er auf zwei völlig unterschiedliche Welten. Vor allem, was die Ermittlungen betrifft. Da echauffiert er sich an einem Krimiabend vor dem Fernseher manchmal genauso wie bei einem Spiel der deutschen Fußballnationalelf. »Jedenfalls geschafft«, sagt er. Und als würde jemand aus dem Off fragen, wie er das wohl gemeint habe, fügt er für sich noch ein »Sowohl als auch« hinzu.

Vier Stunden Vernehmungen liegen hinter Schwinka. Nicht, dass er so etwas nicht gewohnt ist – aber heute? Heute hat es nicht gepasst, denn als Neuer vor dem eigentlichen Dienstantritt im Bergener Hauptrevier mit einem mysteriösen Todesfall konfrontiert zu werden, ist kein guter Start.

Karsten Schwinka lässt den Wagen an. Der Motor surrt leise. Draußen auf dem Parkplatz vor der Gaststätte Zum

Störti ist wegen der dramatischen Ereignisse bei den Störte-beker Festspielen immer noch reger Betrieb. Es ist zwar schon kurz nach 2 Uhr, zur Ruhe wird hier vermutlich aber bis in die Morgenstunden niemand kommen. ›Kann mich nicht jucken‹, denkt der Kriminaloberkommissar und lenkt seinen Jaguar XJ 3.0 an den herumstehenden Gruppen vor-bei, in denen heftig diskutiert wird.

Die Wenigsten wollen wahrhaben, was hier vor ein paar Stunden während der Vorstellung auf der Ralswieker Natur-bühne passierte: Jan Möhricke, Darsteller des Herzogs Hin-rich, war zusammengebrochen und unter den Augen von 5000 Zuschauern gestorben. Und für Schwinka gibt es kei-nen Zweifel: Den hat jemand umgelegt.

2

Lehrjahre

Karsten Schwinka ist heimgekehrt. Auf der Insel wurde er geboren, ging hier zur Schule und machte sein Abitur. Genügend Zeit also, um sich jenes dicke Fell zuzulegen, für das die Rüganer bekannt sind. Wie viel davon Klischee ist, weiß er bis heute nicht zu sagen. Es zu bedienen, hat aber immer einen Heidenspaß gemacht – und manchmal auch positive Nebeneffekte mit sich gebracht. Schon auf der Polizeihochschule in Münster sind ihm dadurch nervige Mitanwärter vom Hals geblieben – und die Kolleginnen dort haben diese Verschlossenheit meist ausgesprochen interessant gefunden. Irgendwie stehen angehende Polizistinnen darauf, Geheimnisse zu ergründen. Ob es nun eines gab oder nicht. Wie im »Tatort« halt. Wieder muss er lächeln bei dem Gedanken.

Ausgerechnet jetzt, wo er über die Bundesstraße 96 zurück nach Bergen fährt, um von dort weiter nach Putbus zu gelangen, geht ihm seine Ausbildungszeit durch den Kopf. »Lehrjahre sind keine Herrenjahre« heißt es zwar, für Schwinka hat sich dieser Lebensabschnitt allerdings als eine einzige Sause gestaltet. Ein wenig kommt ihm dabei die Sehnsucht nach der Leichtigkeit von einst in den Sinn. Denn wenn er nur daran denkt, was ab morgen alles auf ihn wartet, meldet sich sein nervöser Magen. Das Wissen um die bevorstehenden Rituale des sich Beschnupperns in einer neuen Dienststelle bereitet ihm Unbehagen. Sicher – er ist einer der besten seines Fachs, weshalb er entspannt alles auf sich zukommen lassen könnte. Wer will ihm hier das Wasser reichen? Aber so läuft das auf Rügen nicht. Mit »Meine Jacht, mein Haus, mein Auto, meine Fälle« wäre er in den Augen der Kollegen schnell der Dödel vom Festland. Da spielt es nicht einmal eine Rolle, dass er hier aufgewachsen ist. Denn nach fast drei Dekaden Abwesenheit erinnert sich kaum jemand an ihn – und seine Eltern sind schon einige Jahre tot.

3

Lufthoheit

»Ich darf euch vorstellen: Kriminaloberkommissar Karsten Schwinka. Er übernimmt ab sofort, wie ihr wisst, die Leitung unserer Krimitruppe.« Silvio Uhlmann, der Chef des Bergener Hauptreviers, pflegt einen saloppen Ton mit seinen Untergebenen, die aufgereiht wie in einem Zeltkino auf alten Stapelstühlen sitzen. Eigentlich ist bereits alles im Vorfeld geklärt, sagt Uhlmann. Und deshalb habe er die Mannschaft auch nur für ein paar Minuten in den Versammlungsraum beordert. »Und der Kollege Schwinka hat gleich eine ganz harte Nuss zu knacken, denn gestern Abend ist bei Störtebeker einer der Schauspieler tot umgefallen.«

Einer der Kripobeamten, der Schwinka unterstellt sein wird, grinst bei dieser Bemerkung.

Schon bei der kurzen Vorstellung in seinem neuen Dienstzimmer war Schwinka dieser Typ unangenehm. Kantiges, fast eckiges Gesicht, vorgeschobenes Kinn, Augenbrauen, die sich in der Mitte beinahe berühren und der Mund ein Strich. Selbst jetzt, wenn er grinst, bleiben die Lippen annähernd parallel zueinander. ›Er lächelt mehr mit den Augen‹, denkt Schwinka, ›und die Mundwinkel zieht er dabei eher runter als hoch.‹

»Eben – tot umgefallen«, ruft der Quaderkopf plötzlich und schaut Karsten Schwinka herausfordernd an.

»So ist es«, schneidet der neue Kripochef dem Revierleiter die Erwiderung ab, »und die Umstände untersuchen wir jetzt.«

»Schon mal mit der Rechtsmedizin telefoniert?«, lässt der Schmallippige nicht locker. »War vielleicht ein Herzinfarkt, ein Zuckerschock oder Nierenversagen.«

»Darum kannst du dich sofort kümmern, Micha!«, hakt Uhlmann wieder ein, obwohl ihm die Kriminalbeamten gar nicht unterstehen. Er erträgt es aber beileibe nicht, wenn er bei Revierversammlungen in Gesprächen die Lufthoheit verliert.

»Wir setzen uns gleich zusammen und besprechen die weitere Vorgehensweise«, sagt Schwinka und nickt Uhlmann dezent zu.

Der ruft nur »An die Arbeit, Kollegen!« und drängelt sich an Schwinka vorbei, um als Erster den Raum zu verlassen. Das sind sie also. Mit diesen drei Männern soll er künftig Schurken jagen und dingfest machen.

Kriminalhauptmeister Danilo Schobel steht im Büro seines neuen Chefs an die Wand gelehnt und schaut dienstbeflissen unter seinem in die Stirn hängenden Scheitel hervor. Der große Mann, von dem Schwinka weiß, dass er aus Magdeburg stammt, wirkt umgänglich. Als er heute Morgen auf die insgesamt sechs Kollegen traf, war Schobel der einzige, der ihm entgegenkam, um ihm die Hand zu reichen. Sogar jenes andere Trio, das sich ausschließlich mit Alltagsvergehen befasst und bei Tötungen außen vor bleibt, zeigte sich zurückhaltend.

Der zweite, Kriminalobermeister Steffen Dorvitz, ist locker zwei Köpfe kleiner als Schobel. Da er obendrein einen kleinen Buckel macht, schätzen ihn manche nicht einmal auf 1,65 Meter. Die ist er aber. Was die beiden allerdings weit mehr unterscheidet als die Größe, ist ihre Ausstrahlung. Da, wo Schobel gelassen und freundlich wirkt, hat Dorvitz etwas Unentspanntes, fast Nervöses. Mit dem scheinbar noch aus DDR-Beständen stammenden Drehsessel, in dem er sitzt, jackelt er unentwegt hin und her, was ein rhythmisches metallisches Quietschen erzeugt. Dorvitz scheint das aber nicht zu bemerken. Fahrig blickt er aus seinen kleinen, eng zusammenstehenden Augen mal auf den neuen Chef, mal an diesem vorbei aus dem Fenster und ab und zu auch an die Decke.

Und dann Polizeikommissar Michael Neumann. Der Typ hätte durchaus die Leitung der Bergener Außenstelle übernehmen können. Der Dienstgrad stimmt, die Erfahrung auch. Er ist wie Schwinka ein Rüganer und kurzzeitig sogar als Nachfolger des erst kürzlich pensionierten Leiters gehandelt worden. Als sich jedoch Schwinka für die Stelle interessiert hatte, war Neumann schnell wieder aus dem Spiel. Eine unangenehme Situation.

Schwinka weiß darüber Bescheid. Aber der Heimkehrer hat in seiner Laufbahn schon Konflikte mit vermeintlichen Mitstreitern von ganz anderem Kaliber ausgetragen. Manchmal ist er dessen aber auch müde gewesen.

Daran denkt er, während er in den Vernehmungsprotokollen der letzten Nacht blättert. Die anderen schauen ihn an. Und für den Bruchteil einer Sekunde durchfährt Schwinka diese Müdigkeit, als er sich vorstellt, was mit Neumann auf ihn noch alles zukommen könnte. Aber vielleicht ist es auch nur die Enttäuschung über den verpassten Chefposten, die sich bei dem anderen schon nach ein paar Tagen legen wird, wenn sie gemeinsam an einer Sache arbeiten werden.

»Na, Herr Kriminaloberkommissar, alle Unterlagen beisammen?« Michael Neumann macht den Anfang. Die Ironie in seiner Stimme ist unüberhörbar. Er sitzt breitbeinig und mit verschränkten Armen neben Dorvitz auf dem zweiten Bürostuhl vor Schwinkas Schreibtisch.

Als der neue Mann den Blick hebt, rutscht Neumann mit seinem Hintern nur ein paar Zentimeter in Richtung Stuhllehne, als wollte er seine legere Haltung verbessern. Und es ist nur dieser kurze Augenblick, in dem der Polizist ob seiner Herausforderung Unsicherheit verrät.

Karsten Schwinka bemerkt es. Er würde lächeln, legte ihm sein Gegenüber das nicht als Arroganz aus, und so denkt er nur, wie rührend er solche verräterischen Bewegungen findet. Allerdings empfindet er keine Genugtuung, denn Unsicherheiten eines Kontrahenten bringen nicht automatisch Vorteile. Es sei denn, Schwinka versteht es, diese auszunutzen, geradezu zu instrumentalisieren. Und wenn er das tut, geht er vor wie bei seinen Ermittlungen.

Mit Freunden hat er oft darüber sinniert, warum die Menschen im Allgemeinen so missgünstig und intrigant sind. Das waren erbauliche Gespräche, die die Möglichkeit gaben, sich Ballast von der Seele zu reden. Meist zu Viert haben sie sich gleichzeitig in der Annahme gesonnt, besonders gut zu sein.

Dass das nicht so einfach ist, weiß Schwinka. Keineswegs grundlos halten ihn viele, die mit ihm über einen längeren Zeitraum zu tun hatten, für schwierig. Er kann aber mit Fug und Recht von sich behaupten, noch nie eine zwischenmenschliche Fehde ausgefochten zu haben, zu der er nicht gezwungen wurde.

Und so folgt dem inneren Schmunzeln über Neumanns Unsicherheit auch gleich das leicht zornige ›Blödmann!‹ in seinem Kopf. »Ich denke schon, Kollege Neumann«, sagt Schwinka förmlich, »es handelt sich um Vernehmungsprotokolle, die von Kollegen des Stralsunder Kriminaldauerdienstes nach den Befragungen bei den Störtebeker Festspielen gestern Abend angefertigt worden sind. Und die werden wir noch einmal detailliert durchgehen.«

»Ich soll die Rechtsmedizin anrufen«, näselt Michael Neumann das »Ich« übermäßig betonend und schaut Beifall heischend zu Dorvitz.

Der grinst.

»Machen Sie das! Dort werden Sie aber noch nicht so viel Neues erfahren. Kriegen Sie lieber alles andere über den Toten heraus, das wir für die weiteren Ermittlungen benötigen! Sie sind ein erfahrener Mann und wissen, was zu tun ist.« Das klingt viel spitzer, als es gemeint ist. Also schiebt Schwinka gleich den Lagebericht hinterher. Der beinhaltet alle Details der letzten Nacht. Zumindest soweit sie bekannt sind. Ob der Schauspieler eines natürlichen Todes gestorben ist oder es sich um einen Unfall handelt, ist ungewiss. Der Oberkommissar verhehlt nicht, dass er von einem Mord ausgeht. Eine Begründung dafür bleibt er seinen neuen Kollegen aber noch schuldig.

4

Frauenknast

In Ralswiek scheint alles seinen Gang zu gehen. Als Schwinka und Danilo Schobel ihren Dienstwagen vor der Gaststätte Zum Störti parken, sind kaum Leute zu sehen. Ein Security- mann schleppt Verkehrsleitkegel hin und her, eine junge Frau verschwindet mit einem Karton im Restaurant und ein paar Urlauberfamilien flanieren über den Platz und bestaunen die Schlitten von Festivalleitung und Schauspielern. Der Himmel ist verhangen, die Luft trotzdem angenehm warm. Am Abend sind kleine Schauer angesagt. Für die Intendanz aber kein Grund, sich wegen der Vorstellung Sorgen ma- chen zu müssen. Hier wurde schon gespielt, wenn es wie aus Kannen goss. Dass auch am heutigen Donnerstagabend wie gewohnt die Piraten durch den Sand toben werden, fin- det Schwinka bemerkenswert. Dabei beeindruckt ihn aber mehr, dass die Verantwortlichen sofort einen Ersatz für Jan Möhricke aus dem Halfter zogen.

»Alle Achtung, Frau Strabach! Es wirkt fast so, als hätte kaum jemand etwas davon mitbekommen, dass es hier ges- tern Abend einen Toten gab.« Der Oberkommissar sitzt der Intendantin in ihrem Büro zum ersten Mal gegenüber. Ges- tern Nacht war sie partout nicht zu erreichen. ›Sie hat so- fort alles in Bewegung gesetzt, um die ganze Sache auf Spar- flamme zu halten‹, denkt Schwinka.

Was Ilona Strabach auch gelungen ist. Die Polizei hat vorerst keine Informationen an die Presse gegeben. Wegen der unklaren Sachlage, heißt es.

»Die Zuschauer haben gestern wahrscheinlich kaum mitbekommen, was da auf der Bühne geschehen ist?«, fragt Schwinka.

»Die anderen haben professionell reagiert und den abgeklappten Möhricke in die Handlung eingebaut«, antwortet Strabach. Dabei wirkt sie kühl, als spräche sie über eine Autopanne. »So etwas haben die drauf. Es geschieht immer mal wieder, dass einem Schauspieler mitten in einer Aufführung etwas Unvorhergesehenes zustößt. Da kann man nicht jedes Mal gleich die ganze Vorstellung abblasen. – Außerdem wusste in jenem Moment niemand, dass er sterben würde.«

»War er krank?«

»Nicht, dass ich wüsste.«

»Wer kann das wissen?«

»Seine Kollegen.«

»Die sagen, soweit sie schon vernommen wurden, es sei ihm gut gegangen.«

»Dann wissen Sie doch Bescheid.« Ilona Strabach hat eine spitze Zunge, bleibt dabei aber freundlich.

»Nun, es hätte ja sein können, dass Sie mehr wissen.«

»Über Möhricke? Pah, ich weiß nur, dass der im nächsten Jahr nicht mehr dabei gewesen wäre. Miserabler Mime.«

»Oh, wer hat den Mann denn ausgesucht?«, zeigt sich Schwinka ehrlich überrascht.

»Tja, ich habe mich von seinen Reitkünsten beeindrucken lassen. Und seine Rollen bei ›Gute Zeiten, schlechte Zeiten‹ und ›Der Frauenknast‹ waren auch nicht gerade klein.«

»Frauenknast?« Der Ermittler lächelt. »Wen hat er da denn gespielt?«

»Einen Anwalt.«

»Und jetzt den Herzog.«

»Ist eine relativ kleine Rolle.«

»Hat er getrunken?«

»Nicht, dass ich wüsste.« Strabach bleibt unverbindlich.

»Hatte er eine Frau, Freundin, Affäre?«

»Keine Ahnung.«

»Ich bitte Sie, Frau Strabach!« Der Oberkommissar schaut die Intendantin an und versucht, eine versöhnliche Miene aufzusetzen. »Wir werden im Verlaufe der weiteren Ermittlungen vermutlich noch so oft miteinander zu tun haben, dass Sie mich irgendwann zum Teufel wünschen. Und die Fragen, die noch gestellt werden könnten, sind dann von einem ganz anderen Kaliber als diese hier. Verstehen Sie mich, es geht mir doch darum, Jan Möhricke besser kennenzulernen. Naja, und Sie.«

»Mich? Wieso mich?« Ilona Strabach macht sich in ihrem Stuhl gerade.

»Verzeihung, aber sind Sie nicht die Chefin des Ganzen? Es gibt kaum eine wichtigere Person im …«

Danilo Schobel kommt herein. Angeklopft hat er nicht. Bei dem Hauptmeister ist das aber keine Unhöflichkeit. Schobel ist ein Vollblutkriminalist, der derart in seine Arbeit einzutauchen vermag, dass er links und rechts nur noch Silhouetten wahrnimmt. Dabei gehen Höflichkeitsfloskeln und Benimmregeln flöten. »Oh, 'tschuldigung«, haspelt er hervor, als er den strafenden Blick Strabachs bemerkt, »habe ganz vergessen, zu klopfen. Störe ich?«

»Nö, eigentlich nicht«, sagt Schwinka. Und an die Intendantin gewandt: »Wir sind erst einmal fertig. Vielleicht reden wir heute Nachmittag noch einmal, wenn wir uns intensiver umgeschaut haben. Gestern Nacht war zu viel Aufregung.«

»Gut. Ich bin ab 14 Uhr aber weg. Nur, dass Sie das wissen.«

»Kein Problem.«

5

Gift

Ilona Strabach ist einmal eine schöne Frau gewesen. Sie hat noch immer eine blendende Figur und einen Sinn für modische Raffinessen. Ihr schmales Gesicht, dem sie schon seit Jahren kaum noch Make-up gönnt, wirkt verhärmt. Ihre Gestik und Mimik strahlen eine gewisse Härte aus – sich selbst und anderen gegenüber. Der Ausdruck ihrer dunklen Augen gilt im Allgemeinen als unergründlich. Man muss mit der Intendantin aber nicht in stundenlange vertrauliche Gespräche versinken, um in ihrem Blick der tiefen Traurigkeit gewahr zu werden. Natürlich setzt das voraus, dass man hinsieht.

Karsten Schwinka sah hin. Die empathielose Entschlossenheit der Frau war nur Fassade. Ja, sie war eine Machtfrau. Ob die Zeit auf Rügen sie dazu hat werden lassen oder ob sie schon so gewesen war, als sie hierherkam, weiß keiner mehr zu sagen. In 25 Jahren ist so viel geschehen, dass sich niemand mehr Gedanken darüber macht, wie es einmal begonnen hat. Nicht einmal Strabach selbst, die aus Bielefeld mit echtem Idealismus auf die Insel gekommen war. Damals war sie Anfang 30, hatte als Theaterleiterin schon hier und da Erfahrungen gesammelt. Ihr damaliger Mann, ein Spediteur großen Kalibers, hat das nötige Geld beigesteuert, um den Festspielort am Jasmunder Bodden zu errichten und die richtigen Leute um sich zu sammeln, die ein Piratenabenteuer erfanden, das sich schnell zum Freilichthit gemausert hat. Der Spediteur war vier Jahre später nach einem Herzinfarkt gestorben. Ehemann Nummer zwei, ein Verleger aus Westberlin, suchte erst vor acht Monaten das Weite. Strabach schien beides jedoch kaum zu berühren. Sie hat sich noch intensiver in ihre Arbeit gestürzt und das Regime noch rigoroser geführt. Ob Darsteller, Bühnentechniker oder Komparsen – wer nicht funktionierte, wurde einmal verwarnt. Meist eher subtil. War jemand dann nicht in der Lage, diesen Wink zu verstehen, wurde nach einem zweiten Fauxpas aussortiert.

Der Vorfall mit Jan Möhricke nervt Ilona Strabach unendlich. Die diesjährige Saison läuft im Vergleich zum Vorjahr eher mäßig. Wegen des unbeständigen Wetters entscheiden sich die Störtebeker-Fans erst sehr kurzfristig für einen Besuch der Festspiele. Manche Vorstellungen sahen die fast 8000 Sitzplätze nicht einmal zu einem Drittel belegt. Zwar ist es erst Anfang Juli, bliebe die Situation jedoch so, risse sie empfindliche Löcher in die Investitionskasse. Denn nach 25 Jahren gibt es einiges zu renovieren und Neues hinzuzufügen.

Sie hat bereits in der Nacht des Schauspielertodes alle Fäden ihrer Netzwerke gezogen, um nichts nach draußen dringen zu lassen. Und da sich der Vorfall unter den Augen der Öffentlichkeit zutrug und bei den Festspielen von der Klofrau bis zum Hauptdarsteller alle davon wissen, ist die Geheimhaltung in Schwinkas Augen eine logistische Meisterleistung.

›Wird nicht leicht mit ihr‹, denkt der Oberkommissar, als er mit seinem Kollegen durch den Sand quer über die Bühne stapft, um zu Möhrickes Unterkunft über den Pferdeställen zu gelangen.

»Sie ist nicht übel«, sagt Danilo Schobel unvermittelt, »nur ziemlich alt.«

»Ja.« Schwinka ist immer noch in Gedanken.

»Alte Frauen sind aber unendlich dankbar.« Schobel kichert, hat dabei aber ein aufgewecktes Gesicht. Keine Spur von Häme.

Der Oberkommissar überhört die Anspielung. »Sie mauert«, wechselt er das Thema. »Im Prinzip kann sie sich komplett raushalten. ›Nichts gesehen. Nichts gehört. Keine Ahnung. Ich stecke bis zum Hals in Arbeit!‹«

»Die kennt hier jedes Sandkorn und kann einem sogar sagen, wo welches Blatt an welchem Baum hängt!«

»Echt jetzt?« Schwinka muss über das von Schobel gezeichnete Bild lachen.

»Echt! Strabach mischt überall mit. Die weiß ganz genau, was hier läuft. Und auf der Insel ist sie nicht nur gesellschaftlich eine Persönlichkeit, sondern auch auf politischem Feld nicht ganz unbeschlagen.«

Sie sind angekommen. Die Apartments über den Pferdeställen, die man über einen kleinen Waldweg erreicht, liegen nur wenige hundert Meter nördlich der Naturbühne. Jan Möhricke hat in der Nummer 4 gewohnt, die sie nun mit einem Polizeisiegel gesichert vorfinden. Das hat Schwinka bereits in der Nacht veranlasst, wenngleich ihm seine Stralsunder Kollegen das als Übereifer auslegten. Denn an Mord glaubte keiner. Nicht einmal jetzt. Außer Schwinka.

Als sie in dem recht großen Apartment stehen, begreift Schwinka sofort, dass hier nichts zu holen sein wird. Hier herrscht ein geordnetes Chaos, wie es für Teilzeitunterkünfte üblich ist, wenn sie von einem Einzelnen bewohnt werden. Überall liegen Dinge herum: Bekleidung, Zeitschriften, schmutziges Geschirr, ein Smartphone, eine Packung Tic-Tac, Automatenkondome, Notizen.

»Bis zu seinem Tod lief der Abend für unseren Herzog nach den Aussagen seiner Kollegen wie üblich ab«, sagt Karsten Schwinka zu seinem Kollegen. »Er ist hier los-marschiert, durch den Sand gestapft, in die Schauspieler-umkleide gegangen, hat in der Maske sein Make-up bekom-men und ist dann auf die Bühne gestürmt. Alles wie immer.«

»Und dann?« Noch ist Schobel nicht wirklich bereit, ein Szenario zu ersinnen, dass ein heimtückisches Verbrechen beinhaltet. Denn auch er glaubt weiter an einen Unfall.

»Es sind die Zwischenstationen, die uns interessieren soll-ten!«, gibt Schwinka eine Denkrichtung vor, während er im Bad die Hygieneartikel begutachtet. »Irgendwo hat Möhri-cke etwas zu sich genommen, das ihm das Leben gekostet hat. Und das bestimmt nicht aus Versehen!«

»Warum sind Sie sich da so sicher?«

»Er ist merkwürdig gestorben.«

»Den ersten Protokollen nach zu urteilen, hat er sich zwischen seinen Auftritten hinter der Bühne mehrfach übergeben.«

»Aufs Klo rannte er auch mehrfach«, sagt Schwinka, während er langsam den Deckel anhebt und in die Toilette schaut, »vielleicht nur, um dort weiter zu kotzen. Vielleicht hatte er aber auch Durchfall.«

»So was kriegt man aber schon, wenn man zu viele grüne Tomaten isst.«

»Das stimmt, Schobel. Aber es gibt Aussagen, dass er plötzlich über ein Brennen auf der Haut sprach und unter Atemnot litt. Das sind zu viele Symptome für einen verdorbenen Magen.«

Der Kriminalhauptmeister blättert in einem Notizblock, den er auf dem großen Tisch im Wohnraum gefunden hat. Interessantes steht nicht drin. Allerdings nimmt er die hingekritzelten Zeilen auch nur oberflächlich wahr, denn ihm gehen seine Fälle durch den Kopf, in denen Gift eine Rolle gespielt hat. Viele waren es nicht. Vier oder fünf vielleicht. Und meist hat es sich um versehentliche Einnahmen gehandelt, wie sich später herausstellte. Nur einmal konnte eine Frau überführt werden, die mit einem Unkrautvernichtungsmittel ihren Gatten ermordet hatte. Das Ganze hatte sie ziemlich dilettantisch durchgezogen. Jetzt klingt das alles irgendwie ausgeklügelter. »Was könnte es denn gewesen sein?«, fragt Schobel.

»Abwarten! Aber ich bin mir ziemlich sicher, dass die Rechtsmediziner Aconitin in seinem Blut nachweisen werden – wenn sie die richtigen Methoden anwenden.«

»Wieso? Halten Sie die Laborratten in Greifswald nicht für ausreichend befähigt?«

»Doch, das schon. Allerdings findest du das Zeug nicht ohne Weiteres. Weder im Blut noch im Urin. Dazu bedarf es der Flüssigchromatografie mit Massenspektrometriekopplung.«

»Bitte, wie?« Schobel blickt von dem Zettelkram auf und starrt Schwinka entgeistert an.

»Jaja, Chemiker-Blabla. Ich habe den Greifswaldern schon den Tipp gegeben, mal in diese Richtung zu testen.«

6

Geschlossene Gemeinschaft

Im Störti ist es ruhig. Obwohl es auf 13 Uhr zugeht, essen nur wenige Gäste zu Mittag. Schwinka und Schobel mieten sich für ein paar Verhöre im Büro des Küchenchefs ein. Der kleine schmucklose Raum befindet sich im als Biergarten gestalteten Gaststättenhof am Ende des linken Laubengangs.

Regisseur Pedro Puls ist der Erste. »Wir hatten doch schon in der Nacht das Vergnügen«, sagt er in Richtung Schwinka, als er das enge Zimmer betritt.

»Um herauszufinden, was hier passiert ist, werden wir das unter Umständen noch öfter haben«, entgegnet der Ermittler und bietet Puls mit einer Handbewegung einen Platz an.

Der Regisseur ist drahtig, hat eine faltige Haut, als wäre sie für seinen Körper ein wenig zu groß geraten. Das sieht man vor allem an seinem Hals und an den Händen. Sein Haar – eine Mischung aus braun und dunkelgrau – ist immer etwas zerwühlt. Allerdings ist das kein Überbleibsel einer mangelnden Morgentoilette, als vielmehr Stil. Er möchte unkonventionell wirken und ist sich dabei nicht zu schade, Klischees zu bedienen. »Also, was gibt's noch?« Puls gibt sich ungeduldig.

»Laut Zeugenaussagen hat Möhricke noch ein Bier getrunken, bevor er in die Männergarderobe ging. Sie sollen ihn dafür angezählt haben. War er allein am Tresen?«

»Ich habe ihn nicht angezählt.« Der Regisseur dreht mit den Augen.

»›Möhricke! Nicht saufen, bevor es auf die Bühne geht!‹ sollen Sie gesagt haben. Für mich ist das sowas wie ein Anzählen.«

»Ich muss die Schauspieler führen. Das gilt nicht nur für die Probenzeit. Manch einer zieht die gesamte Saison durch, ohne dabei auch nur einen Zentimeter von seiner Linie abzuweichen, ein anderer braucht immer mal wieder eine Justierung. Möhricke war so einer.«

»Trank er viel?«

»Nicht mehr als andere. Aber, wie Sie wissen, manchmal halt zur falschen Zeit. Vor der Vorstellung geht so was nicht.«

»Ein Bier?« Schwinka wundert sich.

»Ein oder zwei oder drei Schnaps – das ist per se nicht in Ordnung. Wenn es einreißt, schlägt mal einer über die Stränge und versaut die gesamte Vorstellung.«

»War er denn nun allein?« Danilo Schobel, der sich Gesprächsnotizen macht, erinnert noch einmal an den eigentlichen Kern der Frage.

»Denke schon. Er hat ein bisschen mit Silvie, der Kellnerin, geflirtet.«

»War da was?«, schaltet sich Schwinka wieder ein.

»Glaube nicht.« Puls macht ein paar Sekunden Pause. »Oder vielleicht doch. Silvie nimmt es da nicht so genau.«

»Hat Möhricke auf Sie gehört?«

»Weiß nicht. Bin einfach weitergegangen. Aber er wird sich zusammengerissen haben, denn er wusste genau, dass es knallen würde, wenn er für die Aufführung nicht fit wäre.«

»Hatte Möhricke Streit mit jemandem?«, bohrt der Ober-kommissar weiter.

»Mit mir nicht«, grinst Puls. »Ansonsten – keine Ah-nung.« Das Grinsen wird noch um einiges breiter.

Schobel holt Luft für eine nächste Frage, da schneidet Schwinka ihm das Wort ab: »Danke, Herr Puls! Das war schon alles.«

Der Regisseur ist überrascht, steht aber auf und wendet sich zur Tür. Dort bleibt er für einen Moment stehen, schaut auf die Ermittler, grinst wieder und geht.

»Wieso haben Sie das Gespräch so plötzlich beendet?«, fragt Schobel.

»Er will nicht. Zumindest noch nicht«, sagt Schwinka. »Sie müssen aufpassen, lieber Kollege, dass mögliche Verdäch-tige – oder nennen wir sie meinetwegen auch Zeugen – Sie nicht zum Narren halten. Wir stehen hier einer in sich ge-schlossenen Gemeinschaft gegenüber, in der sich alle un-tereinander irgendwie beeinflussen oder sogar manipulie-ren. Hat nur einer das Gefühl, dass es ihm gelungen ist, Sie auflaufen zu lassen, haben Sie bald noch andere vor sich sit-zen, die Sie nicht für voll nehmen.«

Schobel schaut Schwinka an. Er spürt, dass etwas anders ist an der Art, wie der Neue arbeitet. Gut, der Gedanke des Chef-ermittlers ist simpel, ihm selbst wäre er aber nicht gekommen. Er hätte weitergemacht. Wie so oft. Und er erinnert sich gut, wie in ihm die kalte Wut hochgestiegen war, wenn Zeugen oder Verdächtige ihn offensichtlich mit frei erfundenem Zeug vollquatschten. »Naja, aber wir sind gegenüber solchen Leuten nicht gerade machtlos«, hält Schobel trotzdem dagegen. »Ist er nicht kooperativ, holen wir ihn aufs Revier. Und da ist es dann eine Vernehmung, bei der wir Gas geben können.«

»Den knallharten Bullen raushängen zu lassen, nur weil wir es können, halte ich für Blödsinn«, sagt Schwinka ruhig. »Und wenn es unbedingt sein muss, ist dafür auch noch Zeit, wenn wir auf der Zielgeraden sind. Im Moment müssen wir sortieren. Es gibt gut 200 Leute, die hier arbeiten oder auf der Bühne stehen. Wenn wir jedem die Chance einräumen, vor uns eine Show abzuziehen, werden wir nie fertig.«

An diesem Nachmittag folgen Schwinka und Schobel noch jenem Verhörprogramm, das der Oberkommissar festgelegt hat. Aber ob Küchenchef, Bühnenmanager, Schauspielerkollegen oder Techniker – außer gering voneinander abweichende Aussagen zum Ablauf des fraglichen Abends treten keine erhellenden Erkenntnisse zutage. Karsten Schwinka will aber unbedingt den Weg rekonstruieren, den Möhricke nahm, nachdem er am Tresen sein Bier getrunken hatte.

Dort ist heute Nachmittag eine junge Frau zugange. Vielleicht 22 Jahre alt, schwarzhaarig, hübsch, aber pausbäckig. Für ihre Größe von höchsten 1,70 Meter hat sie gut fünf Kilo zu viel.

»Sind Sie Silvie?«, fragt Schwinka, als er sich auf einen der Tresenstühle setzt.

»Sie sind die Kripotypen?«, fragt sie zurück. Es klingt nicht dreist, vielmehr wie eine Absicherung, dass sie es mit den richtigen Leuten zu tun hat.

Schwinka nickt.

»Sind wir«, sagt Schobel.

»Ich hätte ein paar Fragen«, übernimmt wieder der Oberkommissar.

»Bitte!«, sagt die Kellnerin und schiebt das Bierglas beiseite, von dem sie gerade Wasserflecken herunterpolierte.

»Nicht hier. Lassen Sie uns in den abgetrennten Schauspielerbereich gehen! Da sind wir ungestört.«

Silvie nimmt die Schürze ab, unter der sie einen schwarzen Stretch-Minirock über einer ebenso schwarzen Stretch-Hose trägt. Die Schürze gibt sie einer Kollegin, die neugierig nähergetreten ist.

»Wollen Sie was trinken?«, fragt diese die Ermittler.

»Megastarken Kaffee!«, sagt Schwinka.

Schobel will eine Cola.

Die Schauspielerecke ist vom Rest der Gaststätte durch einen Raumteiler getrennt, der mit seiner gedrechselten Holzverzierung eher als gestalterisches Element, denn als Barriere gedacht ist. Um es den Darstellern zu ermöglichen, ungestört von den Fans zu speisen, eignet sich dieser Bereich aber gut. Während sich jetzt, zur Kaffeezeit, der Gastraum schon beachtlich gefüllt hat, ist der Bereich leer.

Die beiden Kriminalisten setzen sich auf die mit Leder bezogene Bank mit dem Rücken zum Fenster. Silvie nimmt ihnen gegenüber auf einem Stuhl Platz. Ihr Gesicht ist offen.

»Kannten sie Jan Möhricke?«, fragt Schwinka ohne einführenden Small Talk.

»Ja, kannte ich«, erwidert sie. »Ein Netter. Hat vor der Vorstellung meist ein, zwei Bier bei mir getrunken.« Und während sie sich ein wenig über den Tisch beugt, setzt sie flüsternd hinzu: »Wenn es der Puls nicht gesehen hat.«

»Haben Sie ihm gestern Abend das Bier gezapft?«, fragt Schwinka weiter, ohne auf Silvies Einwurf einzugehen.

»Ich glaube schon«, sagt sie, und überlegt. »Ja, habe ich gemacht.«

»War Möhricke die ganze Zeit allein am Tresen?«

»Er war nur kurz da, denn der Puls kam ja gleich.«

»Haben sie miteinander geredet?«

»Ja.« Silvie grinst.

»Worüber?«

»Über dies und das.« Silvie grinst weiter und klemmt die Hände zwischen ihre Oberschenkel.

»Hatten Sie … Wie ist überhaupt Ihr Name?«, unterbricht sich Schwinka selbst.

»Silvie.«

»Nein, Ihren Nachnamen meine ich.«

»Pochowski.«

»Also, Frau Pochowski …«

»Sie können Silvie sagen«, unterbricht die Kellnerin den Polizisten und lächelt verschmitzt. Dabei legt sie den Kopf leicht schräg.

»Also, Silvie«, sagt Karsten Schwinka und runzelt die Stirn, »hatten Sie etwas mit Möhricke?«

»Aha.« Silvie grient weiter. »Ist das so wichtig?«

»Zumindest nicht unwichtig.«

»Was sagen denn die Leute?«

»Sie hatten …«

»Dann hatte ich wohl.« Mittlerweile grient Silvies ganzes Gesicht. Ihre Hände hat sie immer noch zwischen den Oberschenkeln, die Schultern zieht sie jetzt leicht in die Höhe.

»Gab es Streit zwischen ihnen?«

»Ich streite mich nicht mit Männern.«

Silvies Kollegin bringt die Getränke und schaut dabei nur auf Danilo Schobel. Über seinen Notizblock gebeugt, merkt der davon nichts.

»Mit wem konnte Möhricke nicht?«, nimmt Schwinka den Faden wieder auf.

»Mit Puls.« Silvie schaut ernst. »Aber mit dem können nur Wenige.«

»Ging es um den Alkohol?«

»Auch. Nach den Proben und jetzt nach den Vorstellungen wird im Störti immer gefeiert. Puls ist da beim Trinken meistens vorneweg. Dann zieht er über das Publikum und die Schauspieler her. Und Möhricke war immer Mode. Ab und zu haben die sich richtig angeschrien, wenn sie so richtig voll waren.«

»Worum ging es?«

»Puls hat sich über Jans Spiel lustig gemacht.« Zum ersten Mal nennt sie Möhricke beim Vornamen. Für Schwinka ein Zeichen, dass die junge Frau warm wird. »Manchmal ging es auch um Geld. Oder um Frauen. Männerkram halt.«

»Hat Möhricke Ihnen irgendwann mal erzählt, er sei auf Puls so wütend, dass er alles hinschmeißen wolle?«

»Nö, so intensiv haben wir nicht geredet. Dazu war keine Zeit.« Jetzt wird das Grinsen so breit, dass Silvie die Augen fast schließen muss.

»Lassen Sie uns nicht ums Ei tanzen!« Karsten Schwinkas Ton wird derart sachlich, dass Silvie zu Grinsen aufhört und große Augen macht. »Wenn Sie beide in der Kiste waren, haben sie zumindest hinterher miteinander geredet. Überlegen Sie, Silvie! Hat er jemals einen Mann oder eine Frau erwähnt, gegen die er eine besonders große Abneigung empfand? Oder die ihm am übelsten mitspielten? Oder mit denen er womöglich eine Rechnung zu begleichen hatte?«

»Naja«, sie zögert, »Puls fand er doof. Und die Strabach auch. Naja, und den Tröger.«

»Das ist der Goedeke-Darsteller.«

»Ja, den …«

»Was war das Problem?«

»So genau weiß ich das nicht.« Silvies Mimik überrascht mit Facetten. Wurden ihre Augen beim Grinsen eben noch zu ganz schmalen Schlitzen, zieht sie nun die Augenbrauen vieldeutig hoch. »Jan meinte nur ab und zu, das sei ein Arsch. Und er wollte es ihm geben.«

»Warum?«

»Weiß ich nicht.«

»Klingt aber bedrohlich.«

»Wissen Sie, ich bin seit vier Jahren hier im Restaurant. Seit ich 18 bin, arbeite ich bei den Festspielen. Und da macht man eben die ein oder andere Bekanntschaft. Deswegen ist man aber nicht gleich schlecht oder so was. Aber man hört und sieht so einiges. Und wenn ein Schauspieler sich über den anderen aufregt, ist das normal. Und wenn die sich mit ihren besoffenen Ärschen belegen oder an den Kragen gehen, dann ist das so. Was soll ich da sagen?«

»Alles gut, Silvie«, beschwichtigt Schobel, der von seinem Notizblock aufgesehen hat, als die Dunkelhaarige mit ihrem Redeschwall begann.

Schwinka hat genug gehört. »Sie haben uns geholfen, Silvie«, sagt der Oberkommissar.

Die Frau versteht, lächelt, steht auf und geht zurück hinter den Tresen. Die Kollegin, der sie die Schürze in die Hand gedrückt und die dann die Getränke gebracht hatte, tuschelt mit ihr. Dabei schauen beide zu den Kriminalpolizisten.

»Was denken Sie, Schobel?«, fragt Schwinka seinen Kollegen.

»Puls spielt hier eine unangenehme Rolle, glaube ich«, entgegnet der.

»Sicher. Aber den können Sie vergessen. Mit dem Mord an Möhricke hat der nichts zu tun.«

7

Erinnerungslinien

Als Karsten Schwinka die Tür seiner Putbuser Wohnung aufschließt, sieht er, dass im Flur noch Licht brennt. ›Das war heute morgen eindeutig zu früh‹, denkt er. Auch gesteht er sich obendrein ein, aufgeregt und deshalb unkonzentriert gewesen zu sein. ›Lief aber ganz gut. Vor allem Schobel ist okay.‹

Der großgewachsene Kriminalhauptmeister war in Bergen bis zu Schwinkas Eintreffen der Einzige, der die nötige Ausbildung besaß, um für Mordermittlungen herangezogen zu werden. Den Löwenanteil bei solchen Fällen hatten bisher Kollegen der Anklamer Mordkommission geschultert. Aber Tötungsverbrechen gab es auf Rügen extrem selten, weshalb Schobels Spürsinn etwas verkümmert war. Schwinka schätzte allerdings bereits nach diesem ersten Tag den Enthusiasmus seines Mitarbeiters. Danilo Schobel war nicht nur jemand, der beflissen erledigte, was man ihm auftrug. Nein, er dachte mit.

Schwinka wirft seine Jacke auf einen der Umzugskartons im Flur, nachdem er das Diensttelefon aus der Innentasche genommen hat. Noch sieht hier alles aus, wie in einer Garage, die als Abstellraum dient. Zumindest in der Wohnstube stehen die Möbel bereits an ihrem Platz, wenngleich Schränke und Regale noch nicht eingeräumt sind. Der ziemlich zerkratzte, kniehohe antike Couchtisch mit den geschnitzten Löwengesichtern an den Ecken hat den Umzug ebenfalls überstanden. Die Kratzer sind Erinnerungslinien an jene Zeit, als Schwinkas Söhne anfingen, alle Stifte und Dinge, die wie Stifte aussahen, zum Hinterlassen von Spuren zu verwenden. Jetzt sind die Jungs zehn und 14 Jahre alt und leben bei der Mutter, die sich erst vor ein paar Wochen von dem Polizisten scheiden ließ.

Die Trennung war unschön. Was Karla am Ende tatsächlich bewogen hat, die Ehe zu beenden, wusste Schwinka zuletzt nicht mehr. In den zurückliegenden zwei Jahren hatte er vor allem versucht, Konflikte zu vermeiden. Mehr und mehr hatte er sich in die Arbeit gestürzt und immer seltener war er nach Hause gekommen. Dass diese Bewältigungstaktik überhaupt nicht funktionieren konnte, da Karla genau darunter litt, dass er zu selten zu Hause war, dafür hatte ihm die Einsicht gefehlt. Zuletzt hatte sie ihn nur noch mit Vorwürfen überhäuft, wenn sie aufeinandertrafen. Jetzt war das alles vorbei. Das empfindet er irgendwie als angenehm.

Schwinka sucht sein privates Smartphone und findet es im Wohnzimmer auf dem Fensterbrett. 13 WhatsApp-Nachrichten, sechs SMS. Die meisten von Karla. ›Oh Mann‹, denkt er, ›lese ich die jetzt oder heb ich mir den Stress für morgen früh auf?‹ Da hat er den ersten Textblock schon geöffnet.

Hallo Karsten, an diesem Wochenende hast du die Kinder. Lass uns absprechen, wann du kommst. Karla

»Gar nicht«, stöhnt Schwinka. Und scrollt weiter.

Hallo Karsten, ich habe noch Unterlagen aus deiner Studienzeit gefunden. Soll ich die wegschmeißen oder nimmst du sie am Wochenende mit?

»Schmeiß weg«, führt Schwinka den imaginären Dialog brabbelnd fort. Nächste Nachricht. Diesmal ohne Anrede.

Mein Anwalt hat mich darauf hingewiesen, dass für die Unterhaltszahlungen noch deine Vermögenswerte herangezogen werden müssen. Dazu gehört dein Jaguar ebenso wie eine Eigentumswohnung, falls du dir auf Rügen eine zulegen solltest. Schicke dazu bitte bis nächste Woche Freitag eine Auflistung! Von meinem Anwalt bekommst du dazu noch ein offizielles Schreiben.

»Leck mich!« Schwinka lässt sich auf dem Sofa zurückfallen und wirft das Telefon auf den Couchtisch. »Die Kohle. Die Jungs haben davon doch eh kaum was.«

Karla lebt mit den Kindern in Dresden. Das war ihre letzte Station vor der Scheidung gewesen. Vielleicht hatte die Trennung eine Rolle bei der Entscheidung gespielt, wieder nach Rügen zu gehen. Nur weg von dem Ärger. Weg von dieser Frau mit ihren ständigen Gängeleien. Allerdings funktioniert das Aus-den-Augen-aus-dem-Sinn-Prinzip heutzutage nicht mehr wie noch vor 20 oder 30 Jahren. Damals konnte man bei einem räumlichen Abstand gleichzeitig emotional runterkommen, denn außer Telefon und Briefpost gab es keine Kontaktmöglichkeiten. Und während man ans Telefon nicht rangehen brauchte, hatte Briefverkehr die Eigenschaft, langwierig zu sein. Hätte Karla all das in einen Brief schreiben wollen, was sie ihm heute über die Nachrichtendienste per Smartphone zukommen ließ, hätte es noch Tage gedauert, bis der Schriebs fertig gewesen wäre. ›Am Inhalt hätte es aber auch nichts geändert‹, denkt Schwinka.

8

Kanonendonner

Ilona Strabach ist zurück in ihrem Büro. Heute Nachmittag war sie bei einem Treffen von Touristikern im Binzer Rugard Strandhotel. Es ging wieder einmal um Ideen für diese vielbeschworenen saisonverlängernden Maßnahmen, was Strabach eigentlich nicht interessierte. Aber bloße Anwesenheit bei solchen Veranstaltungen hatte ihr schon so einige Türen geöffnet.

›Die Kripo war ja gar nicht mehr bei mir‹, schießt es ihr durch den Kopf. ›Was die hier rumwühlen. Schrecklich!‹ Der Tod von Jan Möhricke berührt sie nicht. Weil sie das merkwürdig findet, bleibt sie an ihrem Bürofenster plötzlich stocksteif stehen und horcht in sich hinein. Nichts. Gar nichts. Sie kann sich nicht einmal auf ihren nun toten Mitarbeiter konzentrieren, sondern schweift gedanklich sofort ab. Zu den sinnlosen Gesprächen des Nachmittags, zu ihrem Ex und zu der Aufführung. Das ist aber nicht verwunderlich, läuft diese doch gerade. Kanonendonner hallt übers Gelände, Schwerter klirren und die Schauspieler rufen sich ihre Dialoge in die Gesichter.

Den Herzog Hinrich spielt jetzt Justus Schmiedt. Das ist ein Schauspieler aus dem Theater Vorpommern in Greifswald. Vielleicht ein bisschen jung für die Rolle, aber ehrgeizig, findet Strabach. Schmied bewirbt sich seit Jahren bei den Festspielen. Mit dem Hinweis auf die einmalige Chance, einen Fuß in die Tür zu bekommen, griff er zu und drückte sich Text und Darstellung am Vormittag in nur wenigen Stunden auf. Nun steht er auf der Bühne.

Jetzt denkt Strabach an Möhricke. »Säufer!«, sagt sie. »Amateur! Hätte er sich auf seinen Job konzentriert, wäre ihm das vermutlich nicht passiert.«

Plötzlich hat sie eine Idee. Da der Tod des Schauspielers womöglich morgen, aber spätestens übermorgen medial die Runde machen wird, könnte sie versuchen, die Angelegenheit für die Festspiele auszuschlachten. »Ein Toter zieht immer«, sagt Strabach zu sich selbst und wendet sich vom Fenster ab. »Mitleid, Neugier, Sensationslust. Das könnte die Besucherzahlen anheben. Und kein Mensch wird es wagen, von einem Mord zu sprechen. Wenn es überhaupt einer war.« So sicher ist sich die Intendantin da aber auch nicht mehr. Das Interesse der Kripo kommt nicht von ungefähr. Und Möhrickes Sterben war schon merkwürdig. Ilona Strabach greift zum Telefonhörer und drückt ein Kurzwahltaste. Es tutet nur einmal. »Maja? Schick mir mal den Silvio hoch! Wir müssen etwas für morgen besprechen.«

9

Polizeialltag

Vorbei am Diensthabenden hinter der Scheibe hat Karsten Schwinka die drei Treppen im Eingangsbereich genommen. Die Tür summt auf. Dahinter steht Michael Neumann. Der Kripobeamte sieht aus wie aus dem Ei gepellt: eine babyblaue, enganliegende Stoffhose, weinrote Sneakers, ein weinrotes T-Shirt, das seinen im Fitnessraum gestählten Oberkörper nachzeichnet, und ein glänzendes Kinn. Weil das so kantig ist, springt es Schwinka förmlich an.

»Na, frisch rasiert?«, entfährt es dem Oberkommissar.

»Äh …« Neumann ist verwirrt.

»Wie ist der Stand der Dinge?«, fragt Schwinka und schiebt sich an dem Kollegen vorbei.

Der hat wegen der Frage nach seiner Rasur für den Bruchteil einer Sekunde zu spät reagiert und muss Schwinka jetzt hinterhertrippeln. »Ich habe alle nötigen Informationen zu dem Verstorbenen zusammengetragen«, sagt Neumann.

»Schön! Legen Sie mir die Rechercheergebnisse in einer halben Stunde in meinem Büro vor! Wir sehen uns gleich.«

Neumann bleibt stehen und sieht seinen neuen Chef ein paar Schritte weiter in dessen Arbeitszimmer verschwinden. Sein Gesicht ist versteinert. Er fühlt sich respektlos behandelt. Und außerdem: Was geht diesen Schwinka seine Morgentoilette an? Neumann dreht sich um und sucht jenes Büro auf, das er sich mit Steffen Dorvitz teilt.

Hier sitzen beide Tag für Tag, führen Telefonate, durchsuchen Aktenordner, werten Protokolle aus, schreiben Anzeigen. Wenn es auf Rügen zu Straftaten kommt, seien es Diebstähle, Körperverletzungen, Einbrüche, Sachbeschädigungen und was der Polizeialltag sonst noch bereithält, verspürt Neumann jedes Mal so etwas wie Glücksgefühle. Das ist Polizeiarbeit! Vor Ort sein. Verbrecher aufspüren. Leute vernehmen.

»In einer halben Stunde sollen wir zu Schwinka kommen«, grummelt Neumann, als er sich an seinen Schreibtisch setzt.

»Ich hab nicht viel«, nuschelt Dorvitz. »Die Vernehmungsprotokolle aus der Nacht geben nur wenig her. Frage mich echt, was die da vier Stunden gemacht haben?! Vermutlich hat Herr Oberschlau irgendwann die Übersicht verloren.«

»Ist bei mir ähnlich«, erwidert Neumann. »Dieser Möhricke ist ein Schauspieler, wie es wohl Hunderttausende in Deutschland gibt: kleine Kleinstrollen, ein bisschen Familie, Theatererfahrung und vollkommen unbescholten. Stell dir vor, Steffen, der wurde noch nie geblitzt.«

»Wow, Hut ab!«, sagt Dorvitz und macht dabei eine kleine Verbeugung. Mit der linken Hand deutet er an, seinen Hut zu lüften, um dann sarkastisch hinzuzufügen: »Solche Leute sind natürlich besonders gefährdet, Opfer eines Mordkomplotts zu werden.«

»Haben Sie schon gelesen? Im Netz finden Sie jetzt überall einen tränenreichen Abgesang auf Jan Möhricke. Von

Ilona Strabach persönlich«, sagt Schwinka. Diesen Aspekt findet er heute Morgen am interessantesten, nachdem ihm die Kollegen ihre zusammengetragenen Informationen über Möhricke und aus den Vernehmungsprotokollen vorgetragen hatten. »Jetzt geht Frau Intendantin in die Offensive«, spricht Schwinka die Erkenntnis laut aus.

»Bei allem Respekt, Herr Schwinka, aber ist es nicht menschlich, dem Verstorbenen Ehre zu erweisen?«, fasst Neumann mit Betroffenheitsmiene nach. »Außerdem war Jan Möhricke ein bekannter Schauspieler, dessen Tod man nicht so einfach unter den Tisch kehren kann.«

»Da mögen Sie recht haben, Neumann«, erwidert Schwinka. Und weiß sofort, dass er zu verbindlich war.

»Herr Neumann, bitte, so viel Zeit muss sein. Oder gehört das zu ihrem Führungsstil, Untergebene nur mit ihrem Nachnamen anzusprechen?«

»Natürlich nicht, Herr Neumann.« Jetzt lächelt Schwinka. Egal, ob das arrogant wirkt. Aber mit solchen Spitzfindigkeiten hat er zu tun, seit er im Polizeidienst ist. Er kann sich beim besten Willen nicht vorstellen, dass es noch andere Institutionen oder Behörden gibt, in denen die Mitarbeiter jeden Tag aufs neue Rangordnungen, Umgangsformen und Kompetenzen aushandeln. Meist ist das abhängig von Beförderungen, der Zuweisung neuer Aufgaben oder Bildung von Arbeitsgruppen. Ebenso oft hat das Gerangel aber auch mit persönlichen Befindlichkeiten zu tun. Und diese können sich wiederum von heute auf morgen komplett verändern.

»Herr Dorvitz kann sich wieder mit den täglichen Ereignissen befassen«, ordnet Schwinka an, ohne sich womöglich auf eine Debatte über Anreden einzulassen. »Das gilt auch für Sie, Herr Neumann! Wenngleich Sie immer damit rechnen müssen, für weitere Zuarbeiten im Fall Möhricke herangezogen zu werden. Ich danke Ihnen.«

Neumann ist sauer. »Zuarbeiten«, giftet er draußen auf dem Gang. »Bin ich sein Handlanger, oder was?« In seinem Büro angekommen, greift der Polizeikommissar zum Telefonhörer. Er wählt die Nummer aus dem Kopf. Es ist die von Ilona Strabach.

10

Politische Aspekte

Am Nachmittag sind Schobel und Schwinka wieder in Ralswiek. Diesmal hat die Intendantin ihr Büro zur Verfügung gestellt, damit die Polizisten während ihrer Gespräche ungestört sind. Sie wählen die gemütliche Sitzecke gleich links neben der Tür und fläzen sich in die dunkelbraunen Ledersessel.

»Großes Hauptquartier«, sagt Danilo Schobel und streicht sich sein Haar aus den Augen. Der tief in die Stirn hängende Scheitel ist ein Markenzeichen des Mannes aus der Börde. Er trägt die Frisur schon seit dem Studium. Auch, weil sie ihm immer noch gefällt. Aber Schobel hadert damit, bereits die Vierzig überschritten zu haben. Deshalb klammert er sich an alles, das ihn mit seinen jungen Jahren verbindet. Nicht, dass er darüber nachdenken würde. Aber immer, wenn sich der Kriminalist vor dem Spiegel die Haare aus dem Gesicht hält und kurz überlegt, ob er die Schere regieren lassen sollte, findet er, dass er dadurch alt aussehe. Also bleibt alles, wie es ist.

Karsten Schwinka steht auf und mustert den penibel aufgeräumten Schreibtisch. Außer einem Laptop, einem Flachbildschirm, einem Becher mit Stiften und zwei Notizbüchern befindet sich nichts weiteres darauf. Auch der Rest des Raumes ist tipptopp, als handele es sich um ein Zimmer in einem Museum. An den Wänden hängen Fotos alter Störtebeker-Aufführungen. Von den Darstellern aus den 90ern ist so gut wie keiner mehr mit dabei. Das erkennt

Schwinka, ohne jemals ein Stück gesehen zu haben. Die Gesichter der aktuellen Bühnenmannschaft hat er sich auf Fotos und während der nächtlichen Befragungen präzise eingeprägt. Und so weiß er auch ganz genau, dass das nicht, wie erwartet, Helmar Tröger ist, der da zur Tür hereinkommt.

»Guten Tag, meine Herren«, sagt der breitschultrige Blondschopf mit dem Dreitagebart, »ich bin Robert Kranich.«

Schwinka kennt den Mann schon. Das ist der aktuelle Klaus Störtebeker. Und man sagt ihm nach, dass er seine Sache sehr gut machen soll. »Hallo Herr Kranich, sie sind heute gar nicht in unserem Plan«, reagiert Schwinka.

»Oh, ich will mich auch gar nicht aufdrängen. Denn bei dieser delikaten Angelegenheit kann sich jeder glücklich schätzen, der nicht im Fokus der Polizei ist.« Kranich ist äußerst höflich. Er gibt sich fast ein wenig unterwürfig. Schwinka ist aber vorsichtig mit solchen Urteilen. »Aber ich würde gern was zu dem Abend sagen, an dem Jan Möhricke starb.«

»Geht es über das hinaus, was sie den Kollegen bereits in der besagten Nacht mitteilten«, fragt Karsten Schwinka.

»Durchaus«, erwidert der Titelheld.

Und Schobel zückt seinen Schreibblock.

»Dann nehmen Sie Platz und erzählen Sie uns, worum es geht!« Schwinka setzt sich wieder in seinen Sessel, Kranich nimmt auf dem Zweisitzer Platz.

»Ich glaube, dass Jan umgebracht worden ist.«

»Wie kommen Sie darauf?«, gibt sich Schwinka überrascht.

»Viele haben zwar mitbekommen, wie es ihm ging an diesem Abend. Und das haben die Ihnen dann vermutlich auch alle geschildert. Aber niemand weiß, was er sagte, als wir ihn von der Bühne trugen.«

»Was denn?«

»Das Biest …!«

»Mehr nicht?«

»Doch. Aber das kommt diesem ›Das Biest‹ sehr nahe.«

»Was denn?«

»Diese verdammte Fotze!«

»Ach, herrje«, entfährt es Danilo Schobel, »da war aber einer richtig sauer.«

»Ich baute seinen Sturz in das Stück ein, fing ihn auf und meinte: ›Der Herzog ist ohnmächtig. Ein Schwertstreich hat ihn am Nachmittag beim Kampf auf den Zinnen verletzt. Der Blutverlust ist zu stark.‹ Dann packte ich ihn und schleifte ihn von der Bühne. Da hat er es gesagt. Keine Minute später gab er kein Lebenszeichen mehr von sich.«

»Nun, das klingt schwer nach einem Hinweis darauf, wer ihm da etwas verabreicht haben könnte«, sagt Karsten Schwinka und schaut Kranich fest an.

»Das dachte ich auch«, sagt der. »Naja, nicht gleich. Aber als ich das dann sacken ließ, ist es mir gedämmert.«

»Was denn?«, fragt der Oberkommissar.

»Dem ist eine Frauengeschichte auf die Füße gefallen.«

»Wissen Sie, um welches ›Biest‹ es sich da gehandelt haben könnte?«

»Ich würde sie nicht gleich als ›Biest‹ bezeichnen. Aber die Silvie, diese Kellnerin, hatte etwas mit dem Möhricke.«

»Mit wem noch?«

»Wieso?«

»Wir hörten, dass sie es nicht so genau nehmen soll.«

»Hörte ich auch. Aber derzeit macht sie wohl nur mit dem ein oder anderen Stuntman rum.«

»Könnte sie einen Grund haben, Möhricke etwas anzutun?«

»Oh, das weiß ich nicht. Auf jeden Fall hat Jan im Sterben offenbar irgendwie eine Frau belastet. Zumindest für mein Verständnis.«

»Das sehen wir genauso«, versichert Schwinka. »Und wir danken Ihnen für den Hinweis. Der ist enorm wichtig. Entschuldigen Sie uns jetzt bitte, wir haben die nächste Vernehmung.«

»Alles klar«, sagt Robert Kranich und steht fast ein bisschen zu schnell auf. Dann hebt er entschuldigend beide Hände, verabschiedet sich und geht.

»Gar nicht so der Störtebeker, wie ich ihn mir vorstellen würde.« Danilo Schobel blickt dem Schauspieler nachdenklich hinterher.

»Stimmt. Man erwartet einen souverän agierenden Seebären, der sich breit macht und in seinen Bewegungen signalisiert, dass er in sich ruht. Aber da gehen wir der Illusion des Theaters auf den Leim, denn die Persönlichkeit des Schauspielers hat sehr oft nichts mit der Figur zu tun, die er verkörpert.«

»Was halten Sie davon, Herr Schwinka?«

»Ich bin Karsten«, sagt der Oberkommissar und streckt Schobel die Hand entgegen.

»Vielen Dank!«, entgegnet dieser. »Ich bin Danilo. Aber das weißt du ja. Die Kollegen nennen mich Dani. Das ist allerdings ein Spitzname, auf den ich nicht unbedingt bestehe.«

Die beiden Polizisten lachen.

Da klopft es und Helmar Tröger tritt ein. Wieder wird der Türrahmen fast ausgefüllt. Nur dass Tröger noch ein klein wenig massiger wirkt als Robert Kranich. Die Stimme des Goedeke-Michels-Darstellers ist auch tiefer und fester als die des eigentlichen Helden der Festspiele. »Jetzt bin ich also fällig«, donnert er los und lässt sich unaufgefordert auf den Zweisitzer fallen. »Den Schilderungen aus der Nacht des Unfalls habe ich aber nichts hinzuzufügen.«

Die Polizisten gehen ebenso grußlos in das Gespräch, wie Tröger es begann. »Warum nennen Sie das einen Unfall?«, fragt Schwinka ohne Übergang.

»Wie soll ich es sonst nennen? Tod nach Unwohlsein? Ableben nach kurzer, schwerer Krankheit? Oder soll ich von Mord reden? Sie geistern hier doch nicht ohne Grund herum.«

»Bleiben wir bei Unfall«, erwidert Schwinka. »Allerdings kam uns zu Ohren, dass Jan Möhricke noch auf eine weibliche Person fluchte, bevor er starb.«

Tröger lacht lauthals auf. »Machen das nicht alle Männer, bevor sie ins Jenseits gehen?«

»Könnte Möhricke irgendwie Probleme mit einer Affäre bekommen haben?«

»Wer hat Ihnen das erzählt? Doch nicht der Kranich. Er kam doch aus dem Bürogebäude, als ich auf dem Parkplatz aus meinem Auto stieg.«

»Wieso? Was ist mit dem Kranich?« Schwinka wird hellhörig, bleibt in Haltung und Ton aber unverändert.

»Kranich ist ein Schwerenöter. Kaum war er zu den Proben aufgeschlagen, da lag der schon mit Hermanova im Bett. Und ich verwette mein linkes Bein, dass die immer noch vögeln.«

»Wer ist Hermanova?«

»Die Schnecke aus der Maske.«

»Eine Tschechin, vermute ich?«, sagt Schwinka.

»Dem ist so. Und Sie wissen ja, die können was!«

»Woher soll ich das wissen, Herr Tröger? Allerdings scheint Ihnen das nicht fremd zu sein. Hatten Sie was mit der Maskenbildnerin?«

»I wo. Ich werde mich schwer hüten, wegen animalischer Gelüste meine Karriere zu versauen. Außerdem bin ich mit einer einzigartigen Partnerin gesegnet.«

»Ist die hier?«, mischt sich Schobel kurz ein.

»Natürlich nicht. Sie scheinen vollkommen ahnungslos zu sein.« Tröger blickt von Schobel zu Schwinka und von diesem wieder zu Schobel zurück, als erwarte er, dass sich beide plötzlich mit der flachen Hand vor den Kopf schlügen und ein »Aber natürlich, wie konnten wir das nur vergessen!« ausriefen. Doch nichts dergleichen geschieht. Die Polizisten schauen ihn erwartungsvoll an. »Ich bin mit Carla Wischnewski-Kahler seit fast zehn Jahren glücklich zusammen. Und wir haben zwei Kinder.«

»Das freut mich für Sie!« Karsten Schwinka bleibt gelassen. Weniger aus Berechnung, sondern vielmehr, weil er diese Wischnewski-Kahler nicht kennt.

»Kennen Sie meine Frau nicht?«, fragt Tröger mit einem empörten Unterton.

»Äh, nein ...«, gibt der Chefermittler zu.

Auch Schobel sieht von seinem Block auf und schüttelt den Kopf.

»Sie ist Vorsitzende der Grünen-Fraktion im niedersächsischen Landtag.« Tröger wird auf seinem Zweisitzer sogar ein Stückchen größer. »Sollte es erneut zu einer Regierungsbeteiligung der Grünen auf Bundesebene kommen, ist meine Carla bereits für einen Ministerposten vorgesehen.«

Für Schwinka wäre das beim »Tatort« in der ARD jetzt der Moment, wo er aufstöhnen würde. Seit Monaten fragt er sich nämlich, wieso bei den dargestellten Mordgeschichten immer politische Aspekte mit einfließen müssen. Beim nächsten TV-Fall wird er Abbitte leisten. Das reale Leben hat die Fiktion offenbar längst eingeholt. »Sehen Sie uns nach, Herr Tröger, dass wir das nicht wussten!«, sagt Schwinka. Ein dezentes Schmunzeln kann er nicht vermeiden. »Aber zurück zu der Tschechin. – Wie gut kennen Sie die Frau?«

»Wie meinen Sie das?«

»Na, ist es eher eine Hallo-und-Tschüss-Bekanntschaft oder reden Sie intimer mit ihr?«

»Ich bin nicht intim mit ihr!«, poltert Tröger zurück. »Das sagte ich doch.«

»Ich meinte auch eher, ob Sie ein vertrauliches Verhältnis zu ihr haben?«

»Hören Sie nicht zu? Ich haaabeeee kein Verhältnis mit ihr!« Jetzt wird der Schauspieler richtig laut.

Das kann Schwinka auch. »Bleiben Sie auf dem Teppich, Mann! Keine Ahnung, wo Sie mit Ihren Gedanken sind, aber kein Mensch unterstellt hier irgendetwas.« Der Ermittler schaut dem Schauspieler scharf ins Gesicht. »Sie werden doch wohl die möglichen Bedeutungsebenen der von mir verwendeten Worte ›Verhältnis‹ und ›intim‹ kennen und nicht jedes Mal gleich die sexuelle Komponente in den Vordergrund rücken. Was ist denn los mit Ihnen?«

Tröger macht große Augen und schweigt. Dann zischt er ein »Sie haben recht« hervor. Und setzt noch »Ich kenne sie nur flüchtig« hinzu.

Die weitere Vernehmung verliert sich in Banalitäten. Schwinka ist auch kaum noch bei der Sache. Er hat, was er wollte.

Nachdem der Goedeke-Darsteller gegangen ist, macht sich Danilo Schobel Luft. »Meine Güte, was war das denn eben?«, fragt er mehr rhetorisch. »Aber zumindest passt der besser in seine Rolle auf der Bühne.«

»Er ist ein Dummkopf«, sagt Schwinka.

»Wieso das?«

»Mag sein, dass die Hermanova und der Kranich durch die Betten springen. Aber er ist keinen Deut besser.«

»Glaubst du?«

»Lass uns Montag einen Hermanova-Tag machen. Dann wissen wir unter Umständen mehr. – Übrigens werde ich am Wochenende hier auch noch ein bisschen rumgeistern. Wenn ich dich brauche, rufe ich dich an. Ist das okay?«

»Absolut.«

11

Freiheit und Gerechtigkeit

Karsten Schwinka tankt an den beiden freien Tagen Festspielatmosphäre. Die Samstagvorstellung ist ausverkauft. Da es in der ersten Platzgruppe, die die Reihen 1 bis 10 umfasst, immer ein paar freie Klappsitze für Journalisten oder unerwarteten prominenten Besuch gibt, kann Ilona Strabach ihm davon einen zur Verfügung stellen. Ganz zu schmecken, schien ihr das nicht, als Schwinka sich für das Wochenende ankündigte. Aber schließlich gab sie sich großzügig, indem sie darauf hinwies, was ein Ticket eigentlich kosten würde.

Karsten Schwinka sieht die Aufführung zum ersten Mal. Theater ist definitiv nicht sein Ding. Aber das Stück um den Piraten Klaus Störtebeker fasziniert ihn. Das ist so ein Jungsding. Piraten, Cowboys und Soldaten. Er ist mit Filmen dieser Art großgeworden. Und das sind immer noch die Geschichten, die ihm am meisten Spaß bereiten. Müsste er definieren, was Helden sind, würde er garantiert auf Typen zurückgreifen, die von Robert Redford, James Stewart, Kevin Costner oder Clint Eastwood verkörpert wurden: mutig, hart beim Austeilen aber auch im Nehmen, manchmal wortkarg, prinzipienfest, selbstlos. Wie dieser Klaus Störtebeker war, weiß Schwinka nicht. Und wie er hörte, soll darüber auch das Theaterstück nur wenig vermitteln. Mit dem Namen verbindet der Polizist aber all die Eigenschaften der alten Helden. Und er wird nicht enttäuscht. Klaus Störtebeker ist ein Kerl. Vielleicht ein bisschen weich, wenn es um seine Geliebte geht. Die wird in dem Stück vom Gegenspieler des Piraten gemeuchelt und er darf tränenreich ihren Tod beweinen. Die Hinrichtungsszene ist mit viel Pathos inszeniert. Störtebeker hält noch kurz eine Rede über Freiheit und Gerechtigkeit, bevor sein Kopf unter der Guillotine fällt. Das sorgt für eine Schrecksekunde im Publikum, weil das Herabfallen des Kopfes wirklich sehr echt wirkt. Schwinka muss dabei ein bisschen an Mel Gibson in dem Film »Braveheart« denken. Bevor der Anführer der Schotten gerichtet wird, schreit er noch »Freiheit!« in den Himmel. Ein emotionaler Moment. Das funktioniert mit Robert Kranich nicht so gut, hat er doch weitaus mehr Text und erscheint dadurch ein bisschen wie ein Verteidiger im Gerichtssaal. Aber vielleicht ist es auch das Spiel Kranichs, das diesen Eindruck erweckt.

Nach dem obligatorischen Feuerwerk lässt sich Schwinka mit den Menschenmassen zum Ausgang schieben. Da sieht er plötzlich Michael Neumann. Eigentlich nichts, das ihn stutzen lassen müsste. Aber sein Kollege lässt sich von einem Securitymann zwischen den Imbissbuden in den Backstagebereich der Schauspieler führen. ›Was hat der hier zu suchen?‹, denkt Schwinka. Ärger steigt in ihm auf. Nicht darüber, dass Neumann im Dunstkreis der Darsteller anscheinend privat irgendetwas zu tun hat. Vielmehr stört ihn, dass der Polizist in den Lagebesprechungen, in denen es um den Fall Möhricke ging, kein Wort über seinen geplanten Besuch bei den Festspielen verloren hat.

Karsten Schwinka geht in die Gaststätte. Im Störti herrscht reger Betrieb. Aufgeregte Besucher recken die Hälse, um eventuell einem der Schauspieler zu begegnen. Viele wirken überdreht, manche verunsichert. Was tun, wenn plötzlich Störtebeker vor ihnen steht? Oder Goedeke Michels? Was sagen, ohne sich zu blamieren? Und wenn man abblitzt? Oh, wie peinlich. Aber sie harren aus, bestellen sich Getränke, reden laut mit anderen Gästen. Sind begeistert, von diesem Mimen oder jener Aktrice. Ach, und bei der einen Szene war alles so wahnsinnig emotional. Und eine andere hatte was extrem Brutales.

An der Theke bedient Silvie. Neben der jungen Frau, die Schobel beim letzten Mal die Cola brachte, ist noch eine dritte Kellnerin anwesend: groß, blond, schlank, scheinbar selbstbewusst – aber unansehnlich. Schwinka starrt sie an. ›Was stimmt da nicht?‹, fragt er sich. ›Ist die Nase zu lang oder sind die Augen zu groß?‹ Auf jeden Fall bemerkt er die dunklen Ränder darunter. Auch schaut die Blonde missmutig drein, was besonders neben Silvie auffällt, da die Dunkelhaarige ständig am Kichern ist. ›So doll kann es mit dem Möhricke nicht gewesen sein‹, denkt Schwinka. ›Für Silvie geht alles weiter wie zuvor.‹

»Na, Herr Kommissar!«, tönt es da plötzlich übermäßig laut in Schwinkas Rücken.

›Puls‹, denkt der Ermittler noch und dreht sich um.

»Na, Sie machen wohl nie Feierabend«, brüllt der Regisseur und haut Schwinka auf die linke Schulter.

Der lächelt nur.

»War super heute«, sagt Pedro Puls. Er ist zwar immer noch laut, drosselt seine Stimme aber so weit, dass der Beginn eines Zwiegesprächs zu vermuten ist: »Kein Patzer, die Technik zog durch, das Publikum war hingerissen.« Puls hat eine schwere Zunge. Das ist jetzt, wo er mehr als nur zwei, drei Worte brüllt, deutlich zu hören.

Karsten Schwinka ist überrascht, denn um dermaßen angeschickert zu sein, braucht man eine gewisse Zeit. Also hat der Regisseur weit vor dem Ende der Aufführung angefangen, Alkohol zu trinken. »Freut mich für Sie, dass alles so gut gelaufen ist«, sagt Schwinka – und fühlt sich dabei wie in einer Tauchgondel, aus der es unter Wasser kein Entrinnen gibt.

»Schon weitergekommen mit Ihren Ermittlungen?«, fragt Puls und bestellt bei der Blonden mit dem langgezogenen Gesicht ein Bier.

»Jeden Tag geht es ein bisschen voran«, entgegnet Schwinka. Sein Blick wandert suchend durch den Raum. An der Tür, die den Flur zu den Toiletten mit dem Gastraum verbindet, sieht er Neumann und Strabach. ›Verdammt!‹, denkt er.

»Schon den Mörder gefunden?«

Schwinka dreht mit den Augen. »Ach, Herr Puls«, der Ermittler holt tief Luft, »wollen Sie mit mir wirklich über meine Arbeit reden? Ich würde Ihnen doch sowieso nichts erzählen.«

Der Regisseur glotzt Schwinka an. Dann neigt er sich ein klein wenig nach vorn und sagt halblaut: »Ich kenne den Mörder.« Puls richtet sich wieder auf und grinst. Dann greift er sein Bier, prostet Schwinka zu und trinkt es in einem Zug zur Hälfte leer. Und nachdem er es wieder auf die Theke gestellt hat, fügt er aufgesetzt verschwörerisch hinzu: »Ich verrate aber nichts!«

Karsten Schwinka schmunzelt. Was könnte er auch anderes tun? Mit einer Befragung beginnen? Das wäre dann so ein: »Ooooch Herr Puls, nun sagen Sie schon, wer es ist!« Außerdem weiß der Ermittler nicht, inwieweit der Alkoholrausch aus dem Gegenüber spricht. »Ich kenne ihn auch«, sagt Schwinka ernst. Was Besseres ist ihm nicht eingefallen. Allerdings war das recht wirkungsvoll, denn Puls stutzt.

»Echt jetzt?«, fragt er.

»Echt!« Schwinka gibt sich geradezu streng.

»Nehmen Sie ihn fest?«

»In Kürze.«

»Tröger?«

»Ich verrate Ihnen nichts, Herr Puls.« Karsten Schwinka wundert sich, dass Puls einen Namen nennt. Das ging ihm fast ein bisschen zu einfach.

Der Regisseur beginnt auf seinem Barstuhl sogar im Sitzen leicht zu schwanken. »Ich wusste es«, sagt Puls. »Dieser Tröger! Dieser Mistkerl!« Er setzt noch einmal sein Glas an und trinkt es aus. »Silvie«, brüllt der Regisseur, »mach uns zwei Kurze! Und bring mir noch ein Bier!«

Die Frau lässt sich aus einer oberflächlichen Unterhaltung mit einem Gast reißen und nickt. Schwinka trinkt eigentlich keinen Schnaps, er hat es sich aber abgewöhnt, solche Einladungen auszuschlagen. Zum einen geht die mit der Bestellung einhergehende Vertraulichkeit der Unterhaltung flöten, zum anderen versuchen ihn die Spendierer dann meist in ein Gespräch über die Abstinenz von harten Sachen zu verwickeln. »Für mich auch ein Bier«, ruft Schwinka stattdessen, denn langsam wird es Zeit, mal etwas zu sich zu nehmen.

»Ich wusste es«, sagt Puls jetzt wieder. Dabei neigt er sich erneut Schwinka entgegen und spricht mit gedämpfter Stimme: »Dieser aalglatte Hund mit seiner Politikerschnepfe. Die größten Moralapostel sind die miesesten Ratten.«

»Warum konnte Tröger denn den Möhricke nicht leiden?«, versucht Schwinka jetzt doch, ein bisschen mehr herauszubekommen.

»Weiberkram, denke ich.« Der Schnaps kommt. Puls schnappt sich sein Glas und will mit dem Ermittler anstoßen.

»Später«, sagt der und nimmt sich sein Bier.

Puls zuckt kurz mit den Schulter und schüttet sich die vier Zentiliter in den Hals.

»Naja, Frauen gibt es hier bei den Festspielen eine ganze Menge«, versucht der Oberkommissar das Gespräch in Gang zu halten.

»Das sage ich dir«, rutscht Puls in das vertrauliche Du, »und die sind alle keine Kostverächter. Silvie, Maja, Priest und Hermanova.«

Schwinka weiß, wer gemeint ist. Das entlockt ihm erneut ein Lächeln, denn immerhin befasst er sich mit den Festspielen gerade mal fünf Tage: Silvie ist die Kellnerin,

Hermanova die Frau in der Maske, Maja Hirse nennt sich Stagecoach und Katalena Priest spielt Störtebekers Geliebte. Und offenbar sind die Genannten alle in irgendwelche amourösen Abenteuer verwickelt. Zumindest, wenn man dem benebelten Gedanken von Puls Glauben schenken möchte.

»Und da mischt der Tröger mit.« Karsten Schwinka formuliert bewusst keine Frage.

»Das tut er, dieser Mistkerl!« Pedro Puls gafft die Blonde an. Er grinst, hebt die rechte Hand und winkt sie mit dem Finger zu sich heran.

Die mit dem langen Gesicht schaut einfältig drein und gehorcht.

»Wann hast du Feierabend, Angelina?«, fragt Puls.

»Um 2«, sagt diese.

»Dann komme ich noch mal wieder.«

»Ist gut«, sagt das Mädchen, dreht sich um und geht wieder an ihre Arbeit. Vermutlich hält sie es genau wie Schwinka für ausgeschlossen, dass Puls auch nur noch eine Stunde durchhält.

Im selben Moment beginnen Festspielbesucher mit dem Regisseur eine Unterhaltung. Wohl in Ermangelung der eigentlichen Stars des Abends, denn bisher hat sich kein Schauspieler blicken lassen. Jedenfalls hat sich das Thema Tröger erledigt und Puls vergisst Schwinka einfach.

Der Ermittler trinkt sein Bier aus, zahlt bei Silvie und geht zu dem weißen Durchgang mit der milchigen Verglasung. Dahinter ist fast genauso viel Trubel wie im Gastraum selbst. Die Türen zu den Toiletten gehen alle fünf bis zehn Sekunden auf. Im Gang stehen Gäste mit zwei Stuntleuten in Gespräche vertieft. Von Neumann keine Spur, auch Strabach ist nicht zu sehen. Allerdings hat Karsten Schwinka damit auch nicht unbedingt gerechnet. Er könnte jetzt durch die nächste weiße Tür gehen, die in die Maske und Requisite führt. Schwinkas Ermittlungen laufen derzeit aber noch mit angezogener Handbremse. Er weiß viel zu wenig, um den eitlen Haufen in eine permanente Unruhe versetzen zu können. Und vielleicht ist es ganz gut, dass Neumann und Strabach nicht wissen, dass er ihr heutiges Treffen mitbekommen hat.

Als der Oberkommissar zurückkommt, klimpert die Kunstuhr über der Treppe, die zur Empore führt, eine kurze und kantige Melodie. Alle Stunde erscheint eine andere einen halben Meter große Figur im Fenster. In diesem Moment steht der Papst an der äußersten Spitze. Der Harlekin verschwindet gerade wieder, und ein Gelehrter ist bereits zu sehen. Die Uhr ist ein historisches Kleinod. 2006 war sie Bestandteil einer Aufführung. Seitdem ist sie im Störti verbaut und zeigt die Stunden an. Karsten Schwinka sieht sie zum ersten Mal, denn da sie so hoch liegt, fällt sie nicht ohne Weiteres auf.

Puls wankt immer noch am Tresen hin und her und diskutiert mit Besuchern. ›Reicht für heute‹, denkt der Oberkommissar. Vielleicht wird er morgen wiederkommen und ein bisschen herumstöbern. ›Ich müsste mir eigentlich noch einmal diesen Tröger vorknöpfen!‹

Karsten Schwinka verlässt das Störti und schlägt den Weg zum Besucherparkplatz ein, der ungefähr 300 Meter von der Gaststätte entfernt ist. Im Vergleich zu dem Treiben im Schankraum ist es hier draußen mittlerweile recht ruhig geworden. – Und da ist er schon wieder. Als gehöre es zu einem Drehbuch, taucht Michael Neumann auf. Ausgerechnet in dem Moment, als Schwinka das Lokal verlässt, kommt der andere aus dem Verwaltungsgebäude neben dem Kassenschalter, in dem sich unter anderem auch das Büro von Ilona Strabach befindet. Schwinka geht unauffällig ein Stück nach links, wodurch er in den Schatten der Wand gerät. Neumann geht keine zehn Meter an ihm vorüber, ohne ihn zu bemerken. Der Polizist grinst. Jetzt ist sich der Ermittler sicher: Morgen kommt er wieder.

12

Vernehmungsprotokolle

Ilona Strabach drückt die Zigarette aus. Eigentlich hat sie mit dem Rauchen aufgehört. Aber hin und wieder lässt sie sich hinreißen. Auf Partys zum Beispiel oder in geselliger Runde. Manchmal reicht es aber auch nur, wenn ein Gesprächspartner ihr eine Zigarette anbietet. Dann ist es für sie oft sehr schwer, zu widerstehen. Und wenn sie ehrlich ist, hat das mit dem Aufhören irgendwie nicht geklappt.

Strabach streicht mit ein paar übereinandergelegten Zetteln herabgefallene Asche von dem kleinen Glastisch in der Sitzecke zwischen den wuchtigen Ledersesseln. Sie ist nach der Aufführung oft noch lange Zeit wach. Ihr erster Gang führt zu der Bude mit den Merchandise-Artikeln. Danach macht sie einen Abstecher zu den Schauspielern, nicht selten ist sie später im Störti zu finden. Ein Treffen in ihrem Büro kommt hingegen eher selten vor. Aber heute war es wichtig. Sehr wichtig sogar. Denn Michael Neumann war bei ihr. Sie kennt den Polizisten schon lange. Eigentlich von Anfang an, seit er im Bergener Hauptrevier arbeitet.

Strabach fummelt ihr Smartphone aus der Handtasche. In den Kontakten sucht sie den Namen *Haßmann*. Silvio Haßmann. Das ist ihr Geschäftsführer. In ihren Augen der perfekte Mann für den Job. Haßmann ist gehorsam, fleißig und unheimlich verschlagen. Er heckte schon Winkelzüge aus, auf die sie nie im Leben gekommen wäre. »Hassi?«, fragt Strabach ins Telefon.

Am anderen Ende kommt ein strammes »Ja, Ilona. Ich höre!« zurück.

»Wir müssen uns morgen zusammensetzen. Ich glaube, es gibt da ein paar Personalien zu erledigen.«

»Soll ich Unterlagen mitbringen?«, fragt der Geschäftsführer beflissen.

»Nein, das können wir auch ohne Papierkram besprechen.«

»Wann?«

»Lass mich erst mal ausschlafen! – Vielleicht gegen eins.«

»In Ordnung, ich komme ins Büro.«

»Gut. – Hattest du schon geschlafen?«

»Nein.«

»Dann ist gut.«

»Und wenn … du weißt, mein Handy liegt bei mir auf dem Nachtschrank. Du kannst mich jederzeit erreichen.«

»Ich weiß, Hassi. Schlaf gut!« Ilona Strabach schnappt ihre Handtasche, greift sich die Zettel und geht zu ihrem Auto. Es ist ein Mercedes S-Klasse-Cabriolet. Während sie sich hinters Lenkrad setzt, legt sie ihre Handtasche auf den Beifahrersitz. Dann öffnet sie das Handschuhfach und schiebt die Zettel hinein. Es sind Auszüge aus den Vernehmungsprotokollen, die in jener Nacht angefertigt worden waren, als Möhricke starb.

13

Café Central

Es ist Mitternacht. Als Schwinka mit seinem Jaguar vor seiner Wohnung in Putbus hält, bleibt er im Wagen sitzen. Er ist unruhig. Tausende Gedanken schießen ihm durch den Kopf. Es graut ihm davor, allein auf der Couch oder im Bett zu liegen und von all diesen Geistesblitzen gequält zu werden. An Schlafen ist dabei sowieso nicht zu denken. Er startet den Motor neu und fährt zum Café Central nahe des Marktes. Das hat immer so lang geöffnet, bis der Letzte geht.

Die kleine Bar ist voll. Jeder Stuhl ist besetzt. Halt! An der Theke ist ein Hocker leer. Karsten Schwinka fragt nach links eine junge Frau, ob noch frei wäre. Diese nickt. Also spart er sich die Erkundigung bei seinem rechten Nachbarn, denn der ist sowieso gerade in ein Gespräch mit einer spröden Mittvierzigerin vertieft.

Schwinka bestellt ein Bier. Dann schaut er sich um. So richtig nimmt er allerdings nichts wahr, denn der Typ an seiner Seite legt keinen Wert darauf, dass man ihn nicht hört. Auch die Vertrocknete scheint nichts zu verbergen zu haben. Beide turteln, dass es die Grenzen der Peinlichkeit überschreitet. Er lobt ihren Körper und »das wunderschöne Lächeln«. Sie himmelt ihn an, weil sie noch nie jemanden hatte, der so gut gewesen sei. Und damit meint sie definitiv nicht den Charakter des Mannes.

›Mist, ich kann nicht weghören‹, stellt Schwinka fest. Dafür ist der Dialog einfach zu kurios.

»Du bist der Mann meines Lebens«, sagt sie. Und er: »Du machst mich so glücklich, wenn du das sagst.« Und sie wieder: »Ich kann mir wirklich ein Urteil erlauben, aber so wie mit dir war es noch nie.« – »Geht mir genauso«, brummt er.

›Oh je‹, denkt Schwinka, ›das ist ja nicht zum Aushalten!‹ Er schaut sich seine linke Nachbarin an, die gerade auf die Flaschenreihen in den Regalen hinter der Barfrau blickt. Dadurch zeichnet sich ihr Profil ab. Und das ist annehmlich. »Wollte man die alle durchprobieren, muss man sich hier zwei Wochen lang jeden Abend die Kante geben«, sagt Schwinka. Das ist zwar an die junge Frau gerichtet, klingt aber ein bisschen wie zu sich selbst gesprochen.

»Och, wenn man mich dazu einladen würde …« Sie schaut weiter auf die Flaschen, während sie das sagt. Ihre Stimme ist ein ganz klein wenig belegt, als sei sie erkältet. So kann man aber auch klingen, wenn man morgens mit einem Kater erwacht.

»Was haben Sie denn davon schon getestet?«, fragt Schwinka.

»Jetzt würde ich gern mal irgendetwas mit Rum probieren«, sagt seine Nachbarin und dreht das Gesicht zu Schwinka.

Hübsch ist sie, denkt der Polizist als Erstes. Er bemerkt aber auch sofort, dass die Frau, die noch keine 30 sein kann, schon ein wenig angetrunken ist.

»Was haben die hier denn?«

»Mai Tai nehme ich.«

»Okay, kenne ich zwar nicht. Aber ich bestell ihn gern.«

Schwinka winkt die Bardame heran, bestellt und erkundigt sich, mit wem seine Nachbarin in der Bar ist.

»Mit zwei Freundinnen«, lächelt sie. Dann dreht sie sich etwas in den Raum hinein und zeigt Schwinka einen Tisch, an dem zwei Pärchen sitzen. »Da vorn«, fügt sie hinzu.

»Aha«, sagt Schwinka. »Haben die beiden Sie hier allein gelassen oder haben Sie sich abgeseilt?«

»Ich weiß nicht.« Sie wirkt ein wenig traurig, wenngleich ihr Tonfall forsch klingt.

Der Mai Tai kommt. Bevor die Frau zum Glas greift, setzt sie sich aufrechter hin und geht mit der rechten Hand durch ihr halblanges braunes Haar, als gelte es, die Frisur zu richten.

»Sind Sie aus Putbus?«, fragt Schwinka.

»Nein, aus Binz. – Prost!« Sie hebt das Glas leicht in die Höhe, während sie sich dem Polizisten zuwendet.

Schwinka prostet zurück. ›Sie ist sehr schlank‹, denkt er. ›Gefällt mir.‹ Dann lächelt er ihr zu.

Sie lächelt auch und legt den Kopf schief. »Bist du aus Putbus?«, fragt seine Nachbarin, die auf das Höflichkeits-Sie komplett verzichtet.

»Ja. Aber erst seit Kurzem wieder auf der Insel. Seit ein paar Tagen, um es richtig zu sagen.«

»Aber du stammst von hier?«

»Genau. Du auch?«

»Ja, leider. Laaaangweilig.«

Karsten Schwinka hasst belanglose Gespräche zwischen Männern und Frauen, bei denen mindestens eine Seite immer schon gleich nach dem ersten Satz weiß, dass es nur darum geht, den anderen rumzukriegen. Und er würde die hübsche Binzerin gern mit zu sich nehmen. Aber bevor es dazu überhaupt kommen kann, muss er hier noch eine Zeit lang geistreiche Sprüche platzieren. Naja – und sicher ein paar Drinks spendieren. Frauen wollen erobert sein.

14

»falsche fährte«

Als Schwinka erwacht, hat er Kopfschmerzen. Weniger wegen des Alkohols, den er in der Nacht zu sich nahm. Er hatte schlicht und einfach ungünstig gelegen, sodass seine Nackenmuskulatur völlig verdreht scheint. Ursache: Nadine Pollwitz. Drei Cocktails und 60 Minuten Geplapper später war die Binzerin zutraulich geworden. Ja, im Grunde hatte sie den Anfang gemacht, als sie bemerkte, dass sie gar keine Lust habe, mit ihren Freundinnen zurückzufahren. Dann war alles ganz fix gegangen: bezahlt, die kurze Strecke bis zu ihm nach Hause mit dem Auto – trotz der Drinks – und sie hatten die Tür kaum hinter sich zugemacht, da waren sie übereinander hergefallen.

Jetzt liegt Nadine zusammengerollt neben ihm und röchelt leise. Wenn er sie nicht weckte, würde sie vermutlich noch Stunden schlafen, denn am Ende hatte sie ganz schön einen zu sitzen.

›Schwinka, du Schuft! Hast das hilflose Mädchen einfach so ausgenutzt‹, denkt er leicht amüsiert. ›Aber es hat sich gelohnt.‹ Der Polizist rollt sich von der Matratze und steht auf. Ein Bett hat er noch nicht. Noch war keine Zeit gewesen, sich eines zu besorgen. Auf dem Fensterbrett liegt sein Telefon. 10.27 Uhr. Und eine Menge Textnachrichten. »Bestimmt das meiste wieder von Karla«, brummt Schwinka. Und hat recht: Sieben Mal hat sie ihm geschrieben. Er drückt die Liste weg. ›Heute nicht!‹

Nadine bewegt sich. Dabei rutscht die Decke zur Seite und gibt ihre gesamte Rückansicht frei.

›Hübsch, hübsch‹, denkt der Polizist und hat wieder einige Bilder aus der Nacht vor seinem geistigen Auge. Er muss grinsen. Das Dienst-Smartphone summt. Schobel.

»Hallo Karsten«, ruft es am anderen Ende gut gelaunt ins Telefon. »Ausgeschlafen? Willst du heute noch nach Ralswiek?«

Schwinka druckst. »Mmh, weiß nicht … Bin eben erst aufgestanden. Ich muss erst mal auf die Beine kommen. Wieso, willst du mit?«

»Ich habe mir eine Menge durch den Kopf gehen lassen. Und ich glaube, es gibt ein paar Sachen, die wir noch nicht berücksichtigt haben.«

»Davon bin ich überzeugt. – Ich versuche mal ins Rollen zu kommen. In ein, zwei Stunden rufe ich dich an und sage Bescheid, ob es heute noch etwas wird. Ansonsten legen wir halt morgen los.«

»Alles klar. Bis dann.«

Ohne Nadine wäre es für Schwinka gar keine Frage gewesen, ob er wieder rüberfahren würde. Das hatte er sich bereits gestern Abend vorgenommen. Jetzt würde er es aber davon abhängig machen, wie es mit seiner kleinen Eroberung weitergeht. Vielleicht ist sie nüchtern unausstehlich. Dieser Gedanke amüsiert Schwinka schon wieder ein bisschen, und er geht ins Bad.

Als der Ermittler Nadine weckt, ist es halb zwölf. Sie knurrt, schmatzt, reibt sich die Augen, reckt sich – was Schwinka außerordentlich gut gefällt – und setzt sich auf. »Oh Gott«, sagt sie.

»Kater?«, fragt Schwinka.

»Auch«, antwortet sie, »aber, dass ich mit dir nach einem kurzen Abend in einer Bar im Bett lande, ist schon ein dicker Hund.« Ihre Stimme klingt jetzt noch heiserer als gestern Abend. Und wie sie »dicker Hund« sagt, hat was Verruchtes. Schwinka merkt, dass ihm auch das gefällt. »Wie spät ist es eigentlich?«, fragt sie.

»Halb zwölf.«

»Oh je.« Nadine lässt sich wieder auf die Matratze fallen. »Dann können wir direkt weitermachen.« Sie legt die rechte Hand auf ihre Augen und stöhnt. »Mein Kopf …«

»War das mit dem Weitermachen ernst gemeint?«, fragt Schwinka, obwohl er sich denken kann, dass es das vermutlich nicht war. Aber man kann ja mal fragen.

»Um Gottes willen!« Nadine schnellt wieder in die Sitzposition. »Ich bin total gerädert und fühle mich schrecklich. Ich gehe am besten gleich in die Dusche.« Sie steht auf.

›Hui‹, denkt Schwinka und schaut ihr verzückt hinterher. ›Da würde ich mich sogar ein kleines bisschen verbiegen, um sie wiedersehen zu können.‹ Gleichzeitig wird ihm klar, dass es heute wiederum wohl besser wäre, sie nach Hause zu bringen, damit sie wieder auf den Posten kommt. Der Rest ergibt sich von selbst. Er schaut noch einmal auf sein Telefon, das er wieder auf die Fensterbank zurückgelegt hatte. Noch mehr Nachrichten. Eine ist darunter, die als Absender nur das Wort *Anonym* zu stehen hat. Der Inhalt lässt ihn stutzen. *hallo schwinka. puls lügt, puls ist ein schwein und puls ist alles zuzutrauen. lassen sie sich nicht auf eine falsche fährte locken.* Alles fein säuberlich klein geschrieben. Für den Ermittler spontan ein kleines Zeichen, dass hier jemand am Werke war, der die 40 noch nicht erreicht hat. Vielleicht war er noch nicht einmal 30 Jahre alt. Das schränkt die Anzahl der möglichen Absender enorm ein, denn offensichtlich bezieht sich hier jemand auf sein Gespräch mit dem Regisseur von gestern Abend. Wer war ihnen so nahegekommen, dass er gehört haben könnte, worum es in dem Gespräch gegangen war? Silvie und ihre Mitstreiterin, von der Schwinka merkwürdiger Weise den Namen immer noch nicht kannte. Und die mit dem langen Gesicht. Dann war da noch ein Besucherpärchen, das neben ihm und Puls gestanden hatte. Ziemlich jung noch – aber nicht sehr wahrscheinlich. Allerdings auch nicht ausgeschlossen. Und seine Nummer kursiert unter den Festspielleuten spätestens seit der Nacht als Möhricke starb.

15

Wie die Katzen

Karsten Schwinka hat Nadine nach Hause gefahren. Sie wohnt in Binz in einem dieser typischen Mehrgeschosser, die zu DDR-Zeiten immer Neubaublock hießen – egal wie lange sie schon standen. Im Auto hatten sie nicht viel geredet. Der Abschied fiel etwas mechanisch aus: kurze Umarmung, küssen, etwas längere Umarmung, kleiner Kuss, »Ich ruf dich an«, sagte er. »Ich würde mich freuen«, sie.

Jetzt ist er wieder unterwegs nach Ralswiek. Schobel ist informiert, auch über die merkwürdige SMS. Dass Puls ein unangenehmer Zeitgenosse ist, hat er schon mitbekommen. Aber ist er deshalb auch gleich ein Mörder? Schobel würde über diese Brücke gehen.

»Puls und Möhricke schienen sich richtiggehend gehasst zu haben«, sagt der Kripomann, als er mit Schwinka wieder im Störti sitzt. »Ich habe mir auch die Aussagen von Puls aus der Vernehmungsnacht noch mal durchgelesen: Keiner geht über den Todesfall so lapidar hinweg wie der Regisseur.«

»Puls wollte mir Tröger als Killer servieren«, sagt Schwinka.

»Ach! Sieh an. Das ist aber plump.«

»Das und auch sein grobschlächtiges Verhalten sprechen eher weiterhin dagegen, dass er Möhricke aus dem Weg geräumt hat.«

»Nun, er wäre nicht der erste Mörder, der sich aus Leichtsinn oder Selbstüberschätzung ans Messer liefert.«

Schwinka schüttelt den Kopf. »Dafür ist er zu klug«, sagt der Chefermittler. »Hätte er jemanden getötet, würde Puls eine Maske aufsetzen und uns zu täuschen versuchen. Der Mann ist ein Fachmann, was das Schauspielern betrifft.«

»Ach Gott«, entfährt es Schobel, »daran habe ich noch gar nicht gedacht …« Und ein paar Sekunden später: »Wer sagt dir dann aber, dass nicht ausgerechnet diese poltrige Art, sich ständig in den Mittelpunkt zu spielen, zur Täuschung gehört?«

»Er hätte keinen Namen genannt, wenn er tatsächlich von sich ablenken wollen würde«, sagt Schwinka. »Und die SMS ist auch eher der Ausdruck von Frustration statt ein echter Hinweis. Und ich weiß auch schon, von wem sie kommt.« Schwinka schaut zur Bar, an der gerade die Blonde mit dem langen Gesicht ihre Schicht beginnt.

Während sie scheinbar wahllos Gläser hin und her schiebt, die Thekenplatte reinigt oder Listen durchgeht, blickt sie immer wieder zu den Polizisten. Sie wirkt nervös, unsicher. Und als Schwinka obendrein aufsteht und schnurstracks auf sie zugeht, verliert sie fast die Fassung. Noch bevor er am Tresen ankommt und sie ansprechen kann, fragt die Blonde, ob der Ermittler einen Wunsch habe.

Der zieht sein Smartphone aus der rechten Hosentasche seiner dunkelblauen Jeans, wischt kurz über das Display und hält es der jungen Frau unter die Nase. »Wollen Sie darüber reden?«, fragt Schwinka.

»Wieso? Was meinen Sie?«

»Wollen Sie oder nicht?« Der Ton des Kriminalisten wird energischer. Er weiß jetzt endgültig, dass die SMS von der

Kellnerin stammt, denn sie hat nicht einmal auf das Telefon geschaut.

Stattdessen starrt sie Schwinka ins Gesicht. »Was wollen Sie von mir?« Die Stimme der Blondine zittert. Sie hat Angst.

»Reden, verdammt! Wie heißen Sie?« Schwinka überfällt sie.

»Burgner.«

»Vorname?«

»Angelina.«

»Legen Sie den Lappen weg und kommen Sie mit mir!«

Die Blondine reagiert prompt. Ihre beiden Kolleginnen, die nur ein paar Meter weiter die Szenerie verfolgten, haben aufgehört zu tuscheln und staunen, wie Angelina gehorsam hinter dem Tresen hervorkommt und Schwinka folgt, als wäre sie sein Hündchen.

Der Polizist geht mit ihr hinaus zu seinem Wagen. Sinn macht das keinen, allerdings wollte Karsten Schwinka nicht schon nach drei, vier Schritten in der Schauspielerecke die Situation auflösen. Angelina soll ihre Anspannung länger behalten und aus der ihr vertrauten Umgebung der Gaststätte raus. Und so wählt er den Jaguar, der heute wieder auf dem Unternehmensparkplatz unmittelbar vor dem Störti steht. Schwinka entriegelt den Wagen per Fernbedienung, setzt sich hinter das Lenkrad und öffnet von innen die Beifahrertür, weil Angelina Burgner davor stehengeblieben ist und sich mit beiden Händen an den Lippen spielt. »Steigen Sie ein!«, ruft er.

Die junge Frau gehorcht.

»Hören Sie, Burgner!«, sagt Schwinka. Und er lässt die höfliche Anrede bewusst weg. »Hören Sie, das hier ist kein Spiel! Es geht um den Tod eines Menschen. Und sollte sich herausstellen, dass jemand diesen Möhricke getötet hat, muss er mit vielen Jahren Gefängnis rechnen. Auf dem Weg zur Überführung eines möglichen Täters können Zeugen bei Vernehmungen viele Dinge falsch machen …« Dabei schaut er seine Nachbarin aus den Augenwinkeln an.

Die hat den Kopf gesenkt und dreht abwechselnd nervös an ihren zwei Fingerringen. »Ich wollte nur helfen«, sagt sie kleinlaut.

»Das sah aber nicht danach aus«, entgegnet Schwinka streng wie ein Vater. Der könnte er streng genommen auch sein, denn Angelina Burgner ist bestenfalls 25 Jahre alt. Hier ging es aber nicht darum, verständnisvolle Kritik zu üben. »Ich hatte eher den Eindruck, Sie wollten sich Luft machen und haben sich dafür einfach die falsche Adresse ausgesucht.«

»Aber Puls ist ein Schwein«, ruft Angelina und schaut Schwinka an.

»Das kann ich nicht beurteilen. Nur, was hat das mit Möhricke zu tun?«

»Puls steigt jeder von uns nach. Das geht so weit, dass er nach den späten Schichten auf dem Parkplatz auf die wartet, die er sich ausgesucht hat, um dann mit zu ihrer Bude zu fahren. Die meisten Mädchen sind Saisonkräfte, haben entweder ein Zimmer auf einem der Dörfer oder in Bergen, oder sie wohnen irgendwo zu Zweit. Aber das ist Puls auch egal.«

»Die Mädchen müssen Puls ja nicht mitnehmen.«

»Macht auch nicht jede. Und es klappt auch nicht immer. Aber Sie können sich gar nicht vorstellen, was der für einen Druck ausübt. Da kann einem manchmal angst und bange werden.«

»Das ist sicher nicht die feine englische Art, aber mit Möhricke hat das nichts zu tun.«

»Ich weiß nicht.« Angelina blickt wieder auf ihre nervösen Finger. »So wie er den schikaniert hat, traue ich ihm alles zu.«

»Was ist denn nun die falsche Fährte, von der Sie geschrieben haben?«

»Na, Tröger«, sagt die junge Frau vorwurfsvoll, »der hat damit überhaupt nichts zu tun.«

»Warum nicht?«

»Tröger ist so ein feiner Mensch …«

»Burgner, das ist nicht Ihr Ernst!«, sagt Schwinka in scharfem Ton. »Sie wollen Verdächtigungen aussprechen beziehungsweise jemanden entlasten, weil Ihnen die Nase des einen besser gefällt als die des anderen? Mögen Sie Krimis?«

»Oh ja«, lächelt Angelina und schaut Schwinka wieder an. »Ich sehe jeden Sonntag den ›Tatort‹. Es gibt auch ein paar tolle Serien.«

»Schauen Sie weiter in die Flimmerkiste, aber mischen Sie sich nicht in reale Ermittlungen ein, wenn Sie nicht wirklich etwas beizutragen haben!«

Die Blondine schaut wieder auf ihre Finger. »Ich glaube, Tröger hatte Angst vor Möhricke«, sagt sie plötzlich.

»Ach? Angst? Wie kommen Sie darauf?« Schwinka ist auf einen Schlag sanft wie ein Seelsorger.

»Einmal, als er an der Bar stand und Möhricke ins Störti kam, hat er gesagt, er gäbe die Gage von einem Monat her, wenn Möhricke sein Engagement verlieren würde. Und als der dann zu ihm an die Bar trat, hat Tröger ausgetrunken und ist wortlos weggegangen. Möhricke hat noch irgendwas mit einer ›weißen Weste‹ hinterhergerufen.«

»Wann war das?«

»Zwei Tage, bevor er gestorben ist.«

»Können Sie sich erklären, was zwischen den beiden war?«

»Ach, zu Anfang war alles ganz locker«, sagt Angelina, »aber irgendwann haben die sich belauert … Ja, genau. Die haben sich belauert. Nicht so wie der Puls, der sich immer gleich mit jedem rumzankt und herumbrüllt. Nein, die waren wie Katzen. Haben sich angeschaut, nichts gesagt. Und meist ist der Tröger dann gegangen.«

»Mensch, Frau Burgner, warum nicht gleich so?«, sagt Schwinka und legt der Frau seine Hand auf die nervösen Finger. »Ich würde mich freuen, wenn Sie auch in den nächsten Tagen so aufmerksam darauf achten, was an der Bar gesprochen wird. Vielleicht spitzen Sie sogar noch ein bisschen mehr die Ohren, als Sie es bisher schon getan haben. Und wenn Sie etwas hören, das mit Möhricke, Tröger, Puls oder dem Vorfall von letztem Mittwoch zu tun hat, dann rufen Sie mich an!« Schwinka klappt sein Handschuhfach auf und holt eine Visitenkarte hervor. »Bitte schön, da steht alles Wichtige drauf«, sagt der Polizist und schiebt das Kärtchen zwischen die unruhigen Hände, die Angelina immer noch in ihrem Schoß zu liegen hat. Vom ständigen Drehen der Ringe sind die beiden Ringfinger schon ganz rot. »Ich danke Ihnen für die Information, Sie haben mir sehr geholfen«, sagt Karsten Schwinka, beugt sich kurz über die junge Frau und öffnet die Beifahrertür. »Sie können jetzt wieder arbeiten gehen!«

Angelina Burgner schaut den Ermittler an. Ein bisschen verwundert, aber auch ein bisschen erleichtert. Sie steigt aus, sagt »Danke« und läuft zurück in die Gaststätte.

Schwinka schaut ihr nach, lächelt und steigt seinerseits aus dem Auto. Und als er die Tür zuklappt, sagt er: »Langsam wird ein Schuh draus.«

16

Biest

Im Büro von Ilona Strabach sitzt Geschäftsführer Silvio Haßmann seiner Intendantin gegenüber und rauft sich die Haare. Und das im wahrsten Wortsinn. Er kann nicht glauben, was er da liest. »Wieso machen die alle solche Panik?«, fragt er und lehnt sich zurück. Er ist – wie immer – wie aus dem Ei gepellt: dunkelblauer Anzug, ein Hemd in dezentem Orange, schwarze, blank gewienerte Halbschuhe und eine dunkelblaue Krawatte. Das Jackett ist offen, was bei Haßmann nur selten vorkommt. Soviel »Unordnung« lässt er eigentlich nicht zu.

»Es ist kein Wunder, dass die Kripo hier so intensiv herumschnüffelt«, entgegnet Strabach. »Es spricht zwar niemand von Mord, aber Andeutungen habe ich wenigsten ein Dutzend gelesen.«

»Wir hatten einfach keine Zeit, die Leute zu briefen«, sagt Haßmann. »So waren sie alle irgendwie mit der Situation überfordert.«

»Das mag sein. Aber bei der Winkler und dem Kampe lese ich das bewusste Legen einer Fährte heraus. Hier: *Herr Möhricke hatte nie Anzeichen einer Krankheit. Er war umgänglich und ein guter Kollege. In den letzten Tagen schien er aber mit Problemen belastet gewesen zu sein. Vielleicht hat diese Veränderung mit seinem Ableben zu tun.* Ist die Sherlock Holmes, oder was? Und dann Lucas Kampe: *Normal*

ist das nicht. Jan Möhricke kann keines natürlichen Todes ge-
storben sein. Zu Beginn der Aufführung erfreute er sich noch
bester Gesundheit und hatte auch sonst keine Wehwehchen.
Woher will der das wissen? Nur weil er mit seinen beiden
Rollen als Stadtschreiber und Anführer der Schlosstruppen
zahlreiche Auftritte hat und den wichtigsten Figuren ziem-
liche nahekommt, hat er dem Möhricke noch lange nicht
auf dem Schoß gesessen? Unmöglicher Typ.«

»Das ist sicher alles ein Problem«, meint Haßmann. »Aber
es ist dummerweise ein Fakt, dass Möhricke vergiftet worden ist.«

»Jetzt fang du auch noch so an!«

»Komm schon, Ilona! Wir beide müssen doch nicht um
den heißen Brei herumreden.«

Strabach steht vor dem Fenster und schaut zu, wie ein paar
Vögel draußen im Sand baden. Zum ersten Mal seit dem Tod
des Schauspielers sackt etwas in ihr zusammen. Sie begreift
für einen Bruchteil von Sekunden, dass die Angelegenheit
nicht so abgehandelt werden kann, als wäre der Störtebeker-
Darsteller mitten im Finale vom Pferd gefallen. Das ist sicher
auch eine mittlere Katastrophe, wenn das allerdings einmal
durch die Presse getrieben worden ist, redet darüber wahrscheinlich kein Mensch mehr. Und die Leute kommen trotzdem. Vielleicht sogar noch mehr, weil sie Störtebeker noch
einmal vom Pferd fallen sehen wollen. »Wir müssen die Polizei hier wegbekommen«, sagt Strabach lapidar.

»Die gehen sicher erst, wenn sie ihre Ermittlungen abgeschlossen haben. Und wer weiß, wie lange die dazu noch

brauchen. Das Beste wäre, die fänden morgen den Täter. Das könnte man dann sogar noch ausschlachten und in die Werbung einbauen.«

»Wir brauchen einen Täter, Hassi!«

»Und wo nehmen wir den her?«

»Das weiß ich auch noch nicht. Aber lass uns darauf mal rumdenken!« Ilona Strabach wendet sich wieder ihrem Geschäftsführer zu. Dem ist schon beim Eintreten aufgefallen, dass die Intendantin so gut aussieht wie seit Jahren nicht mehr. Sie hat ihr Haar zurechtgemacht und sehr stilvoll Make-up aufgelegt. Das macht sie locker um fünf Jahre jünger. Außerdem trägt sie entgegen ihrer Gewohnheit heute ein enganliegendes türkisfarbenes Kleid. Schmucklos zwar, aber da es ihre Figur betont, braucht es keine ablenkenden Elemente.

»Ich bin da sehr skeptisch«, sagt Haßmann.

»Wir müssen denen nicht gleich einen Mörder unterjubeln. Es reicht doch schon, sie auf eine Fährte zu führen, die sie für ein paar Wochen von uns ablenkt. Ich kann mir durch diesen Mist doch nicht die ganze Saison verderben.«

»Und wie stellst du dir das vor?«

»Die Winkler!«

»Was ›Die Winkler‹?«

»Ich schmeiß die Winkler raus.«

»Oh Gott! Und dann?«

»Mensch, Hassi. Winkler ist mit ihrer Aussage definitiv weiter gegangen als all die anderen. Außer Kampe … aber der macht für wenig Gage unglaublich viel und ist somit unersetzlich. Jedenfalls wird die Polizei garantiert stutzen, wenn eine Zeugin, die in der ersten Vernehmung bereits einen Mord vermutet, plötzlich die Festspiele verlässt. Da kann sie bei der nächsten Befragung hundert Mal erzählen, sie sei aus fadenscheinigen Gründen gefeuert worden. Ich habe eine andere Geschichte.«

»Hui, du Biest!«, witzelt Haßmann.

»Und die Polizei kann wiederum hundert Mal zu ihr sagen, dass sie sich vor Ort zur Verfügung halten soll. Katja Winkler ist so selbstbewusst und forsch – die fährt nach Hause. Und dieses Zuhause nebst möglichem Engagement liegt im Schwarzwald.«

»Klingt simpel, könnte aber klappen.«

»Uuuuuuund … jetzt kommt der eigentliche Clou: Ihre Rolle als Straßenmädchen Esmeralda, das den Piraten hilft, hat Gina Wagner aus Stralsund perfekt drauf. Du weißt, dass sie unsere erste Wahl war und wir die Winkler im Nachhinein nur wegen ihres Bekanntheitsgrades in die Truppe hievten.«

»Großartig. Du hast es drauf!«

»Ich weiß, Hassi.« Ilona Strabach lächelt.

17

An die Oberfläche gespült

Als Karsten Schwinka in die Gaststätte zurückkehrt, spricht Schobel gerade mit jener Kellnerin, die die beiden Kriminalisten bediente, als sie in der Schauspielerecke Silvie Pochowski vernommen hatten.

»Darf ich vorstellen? Mechthild Sauer«, sagt Danilo Schobel, als sein Chef sich wieder an den Tisch setzt.

Schwinka muss schmunzeln. Den Namen findet er witzig. Er nickt der Frau zu, widmet sich dann aber dem Treiben hinterm Bartresen. Dort hat Angelina Burgner wieder damit begonnen, irgendetwas zu sortieren. Einer der Köche kommt durch die offene Tür aus seinem Arbeitsbereich nach vorn und tuschelt mit ihr. Dabei hat er einen verbissenen Gesichtsausdruck, der sich im Verlauf des merkwürdigen Gesprächs noch weiter verfinstert. Nach einer knappen Minute gerät er geradezu in Wut. Und vermutlich hätte er Angelina angeschrien, säßen unweit nicht die beiden Polizisten.

Karsten Schwinka steht auf. Der Koch bricht seinen zischelnden Redeschwall sofort ab, schaut aus den Augenwinkeln kurz herüber und verschwindet im selben Augenblick wieder in der Küche, als Schwinka sich in Richtung Tresen bewegt.

»Was ist los, Frau Burgner?«, fragt der Ermittler.

»Ach, nichts … nichts weiter«, stottert Angelina.

Natürlich könnte Schwinka sich die Frau erneut zur Vernehmung beiseitenehmen, sie noch einmal einschüchtern und verlangen, dass sie über das eben Geschehene spricht. Der junge Mann interessiert ihn im Moment aber viel mehr. »Wer war das?«, fragt Schwinka.

»Lutz Pioch.«

»Koch …«

»Ja.«

»Holen Sie den mal her!«

Angelina geht in die Küche und kommt wenig später mit Pioch zurück. Der trocknet sich doch tatsächlich seine Hände in der Schürze ab, als er auf den Polizisten zugeht und fragt: »Worum geht's?« Lutz Pioch ist gut 1,90 Meter groß, sehr hager. Sein Hals ist ungewöhnlich lang, die Augen liegen tief. Immer noch reibt er die Hände in der Schürze ab.

Karsten Schwinka hat schon wieder Szenen aus Kriminalfilmen vor sich, verkneift sich diesmal aber ein Grinsen. »Mein Name ist Karsten Schwinka. Ich bin von der Kriminalpolizei.«

»Hier kennt Sie jeder«, sagt der Lange. Sein Ton ist schnodderig.

»Ich möchte mich gern mit Ihnen unterhalten.«

»Ich mich aber nich' mit Sie.« Pioch verrät ein simples Gemüt. Leute dieser Art treten den Beamten gegenüber oft angriffslustig auf, weil sie meist in irgendeiner Talkshow, einem Film oder einem Nachrichten-Dreizeiler im Internet aufgeschnappt haben, dass sie ohne Anwalt nichts aussagen müssten. Oder, dass Staatsbeamte ihnen »gar nichts können«.

Und überhaupt haben sie Rechte und alles fällt unter den Datenschutz. So etwas hat Schwinka hunderte Male erlebt.

»Wenn Sie sich da mal nicht irren, Pioch!«, sagt Schwinka sehr energisch. Dabei zeigt er mit der rechten Hand in die Schauspielerecke.

Der Koch hat aufgehört, seine Hände zu reiben. Er schaut den Polizisten verdutzt an – und folgt brav dessen Anweisung.

Angelina Burgner ist bereits am Tisch, bevor die beiden Männer richtig Platz genommen haben. Schwinka schickt sie aber wieder weg. »Nein danke, ich möchte nichts«, sagt er.

»Ich weiß nüscht, Herr Kommissar«, sagt Pioch gleich.

Schwinka lächelt über so viel Einfalt. »Sie arbeiten hier als Koch?«, fragt der Ermittler.

»Ja«, sagt der Hagere.

Schwinka weiß sofort, dass das eine Lüge war. »Oder doch eher: Hilfskoch?«

»Hilfskoch«, antwortet Pioch unwirsch.

»Ihnen ist bekannt, dass hier vor ein paar Tagen ein Schauspieler auf mysteriöse Art ums Leben gekommen ist?«

»Müsteriös oder nich' – ich weiß nüscht.«

»Warum haben Sie mit Angelina Burgner gestritten?«

»Hab ich nich'.«

»Entweder, Sie reden jetzt mit mir vernünftig und beantworten die Fragen, die ich habe, oder ich sacke Sie ein und nehme Sie mit aufs Revier.«

»Könn'n Se gar nich'.«

»Wollen Sie es drauf anlegen?«

Das scheint Pioch nicht verstanden zu haben. Jedenfalls sieht er den Polizisten mit großen Augen an, hinter denen sich einiges abzuspielen scheint.

»Egal, Pioch«, setzt Schwinka noch einmal gespielt genervt an, »ich nehme Sie jetzt mit. Dann können Sie auf dem Revier eine Aussage machen. Und ich verspreche Ihnen, das wird kein Zuckerschlecken.«

Der Polizist will schon aufstehen, da lenkt Pioch ein. »Nein, nein«, sagt er erschrocken. Der freche Unterton ist weg. »Ich sag ja, was is'.«

Schwinka lehnt sich wieder zurück: »Also?!«

»Ich will nich', dass die Ängie so viel mit Ihnen redet.« Jetzt klappt es mit der Grammatik besser.

»Warum nicht?«

»Die ist nich' ganz normal. Redet immer so blödes Zeug.«

»Zum Beispiel?«

»Redet von Mörder und so. Und dass der Herzog vergiftet wurde.«

»Wer hat den Herzog denn vergiftet?«, fragt Schwinka und vermeidet im Satzbau den Umweg über den korrekten Inhalt. Nämlich, »was sie meine, wer den Herzog vergiftet haben könnte«.

»Gödicke.«

»Wie bitte?«

»Gödicke. Hat sie dir das nicht erzählt?«

Schwinka ist platt. Die vertrauliche Anrede überhört er, denn ihm ist klar, dass Pioch dazu übergegangen war, weil er sich nicht hatte zwischen »Sie« und »Ihnen« entscheiden können. »Warum sollte er das getan haben?«, fragt Schwinka.

»Weiß ich doch nich'«, sagt Pioch.

In Schwinka steigt die Ahnung auf, dass er bei Gesprächen mit dem Hilfskoch Sätze mit »sollte«, »hätte«, »würde« und »könnte« vermeiden sollte. Also noch einmal. »Was denken Sie Pioch: Warum hat Goedeke den Herzog vergiftet?«

»Der konnte den Herzog nich' leiden. Der hatte Angst vor ihm.«

»Der Herzog vor dem Goedeke?«

»Nein, der Gödicke.«

›Okay‹, denkt Schwinka, ›jetzt passt es wieder.‹

Als sich der Chefermittler noch einmal Angelina Burgner vorknöpft, erzählt sie ihm, sie habe am Morgen nach der Todesnacht in der Raucherecke im Biergarten wohl aus einer sentimentalen Laune heraus gemutmaßt, Helmar Tröger könne etwas mit Möhrickes Tod zu tun haben. Für Schwinka glaubwürdig und kein Hinweis darauf, dass die Frau tatsächlich etwas wissen könnte, was von Tragweite wäre.

Schwinka und Schobel sind zufrieden, als sie sich am Abend trennen. Schwinka hält es für möglich, dass die neue Woche einen Durchbruch bringen könnte. Denn unter den Festspielmitarbeitern und Schauspielern ist das Thema Möhricke das alles Bestimmende, was mehr und mehr dazu führt, dass bisher – bewusst oder unbewusst – zurückgehaltene Informationen an die Oberfläche gespült werden.

18

Pflicht zur Illusion

Am Montag überschlagen sich die Ereignisse. Oder besser: Montagnachmittag. Als hätte er es geahnt, hatte Schwinka erst am Morgen die Amtsgeschäfte an seinen Stellvertreter, Ralf Hortung, übergeben. Der ist der Dienstälteste, Kriminalpolizeikommissar und von beachtlicher Akribie. Er selbst muss sich jetzt komplett auf die Ermittlungen konzentrieren, da bleiben Führungsaufgaben auf der Strecke.

Michael Neumann hatte damals, als ihm die Aussicht auf die Dienststellenleitung wieder genommen worden war, die Vize-Position abgelehnt. Sicher eine sehr emotionale Reaktion, denn in der Aufstiegslogik der Polizei ist ein ausgeschlagener Stellvertreterposten gleichbedeutend mit mangelnder Teamfähigkeit oder fehlender Bereitschaft zur Übernahme von Verantwortung. Schwinka ist über diese Entwicklung froh, denn einen ihm nicht gerade wohlgesonnenen Mann die Leitung der Truppe anzuvertrauen, wäre ein echtes Problem geworden. Schlimmstenfalls hätte er damit selbst an seinem Stuhl gesägt.

Als die Nachricht reinkommt, dass die aus dem TV bekannte Katja Winkler das Störtebeker-Ensemble mitten in der Saison verlassen will, fahren Schwinka und Schobel sofort nach Ralswiek.

Als sich die Polizisten an Ort und Stelle nach der Mimin erkundigen, reagieren die Gefragten mit Schulterzucken. Und Ilona Strabach ist nicht da. Silvie Pochowski

– heute mit der Mittelschicht im Restaurant betraut – erbarmt sich und schickt die beiden Polizisten in das sogenannte Blaue Haus mitten im Ort, wo mehrere Schauspieler untergebracht sind.

Katja Winkler wohnt unten rechts. Helmar Tröger ist bei ihr. Als Schwinka und Schobel klopfen, wird ihnen ein »Ich bin für niemanden zu sprechen!« entgegengeschmettert.

Schwinka drückt trotzdem die Klinke, tritt ein und sagt: »Für uns gewiss.«

»Sie sind von der Polizei, nicht wahr?«, ruft Winkler ganz aufgelöst. »Wenn es um Jan Möhricke geht, habe ich dazu bereits alles gesagt, was ich wusste. Alles andere ist nichts für Sie.« Katja Winkler ist eine große Frau, sehr sportlich. Das schulterlange braune Haar trägt sie zu einem Zopf zusammengebunden. Ihr krachbuntes Sommerkleid lässt sie wie ein aus der Zeit geratenes Hippie-Mädchen erscheinen.

»Sie meinten, dass Sie seit heute nicht mehr zum Ensemble gehören?«, fragt der Kriminalpolizist.

»Ja, genau das meinte ich. Sie müssen verstehen, Herr … Wie war doch gleich der Name?«

»Karsten Schwinka. Das ist mein Kollege Danilo Schobel.«

»Herr Schwinka, ich muss die Situation mit meinem Management besprechen und einen Anwalt zu Rate ziehen. Immerhin geht es um eine gehörige Stange Geld, wie Sie sich sicher vorstellen können.«

»Sie können mir doch aber sicher sagen, weshalb Sie so plötzlich abreisen wollen, denn, wie ich sehe, packen Sie gerade.«

»Ich wurde gefeuert. Ja, so kann man es nennen. Ich wurde richtiggehend gefeuert.«

»Und warum?«, fragt Schwinka weiter, nachdem er die Tür geschlossen hat.

»Nun, bei Ihnen kann ich mir vermutlich sicher sein, dass Sie es nicht ausposaunen, denn darüber werden sich wohl in erster Linie die Anwälte unterhalten. – Ich verletze angeblich die vereinbarte Exklusivität des Engagements bei den Festspielen, indem ich für zwei Lesungen in Binz und in Putbus gebucht bin. Natürlich steht das im Vertrag, allerdings gab es mit dem Geschäftsführer eine Absprache, dass es okay wäre, wenn ich an zwei Sonntagen nebenbei vor Publikum aus meinem aktuellen Buch ›Pflicht zur Illusion‹ lese. Außerdem wäre ich nicht die Erste, die so etwas gemacht hätte.«

»Also wird Ihnen Vertragsverletzung vorgeworfen?«, fragt Schobel.

»Genau. Und das auf so perfide Weise, dass ich theoretisch kein Geld für den Arbeitsausfall bekäme.« Katja Winkler ist so in Rage, dass sie ihre Kleidungsstücke mit Schwung in den Koffer wirft. Dann knallt sie den Deckel zu und setzt sich schnaufend aufs Bett.

»Was sagen Sie dazu, Herr Tröger?«, wendet sich Schwinka jetzt an den Goedeke-Darsteller.

»Das ist eine Schweinerei«, sagt er. Das ist zwar klar formuliert, kommt aber recht zurückhaltend herüber. Eben genauso, wie seine Haltung schon die ganze Zeit während des Gesprächs zwischen den Polizisten und der Schauspielerin war.

»Haben Sie auch solch eine Ausschlussklausel in Ihrem Kontrakt?«, fragt Schwinka weiter.

»Die haben wir alle. So eng wie jetzt wurde das aber noch nie gesehen.«

»Gibt es irgendeine Vermutung, warum die Kündigung sonst ausgesprochen worden sein könnte?«, will der Chefermittler wissen.

»Ich habe keine Ahnung«, platzt es aus Katja Winkler heraus. »Vor allem hat eine andere die Rolle nicht bekommen, weil Frau Strabach mich unbedingt noch ins Ensemble holen wollte. Ich habe mich mit ihr bisher auch blendend verstanden. Vielleicht ist das auch jetzt noch so, denn der Haßmann hat mit mir gesprochen. Aber ohne Frau Strabach geht hier eigentlich nichts.«

»Gehen Sie damit an die Öffentlichkeit?«

»Um Gottes willen!«, ruft Winkler, »es wird zu einem Rechtsstreit kommen. Da wäre jede Öffentlichkeit fehl am Platze.«

»Frau Winkler, ich muss Ihnen allerdings mitteilen, dass Sie noch nicht so ohne Weiteres abreisen können …«

»Wie bitte?« Die Schauspielerin wird sehr laut. »Was maßen Sie sich denn an?«

»Das ist keine Anmaßung, Frau Winkler«, beschwichtigt Schwinka. »Wir stecken in den Ermittlungen zu einem Todesfall, bei dem wir davon ausgehen, dass es sich um Mord handelt. Da können Sie nicht so einfach den Ort des Geschehens verlassen.«

»Wissen Sie, Herr …«, Winkler überlegt, schnipst sogar einmal mit den Fingern. »Wie war doch gleich der Name?«

»Schwinka. Aber keine Ursache.« Der Ermittler nimmt die hochnäsig wirkende Zerstreutheit der Esmeralda-Darstellerin gelassen.

»Gut, Herr Schwinka, jedenfalls habe ich mit der Möhricke-Geschichte nichts zu tun. Allerdings ist das nicht einmal das Hauptargument dafür, dass ich hier so schnell wie möglich wegmuss: Vielmehr sollte ich mich um ein neues Theaterengagement kümmern.«

»Das kann ich gut verstehen«, sagt Schwinka. »Trotzdem müssen Sie sich uns noch zur Verfügung halten.«

»Wenn Sie etwas wollen, können Sie mich anrufen«, bleibt Katja Winkler kompromisslos.

»Ich werde zusehen, dass wir so schnell wie möglich alles Nötige mit Ihnen bereden, sodass Sie womöglich übermorgen schon abreisen können«, schlägt der Chefermittler vor.

»Das ist ein Kompromiss, wenn da nicht das ›womöglich‹ wär. Garantieren Sie mir, dass Mittwoch Stichtag ist, und ich mache Ihnen keinen Ärger!«

»Okay, so machen wir es«, sagt Schwinka.

Dann wendet er sich dem Goedeke-Darsteller zu. »Herr Tröger, wir müssen uns mit Ihnen unbedingt noch einmal unterhalten.«

Der kräftige Mann hat sich in einen Korbstuhl gesetzt, der eindeutig nicht für Menschen seines Kalibers angefertigt worden ist. »Warum?«, fragt Tröger.

»Glauben Sie mir: Es genügt die Information, dass wir uns mit Ihnen unterhalten wollen«, entgegnet Schwinka unwirsch. »Wir treffen uns 18 Uhr im Störti. Dann sage ich Ihnen auch, worum es geht.«

»Ich muss mich auf das Stück vorbereiten.«

»Keine Sorge! In 20 Minuten sind wir durch.«

Tröger holt tief Luft und stößt ein »Okay« heraus.

»Und mit Ihnen, Frau Winkler, würden wir uns gern morgen Vormittag unterhalten«, wendet sich Schwinka wieder an die Schauspielerin. »Treten Sie heute Abend noch einmal auf?«

»Gott bewahre!«

»Gut, dann sehen wir uns morgen um 9. Bis dann.«

Dem Tröger nickt Schwinka nur zu. Dann gehen die beiden Polizisten.

Vor dem Blauen Haus greift der Chefermittler zum Telefon und wählt eine Nummer im Kontaktspeicher.

Es dauert ein bisschen, bis jemand auf der anderen Seite abnimmt.

»Hallo, Herr Neumann«, sagt Karsten Schwinka, »nehmen Sie sich bitte die Vernehmungsprotokolle vor und suchen Sie die Aussage von Katja Winkler! Ich brauche morgen früh Kopien von jedem Wort, das sie in der Mordnacht unseren Kollegen in den Block diktiert hat. – Ja, Mordnacht … – Nein, Herr Neumann, eine E-Mail genügt mir nicht. Ich brauche Kopien.«

19

Informationsdynamik

Ilona Strabach ist nicht zu erreichen. Geschäftsführer Silvio Haßmann befindet sich bei einem Treffen im Neustrelitzer Theater. Damit verliert das Ermittlerduo Zeit. Zumindest scheint es erst einmal so.

Aber da wäre noch Stagecoach Maja Hirse. Sie hat vor allen Dingen die Aufgabe, zu koordinieren, was auch immer koordiniert werden muss. Mädchen für alles, quasi. Und deshalb ruft Karsten Schwinka die Frau an. Sie geht sofort ran und verspricht, Maskenbildnerin Eliska Hermanova ins Störti zu bringen. Und nachdem die zwei Polizisten einmal mehr in der Schauspielerecke Platz genommen haben, dauert es keine 20 Minuten, bis die Tschechin zur Tür hereinkommt. Sie bleibt kurz am Eingang stehen und schaut sich um, als würde sie ihre Verabredung suchen. Schobel winkt, Hermanova lächelt, als sie das sieht, und kommt mit kleinen, schüchternen Schritten an den Tisch der beiden Männer. »Challo, Elischka«, sagt sie.

»Schwinka«, sagt der Chefermittler und deutet ein Aufstehen an, während er ihr die Hand gibt. »Das ist mein Kollege, Herr Schobel.«

Eliska Hermanova setzt sich mit dem Rücken zur Gaststätte und lächelt verlegen. Sie ist wohl Anfang 30, wirkt aber sehr mädchenhaft. Das wiederum mag an ihrer zierlichen Statur liegen, denn mehr als 1,50 Meter hat sie nicht.

Darüber hinaus ist sie sehr schlank, sodass ihre weit geschnittene Freizeithose an ihr hängt wie eine um den Bauch gewickelte Decke. Das strohblonde Haar trägt sie zu einem Zopf gebunden. Das hübsche Gesicht ist ungeschminkt.

»Wir sind von der Kriminalpolizei und untersuchen den Tod von Jan Möhricke«, beginnt Karsten Schwinka die Vernehmung.

»Ich … ich weiß das«, sagt Eliska Hermanova.

»Können Sie sich an den Abend erinnern, als Herr Möhricke ein letztes Mal zu Ihnen in die Maske gekommen ist?«

»Ja, ich kann mich erinnern.«

»Ist Ihnen da irgendetwas aufgefallen, das anders war als sonst? Oder ist Ihnen im Nachhinein etwas in den Sinn gekommen, dass mit Blick auf den Tod des Schauspielers ungewöhnlich gewesen sein könnte.«

»Eigentlich niecht«, sagt sie.

»Schildern Sie mir bitte den gesamten letzten Besuch des Herrn Möhricke!«

»Was soll ich sagen …?« Eliska Hermanova spricht sehr langsam, als würde hinter ihren Aussagen eine imaginäre Suchmaschine in einem Wörterbuch nach den richtigen Begriffen fahnden. Es wird aber deutlich, dass sie alles versteht und auch Deutsch ziemlich gut beherrscht. »Er kam in Maske, chat sich gesetzt und ich chabe gekämmt, gepudert und Lidstrich gezogen.«

»Worüber haben Sie gesprochen?«

»Niecht viel, es immer unruhig in Maske. Dort sind viele Menschen immer auf einmal.«

»›Nicht viel‹ bedeutet aber, dass Sie ein bisschen miteinander gesprochen haben«, hakt Danilo Schobel ein, der einen der seltenen Momente hat, in denen er von seinem Notizblock aufschaut.

»Ich chabe ihm an Automat wie immer einen Cappuccino gemacht, dann chabe ich Schweiß von Gesicht getupft und gesagt, dass es sehr warm ist, worauf er das auch sagte. Dann chabe ich gepudert, die Augen gemacht. Dabei hat er über Publikum gesprochen. Dass cheute viele da, und so.«

»Wie lange war er bei Ihnen?«, fragt Schwinka.

»Vielleicht 20 Minuten.«

»Was war, als er ging?«

»Niechts Besonderes. Ich chabe Schminktisch abgewischt, Cappuccino weggekippt und neues Handtuch hingelegt.«

»Wen haben Sie vor Herrn Möhricke geschminkt?«

»Ich glaube, Gödäcke.«

»Und danach?«

»Die Geliebte, Kata.«

»Sie meinen Katalena Priest?«

»Ja.«

»Wissen Sie, wo Herr Möhricke hingegangen ist, nachdem er die Maske verlassen hat?«, fragt wieder Schobel.

»Nun, niecht richtig … Er ist aber noch einmal zum Restaurant. In die Richtung. Vielleicht auch auf Toilette.«

»Worüber haben Sie mit Tröger gesprochen?«, fragt jetzt wieder Schwinka.

»Ich weiß niecht mehr so genau … nun … über Wetter vielleicht?«

»War er wie immer.«

»Ja … glaube.«

»Hat Tröger etwas getrunken?«

»Ja … glaube Kaffee aus Automaten.«

»Hat er die Tasse mitgenommen? Hat er sie stehen lassen? Hat er sie ausgetrunken oder vielleicht auch nicht?« Karsten Schwinka dauert das alles ein bisschen zu lange.

»Stehen gelassen … glaube … Ausgetrunken? Ich weiß niecht.«

»Frau Hermanova, in welchem Verhältnis standen Sie zu Herrn Möhricke?«

Die junge Frau schweigt und bewegt die Augen hin und her, als suche sie nach den richtigen Worten. »Gut«, sagt sie dann.

»Frau Hermanova, bitte verstehen Sie mich richtig! Es geht nicht um gut oder schlecht. Wir müssen wissen, ob Sie mit ihm eine Affäre hatten.«

Hermanova schaut schon die ganze Zeit auf die Tischkante und hebt auch jetzt nicht die Augen, als sie ein hektisches »Keine Affäre …« hervorstößt.

»Es gehen Gerüchte, dass …«

»Die sind alle falsch.« Die Maskenbildnerin unterbricht Schwinka und hebt dabei leicht die Stimme. »Ich habe niecht Affäre. Das denken sich Schauspieler aus, weil niechts Besseres zu tun.«

»Auch mit Tröger war nichts?«

»Nein, niechts …«

Karsten Schwinka spürt, dass es nicht leicht wird, aus der Tschechin Hintergründiges herauszubekommen. Ganz unwichtig scheint die junge Frau in dem amourösen Reigen bei den Festspielen nicht zu sein, auch wenn sie sich als Unschuld vom Lande inszeniert. Diese Rolle passt nicht zu ihr, dafür wurde sie bei den bisherigen Vernehmungen viel zu häufig erwähnt. »Na gut, Frau Hermanova«, sagt Schwinka und schiebt der Maskenbildnerin bereits seine Karte hinüber, »belassen wir es erst einmal dabei. Halten Sie sich uns aber zur Verfügung! Und wenn Ihnen noch etwas Besonderes zu dem Abend, an dem Möhricke starb, einfällt, können Sie mich gern anrufen.«

Karsten Schwinka hat seinen Kollegen in der Gaststätte alleingelassen. Bis Tröger kommt, ist noch Zeit. Also hat sich der Kripomann entschlossen, die Nachrichten auf seinem privaten Telefon zu checken. Es sind mittlerweile 24. Allein 16 sind von Karla. Schon die erste ist eine wütende Schimpftirade: *Hallo Karsten, was fällt dir ein, unsere Verabredungen nicht einzuhalten? Ist es außerhalb deiner Vorstellungskraft, dass ich mir etwas vorgenommen haben könnte? Jedenfalls waren die Jungs unheimlich enttäuscht, dass ihr Vater nicht gekommen ist. Soll das jetzt so weitergehen? Muss ich jetzt auch noch einklagen, dass du dein Umgangsrecht wahrnimmst? Melde dich umgehend! Karla«*

›Lustig‹, denkt Schwinka, ›als wüsste ich nicht, dass sie das ist, hat sie sogar noch ihren Namen unter die WhatsApp-Nachricht geschrieben.‹ Die nächsten Texte seiner Ex sind Ausbrüche der Empörung, dass er sich nicht umgehend bei ihr gemeldet hatte. Dann folgen ein paar weitere Drohungen mit Anwälten und schließlich die Aufforderung, mit ihr einen Plan fürs gesamte Jahr zu erarbeiten, in dem festgelegt ist, wann er wie lange die Kinder zu sich nimmt. Karsten Schwinka dreht genervt mit den Augen. Natürlich will er die Jungs zu sich nehmen. Natürlich ist er bereit, bestimmte Zeiten zu verabreden. Immer wenn er an die beiden denkt, krampft sich sein Herz zusammen. Aber wie soll ausgerechnet er bei seinem Job verbindlich Termine einhalten können? Mörder richten sich doch nicht nach seinem Kalender für das Umgangsrecht. Und Karla könnte wahrhaftig lockerer mit der ganzen Sache umgehen, ist sie als Angestellte in einem Kosmetiksalon bei ihrer Zeiteinteilung durchaus flexibler. Als sie noch zusammenlebten, hatte sie das oft genug bewiesen. Schwinka ist eigentlich kein Typ, der Probleme vor sich her schiebt oder gar aussitzt. Aber mit Karla möchte er im Moment überhaupt nichts zu tun haben. Schade um seine Zeit mit den Jungs. Aber was ergibt es für einen Sinn, sich innerlich zu quälen, wenn ihm vollkommen klar ist, dass er bis zur Lösung dieses Falls an Dresden und die Familie nicht einmal Gedanken verschwenden sollte. *Stecke in einem Fall. Melde mich, wenn alles erledigt ist,* tippt Schwinka in sein Smartphone. Helfen wird das zwar nichts, er hat aber immerhin das Gefühl, etwas getan zu haben. Und er hat sich nicht der Kommunikation verweigert. Ach, vielleicht ruft er sie sogar die nächsten Tage an. Das wird zwar wieder ein anstrengendes Gespräch, aber er kennt diese Dialoge zur Genüge. ›Apropos anrufen! Ich werde mich mal bei Nadine melden‹, denkt Schwinka. ›Ein bisschen Ablenkung kann mir guttun.‹

Am Tisch im Restaurant, an dem Schobel sitzt und augenscheinlich eine amüsante und anregende Unterhaltung mit Mechthild Sauer führt, hat mittlerweile Helmar Tröger Platz genommen. Karsten Schwinka hatte den Schauspieler kommen sehen und sein Mobiltelefon in die Innentasche seiner schwarzen Jacke gesteckt, die etwas von einer Bikerjoppe hat, allerdings aus grobem Stoff ist. Als er die Gaststätte betritt, gibt Schobel der Kellnerin einen freundschaftlichen Klaps, was diese mit einem Kichern und einem koketten Blick quittiert und von dannen ziehen lässt. Tröger verfolgt das Geturtel mit gerunzelter Stirn und wirkt fast erfreut, als sich Schwinka dazugesellt.

»Na, Herr Tröger, dass ich so schnell das Bedürfnis bekommen würde, mit Ihnen erneut eine Unterhaltung führen zu wollen, hätte ich gar nicht gedacht«, steigt Schwinka salbungsvoll ein.

Der Schauspieler schaut dem Polizisten flüchtig ins Gesicht, lehnt sich zurück und beginnt auf dem Tisch mit einem Bierdeckel zu spielen. »Was ist denn so dringend?«, fragt Helmar Tröger.

»Ich würde Ihnen gern die Möglichkeit geben, sich von der Seele zu reden, warum Sie scheinbar Angst vor Möhricke hatten«, sagt Schwinka unvermittelt

Tröger zögert. Zwei, drei Sekunden nur. Dann sagt er: »Wie kommen Sie auf solchen Unsinn?«

»Es gibt mindestens zwei Personen, die das beobachtet haben wollen.«

»Die Mädels vom Tresen? Blödsinn!« Tröger gibt sich empört, seine Stimme ist fest. »Sie glauben gar nicht, was hier alles beobachtet wird, wenn die Abende lang sind.«

»Sie sollen regelrecht vor ihm davongelaufen sein, wenn Sie sich begegneten«, bleibt Schwinka dran.

»Pah«, platzt es aus dem Goedeke-Darsteller heraus, »Möhricke war ein Wicht, halb so groß wie ich, von schmächtiger Statur und in einer dämlichen Nebenrolle gefangen. Warum sollte ich mich vor so einem fürchten oder gar davonlaufen?«

»Sagen Sie's mir!«

»Es gibt da nichts zu sagen.« Tröger schaut den Chefermittler erneut nur flüchtig an. Immer noch dreht er den Bierdeckel durch die linke Hand. Und sein Blick, mit dem er seine mechanischen Handlungen auf dem Tisch beobachtet, ist starr.

»Nun, ich bin mir sicher, dass es da eine Menge zu sagen gibt«, erwidert Schwinka. »Und ich kann Ihnen nur raten, so schnell wie möglich den Entschluss zu fassen, Ihre Rolle in diesem Spiel zu erklären!« Schwinka steht auf.

Für Schobel ist das das Signal, seinen Schreibblock wegzustecken und sich ebenfalls zu erheben.

Im Weggehen sagt Schwinka noch: »Falls Sie einfach mal ein bisschen ausgerutscht sind, muss Ihre Frau von all dem hier nichts erfahren. Haben Sie allerdings ein Menschenleben auf dem Gewissen, kriegen wir es früher oder später sowieso raus. Und dann ist es wirklich völlig egal, wann Ihre Frau damit konfrontiert wird.« Schwinka will dem noch sitzenden Tröger auf die Schulter klopfen, vermeidet im letzten Moment diese kumpelhafte Geste allerdings. »Viel Glück heute Abend bei der Vorstellung«, sagt der Kriminalist und geht.

Schobel folgt ihm.

Tröger bleibt sitzen und erwidert nichts.

»Was hast du für ein Gefühl, Danilo?«, fragt Schwinka seinen zweiten Mann, als sie beide vor dem Störti stehen.

»Bin mir nicht sicher«, sagt Schobel. »Irgendwas war da zwischen den beiden. Darauf deuten nicht nur die Aussagen hin, das war Tröger auch anzumerken.«

»Woran hast du es gemerkt?«

»Er war nervös, fand ich.«

»Ja, das war er. Aber mehr noch: Er redete zögerlich. Es waren nur Augenblicke. Mit dem Tröger aus dem Gespräch im Intendantenbüro hatte das hier eben aber nur wenig zu tun.«

Schobel schiebt seinen Scheitel beiseite: »Nicht, dass der es am Ende war?!«

»Langweilig, nicht wahr? Aber ausgeschlossen ist das nicht. Kommt auf das Motiv an. Tröger ist dermaßen von seinem Lebenskonstrukt mit dieser Politikerin abhängig, dass er vermutlich einiges tun würde, um das nicht zu gefährden.«

»Wie kommen wir da ran?«

»Lass uns Tröger ordentlich auf den Sack gehen!«, grinst Schwinka. »Morgen reden wir noch mal hier mit ihm. Mittwoch laden wir ihn aufs Revier. Spätestens dann arbeitet diese eigenartige Informationsdynamik in diesem Betrieb für uns. Wenn die anderen sich ausmalen, Tröger könnte derjenige sein, der Möhricke auf dem Gewissen hat, ändert sich für Goedeke alles.«

»Inwiefern?«, fragt Schobel.

»Zwischen bösartigem Schulterklopfen und ablehnendem Schneiden werden alle Facetten dabei sein.«

20

Eisenhut

Feierabend. Karsten Schwinka hat sich mit Nadine Pollwitz verabredet. Während er nach Binz fährt, hört er eine selbst bei Spotify zusammengestellte Songauswahl von Toto. Nicht dieses »Africa«- und »Rosanna«-Gedöhns, wie es auf jeder Best-of-Kompilation zu finden ist, sondern all die zupacken-den harten Nummern. Schwinka ist gut gelaunt. Er hat das Gefühl, dass sich in zwei, spätestens aber in drei Tagen der Fall lösen lässt. Tröger spielt dabei eine tragende Rolle. Und der wird auspacken. Da ist sich der Kriminalist sicher.

Karsten Schwinka parkt vor dem Neubau, in dem Nadine wohnt, steigt aus und lässt die Wagentür betont lässig zuklappen. Er lächelt und steckt beide Hände in die Jackentaschen. An der verschlossenen Haustür des Aufgangs Nummer 7 geht er das Klingelschild durch und findet: *Pollwitz*. Zwei Knöpfe sind angesengt, ein paar Namen hinter den Plastikscheibchen handschriftlich in das Sichtfeld gekritzelt. Bei dem Gedanken, in solch einem Haus wohnen zu müssen, gruselt es Schwinka.

Nach dem Betätigen des Klingelknopfes schallt Nadines Stimme so schnell durch die Sprechanlage, als hätte sie di-rekt daneben gestanden. »Ja?«, fragt sie.

»Ich bin's«, sagt Schwinka.

Der Öffner summt. Der Kripomann drückt die Tür auf. Im Hausaufgang riecht es nach einer Mischung aus Mittag-essen und Putzmittel. Nadine wohnt in der dritten Etage und lugt hinter der geöffneten Wohnungstür hervor, sodass nur Kopf, Hals und Schultern zu sehen sind. ›Komm rein!‹, soll diese Haltung heißen.

Im Flur umarmen sich die beiden. Nicht innig oder stürmisch, auch nicht vertraut. Es wirkt eher wie ein Abtasten.

»Hätte gar nicht gedacht, dass du dich so schnell melden würdest«, sagt Nadine. Ihre Stimme hat wieder diesen etwas rauen, belegten Klang.

›Ist bei ihr wohl so‹, denkt Schwinka.

»Ich dachte eigentlich, dass du dich gar nicht mehr meldest«, fügt Nadine noch hinzu.

»Och, so schlecht warst du nun auch wieder nicht«, grinst der Polizist. Jaja, er weiß schon, dass das nicht unbedingt der beste Witz für ein erstes Wiedersehen ist. Aber wozu verstellen?

Nadine lacht leise auf. »Ich habe keine Ahnung, wie ich war«, sagt sie kokett. »Ich weiß nicht einmal, ob ich überhaupt war.«

»Echt? So schlimm?«, fragt Schwinka. »Du warst zwar angetüdelt, aber dass du womöglich ein Filmriss haben könntest, hätte ich nie im Leben geglaubt.«

Nadine geht ins Wohnzimmer, Schwinka folgt ihr. Die Schuhe behält er an.

»Ich vertrag nichts«, sagt sie. »Ein Bier, ein Glas Wein und bei mir ist der Ofen aus.«

»Dafür hast du aber ordentlich zugelangt.«

Schwinka setzt sich unaufgefordert in den Sessel neben dem Sofa, Nadine kümmert sich um den auf dem Tisch stehenden Kaffee. Die Möbel in der Stube sind willkürlich zusammengestellt: eine dunkelgraue Schrankwand mit einem eingelassenen Flachbildschirm, eine dunkelgrüne Sitzecke. Der Couchtisch ist braun und hat eine Glasplatte oben drauf. Neben der Balkontür steht eine Blumenbank mit gesunden Zimmerpflanzen. Es gibt noch ein kleines Bücherregal, eine vielleicht 30 Jahre alte Uhr, einen Teppich mit einem Muster, in dem die Farbe Dunkelbraun dominiert. Hunderte solcher Wohnungen hat Schwinka schon gesehen. Manchmal hatten Leichen auf den Fußböden oder in der Badewanne gelegen, oft musste er sie aufsuchen, um mit Zeugen oder Verdächtigen zu sprechen. Beziehungstaten standen ganz oben auf der Liste. ›Kein Wunder‹, denkt Schwinka. Das denkt er immer, wenn er in solchen Wohnungen sitzt. ›Wenn man jahrelang auf solch engem Raum zusammenhockt, rastet man irgendwann zwangsläufig aus.‹ – »Wohnst du hier allein?«, fragt Schwinka automatisch.

»Ja«, sagt Nadine. Und nach einigem Zögern: »Seit einem halben Jahr.«

»Verheiratet gewesen?«

»Nein, ging aber trotzdem ziemlich lange. Sieben Jahre.«

»Ach Gott … Wie alt bist du denn?«

»26.«

»Wow, war wohl deine Jugendliebe.«

»Das nicht. Allerdings hatten wir einiges vor. Aber irgendwann sind wir uns tierisch auf die Nerven gefallen. Also habe ich ihn rausgeschmissen.«

›Sag ich doch‹, denkt Schwinka. ›Wärst mal nicht in einen Plattenbau gezogen.‹

Nadine hat Kaffee eingegossen, Schwinka kippt noch Milch nach. Die Situation hat etwas Skurriles. Und vor allem weiß der Polizist im Moment nicht, in welche Richtung er das Ganze lenken soll. Also reden beide weiter miteinander. Über den Abend des Kennenlernens, über die jeweils Verflossenen, über Musik, Rügen und ein ganz kleines bisschen über Politik.

»Jetzt würde ich dir endlich gern etwas näherkommen«, sagt Schwinka nach einer Dreiviertelstunde unvermittelt.

Nadine lächelt und kommt sofort zu ihm an den Sessel. Sie küssen sich. Und als hätte jeder nur aus Höflichkeit geredet, werden sie unvermittelt leidenschaftlich. Schwinka und Nadine stehen auf, sie zieht ihn zur nächsten Tür, die ins Schlafzimmer führt, wo sie dann für die nächsten vier Stunden verschwinden.

Auf dem Weg zurück nach Putbus ist Karsten Schwinka mindestens so gut gelaunt wie auf der Fahrt nach Binz. Wieder klingen Toto aus den Boxen, nur ist das alles jetzt viel lauter. Er hätte in Binz bleiben können, leider fehlten ihm die Klamotten für den nächsten Tag. Egal, beim nächsten Mal. Und dieses nächste Mal wird es definitiv geben, verstehen Nadine und er sich doch geradezu vortrefflich. Sie wollen sich wieder zusammentelefonieren, hatten sie sich beim Abschied versprochen. Und der war sehr leidenschaftlich gewesen.

Es ist Mitternacht, als Schwinka zu Hause ankommt. Zeit zu schlafen. Aber der Kripomann ist aufgekratzt. Zum einen wähnt er sich kurz vor der Lösung des Möhricke-Falls, zum anderen hat ihn die Begegnung mit Nadine Pollwitz euphorisiert. Er beginnt, im Wohnzimmer Kisten hin und her zu schieben und Bücher in ein Regal zu sortieren. Er liest gern. Oder besser: Er hat mal gern gelesen. Seit Jahren ist dafür kaum noch Zeit. Aber, so sagt er sich immer wieder, vielleicht kommen die Tage zurück, an denen er seine Nase auch mal wieder in Bücher stecken kann.

Nach einer halben Stunde brennen ihm die Augen. Er ist todmüde, will das Einordnen aber zu Ende bringen. Zwei Kisten hat er noch vor sich. Da fällt ihm das Buch über giftige Substanzen in die Hände. Möhricke kommt ihm in den Sinn und er blättert zum Buchstaben E. Unter *Eisenhut* findet er die Erläuterung, dass es schwer sei, eine Vergiftung durch die Inhaltsstoffe der Pflanze im Blut nachzuweisen: Aconitin, Lyaconitin, Neopellin, Hypaconitin, Benzoylnaponin – alles tödlich oder zumindest schwer gesundheitsgefährdend. Beim Eisenhut sei es allerdings das Aconitin, das bei entsprechender Dosis einen Menschen innerhalb von drei Stunden dahinraffen könne. Dies passiere in den meisten Fällen durch Atemlähmung oder Herzversagen. Karsten Schwinka klappt das Buch zu und schiebt es ins Regal. Ende dieser Woche rechnet er mit den Ergebnissen der Rechtsmedizin aus Greifswald.

21

Zwischen Ritter und Sklavin

Dienstagvormittag, 10.23 Uhr. Es ist jetzt fast eine Woche her, dass Jan Möhricke starb. Schwinka und Schobel treten aus dem Blauen Haus, wo sie fast eineinhalb Stunden mit der in Ungnade gefallenen Katja Winkler gesprochen haben. Diese war richtig in Fahrt gekommen und hatte eine Menge über die Gepflogenheiten zwischen Intendanz und Schauspielern, der Mimen untereinander und im Verhältnis mit den Angestellten geredet. Das meiste davon war banales Zeug gewesen, einige Details wiederum klangen wie aus einer schmutzigen Seifenoper. Licht ins Dunkel um den Tod von Jan Möhricke hatte sie nicht bringen können, allerdings dämmerte es Schwinka schnell, dass Winkler wegen ihrer offenen Worte bei der ersten Vernehmung Anstoß erregt haben könnte. Aber sie deswegen gleich zu feuern und einen Rechtsstreit zu riskieren; der Chefermittler war skeptisch. Aber im Bereich des Möglichen befand sich auch dieses Szenario.

Auf dem Weg zum Störti analysieren Schwinka und Schobel Winklers Aussagen. 10.39 Uhr betreten sie die Gaststätte und nehmen an einem der Tische in der Schauspielerecke Platz. Bedient werden sie von Angelina Burgner. Sie bringt Kaffee, Apfelsaft und stilles Wasser. 10.52 Uhr: Schobel schlägt vor, als Nächstes noch einmal Strabach und Geschäftsführer Silvio Haßmann zu der Winkler-Angelegenheit zu befragen –

da durchdringen markerschütternde Schreie einer Frau das Restaurant. Immer und immer wieder brüllt sie, dass es sogar Schwinka unter die Haut fährt. Er springt auf und blickt entgeistert zur Empore. Von dort oben kommt der Lärm. Allerdings ist auf dem Balkon niemand zu sehen. Und noch einmal schreit die Frau, diesmal mischt sie ein verzweifeltes »Hilfe!« darunter. Die Stimme ist gedämpft, also muss sich die Person hinter einer Wand befinden.

›Die Uhr‹, denkt Schwinka und stürmt hinaus in den Biergarten.

Schobel hinterher.

Dann hinauf zum Gang, der zu den Arbeits- und Umkleideräumen des Gaststättenpersonals führt. Hier gibt es hinter einer schmalen Tür auch eine enge Steintreppe, über die man in das Innere der historischen Figurenuhr gelangt. Von hier kommen die Rufe der Frau, die in ein herzzerreißendes Wimmern übergegangen sind.

Als die beiden Polizisten in den Bereich der Uhrenautomatik vordringen, kauert dort eine der Reinigungskräfte. Ihr Gesicht hat sie in beide Hände vergraben und weint. Zwei Meter vor ihr zwischen den Figuren des Ritters und der Sklavin liegt rücklings ein Mann. Sein Gesicht ist kaum zu erkennen: die Nase zertrümmert, die Stirn aufgerissen, das Kinn eingedrückt, das linke Auge eine breiige Masse. Nein, wiederzuerkennen ist der Mann nicht. Aber seine Statur und die Bekleidung geben die Identität preis: Helmar Tröger. Tot.

Karsten Schwinka kniet sich neben den reglosen Körper und prüft den Puls.

Schobel nimmt sich der Frau an, die immer noch weint und führt sie nach unten.

›Meine Fresse‹, denkt Schwinka, ›dem hat man aber zugesetzt. Solch einen Hünen so zuzurichten ist kein Kinderspiel. Entweder war der Täter mindestens genauso groß wie Tröger oder so voller Wut, dass er komplett die Kontrolle verloren hat.‹ Gleichzeitig wird dem Chefermittler bewusst, dass er bei seinen Untersuchungen im Fall Möhricke neue Wege beschreiten muss, denn sollte Tröger womöglich seinen Kollegen vergiftet haben, gibt es jetzt auf dem Gelände der Festspiele noch einen weiteren Mörder. Oder der Totschläger hat ebenfalls Jan Möhricke auf dem Gewissen.

Auf der Treppe wird es laut. Die schmale Tür schlägt gegen die Wand. Ilona Strabach erscheint im Gang, hinter ihr Haßmann. Als die Intendantin den Toten sieht, reißt sie die Hände vors Gesicht und wendet sich ab. Haßmann bleibt wie angewurzelt stehen und starrt auf den übel zugerichteten Körper.

»Gehen Sie beide wieder runter!«, sagt Schwinka ganz ruhig. »Erstens gönne ich niemandem diesen Anblick. Und zweitens ist das hier vermutlich ein Tatort. Davon sollte man sich fernhalten und nicht seinen genetischen Fingerabdruck hineintragen.«

Haßmann flieht geradezu aus der Situation, Strabach folgt ihm. Gesagt haben beide nichts. Das tun sie auch nicht, während sie durch die Gaststätte nach draußen gehen.

Schobel hat die Putzfrau an einen der Tische gebracht und ihr ein Glas Wasser besorgt. Sie ist ruhiger geworden, schluchzt aber noch. Der Kriminalhauptkommissar holt sein Telefon heraus und alarmiert zuerst den Kriminaldauerdienst in Stralsund. Danach ruft er im Hauptrevier an.

Es dauert etwas mehr als eine Stunde, bis das Störti abgesperrt ist und die Leute vom Erkennungsdienst der Kriminalpolizeiinspektion Anklam und vom Dauerdienst in Stralsund ihre Arbeit aufgenommen haben. Spurensicherungskräfte drehen im Restaurant jeden Gegenstand unterst zu oberst. Es werden in der Küche sogar die Kochtöpfe auf dem Herd umgestülpt. Die Kriminalisten wühlen sich durch sämtliche Räume auf dem Hinterhof: Büros, Umkleiden, Asservatenkammer – alles wird auf mögliche Hinweise durchsucht.

Schwinka steht neben den beiden Beamten, die Trögers Leiche entkleiden und nach weiteren Wunden suchen. Er ist wie all die anderen Polizisten in einem weißen Ganzkörperanzug gehüllt, der beim Verlassen des Tatorts entsorgt wird.

»Ich würde sagen, dass der Typ genau hier erschlagen worden ist«, sagt Rico Schirner, Kriminalhauptmeister und ein Mann mit Erfahrung. Hinzu kommt sein Gespür für Außergewöhnliches. Was Schirner »vermutet« oder analysiert, hat meist Hand und Fuß.

Allerdings wusste Schwinka schon in der ersten Sekunde, dass Tröger genau hier gestorben ist. Nicht, weil der Ermittler womöglich alles sofort überblickt hätte. Diesen Riesen allerdings mit solchen Wunden hier heraufzuhieven, hätte den Einsatz von drei starken Männern bedurft. Erst recht, wenn es gegolten hätte, auf dem Weg in den Raum der Uhr-mechanik keine Blutspuren zu hinterlassen.

»Die Tatwaffe hat das Gewicht eines Beils oder Hammers gehabt«, sagt Schirner weiter. »Fünf Mal hat der Täter zu-geschlagen. Und da eigentlich fast jeder Schlag tödlich war, müsste der Kerl hier schon beim ersten Hieb außer Gefecht gewesen sein. Bei drei Schlägen würde ich ganz klar sagen, dass die auf den Kopf niedergingen, als der Mann schon lag.«

»Brutale Angelegenheit«, sagt Schwinka.

»Das kann ich Ihnen sagen!«, bestätigt Schirner, der sich er-hebt und die blutverschmierten Gummihandschuhe auszieht.

»Der Mörder hatte ganz offensichtlich eine Riesenwut.« Schwinka lächelt über diese TV-Krimi-Weisheit.

Schirner ist allerdings ganz bei der Sache. »Das ist ganz eindeutig«, sagt er. »Egal, wie die beiden zueinander stan-den: Der Täter hat in jeden Schlag seine ganze Körperkraft hineingelegt. Der Kopf ist Brei. Und die linke Schulter voll-kommen zertrümmert.«

»Wollen Sie den Toten jetzt abtransportieren?«, fragt Schwinka.

»Fotografiert ist alles, Lena hat alles soweit dokumentiert – alles im Kasten, Lena?«, wendet sich Schirner an seine Kollegin, die immer noch bei der Leiche kniet, unter den aufgestellten Strahlern Details betrachtet und dokumen-tiert. Lena nickt.

»Also kann die Leiche weg. Ich schicke noch ein paar Leute hier rein, die jedes Staubkorn unter die Lupe nehmen und jeden Kratzer im Gebälk checken.«

Jetzt nickt Schwinka und verlässt den Tatort durch die Gaststätte, in der 16 Beamte in weißen Anzügen am Werke sind. Aus den Aschenbechern werden mit Pinzetten Zigarettenstummel herausgenestelt, von jedem Glas auf den Tischen und hinterm Tresen werden Fingerabdrücke genommen und DNA-Spuren gesichert. Zwei Männer kriechen über den Boden und betrachten jeden Fussel.

Als er sich an einem Einsatzwagen unmittelbar hinter der Absperrung seines Anzugs entledigt, sieht er Danilo Schobel aus einem Vernehmungszelt treten. Schobel schwitzt. Sicher nicht nur wegen der schwierigen Aufgabe, die er zu erledigen hat. Vermutlich steht die Luft in dem Zelt. Denn auf Schwinkas Anweisung hin wurden alle Personen, die sich zum Zeitpunkt des Leichenfunds im Restaurant, in der Küche und in den hinteren Räumen aufgehalten hatten, im wahrsten Sinne des Wortes in einem Bereich der Gaststätte zusammengetrieben. Dort harrten sie aus, bis das Zelt aufgebaut war, in das die 27 Personen dann nahtlos verfrachtet wurden.

»Wie ist der Stand?«, fragt Schwinka den rotgesichtigen Schobel.

»Aufregung, Entsetzen, aber Redebereitschaft«, entgegnet dieser. »Leider kommt nicht viel bei rum. Gesehen hat niemand etwas. Und die Putzfrau steht unter Schock. Die ist schon im Bergener Krankenhaus.«

»Eigentlich müssten Haßmann und Strabach auch mit im Zelt sitzen«, sagt Schwinka wieder mehr zu sich selbst als zu Schobel.

Der hat aber schon etwas die Denke seines Vorgesetzten angenommen. »Ich glaube, wir kriegen mehr von den beiden raus, wenn sie das Gefühl haben, respektiert zu werden«, sagt er.

»Jaja, ich meinte auch nicht, dass sie dort hineingehörten«, entgegnet Schwinka. »Ich muss nur daran denken, wie schnell sie bei uns waren, als wir Tröger fanden. Aber als die Frau zu schreien begann, wird irgendjemand sofort zu Strabach gerannt sein. Ich werde sie mir jetzt vorknöpfen.«

Der Oberkommissar hatte angeordnet, dass die Intendantin und ihr Geschäftsführer das Büro der Chefin nicht mehr verlassen dürften. Als Karsten Schwinka eintritt, schauen ihn Strabach und Haßmann entsetzt an. Offenbar waren sie gerade in ein Gespräch vertieft gewesen. Sie sitzt hinter ihrem Schreibtisch, er mit dem rechten Bein darauf. Das Gesicht der Intendantin glänzt. Sie schwitzt. Es ist aber auch warm heute. Der Geschäftsführer sieht wie immer aus wie geleckt. Er hat sogar sein hellgrünes Jackett geschlossen.

»Oh Gott, Herr Kommissar!«, sagt Haßmann und steht auf. »Wir sind vollkommen schockiert von dem, was wir da eben gesehen haben.«

»Herr Schwinka«, sagt Strabach sanft, »was geschieht denn jetzt?«

»Die Kollegen werden locker noch drei, vier Tage zu tun haben, um alle Spuren zu sichern«, sagt der Kriminalist.

»Oh Gott, Herr Schwinka! Das ist mein Ruin.«

»Tja,«, sagt dieser und setzt sich auf einer der Ledersessel, »das ist eine dumme Situation. Wir werden hier wohl alles dichtmachen müssen.«

»Herr Schwinka«, Ilona Strabach kommt hinter ihrem Schreibtisch hervor, geht händeringend auf den Ermittler zu und setzt sich neben ihn in den zweiten Ledersessel, »gibt es keine Möglichkeit, dass wir irgendwie die Spielsaison weiterführen können?«

»Wie stellen Sie sich das denn vor? Sollen wir jeden Tag ein paar tausend Menschen an einem Tatort vorbeischleusen? Das beginnt schon bei der Sicherung. Glauben Sie, wir können Polizisten abstellen, die gewährleisten, dass niemand in das abgesperrte Areal eindringt? Und überhaupt …«

»Es gibt eine Möglichkeit«, unterbricht ihn Strabach, »ich sichere Ihnen schon mal meine uneingeschränkte Unterstützung bei Ihren Nachforschungen zu. Und solange Sie das Störti durchsuchen, setzen wir die Aufführungen aus. Das ist zwar eine mittlere Katastrophe, aber immer noch besser, als die Saison abzubrechen. Wenn Sie also mit ihrer Mannschaft wieder abrücken, würden wir sehr gern wieder Vorstellungen geben. Ist das denn nicht möglich?«

Schwinka überlegt. Eigentlich könnte ihm kaum etwas Besseres passieren, blieben doch alle, die für den Tod des Schauspielers infrage kämen, auf einem Haufen. Bei einem Abbruch der Spielsaison würden sich die Akteure irgendwann in alle Winde zerstreuen. Und während des Vernehmungsmarathons hätten die meisten nichts zu tun, was den ein oder anderen auf dumme Gedanken bringen könnte. Das wäre, wie einen Sack Flöhe zu hüten. »Haben Sie denn Ersatz für Tröger?«, fragt Schwinka.

»Ja, haben wir. Das würde Pete Schoner übernehmen. Der spielt am Neustrelitzer Theater in einer Schiller-Inszenierung, hat aber eine Zweitbesetzung, weshalb er hier einspringen kann. Drei, vier Tage reichen ihm, um die Goedeke-Rolle draufzukriegen. Das ist ein Vollprofi.«

»Wir haben aus der Nacht, in der Jan Möhricke starb, eine Auflistung aller hier tätigen Personen«, sagt Schwinka. »Die benötige ich noch einmal. Auch müssen Sie mir ein weiteres Mal notieren, welche Aufgabe jeder Einzelne hat. Wir werden dann jeden vernehmen müssen.«

»Bis wann brauchen Sie die Liste?«, fragt Strabach beflissen.

»Bis heute Abend.«

»Kriegen Sie.«

»Und Sie müssen für mich zu jeder Zeit erreichbar sein, Frau Strabach!«

»Das wird kein Problem sein.«

»Ich meine damit, dass Sie quasi jedes Mal ans Telefon gehen, wenn ich Sie anklingele. Schwinka muss ab sofort ihre Kommunikationspriorität besitzen. Können Sie mir das garantieren?«

»Das kann ich.«

»Gut, dann überlege ich mir das mit Ihrer Bitte. Morgen gebe ich Ihnen Bescheid. Sie können auf jeden Fall schon mal die Aufführungen für diese Woche absagen.«

»Und was mache ich mit den verkauften Tickets?«, fragt Strabach. »Denn wenn wir nächste Woche weitermachen könnten, würden diese gültig bleiben und auf eine spätere Vorstellung umgebucht werden. Um das zu kommunizieren, brauche ich aber Ihr Okay.«

»Wie Sie das Problem lösen, liegt in Ihrer Hand. Von mir kriegen sie erst morgen Bescheid, wie es mit der Saison weitergeht.«

»Okay«, sagt Strabach. Es ist ihr aber anzumerken, dass sie sich brüskiert fühlt. Sie muss sich zusammenreißen, um den Polizisten nicht anzufahren.

Silvio Haßmann stand die ganze Zeit wie ein Zinnsoldat vor dem Schreibtisch. Jetzt kommt er in die Sitzecke und geht neben dem Sessel von Strabach in die Hocke.

»Ich denke, der Kommissar hat dein Anliegen verstanden, Ilona«, beschwichtigt er. »Er wird garantiert alles dafür tun, dass du nicht in existenzielle Nöte gerätst. Nicht wahr, Herr Kommissar?«

»Ersten bin ich Oberkommissar, Herr Haßmann. Und zweitens können Sie sich Ihr Autoverkäufergetue klemmen!« Schwinkas Ton ist energisch. Der Geschäftsführer kann seiner Chefin die Stiefel lecken, bis sie abgewetzt sind. Ihn, den Ermittler, als Anbiederungsgehilfen benutzen zu wollen, geht ihm jedoch zu weit.

»Oh, ich bitte um Verzeihung!« Haßmann steht auf und verneigt sich leicht vor Schwinka. »Ich wollte in keinster Weise respektlos erscheinen, sondern meiner Chefin Mut machen.«

»Tun Sie das, wenn ich hier wieder raus bin!«, sagt der Kripomann immer noch leicht genervt. »Bevor ich allerdings gehe, würde ich noch gern erfahren, wie Sie beide so schnell am Fundort der Leiche auftauchen konnten?«

»Oh, eine der Servicekräfte hat mich sofort angerufen, als da jemand im Störti so laut schrie«, sagt Haßmann.

»Wer war das?«, fragt Schwinka.

»Mechthild … Mechthild Sauer.«

»Wann haben Sie Tröger zum letzten Mal lebend gesehen, Frau Strabach?«, wendet sich Schwinka an die Intendantin.

»Warten Sie …!« Die Frau setzt sich aufrecht, was in dem lilafarbenen Hosenanzug ihre schlanke Figur betont. »Das war Sonntagmittag. Irgendwann zwischen 12 und 14 Uhr. Wir haben aber nicht miteinander gesprochen. Er ist mir auf dem Gelände begegnet. Und er hat mir zugenickt.«

»Und wie ist es mit Ihnen, Herr Haßmann?«

»Samstagabend auf der Bühne. Danach nicht mehr.«

»Gut, soweit erst mal. Bitte halten Sie sich zur Verfügung!«

»Natürlich, Herr Oberkommissar«, sagt Haßmann anbiedernd.

»Natürlich«, haucht auch Strabach.

Als Karsten Schwinka wieder draußen ist, entdeckt er vor dem Vernehmungszelt Oberstaatsanwalt Pjotr Dückert. Das ist ein kleines Männchen von vielleicht 1,60 Körpergröße mit Halbglatze. Die soll ihm Gerüchten zufolge schon als Jugendlicher gewachsen sein. Und vermutlich hatte er als Halbwüchsiger mächtig damit zu tun gehabt, dass Mädels auf kleine Jungs mit schütterem Haar einfach nicht standen. Schwinka hatte mit Dückert noch nichts zu tun, war von Schobel aber über dessen Äußeres ins Bild gesetzt und vor ihm gewarnt worden: Der Oberstaatsanwalt sei ein giftiger Kerl, der nur ganz selten unbelastete Dialoge führen könne.

Dückert unterhält sich gerade mit einem der Gruppenführer des Erkennungsdienstes. Schwinka tritt näher und will zu einer Begrüßung ansetzen, da hebt der Staatsanwalt abwehrend die linke Hand ohne den Blick von seinem Gesprächspartner abzuwenden. Theatralisch kneift er die Augen zu, als müsse er sich konzentrieren und presst ein »Moment!« hervor. Und während er sein Gespräch mit dem Polizisten fortsetzt, schwebt weiter die Hand auf Höhe von Schwinkas Brust.

Der Chefermittler muss lächeln. Solche Typen kennt er zur Genüge. Nicht alle waren so klein gewesen wie Dückert. Aber mit den verschiedenen Arten des Mangels an Selbstbewusstsein und den damit einhergehenden Kompensationsstrategien musste sich Schwinka häufig auseinandersetzen. Sicher auch im Zuge seiner Ermittlertätigkeit. Meist aber bei Kollegen: Polizeiapparat und Staatsanwaltschaften scheinen instabile Persönlichkeiten geradezu anzuziehen. Also wartet Schwinka, steckt seine Hände in die Taschen seiner dunkelblauen Jeans und schaut auf die fast weiße Handfläche des kleinen Mannes.

Der dehnt seine Unterhaltung ganz offensichtlich bewusst aus, denn Sinn ergab der hier geführte Dialog nur wenig.

Der Polizist im weißen Ganzkörperanzug scheint die Situation unangenehm zu finden und hört dem Oberstaatsanwalt nur noch mit einem Ohr zu. Unruhig schaut er immer wieder Schwinka an, der ihm amüsiert zuzwinkert. Dann ist endlich Schluss.

»Gut, Herr Kriminalhauptmeister, machen Sie Ihre Arbeit gut! Denn die ersten Stunden nach einem Leichenfund entscheiden häufig darüber, wie schnell ein Täter dingfest gemacht werden kann«, sagt Dückert wichtig.

Der Polizist nickt und geht.

Dückert nimmt seine Hand runter und wendet sich Schwinka zu. »Und? Wer sind Sie?«, fragt er

»Ich bin Karsten Schwinka und …«

»Aaaaah, Sie leiten die Ermittlungen«, kiekst der Oberstaatsanwalt. »Haben Sie mich informiert?«

»Nein, das war vermutlich mit Kollege Schobel, oder …«

»Nein, der war's nicht. Mich hat der Kriminaldauerdienst alarmiert. Ganz schön spät, finden Sie nicht auch? Die Leiche ist schon eingetütet. Ich hätte bei der ersten Analyse der Todesursache unbedingt mit dabei sein müssen! Aber ihr von der Kripo habt da so eure eigenen Regeln. Nur entsprechen die nicht den vorgeschriebenen Abläufen und Vorschriften. Warum haben Sie mich nicht direkt angerufen?«

»Fürs Telefonieren habe ich meinen Kollegen Danilo Schobel abgestellt. Und es hat ja offensichtlich …«

»Abgestellt also. Interessante Vorgänge. Das scheint mir hier alles ziemlich salopp abzulaufen. Bin gespannt, wie Sie die Ermittlungen gestalten.«

Karsten Schwinka sagt nichts, kann sich aber ein Schmunzeln nicht verkneifen.

»Was ist daran denn so lustig? Das geht ja gut los mit uns beiden. Sie sollten nicht vergessen, dass wir eine respektvolle Zusammenarbeit pflegen müssen! Und ich hoffe, dass Sie nicht eigenmächtig vorgehen. Sie wären nicht der erste Kripobeamte, der darüber stolpert, dass er auf eigene Faust Schritte bei den Ermittlungen unternimmt, die er sich vorher bei der Staatsanwaltschaft hätte genehmigen lassen müssen. – Und übrigens, bevor sie Voranpreschen: Die Pressearbeit übernimmt die Staatsanwaltschaft.«

»Seien Sie unbesorgt, Herr Dückert!«, sagt Schwinka freundlich. »Schobel wird Ihnen den aktuellen Stand darlegen. Und was Sie an die Presse geben, ist mir egal. Ich empfehle mich, habe noch einiges zu tun.« Der Chefermittler geht an dem verdutzten Oberstaatsanwalt vorbei ins Zelt, winkt Schobel heran und erklärt dem seine Aufgabe.

Schwinkas Kollege dreht mit den Augen. »Ausgerechnet Dückert«, sagt er, »der will immer so viel wissen.«

»Dann beantworte ihm seine Fragen! Eigentlich will er nur ein bisschen Aufmerksamkeit und Zuwendung.«

»Also, mit der Aufmerksamkeit habe ich kein Problem, aber die Zuwendung muss er sich woanders holen.«

Beide lachen.

22

»Unglücksfall«

Schwinka hatte sich den ganzen Nachmittag an der Vernehmung der möglichen Zeugen aus der Gaststätte beteiligt. Es hatte etwas von einer Massenabfertigung gehabt. Unter anderem auch, weil in einer Ecke des Zeltes zwei Beamte Speichelproben abnahmen.

Der Chefermittler ist auf dem Weg nach Hause. Es ist spät geworden, kurz vor Mitternacht. In Ralswiek wird immer noch gearbeitet, zum Teil unter gleißenden Atelierlampen. Die Festivalleitung hat bereits eine Information auf ihre Internetseite gestellt: *Wegen eines Unglücksfalls werden bis einschließlich kommenden Sonnabend alle Vorstellungen abgesagt.* Auch gut. Die Staatsanwaltschaft wird schon die richtigen Worte finden. Schwinka sortiert in seinem Kopf die neue Situation. Im Bergener Revier hat sich ein Stab von acht Ermittlungsspezialisten niedergelassen, der ab sofort alles auswerten wird, was er in die Finger bekommt. Heute kam schon der Begriff SoKo Klaus auf. Das wird sich wohl durchsetzen. Dückert ist schwierig. Aber Schwinka ist weit davon entfernt, sich auf diesen Kleinkrieg einzulassen. Er wird den Oberstaatsanwalt noch einige Male benötigen. Also Augen zu und durch. Strabach tut derzeit alles, damit ihr die Spielsaison nicht kippt. Schwinka ist überzeugt davon, dass sie längst mit Dückert gesprochen hat. Vermutlich haben beide für den Umgang mit der Öffentlichkeit sogar eine Vereinbarung getroffen. Es sollte ihn nicht wundern, wenn von dem Tötungsverbrechen die nächsten Tage gar nichts an die Presse geht. Jedenfalls wird Schwinka der Intendantin morgen das Okay für eine Fortsetzung der Aufführungen ab Montag geben. Geöffnet wird das Störti aber auch dann nicht. Die Tatortuntersuchungen werden nach dem heutigen Stand wenigstens bis Freitag andauern. Sein Zeitplan steht fest: Dienstag Ralswiek. Er muss rausbekommen, was Tröger und Möhricke am Kochen hatten. Puls spielt vermutlich eine größere Rolle, als er anfangs glaubte. Mittwoch wird er nach Greifswald fahren und an der Obduktion teilnehmen. Außerdem dürften die Ergebnisse über Möhrickes Todesursache vorliegen. Und Donnerstag wird er mit Schobel nach Hannover reisen. Bei einer fünfstündigen Autofahrt müssen sie früh los. Beim Zentralen Kriminaldienst in der niedersächsischen Hauptstadt hat er sich bereits heute Nachmittag per Telefon die Erlaubnis geholt, in einem anderen Zuständigkeitsbereich tätig zu werden. Zumindest gab es die mündliche Genehmigung dafür. Schriftlich wird das sicher morgen, spätestens aber Donnerstag auf seinem Tisch liegen. Normalerweise dauert solch ein Ermittlungsersuchen mehrere Tage, manchmal Wochen. Schwinka kennt beim Kriminaldienst in Hannover aber einige wichtige Leute, weshalb er das ganze Prozedere umgehen konnte. ›Bin gespannt auf Carla Wischnewski-Kahler‹, denkt Schwinka. ›Die Nachricht über den Tod ihres Mannes überbringen ihr die Kollegen in Hannover morgen. Dann wird sie auch informiert, dass sie sich für Befragungen bereithalten soll. Vielleicht wird sie sogar auf die Dienststelle geladen.‹ Schwinka ist es wichtig, selbst mit der Frau zu sprechen. Nicht, dass er den Beamten vor Ort nicht zutraut, der Politikerin seine ausformulierten Fragen zu stellen. Vis-à-vis gibt es aber so viele Nuancen, die ein Gespräch manchmal vollkommen umkrempeln.

Schwinka fährt soeben in Putbus am Circus entlang, ein Rondell, das außen von schneeweißen, stilvollen Villen gesäumt wird. Ein faszinierendes Bild. Und eigentlich etwas, das Touristen in Kolonnen anlocken müsste. Die Rügenurlauber zieht es aber kollektiv in die Ostseebäder im Osten der Insel: Binz, Göhren, Sellin, Baabe. Ihm ist es recht. Er mag diese Touristenmassen überhaupt nicht. Nirgends. Irgendwie sind Menschen im Urlaub nicht sie selbst. Sie sind lauter, rücksichtsloser, überheblicher. Und viele glauben, in den paar Wochen weit weg von zu Hause von einem Hauch Freiheit gestreift zu werden. Das verändert sie. Ist er auch so? Schwinka überlegt: Wann hatte er das letzte Mal richtig Urlaub? Vor vier Jahren. Und damals waren er und Karla vor allem der Kinder wegen weggeflogen. Nach Australien. Es war nett gewesen, allerdings hatten sie nie Zeit für sich gehabt. Die Kinder forderten jede Minute ein.

Als Karsten Schwinka sein privates Smartphone checkt, dass er wie immer zu Hause gelassen hat, um bei der Arbeit nicht gestört zu werden, haben sich wieder Anrufe und Nachrichten gestaut. Da ist noch eine Welt fernab des Polizeijobs. Und die sieht im Moment weniger gut aus. Denn von den 17 WhatsApp-Nachrichten sind allein acht von seiner Ex-Frau. ›Witzig, sie hat den gleichen Vornamen wie Trögers Schnecke‹, denkt Schwinka – und runzelt die Stirn: Karla will nach Rügen kommen. Ihm die Jungs für eine Woche bringen. Schon am Wochenende. Sie hat ihm ellenlange Botschaften geschrieben. Es ist der übliche Sermon über seine Pflichten, dass er alles vernachlässige und überhaupt gefälligst erreichbar sein solle. Und sie habe es satt, wie eine Bittstellerin ständig Nachrichten in ihr Telefon zu tippen. »Dann hör einfach auf damit!«, sagt er laut. »Und bleib mir vom Acker!« Schwinka denkt nach. Er sieht die Jungs vor seinem geistigen Auge. Wieder sticht es in seiner Brust. Warum ist das alles nur soweit gekommen. Sie hatten doch eine glückliche Familie sein wollen. Erwartet er zu viel von einer Frau? Oder ist sein Beruf womöglich für ein normales Familienleben ungeeignet? Dabei gibt es so viele Kriminalpolizisten, die mit Frau und Kindern glücklich sind. Was stimmt nicht mit ihm? Diese Frage hat er sich im Zuge der Scheidung von Karla tausendmal gestellt. Am Ende lief dann alles immer darauf hinaus, dass sie beide einfach nicht zusammengepasst hätten. Sie hatte andere Vorstellungen von einem Leben als er. Und ihre war vermutlich genauso richtig wie die seine. Dann schreibt er zurück: Sie möge bitte nicht kommen, er habe keine Möglichkeit, die Jungs für eine Woche zu nehmen. Er arbeite an einem Fall und das nehme seine ganze Zeit in Anspruch. ›Ja, das klingt wie immer‹, denkt Schwinka, ›aber es ist die Wahrheit. Warum kann sie das alles nicht verstehen?‹ Und was ihn am meisten stört: Sie sind zwar geschieden, die Probleme und die Debatten darüber sind offenbar geblieben.

Karla reagiert prompt: *Es ist alles gebucht. Wir sind 15.15 Uhr in Bergen. Bis dann.*

Schwinka holt tief Luft. Ihm ist, als stünde Karla vor ihm und zielte auf seine Stirn. Wären seine Eltern noch am Leben, könnten die Jungs tagsüber bei Oma und Opa bleiben. Diese Ausweichmöglichkeit hat er aber nicht. Andere Verwandte gibt es auf Rügen keine. Und selbst wenn? Wer wollte sich schon eine Woche lang mit den Kindern anderer belasten. Er muss einen Weg finden, um sie zur Umkehr zu bewegen. Für die Jungs wird das schmerzlich. Aber wenn er die Ermittlungen nicht in Gefahr bringen will, bleibt ihm keine andere Wahl. Wirklich nicht? Hat er nicht schon viel zu oft seine Arbeit vor den Familienfrieden gestellt? Nein, jetzt bloß nicht darüber wieder nachdenken. Er wird Karla am Ende auf dem Stralsunder Bahnhof abfangen und abwimmeln müssen. Wie das passieren soll, weiß er noch nicht. Aber irgendetwas wird ihm schon einfallen. ›Oh Gott‹, denkt er noch, ›die Jungs!‹

Zwei Nachrichten sind von Nadine. Sie macht sein Privatleben wieder etwas süßer. Zwar hat er eigentlich keine Zeit für eine Affäre, aber bei dem ganzen Stress mit Karla und der Ralswieker Mordgeschichte, tut ihm ihre Zuwendung gut. Schwinka ist es nicht gewohnt, Flirt-Nachrichten zu bekommen. Deshalb muss er schmunzeln, als er ihre Worte und Zeichen liest: *Vermisse dich, Süßer! Hoffe auf baldiges Wiedersehen!*

›Wieso sagt sie ›Süßer‹ zu mir?‹, denkt der Polizist. ›Wieso finden Frauen einen immer wieder süß, verdammt?‹

Die andere Nachricht hat etwas Inhalt: *Denke immerzu an dich! Liege auf der Couch und sehne mich nach dir. Vielleicht klappt es am Wochenende, da nehme ich mir nur für dich Zeit.*

Nadine kennt seine familiären Verhältnisse schon. Es hatte ihm gut getan, sich darüber mal bei einer Frau auszulassen, die dann obendrein noch auf seiner Seite stand. Wochenende also … Vielleicht würde er mit ihr nach Stralsund fahren, um Karla und die Jungs zu treffen. Seine Geschiedene würde schäumen vor Wut. Erst recht, wenn er dabei bliebe, für die Kinder keine Zeit zu haben. Das ist zwar ein blödes Spiel mit den Emotionen, eine lange Debatte über Karlas Befindlichkeiten könnte er sich aber ersparen, hat sie sich doch vor anderen grundsätzlich im Griff. Bloß nicht peinlich wirken.

23

Laufbursche

Michael Neumann ist stinksauer. Seit die Kriminologen im Revier sind, fühlt er sich wie ihr Laufbursche. Ständig will einer von denen etwas von ihm oder seinem Kollegen Steffen Dorvitz. Und das hat oft nichts mit der Arbeit zu tun: Wo kann man hier gut essen? Fährt abends noch ein Bus nach Binz? Welches Hotel ist zu empfehlen? Wieso ist das WLAN so schwach? Und einer fragte ihn sogar nach dem Klo. Das ist unwürdig. Erst recht, da Neumann davon überzeugt ist, ein besserer Ermittler zu sein, als die meisten anderen aus Stralsund und Anklam. Für einen kurzen Moment ärgert er sich, die Stellvertreterstelle nicht angenommen zu haben, derweil er im Druckerraum Vernehmungsprotokolle kopiert. Die sind für Ilona Strabach. Sie bat ihn um Unterstützung. Und wenn die Intendantin der Störtebeker Festspiele an ihn herantritt, fühlt er sich gebauchpinselt. Sie ist für Neumann irgendwie jemand von den »Reichen und Schönen«, und aus diesen Kreisen, die der Polizist neidvoll beobachtet, kennt er viel zu wenige. Aber mit Strabach, die er im Fitness-Center näher kennengelernt hatte, öffneten sich ihm erstmals Türen, an die er privat nicht einmal zu klopfen gewagt hatte.

Karsten Schwinka hatte heute sehr früh am Morgen bereits die weitere Arbeit koordiniert und war danach nach Ralswiek gefahren. Er, Polizeikommissar Neumann, war wieder für die Anzeigenaufnahme eingeteilt worden. Verkehrskram, kleine Diebereien. Das ist alles so unwürdig.

Der Chefermittler hatte in dem Festspieldorf eine erste Runde gedreht: Strabach bekam ihr Okay zum Weitermachen, Katja Winkler ein Abreiseverbot und Silvio Haßmann musste ihn über den Personalstand informieren. Und diesmal musste Schwinka feststellen, dass auf diesen steifen Typen Verlass war.

»Herr Oberkommissar, ich habe alles überprüft«, sagt Haßmann, als er sich mit dem Polizistenduo in seinem eigenen kleinen Büro trifft. »Es sind alle da. Lediglich den Regisseur konnte ich noch nicht finden. Und Friedhelm Jaukner ist gestern Abend abgereist.«

»Wer ist dieser Friedhelm Jaukner?«, fragt Schwinka.

»Er spielt den Narren Heiner. Das ist eine Figur, die für die komischen Momente im Stück sorgen soll«, antwortet der Geschäftsführer.

»Und wo ist er hin?«

»Vermutlich nach Hause. Er wohnt in Mirow bei Neustrelitz. Spielt meist am Neustrelitzer Theater, hatte jüngst aber auch Rollen am Mecklenburgischen Staatstheater in Schwerin.«

»Warum ist er weg?«

»Weiß ich nicht.«

»Was passiert einem Schauspieler, der seinen Engagementvertrag bricht?«

»Teurer Spaß.«

»Holen Sie ihn zurück!«

»Kurzfristige Neubesetzung und Beschneidung der Rolle. Allerdings gehe ich davon aus, dass er am Sonnabend oder Sonntag wieder da ist.«

»Ich brauche seine Adresse und Telefonnummer. Und teilen Sie mir unverzüglich mit, wenn Jaukner hier wieder auftaucht!«

Schwinka und Schobel ziehen sich weiße Schutzanzüge über und gehen ins Störti.

Dort werden die beiden sofort von Rico Schirner vom Erkennungsdienst abgefangen. »Wir haben vermutlich die Tatwaffe«, sagt der untersetzte Mann mit den verschwitzten dünnen Haaren und präsentiert einen Zimmermannshammer in einer Plastiktüte. Das Werkzeug ist blutverschmiert.

»Wo hat er gelegen?«, fragt Schobel

»Im Biergarten.«

»Oh, da hat sich jemand richtig Mühe gegeben, einen Mord zu vertuschen«, sagt Schwinka mit einem Unterton und nimmt die Tüte zwischen Daumen und Zeigefinger, um den Hammer genauer zu betrachten. Auf dem Kopf steht *Exclusive* neben einer stilisierten Krone. Damit stammt das Teil schon mal aus dem Hause Richmann. Der Holzgriff ist wegen des Blutes als solcher kaum noch zu erkennen. Auf der einen Seite kann man aber noch das Wort *Hickory* lesen.

»Fingerabdrücke?«

»'ne Menge.«

»Schirmer, versuchen Sie mal herauszubekommen, ob sich die Position der Abdrücke Rechts- oder Linkshändern zuordnen lässt!«, sagt Schwinka.

»Geht klar.«

»Haben Sie sonst noch Auffälligkeiten feststellen können?«

»Es gibt unzählige Spuren auszuwerten, allerdings habe ich derzeit noch nichts weiter, dass man unmittelbar und ausschließlich mit der Tat in Verbindung bringen könnte.«

Schwinka und Schobel steigen hinauf in der Raum für die Uhrmechanik. Dort sind wieder zwei Polizisten zugange, die jeden Zentimeter des Bodens und der Wände nach Spuren absuchen. »Warum willst du diese Sache mit dem Links- oder Rechtshänder wissen«, fragt Schobel seinen neuen Chef als dieser niederkniet, um die Blutspuren zu betrachten.

»Sieh mal«, sagt Schwinka, steht auf und beschreibt mit den Armen die Lage der gestern hier aufgefundenen Leiche, »wenn Tröger hier über den Schienen für die sich im Kreis bewegenden Figuren gelegen hat, ist er vermutlich mit einem leichten Übergewicht nach rechts besinnungslos oder tot rücklings niedergestürzt.«

»Und?«

»Ja, pass auf! Es ist sehr unwahrscheinlich, dass der Täter Tröger mit den ersten Schlägen von vorn attackierte, denn bei diesem kräftigen Kerl wäre die Gefahr der Gegenwehr viel zu groß. Also schlägt er von hinten zu. ›Bämm!‹« Schwinka imitiert den Schlag mit Wucht – und nimmt dazu seinen linken Arm. »Da der Täter viel kleiner als Tröger ist und obendrein unheimlich nervös, trifft er nur die Schulter. Da du als Rechtshänder aber nicht den Umweg auf die linke Körperhälfte des Opfers machst, hat der Täter vermutlich mit links zugeschlagen.«

»Und die Verletzungen im Gesicht?«, fragt Schobel.

»Nun, der Schlag war zwar extrem heftig und versetzte Tröger einen mittleren Schock, dafür, sich blitzschnell umzudrehen, war aber noch genügend Zeit, bevor der zweite Hieb ihm die Stirn zertrümmerte. Diesmal übrigens auf der rechten Seite.«

»Tja, kann so gewesen sein«, sagt Schobel nachdenklich. »Müssten wir quasi nach einem Linkshänder suchen«, fügt er hinzu.

»Wäre eine Möglichkeit«, sagt Schwinka und winkt seinem Partner, ihm wieder nach unten zu folgen.

Im Restaurant spricht der Chefermittler die plötzliche Abreise des Komikers an. »Dem sollten wir uns an die Fersen heften«, sagt Schwinka. »Ohne Grund hat der sich doch nicht verdrückt. – Wir könnten das auf dem Weg nach Hannover mitnehmen. Lass uns morgen von Greifswald aus weiter nach Neustrelitz fahren! Dann Schwerin. Dort hat Puls bis März einen festen Job als Regisseur gehabt. Vielleicht ist da auch noch etwas zu holen.«

24

Um Kopf und Kragen

Am späten Nachmittag ist Ilona Strabach mit ihrem Mercedes unterwegs nach Sassnitz. Dort trifft sie sich beim Italiener im Stadthafen mit Michael Neumann. Als sie eintrifft, sitzt der Polizist schon in einem abgelegenen Zweiertisch in einer Ecke vor einem Glas Bier.

»Hallo Ilona«, strahlt Neumann, als Strabach ihm die Hand gibt.

Die Intendantin lächelt höflich. »Hallo«, sagt sie nur und setzt sich.

»War heute wieder verdammt viel Verkehr, nicht wahr?« Neumann versucht eine zwanglose Konversation.

Ilona Strabach ist allerdings nicht danach. »Hat es Auffälligkeiten in den Protokollen gegeben?«

»Komischerweise will niemand etwas gesehen haben«, antwortet Neumann dienstbeflissen. »Nur ein Friedhelm Jaukner hat tonnenweise Vorwürfe und Anschuldigungen über euch ausgegossen.«

»Was sagt er?«

»Unprofessionelles Casting, miese Schauspieler, schlechtes Verhältnis. Tröger ist für ihn ein ›hinterhältiger Hund‹.« Dabei sucht der Polizist die Blätter mit Jaukners Aussage heraus und reicht sie Strabach über den Tisch. »Das ist aber bei dem, was er sonst noch so erzählt, nichts Besonderes, denn eigentlich findet er jeden seiner Kollegen zum Kotzen.«

Die Intendantin überfliegt die Zeilen, schüttelt ab und zu den Kopf. »Danke«, sagt sie fast ein wenig zu leise. Dabei schiebt sie das Papier in ihre Handtasche.

Neumann lehnt sich zurück. Er sitzt mit dem Rücken zur Gaststätte. Das ist untypisch für Männer. Aber vielleicht ist das bei ihm so Usus, weil er gerade anfängt, mit seinem Stuhl zu kippeln. »Der neue Schnüffler nervt, nicht wahr?«, fragt Neumann unvermittelt.

»Naja, was soll er machen?! Immerhin sterben bei uns doch verhältnismäßig zu viele Menschen.« Das sollte humorvoll klingen, Strabach hat jedoch Verbitterung in der Stimme.

Neumann ist enttäuscht, dass die Frau ihm gegenüber nicht sofort auf seine Worte eingeht und gegen Schwinka Stellung bezieht.

»Ich denke, man kann solche Ermittlungen auch anders führen. Ohne den unschuldigen Leidtragenden ständig auf den Sack zu gehen«, versucht es der Kripomann noch einmal.

Aber auch jetzt bleibt Strabach unverbindlich: »Tja, Michael, darin liegt das Problem: Wer ist unschuldig, wer nicht? – Übrigens hat sich dieser Jaukner aus dem Staub gemacht. Keiner weiß, warum.«

Neumann lacht lauthals auf: »Da wunderst du dich noch? Einer der Hauptdarsteller wird erschlagen und ein anderer Schauspieler aus der Truppe sucht das Weite? Hoffentlich hat Schwinka diesen Typen längst verhaftet.«

Ilona Strabach ist die Situation peinlich. Sie sieht wie Neumann gern kompetent wirken möchte, aber eigentlich nur aufschneidet.

Der Kellner kommt.

»Bringen Sie mir einen Cappuccino«, sagt sie leise. Sie ist heute ungewöhnlich still.

Michael Neumann merkt das nicht. Dafür kennt er sie womöglich viel zu wenig. »Manche Fälle lassen sich in zwei Tagen lösen«, krakeelt er, »denn oft sind die Mörder unbedarfte Kerle, die im Affekt handelten. Die machen einen Haufen Fehler. So wie dieser Schauspieler: Sein größter war es, einfach abzuhauen.«

Die Unterhaltung zwischen dem ungleichen Paar verläuft im Sand. Ilona Strabach bleibt höflich, lächelt manchmal, nickt, bleibt darüber hinaus aber sehr nachdenklich. Michael Neumann redet und redet – sich um Kopf und Kragen. Aber Strabach hat kein Ohr für all die dienstlichen Belange, die der Polizist da ausplaudert.

Als sie sich trennen und jeder zu seinem Wagen geht, ist Strabach sofort mit ihren Gedanken voll bei ihrem Theater und dem Stück, das gerettet werden muss.

Neumann hingegen hängt der Unterhaltung nach und flucht. »Verdammte Scheiße!«, stößt er zwischen zusammengekniffenen Zähnen hervor, als er sich hinters Lenkrad seines BMW setzt. »Was ist bloß mit mir los? Ich habe nur Stuss erzählt.« Er denkt nach. »Alles wegen dieses bescheuerten Schwinka. Wäre der nicht hier aufgeschlagen, müsste ich vor ihr nicht den Max machen.« Den Zusammenhang zwischen dem neuen Kripochef in Bergen und seinem kommunikativen Totalausfall findet er allerdings nicht. Das macht Neumann noch wütender. Er schlägt mit beiden Händen aufs Lenkrad. Dann startet er den Wagen und fährt los. Allerdings nicht direkt nach Hause. Sein Weg führt ihn noch einmal zurück ins Revier.

Hier ist bereits Feierabend. Neumann schaltet den Computer an und sucht in den angelegten Datenbanken zum aktuellen Fall in Ralswiek nach Friedhelm Jaukner. Unter dessen Namen sind bereits zahlreiche Informationen notiert: Vita, beruflicher Werdegang, Wohnort, Aussagen zum Fall Möhricke und Tröger – und die Telefonnummern. Die hat Michael Neumann gesucht.

25

Rote Spitze

In der Rechtsmedizin in Greifswald kommen Schwinka und Schobel ein gehöriges Stück voran. In Jan Möhrickes Blut konnte eine tödliche Dosis Aconitin nachgewiesen werden. Damit bestätigt sich Schwinkas Annahme, dass der Schauspieler vergiftet wurde. Laut Laborergebnis sei die Dosis vermutlich sehr präzise ausgerechnet worden. Sie habe irgendwo zwischen 1,5 und 3 Milligramm gelegen. Also auf jeden Fall genug, um zum Tode zu führen. Ein Versehen konnte ausgeschlossen werden.

Die Obduktion von Helmar Tröger bringt ebenfalls Erhellendes zutage. Die Verletzungen an Kopf und Schulter sind nicht die einzigen, die an dem Schauspieler gefunden wurden. »Schauen Sie, Herr Oberkommissar«, beginnt der Leitende Rechtsmediziner seine kleine Vorführung, indem er das Tuch von der auf einem Seziertisch liegenden Leiche streift, »der erste Schlag ging hier auf die linke Schulter. Er kam von hinten, da noch das Schulterblatt in Mitleidenschaft gezogen wurde. Und es war ein sehr heftiger Schlag, da die getroffenen Knochen regelrecht zersplitterten. Manch einer wäre vor Schmerzen bewusstlos geworden. Unser Opfer aber nicht, denn den Schlag gegen die Stirn erhielt es noch im Stehen. Dieser war eigentlich bereits tödlich, denn der Schädel ist an dieser Stelle regelrecht zertrümmert worden. Das Hirn bekam sofort etwas ab.« Tröger ist nicht mehr zu erkennen. Sein jetzt vom Blut befreites Gesicht ist völlig deformiert. Die Stirn hat eine tiefe Einbuchtung, als habe jemand den Kopf einer Plastikpuppe zerdrückt. Das linke Auge fehlt. Das Kinn quasi auch. Und das, was mal eine Nase war, ist ein unförmiges Etwas aus Fleisch und Knochen. »Da es sehr unwahrscheinlich ist, dass der Täter um diesen Mann herumgelaufen ist, um ihm den Kopf zu zerdeppern, wird sich das Opfer im Schock über den Schulterschlag zu ihm umgedreht haben. Danach fiel er, denn die Schläge aufs Auge, auf die Nase und auf das Kinn erhielt er im Liegen. Die Tatwaffe war der im Hof gefundene Zimmermannshammer. Das ist eindeutig.«

»Haben die Fingerabdrücke Hinweise auf einen möglichen Täter gegeben?«, fragt Schwinka, dessen Vermutungen damit bestätigt sind.

»Das ist noch in der Auswertung«, antwortet der Arzt. »Aber jetzt schauen Sie mal genau hier hin!« Der Mann beugt sich über den Toten und deutet auf eine kaum sichtbare bläuliche Färbung an Trögers Hals. »Sehen Sie das? – Das ist ein Strangulierungsmerkmal. Allerdings hat das nichts mit dem Tod des Mannes zu tun. Vielmehr wurde ihm diese Verletzung schon ein paar Tage zuvor zugefügt. Daraus könnte man verschiedene Schlüsse ziehen: Unfall, missglückter Selbstmordversuch – wenn da nicht noch die Kratzspuren auf seinem Rücken wären. Die stammen von scharfen Fingernägeln und wurden angesichts ihrer Position garantiert nicht aus Bosheit dort hinterlassen.« Der Arzt winkt Schwinka näher an den Tisch und bedeutet ihm, er möge helfen, Tröger anzuheben. Und tatsächlich. Da sind Kratzer. Nur undeutlich – aber zu sehen. »Und dann sehen Sie sich seinen linken Hoden an!«

»Ach Gott, das auch noch?«

»Ja, schauen Sie!« Der Mediziner hebt Trögers linken Hoden leicht hoch und legt auch hier eine kleine blaue Verfärbung frei. »Das ist eine Bissspur.«

Karsten Schwinka muss kichern.

Auch Schobel verbirgt sein stilles Lachen hinter einer vorgehaltenen Hand.

»Ja, werte Kollegen, ich weiß, das ist im Allgemeinen ganz lustig«, sagt der Arzt streng. »Aber ich könnte mir vorstellen, dass Sie diese kleinen Details durchaus ein Stück weiterbringen könnten. Nun glaube ich zwar nicht, dass dieser riesige Kerl von einer gekränkten Geliebten gefällt wurde – wenngleich es manchmal auch sehr massige Frauen gibt –, so kann es aber doch einen Zusammenhang zu den leidenschaftlichen Spielen des Opfers und den Umständen seines Todes geben.«

»Oh, Herr Doktor, davon bin ich sogar überzeugt!«

Als Schwinka und Schobel im Auto sitzen – sie sind mit dem Jaguar unterwegs –, ist es bereits später Nachmittag. In Mirow angekommen, steigen sie im Mecklenburger Hof ab. Klein aber fein.

Im Doppelzimmer rücken sie die Betten auseinander. Schwinka besteht drauf. Schobel ist es egal.

Gegen 19 Uhr ziehen die beiden Kriminalisten los, um Friedhelm Jaukner einen Besuch abzustatten – wenn er denn zu Hause ist. Und er ist zu Hause. »Hallo Herr Jaukner, ich bin Oberkommissar Schwinka, das ist Polizeihauptmeister Schobel. Wir sind von der Kriminalpolizei in Bergen auf Rügen und würden uns gern mit Ihnen über einige Vorfälle in Ralswiek unterhalten«, gibt Schwinka die Einführung, als der Schauspieler die Tür seiner Villa öffnet.

»Was soll das denn?«, zeigt sich Jaukner ehrlich überrascht. »Hat die Alte euch auf mich gehetzt?«

»Wenn Sie damit Frau Strabach meinen, kann ich das reinen Herzens mit einem Nein beantworten. Aber ich denke, dass nach all den Ereignissen bei den Festspielen es durchaus nachvollziehbar ist, dass wir ausgerechnet Sie aufsuchen.«

Jaukner starrt Schwinka an. Er überlegt krampfhaft, was er tun soll. Das sieht man ihm deutlich an. »Okay, kommen Sie rein!«

Jaukner wohnt durchaus annehmlich. Der Vorflur ist so groß, wie ein Wohnzimmer in der Platte. Die gute Stube ist bei dem Mimen weitläufig wie ein Atelier. Flachbildleinwand mit hochmodernen Standboxen sind am Ende des Raumes der Blickfang. Auf dem Weg dorthin passiert man eine Bar, einen Flügel, eine ausladende Sitzecke, einen Esstisch mit fünf Stühlen – Platz ist dazwischen aber immer noch reichlich. Vermutlich sind das hier 150 Quadratmeter.

»Schön haben Sie's hier«, beginnt Schwinka.

»Danke, es läuft ganz gut«, antwortet Jaukner, als hätte der Polizist danach gefragt, wie er sich das alles leisten könne.

»Leben Sie allein?«

»Nein, ich habe eine Frau und eine Tochter. Die sind aber schon seit ein paar Tagen bei Verwandten.«

»Weit weg?«

»Nein, in der Nähe von Halle.« Jaukner deutet auf die Sitzecke: »Bitte nehmen Sie Platz! Möchten Sie etwas trinken?«

»Ich hätte gern einen Kaffee«, sagt Schwinka.

»Mir wäre eine Cola recht. Kann aber auch nur ein Wasser mit Sprudel sein«, bestellt Schobel.

»Nein, kein Problem. Ich habe Cola im Haus«, entgegnet Jaukner und geht in die Küche.

Schwinka sieht sich um. Es ist alles akribisch aufgeräumt. Fast so, als würde der Schauspieler den Raum gar nicht nutzen.

»Bestimmt ein teurer Spaß das Ganze«, sagt Schobel.

»Das Haus bringt locker eine halbe Million, wenn nicht mehr«, sinniert Schwinka. »Er scheint wirklich gut zu verdienen.«

»Ich kenne den gar nicht«, sagt Schobel darauf und zieht sein Smartphone aus der Tasche. Er googelt: *Friedhelm Jaukner*.

»Jaukner ist ein gefragter Mann in Serien«, sagt Schwinka, der sich ausgiebig über den Darsteller informiert hat. »Außerdem hat er in mehreren Kinofilmen mitgespielt. Laut Filmrezensenten liebt man seinen direkten Humor, er ist schlagfertig und kreativ. Und sein Typ ist gefragt.«

»Sein Typ? So sehen doch im Moment irgendwie alle aus. Viel zu smart.«

»Naja, und vermutlich können Produzenten davon derzeit nicht genug bekommen …« Zwischen Schwinkas Beinen schleicht plötzlich eine Katze umher. »Huch, wo kommt die denn her?« Der Ermittler ist überrascht.

»Das ist Peterle«, sagt Jaukner, der just in diesem Augenblick mit Kaffee und Cola aus der Küche kommt. »Husch, weg!« Der Kater macht einen Satz und verschwindet in der Diele. Oder vielleicht besser: Foyer. »Sie mögen keine Katzen?«, fragt der Schauspieler den Chefermittler.

»Doch, doch, zulegen würde ich mir aber keine.«

»Wir haben sie auch nur wegen unserer Tochter. Aber mittlerweile haben wir uns daran gewöhnt, dass hier noch ein Tier herumschleicht.« In diesem Moment fällt Jaukners Blick auf die Stelle, an der die Katze eben noch herumgeschlichen war. Seine Augen verraten für den Bruchteil einer Sekunde Unsicherheit.

Schwinka sieht das, reagiert aber nicht.

»Sie wundern sich sicher, dass ich abgereist bin?«, beginnt Jaukner das Gespräch auf das eigentliche Thema zu lenken.

»Durchaus«, sagt Schwinka, während Schobel bereits wieder seinen Block am Wickel hat.

»Ich habe es nicht mehr ausgehalten«, sagt der Schauspieler und starrt mit weit aufgerissenen Augen auf die gläserne Platte des flachen Couchtisches. »Nachdem Jan Möhricke verstorben war, herrschte unter uns der reinste Psychoterror.«

»Wie meinen Sie das?«

»Anfangs verdächtigte jeder jeden, nach zwei Tagen bildeten sich Grüppchen, die im wahrsten Sinne des Wortes gegeneinander vorgingen.«

»Das ist alles sehr vage, Herr Jaukner. Was ist passiert?«

»Nehmen wir Helmar Tröger … Den haben alle geschnitten, nachdem Sie sich auf ihn konzentrierten. Jetzt ist er selber tot. – Wissen Sie, ich habe eine Heidenangst …«

»Warum? Was haben Sie angestellt?«

»Nichts, Herr Kommissar. Aber wenn selbst Tröger nicht davonkommt …«

»Warum sollte er davonkommen? Sind Sie in etwas verstrickt, das Sie prinzipiell in eine ähnliche Gefahr bringt wie Helmar Tröger?«

Jaukner überlegt. Seine Gesichtszüge entspannen sich, er schaut durch die Terrassentür in den Garten. »Nein … ich weiß nicht«, sagt er gedämpft.

»Haben Sie etwas mit Möhrickes Tod zu tun?«

»Nein, um Gottes willen!« Jaukner ist aufgeschreckt.

»Wovor fürchten Sie sich, Herr Jaukner?«

»Ich weiß auch nicht …«

»Haben Sie mit jemandem in Ralswiek derart Zoff, dass Sie um ihre Gesundheit fürchten müssen?«

»Nein«, sagt der Schauspieler gequält.

Schwinka hat das Gefühl, dass Jaukner etwas erzählen möchte. »Geht es um Frauengeschichten?«, hakt er nach.

»Frauengeschichten? Nun, vielleicht … Muss ich Ihnen das denn erzählen?«

»Wenn es Sinn ergibt und die Wahrheit ist, könnte es Sie bei der Suche nach dem Mörder schon mal aus der Schusslinie nehmen. Denn auch Möhricke wurde umgebracht.«

»Ach, das ist nichts Neues. Das war doch jedem klar.«

»Warum?«, fragt Schwinka.

»Der Konflikt mit Tröger, der Zoff mit Puls, die Affäre mit Silvie … das lief ihm wohl irgendwie aus dem Ruder.«

»Was war mit Tröger?«

»Ich glaube, Jan Möhricke hat Tröger erpresst. Fragen Sie mich nicht, womit! Allerdings ist Helmar einmal in der Garderobe ausgerastet und hat etwas von Erpressung verlauten lassen. Da es aber ständig irgendein Theater gibt, nimmt man solche Ausbrüche im Allgemeinen nicht so ernst.«

»Was war mit Ihren Frauengeschichten?«, setzt Schwinka wieder an.

»Verdammt, können Sie mich damit nicht in Ruhe lassen?«

»Ich fürchte nicht.«

»Hören Sie, Herr Kommissar! Wenn ich Ihnen das jetzt erzähle, muss das unter uns bleiben!«

»Das kann ich Ihnen versichern.«

Als würde er sich etwas von der Seele reden wollen, sprudelt es in den nun folgenden Minuten nur so aus Jaukner heraus. Wie er schon im vergangenen Jahr eine Beziehung zu Silvie Pochowski hatte, die ihn später mit Anrufen, SMS- und WhatsApp-Nachrichten stalkte, was für viel Stress gesorgt hatte. Wie schwer es gewesen sei, das alles vor seiner Frau zu verbergen. Dass er beinahe die Engagementzusage für dieses Jahr abgesagt hätte, um nicht wieder auf Silvie treffen zu müssen. Wie er nach der Premierenfeier sich ihrer Avancen hatte erwehren müssen, und dass sie womöglich nur mit Jan Möhricke ins Bett gegangen war, um ihm eins auszuwischen. Plötzlich Pause …

»Und?«, fragt Schwinka verwundert.

»Und dann diese Zettel.«

»Welche Zettel?«

»Einige von uns haben Nachrichten bekommen. Auf kleinen Zetteln. Handschriftlich.«

»Und was stand da drauf?«

»Ganz unterschiedlich.«

»Haben Sie auch einen bekommen?«

»Ja, habe ich.« Jaukner steht auf, geht an einen Vitrinenschrank neben dem Flügel, öffnet eine runde Schmuckdose und holt ein kleines Stück Papier hervor, auf dem etwas kryptisch *Giftmacher. Wenn deine Frau davon erfährt.* zu lesen ist. »Bitteschön, machen Sie damit, was Sie wollen!«

Es ist ein quadratischer weißer Zettel von einem Notizblock, wie er häufig auf Schreibtischen zu finden ist. Er ist zweimal gefaltet. Schwinka holt ein Stofftaschentuch hervor und nimmt damit das Stück Papier in die Hände. Dieses Tuch trägt er routinemäßig bei sich.

»Das finde ich ziemlich rätselhaft«, sagt Schobel.

»Ich auch«, stöhnt Jaukner und setzt sich wieder. Dabei wirft er erneut einen verstohlenen Blick zwischen Schwinkas Füße.

»Warum Giftmacher? In welcher Beziehung standen Sie zu Möhricke?«, nimmt Schwinka den Faden wieder auf.

»Wollen wir draußen auf der Terrasse weiterreden? Ich würde gern eine rauchen.«

»Können wir machen«, sagt Schwinka, weiß aber sofort, dass der Schauspieler versucht, die beiden Polizisten aus irgendeinem Grund aus der Sitzecke rauszukriegen. Als sich der Chefermittler erhebt, schaut er kurz nach unten. Purpurnes Rot blitzt ihm entgegen: Unter der Couch, deren antik wirkender Überzug bis auf den Boden reicht, blitzt ein Stück Spitze hervor. Schwinka lächelt. Er ist im Bilde.

Auf der Terrasse dreht sich das Gespräch im Wesentlichen um die Zettelei der zurückliegenden Tage. Von Tröger habe er gewusst, dass der die Botschaft *Mörder* unter seine Apartmenttür hindurchgeschoben bekommen hatte. Und beim Störtebeker-Darsteller Robert Kranich sei es ein *Hurenbock* gewesen. Und sein Verhältnis zu Möhricke bezeichnet er als »äußerst distanziert«. »Als ich den Wisch in meinem Zimmer gefunden habe, war ich schon drauf und dran, die Segel zu streichen«, erzählt Jaukner, der im Verlauf der Unterhaltung immer lockerer geworden ist. Vor allem jetzt, da sie draußen sitzen. »Als der Mord an Tröger die Runde machte, hat es mir gereicht.«

»Wenn Sie wegbleiben, kostet Sie das eine gehörige Summe Vertragsstrafe«, gibt Schwinka zu bedenken.

»Ja, ich weiß. Ich habe mich auch schon beruhigt. Und wenn ich mir überlege, welch wackere Polizisten mit dem Fall betraut sind, müssten Sie den Killer eigentlich bald haben.«

»Jetzt drehen Sie aber auf, Herr Jaukner!«, lächelt Schwinka. »Man könnte fast meinen, Sie sind erleichtert, weil es Ihnen gelungen ist, uns auf eine falsche Fährte zu locken oder etwas vor uns zu verbergen.«

»Aber … aber, Herr Kommissar?!«, sagt Jaukner irritiert. Er drückt seine Zigarette im Aschenbecher aus. Es ist mittlerweile seine fünfte. »Keineswegs, ich wollte nett sein.«

»Haben Sie eigentlich so was wie eine Geliebte?«, fragt Schwinka unvermittelt.

»Ich? Wieso? Nein!«

»Wen haben Sie dann in Ihrem Schlafzimmer zu liegen?«

»Wieso? Ich? Im Schlafzimmer? Wie kommen Sie darauf?« Jaukner ringt nach Luft.

Schwinka erhebt sich, geht zurück ins Zimmer, hebt den Saum des Couchüberzugs hoch und holt einen roten Spitzenslip hervor. »Der könnte auch von Ihrer Frau sein«, sagt der Polizist. »Allerdings wären Sie dann nicht so nervös geworden, als die Katze davon ein kleines Stück hervorgezogen hat.«

»Herr Kommissar, es ist, wie Sie sagen«, sagt Jaukner und stürmt auf den Polizisten zu, um ihm das kleine Kleidungsstück zu entreißen, »der gehört meiner Frau.«

»Moment! Nicht so schnell!« Schwinka steckt den Slip in seine Hosentasche. »Es gibt jetzt die Möglichkeit, Sie erzählen uns alles. Oder ich gehe nach oben und sehe nach.«

»Das dürfen Sie gar nicht!«, schreit Jaukner plötzlich und starrt Schwinka an.

»Wollen Sie mich dran hindern? Dann nur zu!«

Beide schauen sich in die Augen. Jaukner zornentbrannt und in angespannter Haltung, Schwinka abwartend – ein klein wenig amüsiert.

»Warten Sie, Herr Jaukner, vielleicht haben Sie auch nur kurzzeitig vergessen, wie die junge Dame heißt. Und womöglich kann ich Ihnen bei dem Quiz helfen.« Schwinka holt sein Telefon hervor und drückt auf eine eingespeicherte Nummer. Es dauert nicht lange, und der Angerufene ist dran.

»Hallo, Herr Haßmann! – Jaja, wir haben alle Zuarbeiten bekommen. Wie? Die Presse macht Druck? – Ich habe mit der Öffentlichkeitsarbeit nichts zu tun. Wenden Sie sich an Oberstaatsanwalt Dückert! Aber eigentlich ist Ihre Chefin mit dem darüber sicher schon im Gespräch. – Wie ich darauf komme? Das spielt jetzt keine Rolle. – Ich hätte da gern eine Auskunft. Was machen dieser Tage die Servicekräfte aus dem Störti? – Nein, die Köche interessieren mich nicht, die Servicekräfte: Merch-Lager, Reparaturen, Kostüme, aha, Einkauf. Hat jemand regulär frei?« Eine kurze Pause entsteht, weil der Geschäftsführer die Dienstpläne durchschaut. »Aha. Wie lange? – Bis Sonnabend. Alles klar. Ich danke Ihnen und grüßen Sie Frau Strabach!« Schwinka klickt das Gespräch weg und grinst Jaukner an. »Na? Wer liegt da oben?«

Jaukner lässt sich in einen der Sessel fallen. »Scheiße!«

»War Ihre ganze Geschichte von heute Abend erfunden? Das mit den Zetteln, das mit dem Stalken und so weiter?«

»Nein, nein, Herr Oberkommissar. Aber es ist nun mal eine heikle Situation. Für mich hängt viel dran: mein Ruf, der familiäre Frieden.«

»An welcher Stelle war die Story über Silvie gelogen?«

»Eigentlich stimmte alles.« Jaukner ist geknickt. »Allerdings hab ich mich nach der Premierenfeier wieder drauf eingelassen.«

»Und Sie sind auch nicht aus Angst ausgebüxt, sondern haben eine perfekte Gelegenheit für ein paar schöne Tage zu zweit genutzt. Der Zettel ist doch aber echt, oder?«

»Absolut!«

»Naja, wir werden sehen. Der Schriebs wandert ins Labor.«

»Was nun?«, fragt der Schauspieler kleinlaut.

»Bei der momentanen Lage in Ralswiek könnte ich Sie glattweg verhaften«, sagt Schwinka. Er weiß zwar, dass das nicht stimmt, klingt aber immer wieder gut und macht auf Verdächtige oder Zeugen Eindruck.

»Oh Gott, machen Sie Witze?«

»Nein, dafür sind Sie doch zuständig. Vielmehr haben Sie sich total in ein Netz verstrickt. Dadurch kann man Sie mindestens mit dem Mord an Möhricke in Verbindung bringen, denn – wie Sie selbst sagten – Silvie war mit ihm zusammen.«

»Ja, … nein … das ist kompliziert.« Jaukner ist verzweifelt.

»Hat sie ihr Telefon oben?«

»Ich denke schon.«

Wieder holt Schwinka sein Smartphone hervor und drückt auf eine eingespeicherte Nummer. Wieder dauert es nur Sekunden, bis jemand rangeht. »Hallo Frau Pochowski, hier Oberkommissar Schwinka. Bitte ziehen Sie sich etwas an und kommen Sie herunter!«

»Oh Gott, ist das alles peinlich …«, sagt Jaukner.

»Peinlichkeit ist Ihr kleinstes Problem.«

Nach wenigen Minuten des Schweigens zwischen den Polizisten und dem Schauspieler steht Silvie Pochowski im Raum. »Hallo«, sagt sie schüchtern.

»Setzen Sie sich!«, begrüßt Schwinka sie, der die Rolle des Hausherrn eingenommen zu haben scheint.

Silvie nimmt auf dem Sessel neben Jaukner Platz und schaut ihren Geliebten fragend an.

Der verzieht entschuldigend das Gesicht und blickt danach in theatralischer Pose an die Decke. Er scheint der jungen Frau eine Show bieten zu wollen.

»Bitteschön, Ihr Höschen.« Schwinka fingert den Slip aus seiner Hosentasche und legt ihn vor der Kellnerin auf den Couchtisch.

Silvie wird rot, greift zu und verbirgt das Stück Stoff in ihrer kleinen Faust.

Jaukner hat seinen linken Ellbogen auf die Sessellehne gelegt und reibt sich mit den Fingern die Stirn. Dabei lugt er auf die junge Frau.

Sie ist vollkommen verstört, schaut mal auf Schwinka, mal auf Schobel und schmult auch hin und wieder zu Jaukner, der rechts neben ihr sitzt.

»Na, Frau Pochowski – jetzt wird es langsam ernst.« Und weil Jaukner Anstalten macht, dazwischenzureden, sagt Schwinka an den Schauspieler gewandt: »Und Sie sagen jetzt besser nichts! Das geht sowieso schief.«

Jaukner sackt in sich zusammen und starrt an die Decke.

»Wissen Sie«, Schwinka spricht wieder zu der jungen Frau, »in Ralswiek passieren gerade schlimme Dinge. Und Sie, Frau Pochowski, sind mittendrin. Und alles, was Sie von dem, was Sie wissen oder getan haben, jetzt nicht preisgeben, wird Ihnen früher oder später auf die Füße fallen.«

Silvie quetscht ihren Slip, als wollte sie daraus Wasser herausdrücken.

»Was war mit Jan Möhricke?«, fragt Schwinka energisch.

»Ich habe damit nichts zu tun«, flüstert Silvie.

»Was hatten Sie mit Jan Möhricke?«

»Ich war kurz mit ihm zusammen.«

»Große Liebe, Affäre – was war da?«

»Es ergab sich … Und ich wollte, dass Friedl sich ärgert.«

»Das scheint geklappt zu haben, Frau Pochowski. Wer hat Jan Möhricke vergiftet? War es Herr Jaukner?«

»Nein, nein …«, ruft sie.

Der Schauspieler schnellt aus seiner schlaffen Haltung hoch: »Sie verdächtigen mich? Mich? Wo führt das nur alles hin?«, ruft er. Für Schwinka wieder etwas zu theatralisch. Aber offenbar hat er für junge Frauen eine Masche, die er vor Silvie auch im Gespräch mit der Polizei durchziehen will.

Schwinka hebt die Hand und gebietet Jaukner, sich wieder zu setzen.

Der gehorcht.

»Nein, Friedl war es nicht«, wiederholt Silvie und macht wieder große Augen, die Schwinka noch von der ersten Vernehmung kennt.

»Woher wollen Sie das wissen? Vielleicht war Ihr Schachzug so gut, dass Herr Jaukner vor Eifersucht die Wände hochging und sich den vermeintlichen Nebenbuhler vom Halse schaffte.«

Jaukner schlägt die Hände vors Gesicht.

»Nein, nein … Jan hatte Streit mit Helmar. Das war richtig schlimm. Ich glaube, dass er Helmar mit irgendetwas unter Druck gesetzt hat. Er wollte den richtig fertigmachen.«

»Warum?«

»Erzählt hat er mir das nicht. Aber das war schon richtig Hass.«

»Wenn er Ihnen sagte, er wolle Tröger fertigmachen und das womöglich im Zorn aussprach, wird er doch noch mehr gesagt haben als nur diesen einen Satz?!«

»Er hat geschimpft, dass Goedeke schlecht spielt; dass er verlogen ist; dass er keine Moral hat und so …«

»Warum sollte er keine Moral haben?«

»Na, Helmar hat doch jeden Tag mit seiner Politikerfreundin rumgepost. Aber in Wirklichkeit ist er in Ralswiek einer der schlimmsten gewesen – sagte Möhricke zumindest.«

»Und um wen es da ging, sagte er nicht?«

»Nee, sagte er nicht. – Wirklich nicht! Ich würde es Ihnen erzählen.«

»Haben Sie eine Vermutung?«

Silvie wiegt den Kopf hin und her. »Da gibt es einige Möglichkeiten: Mechthild, vielleicht die Eliska, vielleicht auch die Katalena. Mit der hat er sich sehr gut verstanden.«

Als Schwinka und Schobel auf ihr Hotelzimmer zurückkehren, ist es sehr spät geworden. Jaukner und Silvie haben den Polizisten zugesichert, am Sonnabend wieder in Ralswiek sein zu wollen. Der Darsteller wollte die Festivalleitung gleich am nächsten Morgen darüber informieren, damit die nicht womöglich einen Ersatz rekrutierte.

Danilo Schobel ist im Bad und putzt sich die Zähne, als er noch mit der Bürste im Mund seinen Gedanken freien Lauf lässt. »Ich glaube den beiden«, ruft er undeutlich.

»Man könnte vermuten, dass sie die Wahrheit sagen«, entgegnet Schwinka und legt das Mobiltelefon beiseite, auf dem er aktuelle Meldungen aus aller Welt überflogen hat.

Schobel spült den Mund aus und kommt ins Zimmer. Er hat einen lustigen Schlafanzug an, auf dem lauter kleine Schildkröten abgebildet sind.

»Hat das eine Bewandtnis mit den Viechern?«, fragt Schwinka amüsiert.

»Die werden 200 Jahre alt«, antwortet Schobel. »Ich habe keine Ahnung. Hat mir meine – mittlerweile – Ex-Freundin gekauft. Und mir ist es völlig gleichgültig, was auf meinem Schlafanzug drauf ist. Das sieht doch keiner – außer du jetzt. Und ich gehe davon aus, dass du Stillschweigen bewahrst.«

»Wird mir schwerfallen«, sagt Schwinka und lächelt.

»Ich glaube beiden«, wiederholt Schobel seinen Gedanken.

»Ja, es klingt plausibel. Und kurioserweise vor allem, weil der Jaukner vieles zu verbergen hat. Trotzdem würde ich die zwei noch nicht aus dem Spiel nehmen.«

»Warum nicht?«, fragt Schobel und zieht sich die Bettdecke bis zum Hals.

»Eben auch, weil Jaukner vieles zu verbergen hat. Und die kleine putzige Silvie, die scheinbar kein Wässerchen trüben kann, hat es faustdick hinter den Ohren.«

»Auf jeden Fall sind sie am Wochenende wieder in unserer Obhut«, kichert Schobel.

»Und da gibt es noch etwas, Danilo. In Jaukners Garten wächst Eisenhut, die Pflanze mit den auffällig violetten Blüten.«

26
Zettelwirtschaft

Am Donnerstag macht die Meldung über ein Tötungsverbrechen bei den Störtebeker Festspielen die Runde.
Vormittags berichten die lokalen Medien online und das
Radio, am Nachmittag ist es deutschlandweit eine der
Top-Meldungen. In Ralswiek sieht sich Intendantin Ilona
Strabach mit einer Flut von Beileidsbekundungen und An-
fragen konfrontiert, die sie in dieser Masse nicht erwartet hat. Am späten Nachmittag geben sie und Haßmann
es auf, auf all die E-Mails und Anrufe zu reagieren, und
stellen aus der Riege der Mitarbeiter ein Quartett zusammen, dass Öffentlichkeitsarbeit betreibt. Auf den Websei-
ten der Festspiele wird immer wieder darauf hingewiesen,
dass die Aufführungen am kommenden Montag fortgesetzt
werden. Parallel dazu setzt eine Flut an Ticketbestellun-
gen ein. Bis zum Abend sind die Vorstellungen für Montag, Dienstag, den darauffolgenden Freitag und Sonnabend
ausverkauft.

Die Spurensicherung stößt auf immer neue Winkel im
Komplex rund um das Störti, in denen sie nach Hinweisen suchen muss. Trotzdem kommen die Beamten gut voran. Mittlerweile haben tatsächlich alle bei den Festspielen tätigen Personen ihre Fingerabdrücke abgegeben. Von
den meisten wurden DNA-Proben genommen. Ist der Täter hier zu suchen, dürfte er in Kürze ermittelt werden. Darin sind sich alle einig.

Die Schauspieler, einige Tonleute, Bühnenarbeiter sitzen in mehr oder weniger kleinen Gruppen zusammen und philosophieren. Manchmal streiten sie, oft wird geschimpft. Alles dreht sich um den Mord an Helmar Tröger und den Tod von Jan Möhricke. Und je nach Zusammensetzung der Gruppe, die da miteinander diskutiert, wird dieser oder jener verdächtigt, mit dem Ableben der beiden Schauspieler etwas zu tun zu haben.

Seit Karsten Schwinka von der Zettelwirtschaft – wie er es nennt – weiß, konzentrieren sich einige der Beamten vor Ort auf das Zusammentragen der noch existierenden Papierchen. In Trögers Unterkunft und in seinen Sachen war nichts gefunden worden. Auch die Suche im Müll und im Papierkorb hatte nichts dergleichen zutage gefördert. Allerdings kann der Störtebeker-Darsteller Robert Kranich direkt auf seine *Hurenbock*-Botschaft angesprochen werden. Und da er sie noch besitzt, wandert der Zettel unverzüglich ins Labor nach Greifswald.

Schwinka und Schobel fahren nach Schwerin. Sie wollen mehr Informationen über Pedro Puls herausbekommen. Mit wem sie dort auch reden: Der Regisseur scheint kaum Freunde zu haben. Er wird generell nicht gemocht, allerdings schätzen die meisten seine Arbeit. Privates hält er von seinen Kollegen fern. Die wissen meist nicht mehr, als was die Allgemeinheit aus seiner Vita im Internet herauslesen kann.

Über die A 24 und die A 7 geht es dann im Affenzahn nach Hannover. Theoretisch benötigt man für die Strecke zweieinhalb Stunden: Schwinka heizt derart, dass die beiden Rüganer Polizisten nur etwas mehr als 120 Minuten unterwegs sind. Schobel hat das Duo während der Fahrt in das Leonardo Hotel in Kirchrode einquartiert. Das ist unweit der City und bietet Schwinka und ihm die Möglichkeit, heute Abend womöglich noch irgendwo hinzugehen.

Auch ein Telefonat mit Carla Wischnewski-Kahler ist erfolgreich: Sie verabreden sich für Freitag, 11 Uhr, im Landtag.

Nachdem das Ermittler-Duo das Hotelzimmer bezogen hat, fährt es mit der U-Bahn tatsächlich noch in die Stadt, um im Brauhaus Ernst August ein paar Biere zu trinken. Dabei reden sie beinahe ausschließlich über den Fall und die darin verstrickten Personen. Schobel wundert sich zum Beispiel, dass Friedhelm Jaukner so gar nicht witzig gewesen sei, obwohl er doch als gefragter Comedian gelte. Und Schwinka klärt seinen Kollegen darüber auf, wie Eisenhut wirkt und wie die Pflanze zubereitet werden muss, um gezielt als Gift zum Einsatz kommen zu können.

Am nächsten Morgen checken die Polizisten zeitig aus und frühstücken in einer naheliegenden Bäckerfiliale. Dabei lassen sie sich reichlich Zeit. In der aktuellen Bild-Zeitung ist auf der Regionalseite für Hannover ein großer Artikel über den Tod des Schauspielers Helmar Tröger zu finden. Inklusive Statement von Carla Wischnewski-Kahler. Mit Spekulationen hält sich das Blatt zwar zurück, spottet aber über die Störtebeker Festspiele und den rückständigen Osten.

Aus amtlichen Kreisen findet nur die Pressemitteilung der Staatsanwaltschaft Stralsund Verwendung. Darüber hinaus gibt es einen kleinen Seitenhieb auf die angeblich dilettantische Polizeiarbeit.

Das niedersächsische Landtagsgebäude liegt nahe der Leine. Es ist ein Monumentalbau von römischer Präsenz. Am Empfang wird den Gästen der Weg zum Büro der Grünen-Fraktion gewiesen.

Dort angekommen, treffen Schwinka und Schobel auf eine hagere Mittvierzigerin, die stocksteif auf ihrem Stuhl sitzt. Vor ihr stehen eine Kaffeekanne und drei schmucklose, weiße Tassen. Das Büro ist klein und erinnert an ein Klassenzimmer. »Willkommen!«, sagt Carla Wischnewski-Kahler und lächelt. Dabei bleibt sie sitzen.

Als die beiden Männer auf sie zu treten und ihr jeweils die Hand reichen, hat ihre Erwiderung der Geste etwas Herablassendes. Schwinka kommt sich vor wie bei einer Audienz – trotz des kargen Ambientes.

»Guten Tag, mein Name ist Danilo Schobel. Ich bin Polizeihauptmeister. Und das ist mein Vorgesetzter, Oberkommissar Karsten Schwinka. Ich möchte Ihnen unser Beileid für den erlittenen Verlust aussprechen.«

Die Polizisten hatten sich vorher darauf geeinigt, dass nicht Schwinka das übernimmt. Dem liegt so was nicht. Karsten Schwinka mag Höflichkeitsfloskeln überhaupt nicht. Natürlich wendet er sie jeden Tag an, fühlt sich dabei aber immer unwohl. Beileidsbekundungen zum Beispiel: Der Tod des Schauspielers berührt ihn nicht. Auch ist ihm das Leid, das die Politikerin womöglich durchsteht, ziemlich gleichgültig. Also wäre ein »Mein Beileid« gelogen. Schwinka ist kein Eisklotz, allerdings hat er sich über die Jahre abgewöhnt, die menschlichen Tragödien, die mit Tötungsverbrechen zusammenhängen, an sich heranzulassen. Nicht selten waren jene, die die größte Betroffenheit zeigten, die größten Schufte. Er empfindet es geradezu als lächerlich, einem Trauernden sein Beileid auszusprechen, während der sich unter Umständen einen feixt, weil er jetzt schneller an das Erbe des Verstorbenen kommt.

»Ich danke Ihnen, meine Herren«, sagt Kahler. »Bitte nehmen Sie Platz! Und bedienen Sie sich, meine Mitarbeiterin hat für uns Kaffee gekocht.«

Schobel schenkt ein. Da er schwarz trinkt, schiebt er die kleine Milchkanne weiter zu Schwinka.

»Im Rahmen unserer Ermittlungen suchen wir nach Hinweisen, die uns einem Motiv für das Verbrechen auf Rügen näherbringen könnten«, eröffnet Schwinka.

»Bitte, stellen Sie Ihre Fragen!« Kahler bleibt kerzengerade sitzen, ihre Unterarme liegen auf dem Tisch, die Hände sind gefaltet.

»Hatten Sie und Herr Tröger aktuell einen Streit?« Der Chefermittler kommt gleich zur Sache und ist froh über die pragmatische Haltung der Frau, die mit ihren hohlen Wangen vermutlich älter wirkt, als sie ist.

»Nein, hatten wir nicht.«

»Wie sah der Kontakt zwischen Ihnen beiden aus, seitdem er in Ralswiek war?«

»Jeden Tag telefoniert, häufig SMS geschrieben. Ich kann Ihnen die Korrespondenz gern zur Verfügung stellen. Auch wenn es da ein paar intime Details geben mag. Ich gehe aber davon aus, dass der Inhalt dieser Nachrichten nicht an die Öffentlichkeit gelangt.«

»Ich danke Ihnen«, sagt Schwinka. Er ist sich aber bewusst, dass mit Sicherheit ein paar Passagen bereits gelöscht wurden. Das spielt für den Kripomann im Moment aber keine Rolle, denn die Inhalte von Trögers Telefon werden derzeit gerade ausgewertet. »Hat Ihnen Herr Tröger etwas über einen Jan Möhricke mitgeteilt?«

»Meinen Sie den anderen Toten? – Nein, hat er nicht. Er hatte ihn mal erwähnt. Der Namen dieses Mannes wurde mir aber erst dieser Tage wieder gegenwärtig, als ich mit den schrecklichen Ereignissen konfrontiert wurde.«

»Wissen Sie etwas über eine Affäre Ihres Mannes?«

Carla Wischnewski-Kahler wird für den Bruchteil einer Sekunde noch etwas hohlwangiger und ihre gefalteten Hände greifen angespannt ineinander. »Nein, das tue ich nicht«, sagt sie. »Und ganz ehrlich? Ich glaube auch nicht, dass er eine hatte. Ich weiß, dass es in Partnerschaften dafür keine Garantien gibt. Wir waren uns unserer Verantwortung, die jeder gegenüber dem anderen hatte, aber jederzeit bewusst.«

»Sie meinen, da Sie beide in der Öffentlichkeit stehen?«

»Nun, ja – das meine ich.«

»… und da Sie bundespolitische Ambitionen haben?«

»Nun, das ist kein Geheimnis. Aber – ja.«

»Frau Kahler …«

»Wischnewski-Kahler«, unterbricht die Politikerin den Polizisten. Dabei klingt sie allerdings keineswegs vorwurfsvoll, eher kommt diese Berichtigung wie abgelesen.

»Gut, meinetwegen auch das.«

»Sie sind gerade etwas unhöflich, Herr Kommissar.«

»Oberkommissar.«

»Oh, verzeihen Sie!«

»Haben Sie etwas dagegen, wenn ich jetzt fortfahre?«

»Nein, bitte tun Sie das!«

Schwinka holt tief Luft und macht für ein paar Sekunden eine Pause. Dann setzt er an. »Verstehen Sie mich bitte nicht falsch, aber die Antwort auf die nächste Frage kann unter Umständen ausschließen, ob Herr Tröger in Ralswiek eine Affäre hatte oder nicht.«

»Warum sollte er eine Affäre gehabt haben?«, fragt die hagere Frau, die sich noch weiter aufzurichten scheint.

»Wir haben Grund zu dieser Annahme, nachdem die Leiche obduziert worden ist.«

»Wie meinen Sie das?«

»Frau Wischnewski-Kahler, hatte Ihr Partner bestimmte sexuelle Vorlieben, die vom Standardprogramm abweichen?«

Die Politikerin starrt Schwinka an. Ihre Hände pressen sich ineinander, ihre Miene bleibt regungslos. Sekunden vergehen, als wären es Minuten. »Wie bitte?«, presst sie hervor.

»Hatte Ihr Partner sexuelle …?«

»Jajaja, ich habe verstanden, was Sie mich gefragt haben.«

Wieder herrscht Schweigen.

»Nun –«, Kahler macht erneut eine Pause, »das ist sehr delikat. Ist das für Ihre Ermittlungen wirklich von Bedeutung?«

»Von immenser sogar.«

Zum ersten Mal zeigt die Frau Veränderungen. Sie senkt leicht den Kopf, blickt auf ihre Hände, leckt sich die trockenen Lippen. »Nun, nachdem wir uns kennengelernt hatten … also ein paar Monate, nachdem wir uns kennengelernt hatten, bat er mich hin und wieder mal, ihm wehzutun.«

»Und, haben Sie ihm wehgetan?« Schwinka ist unerbittlich.

»Nun – ich habe es versucht. Allerdings ist das nicht meins … Hören Sie, Herr Oberkommissar, dieses Thema ist mir äußerst unangenehm!«

»Das verstehe ich, allerdings müssen Sie mir erzählen, ob diese Art der Sexualität fortan dazugehörte und womöglich bis vor Kurzem noch praktiziert wurde.«

»Nein, ich mochte das nicht. Ich fand ihn dabei so unwürdig. Also – wir haben seit Jahren in diese Richtung nichts mehr probiert.«

»Nun, dann hatte Ihr Mann definitiv eine Beziehung zu einer anderen Frau.«

»… oder Mann«, grinst Schobel frech.

»Ja, oder Mann«, echot Schwinka. »Durchaus möglich.«

Wischnewski-Kahler schaut die beiden Männer an, als verstünde sie nicht, was die ihr da gerade offenbaren. »Wie kommen Sie darauf?«, fragt sie fast stöhnend.

»Wir haben Spuren von Gewalteinwirkungen an seinem Körper gefunden, die mit ziemlicher Sicherheit von sexuellen Praktiken herrühren.«

»Wollen Sie noch etwas wissen?« Kahler hat ihre Fassung und Haltung zurück. Sie will nur noch Schluss machen und hier raus.

»Hatte Herr Tröger in Ralswiek mit jemandem Streit?«

»Nicht, dass ich wüsste.«

»Möhricke, Puls, Jaukner, Kranich – tauchten die Namen mal im Zusammenhang von frustrierten Telefonaten oder Textnachrichten auf?«

»Alle vier.«

»Was äußerte er?«

»Sie seien unprofessionell und sie ließen sich ›mit flatterhaftem Personal ein‹.«

27

Verhuschtes Lächeln

Robert Kranich sitzt in seinem Apartment über dem Pferdestall und starrt vor sich hin. Die Ereignisse der zurückliegenden Tage zerren an ihm. Seit vier Jahren gibt er in Ralswiek den Klaus Störtebeker und hat sich zu einem echten Publikumsliebling gemausert. Er ist überzeugt davon, dass die Intendanz die nächsten fünf Jahre mit ihm weitermachen wird. Zumindest war er überzeugt davon. Seit Helmar Tröger tot ist ... ermordet wurde, auf so grausige Art ... Seit Tröger tot ist, hat sich alles verändert. Die Leichtigkeit, diese Atmosphäre der eingeschworenen Gemeinschaft, in der geliebt, gestritten, gearbeitet, gelebt wurde, ist komplett dahin. Kranich zündet sich eine Zigarette an. Eigentlich soll auf den Zimmern nicht geraucht werden. Aber es ist ihm egal. Seit Montag ist ihm irgendwie alles egal. Denn wozu Regeln beachten, wenn von einem Augenblick zum nächsten alles zusammenbrechen kann. Niemand hätte für möglich gehalten, dass hier, im beschaulichen Ralswiek, so etwas passieren könnte. Selbst nach dem Tod von Möhricke war diese trügerische Sicherheit, ja, Geborgenheit noch nicht erschüttert gewesen. Jeder, mit dem er das Ableben des Herzogs Hinrich diskutierte, glaubte an einen Mord aus Leidenschaft. Meist wurde darüber sogar ein bisschen gelächelt: Es musste irgendwann mal soweit kommen. ›Und ich stecke da mittendrin‹, denkt Kranich.

Plötzlich huscht ein kaum wahrnehmbares Lächeln über sein Gesicht: ›Wenn die alle wüssten!‹

Katja Winkler ist ebenfalls allein. Sie sitzt am Anleger in Ralswiek auf einer Bank. Heute, am Freitagnachmittag, ist hier nichts los. Theaterbesucher, wie sie sonst häufig schon im Ort flanieren, gibt es im Moment nicht. Und Neugierige werden schon an der Einfahrt von der B96 aus abgewiesen. Durchgelassen werden nur Einheimische, Festivalmitarbeiter oder Urlauber, die sich im Ort einquartiert haben. Ilona Strabach hatte um diese Maßnahme gebeten, Bürgermeister Kurt Sellmann war sofort einverstanden gewesen und die Gemeindevertreter hatten zugestimmt. Der Polizei war es recht, wurde das Durchfahrverbot doch von der Festivalsecurity durchgesetzt. An den ersten Tagen war der Ärger noch groß gewesen, da nicht alle Besucher sofort mitbekommen hatten, dass die Aufführungen für eine Woche ausgesetzt worden waren. Mittlerweile hat es sich aber rumgesprochen, sodass die Männer und Frauen an der Absperrung kaum noch etwas zu tun haben.

Winkler hat aufgehört, sich über die Situation zu ärgern. Sie telefoniert auch kaum noch. Ihr Anwalt arbeitet, ihre Agentur auch – und handelt neue Engagements aus. Sie ist sich sicher, dass sie weder mit dem einen, noch anderen Mord in Verbindung gebracht werden kann. Immer und immer wieder ist sie in Gedanken durchgegangen, wo sie wann was tat. Und sie kam zu dem Schluss, dass davon nichts auf sie als mögliche Täterin hinweisen könnte. ›Jeder ist hier verdächtig‹, denkt sie. ›Jeder Zweite hätte ein Motiv, Jan oder Helmar etwas anzutun. Also, warum sollte man ausgerechnet mich ins Visier nehmen? Nur weil ich ungerechtfertigter Weise gefeuert wurde? Glaube ich nicht.‹ Auch sie muss ganz leicht lächeln, während sie den Booten auf dem Bodden zuschaut: ›Es ist alles gut, Katja!‹

Katalena Priest ist ausgeritten. Die Schauspielerin, die in diesem Jahr Störtebekers Geliebte darstellt, musste raus. Ihr war die Decke auf den Kopf gefallen. Und auf Gespräche über die beiden Toten hat sie keine Lust mehr. Priest ist eine elegante Frau. Feingliedrig, von aufrechter Statur, mit ebenmäßigen Zügen. Ihre Haut ist sehr hell, fast weiß. »Vornehm« hätte man das vor hundert Jahren genannt. Ihre dunkelbraunen Haare hat sie zu einem Pferdeschwanz zusammengebunden. Sie kommt aus Lindau am Bodensee. Die Lage ihres Wohnorts und ihr unbestreitbares Talent führten dazu, dass sie in Österreich und in der Schweiz ebenso gefragt ist wie an deutschen Theatern. Bei den Störtebeker Festspielen fühlt sie sich unterfordert. Dass es so kommen würde, wusste sie schon, als sie für die Rolle zugesagt hatte. Allerdings gilt es unter den Mimen in Deutschland mittlerweile als Gütesiegel, in Ralswiek gespielt zu haben. Denn, was einem hier abverlangt wird, muss man erst mal durchstehen: Über 60 Aufführungen am Stück, spielen bei Wind und Wetter, tiefer Sand auf der Bühne, wilde Reitszenen. Das ist Kino ohne Leinwand. Schauspieler, die nur reine Theatererfahrung haben, stoßen hier schnell an ihre Belastungsgrenzen. Und obwohl sie auch schon Freilicht spielte und Kinofilme in ihrer Vita zu stehen hat, drohte sie nach drei Wochen Probenmarathon zusammenzubrechen. Aber ihr Wille ist groß. Genau wie ihr Ego. Ihre Kollegen belächelt sie. Ja, alle. Und Pedro Puls ist für sie nichts weiter als ein Bauer.

Während sie das denkt, scheut ihr Pferd. Beinahe wäre sie heruntergefallen. Katalena Priest ist jedoch eine gute Reiterin. Die schwarze Stute war von einem Fuchs aufgeschreckt worden. Leidenschaftlich schlägt sie dem Tier die Hacken in die Seiten, sodass es vorwärtsdrängt und in einen Trab verfällt. ›Vielleicht stirbt noch jemand‹, denkt sie. Sie schaut verschmitzt in die Landschaft und hebt dabei ihren rechten Mundwinkel. Ihre Augen blitzen.

28

Verbindlichkeiten

Auf der Fahrt zurück nach Bergen haben Schwinka und Schobel kaum miteinander geredet. Musik lief und jeder hing seinen Gedanken nach. Und wenn ein kurzer Dialog zustande kam, war er banal und fernab der Ermittlungen.

Dass sie kein Wochenende haben werden, ist beiden klar, als sie sich verabschieden. Sonntagvormittag werden sie sich zusammentelefonieren und die weitere Vorgehensweise beraten. Zuvor will sich Schwinka über die neuesten Untersuchungsergebnisse informieren. Die werden in der Datenbank SoKo Klaus zu finden sein. Morgen, am Sonnabend, muss Schwinka aber Privates regeln. Wenn er daran denkt, meldet sich sein nervöser Magen.

Zu Hause in Putbus angekommen, ist sein erster Weg an unausgeräumten Umzugskisten vorbei zum Mobiltelefon auf dem antiken Wohnzimmertisch. Wieder sind es geradezu unzählige WhatsApp-Nachrichten. Und wieder sind die meisten von Karla. Das Gros überliest er nur flüchtig, ohne den Inhalt zu erfassen. Jetzt wird es aber Zeit, sich mit ihr in Stralsund zu verabreden: 15:15 Uhr in Bergen, das ist 14:33 Uhr auf dem Hauptbahnhof der Hansestadt. Schnell tippt er die Verabredung für Stralsund ins Telefon und begründet das mit einem dienstlichen Aufenthalt. Mit einem elektronischen Ton, als werde ein Korken aus einem Flaschenhals gezogen, verkündet das Gerät das

Abschicken der Nachricht. Schwinka schaut aufs Display und setzt sich. Er verliert sich wieder in Gedanken und stellt fest, dass er in Bezug auf Karla schon wieder irrational handelt. Warum will er nach Stralsund? Warum empfängt er sie nicht in Bergen? Dort könnte er ebenso vehement darauf dringen, dass es im Moment einfach nicht möglich ist, für die Jungs da zu sein. Es hat etwas mit Rügen zu tun. Der Strelasund ist wie der Graben vor einer mittelalterlichen Burg. Wird er überwunden, ist der Rüganer verletzlich. Es ist einfach, vor seinem Haus jede Art von Konflikten auszutragen. In den eigenen vier Wänden muss man Rücksicht nehmen, dass man kein Inventar zerschlägt. Nicht umsonst fühlen sich viele alteingesessene Insulaner jeden Sommer während der Touristenströme geradezu vergewaltigt. Diese Mentalität wurde ihm anerzogen. Und die hat ihn auch in all den Jahren seiner Abwesenheit nicht verlassen. Also trägt er den Konflikt mit Karla lieber draußen aus. Auf dem Festland.

Als er Nadine Pollwitz anruft, ist die schneller am Telefon, als er in der Lage ist, sich auf sie einzustellen. Sie scheint auf seinen Anruf gewartet zu haben. Ja, sie hat das ganze Wochenende Zeit. Und ja, sie kommt morgen gern mit nach Stralsund. Und natürlich, sie freut sich riesig, die beiden Jungs kennenzulernen. Und auch die Ex.

Nadine fiel ihm um den Hals, als er sie in Binz abholte. Die Frau hat sich voll auf ihn eingelassen, das spürt er. Auch während der Autofahrt war sie sehr zutraulich. Ihre Hand lag ununterbrochen auf seinem rechten Oberschenkel, sie redete viel, zum Teil schlüpfrigen Inhalts, und sie machte irgendwelche Pläne, wie man trotz Schwinkas Job mehr Zeit miteinander verbringen könnte. Der Kriminalist hatte gehört, gelächelt, genickt, mal ein paar Worte gesagt, sich sonst aber auf keinen intensiven Dialog eingelassen. Erst kurz vor Stralsund stellte er sie auf das Kommende ein und offenbarte ihr auch, dass es darum ging, seiner Ex noch einmal nachdrücklich klarzumachen, dass seine Arbeit gerade jede Minute seiner Zeit beanspruchte. Nadine störte es nicht im Geringsten, dass sie Mittel zum Zweck war. Aber vielleicht hatte sie das auch einfach überhört.

Als der Zug einfährt, stehen beide auf dem Bahnsteig. Karla und die Jungs steigen aus einem Waggon aus, der sich ganz am Ende befindet, weshalb der Kleine einen gehörigen Laufweg hat, als er seinen Vater entdeckt. »Papa«, schreit er und rennt los.

Schwinka geht leicht in die Knie und fängt den Jungen auf, als der sich ihm in die Arme wirft.

»Papa«, ruft er hörbar erleichtert, »wir haben dich so vermisst.«

»Ich euch auch«, sagt Schwinka. Er hat einen Kloß im Hals. Keine anderen Menschen auf der Welt sind derart imstande, ihn zu rühren, wie die beiden Kinder.

Oskar, der Zehnjährige, beginnt schon auf seinem Arm mit einer Rede. Es sprudelt aus ihm heraus, wie die Reise war, was es im Zug zu essen gab und dass die Schule zurzeit voll nerve.

Der Große ist mit seinen 14 Jahren mitten in der Pubertät. Er hat sich zügig entwickelt, wirkt schon mehr wie ein Jugendlicher als ein Kind. Auch er umarmt seinen Vater, ist aber distanzierter. Schwinka kennt ihn allerdings so gut, dass er sich darüber keine Gedanken machen muss: Erik ist immer schon zurückhaltender gewesen. Und Sorgen darüber, Karla könnte den Jungen gegen ihn manipulieren, macht er sich nicht im Geringsten. »Hi Vati«, sagt Erik und lächelt. Dann mustert er Nadine.

»Das ist Nadine, eine Bekannte von mir«, sagt Schwinka auf den Blick seines Sohnes. »Sie begleitet mich zu einer dienstlichen Angelegenheit hier in Stralsund.«

Karlas Gesicht ist erstarrt. Sie hat nur Blicke für die Frau an Schwinkas Seite, kann sich gerade mal so ein »Hallo« herauswürgen. Trotzdem gibt sie Nadine die Hand.

Schwinka kennt auch seine Ex-Frau so gut, dass er genau weiß, dass sie schon jetzt platzen könnte. Aber nie im Leben würde Karla etwas sagen. Konventionen sind das A und O.

»Wollen wir uns irgendwo reinsetzen, um etwas zu trinken oder zu essen?«, fragt Schwinka.

»Oh ja«, ruft Oskar, »ich hab Hunger.«

Karla sagt nur »Ja«.

Sie gehen in die Bioinsel. Koffer haben die Drei nicht dabei, lediglich zwei Reisetaschen. Oskar setzt sich gleich neben seinen Papa. Nadine wartet, bis auch die anderen beiden Platz genommen haben, bevor sie jenen Stuhl nimmt, der übriggeblieben ist. Das Wort führt Oskar. Er fragt viel, auch Erik hakt mal ein. Karla redet gar nicht. Schwinka antwortet den Kindern.

Als sie bestellt haben, wendet Schwinka sich an Karla. »Ich freu mich, dass ihr gekommen seid. Allerdings kann ich mit euch heute nichts unternehmen. Wie ich dir schrieb, Karla, haben wir auf der Insel einen komplizierten Fall, der meine ganze Präsenz fordert.«

»Wie immer«, sagt sie spitzzüngig, »bist wieder unersetzlich.«

»Als Leitender Ermittler bin ich das durchaus. Daran hat sich auch hier auf Rügen nichts geändert.«

»Ist jemand umgebracht worden?«, fragt Erik.

»Es geht um einen Schauspieler«, sagt Schwinka. »Davon war schon ziemlich viel in der Zeitung zu lesen.«

»Wurde er erschossen?«, fragt Erik wieder.

»Das darf ich dir leider nicht erzählen, mein Junge.«

»Scheiße ...«

»Erik!«, faucht Karla. Und an Schwinka gewandt: »Heißt das, du hast für deine Kinder auch keine Zeit?«

»Doch, aber nicht jetzt«, entgegnet Schwinka. »Das habe ich dir aber mehrfach geschrieben.«

Jetzt würde Karla eigentlich einen langen Monolog über seine Pflichten als Vater vom Stapel lassen, bleibt aber still. Das hängt mit Nadine zusammen. Karla möchte vor der fremden Frau, die offensichtlich die Neue im Leben ihres Ex-Mannes ist, keine Familienfehde austragen.

Und genau darauf hat Schwinka spekuliert. »Ich kann natürlich verstehen, dass du dir manchmal nicht vorstellen kannst, dass ich bei bestimmten Fällen unabkömmlich bin, diesmal ist es aber so.« Das ist eine reine Floskel. Aber Schwinka könnte jetzt eine ganze Menge sagen, Karla würde es einfach so schlucken. »Ich wäre so gern mit euch beiden dieses Wochenende mal wieder über Rügen hergefallen, aber Papa hat wirklich eine harte Nuss zu knacken«, sagt Schwinka in Richtung Erik.

»Was für eine Nuss?«, fragt Oskar

»Papa hat viel Arbeit«, sagt Erik.

Karla kocht. Ihre Augen flackern. Sie wollte die Jungs die ganze Woche bei ihrem Vater lassen. Und für diese freien Tage hat sie sich schon so viel vorgenommen. Aber selbst wenn ihr Ex bereit gewesen wäre, die Kinder zu übernehmen … seit sie weiß, dass da eine andere Frau mit im Spiel ist, gäbe es für sie noch reichlich Gesprächsbedarf. Sie will die Jungs nicht ohne Weiteres in die Obhut einer anderen weiblichen Person geben, die sie nicht kennt. Egal, ob diese Person bei Karsten Schwinka eine besondere Rolle eingenommen hat. Soweit ist sie noch lange nicht. Und schon gar nicht, nach solch einem Überfall. Denn nichts anderes ist für sie diese Aktion ihres Geschiedenen hier in Stralsund.

Schwinka fühlt sich gerade überhaupt nicht wohl bei diesem Spiel. Karla zu brüskieren, ist ihm unangenehm. Da könnte sie noch so biestig sein. Und Nadine wie eine Schachfigur in dem Spiel zu platzieren, damit er sein Ziel erreicht, ist keinen Deut besser. Und das Schlimmste: Er kann mit den Jungs nicht einfach darüber reden. Denn dann müsste er ihre Mutter bloßstellen. Und das wäre das Letzte, was er tun würde. Schwinka wartet. Karla wird jeden Moment al-

les über den Haufen werfen. Oder ist sie womöglich lockerer geworden? ›Hoffentlich nicht‹, denkt er.

Nadine ist die ganze Zeit über still. Sie lächelt, wenn die
Kinder was sagen, lacht auch mal ein klein wenig lauter.
Reicht die Getränke weiter, als der Kellner kommt. Be-
dankt sich höflich und schaut immer wieder sichernd zu
Schwinka.

Der nickt ihr von Zeit zu Zeit anerkennend zu. ›Sie hat
die Situation begriffen‹, denkt der Polizist. ›Ihre Zurückhaltung hilft.‹

»Dann lassen wir das«, platzt es aus Karla heraus.

»Was meinst du?«, fragt Schwinka scheinheilig.

»Es hat keinen Sinn, die Jungs hierzulassen, wenn sie
dich am Ende bei der Arbeit stören. Denn du kannst sie ja
schwerlich mit zu einem Tatort nehmen.« Dass sie das völlig ohne zynischem Unterton sagt, ist typisch Karla. Sie hat
blitzartig eine neue Position eingenommen. Die Aussichts-
losigkeit einer Betreuungsdebatte hat sie erkannt, also ist
sie nun die Verständnisvolle.

»Bleiben wir jetzt doch nicht hier?«, fragt Erik.

»Nein, das würde Papa zu sehr belasten«, sagt Karla.

»Mann, Scheiße …«

»Erik!«, faucht Karla wieder.

»Papa, wieso geht das denn nicht?«, fragt Oskar traurig.

Das geht Schwinka an die Nieren. Aber es wäre sinnlos,
die Jungs für ein paar Tage zu sich zu nehmen, sagt sich der
Polizist immer und immer wieder – als würde er damit etwas
entschuldigen können. »Ich bin jeden Tag unterwegs, mein

Kleiner«, sagt er. »Manchmal muss ich noch spät abends los, manchmal sogar nachts. Das wäre keine schöne Ferienwoche für euch.«

»Ich will aber hierbleiben!«

»Lass uns das lieber verschieben! Wenn wir den Übeltäter gefangen haben, den wir zurzeit suchen, komme ich nach Dresden und hole euch ab. Dann machen wir uns eine schöne Woche.«

»Wie lange dauert das denn?« Oskar will Verbindlichkeiten.

»Das geht schnell. Ein paar Tage noch.«

Karla schweigt zu diesem Dialog. Normalerweise würde sie jetzt keifen. Wie er die Kinder schon wieder enttäuscht habe? Was er denn für ein Vater sei, und überhaupt? Wo solle das alles hinführen? Aber sie tut es nicht.

Schwinka schaut Nadine dankbar an.

Sie lächelt hingebungsvoll zurück.

29

Gedankliche Seitenstraßen

Helmar Tröger und die Tatwaffe waren eine wahre Fundgrube an DNA-Spuren und Fingerabdrücken. Allein durch die Analyse des Hammers konnten sechs Personen identifiziert werden, zwei weitere sind noch unklar. Von den bekannten Namen sind drei aus der Werkstatt und der Pyrotechnik-Abteilung. Für die ist der Umgang mit dem Werkzeug kaum zu vermeiden. Einer von ihnen ist Mathias Sichel, der Pyrotechniker. Er könnte solch ein Gerät unter Umständen auch mal benötigen. Interessant wird es allerdings bei Pedro Puls und Hilfskoch Lutz Pioch. Letzterer hatte den Hammer nach Lage seiner Fingerspuren sogar in der linken Hand.

»Pioch?«, fragt sich Schwinka, der noch in der Nacht vor seinem Computer sitzt und die Datenbank zum Ralswieker Fall durchforstet. »Wozu braucht der einen Zimmermannshammer? Was hat der Koch mit Tröger zu tun gehabt?« Schwinka bekommt heiße Ohren.

»Was hast du gefragt?«, ruft Nadine aus dem Schlafzimmer, in dem immer noch nur eine Matratze liegt.

Ein Bett konnte sich der Kripomann aus Zeitgründen noch nicht bestellen. Zumindest ist das Schwinkas Ausrede. Die verwendet er immer, wenn er keine Lust zu Dingen hat, die aber eigentlich dringend notwendig wären. Er weiß das, kennt bei anderen aber schlimmere Marotten. Das beruhigt ihn. »Nichts! Ich lese hier nur etwas am Computer wegen des Falls in Ralswiek«, ruft Schwinka zurück. Er hat Nadine mit zu sich genommen, nachdem sie noch alle gemeinsam durchs Ozeaneum gegangen waren und Karla beschlossen hatte, eine Nacht in Stralsund zu bleiben. Sonntag wollte sie mit den Jungs wieder nach Dresden fahren. Schwinka hatte die zwei Stunden zwischen den Aquarien nur schwer genießen können. Es fühlte sich an wie geborgte Zeit mit seinen Kindern. Erik hatte die Absurdität der Reise erkannt und war recht mürrisch geworden. Oskar war einfach nur glücklich, mit seinem Vater Zeit verbringen zu können. Als sich alle verabschiedeten, nahm Schwinka sich ganz fest vor: ›Nach der Aufklärung der Störtebeker-Morde mache ich ein paar Tage frei und hole die Jungs zu mir.‹

Nadine stöhnt leise. Vermutlich ist das eine Mischung aus »Wie langweilig« und Aufforderung, er möge doch wieder zurück ins Schlafzimmer kommen.

Das geht jetzt aber nicht, denn in Schwinkas Kopf rattert es: Angelina Burgner hat Tröger bis aufs Blut verteidigt, gleichzeitig Puls belastet, obendrein war sie von Pioch zusammengestaucht worden. ›Verdammt, wie passt das zusammen?‹ DNA-Spuren gab es auf Trögers Körper und Bekleidung drei. Da bisher nicht alle bei den Festspielen Arbeitenden ohne Weiteres bereit waren, ihren Speichel für einen Test zur Verfügung zu stellen, konnten zwei sich nicht zuordnen lassen. Eine Übereinstimmung gab es nur bei der von Mechthild Sauer. Die hatte auf Trögers Jacke ein Haar zurückgelassen. Schwinka vergräbt sein Gesicht in den Händen: ›Burgner, Tröger, Pioch. Ist es wirklich so simpel, dass Tröger etwas mit Burgner anfängt und Pioch ihn aus Eifersucht erschlägt?‹ Schwinka, der immer noch davon überzeugt ist, dass die beiden Morde zusammenhängen, kann sich diese Ménage-à-trois nur schwer vorstellen. Zwar ist dem einfältigen Pioch Jähzorn zuzutrauen, aber wer soll sich über Möhricke hergemacht haben. Und vor allem: Warum? Am liebsten würde er den Hilfskoch morgen verhaften. Die Handabdrücke an der Tatwaffe reichen aus seiner Sicht dazu aus. Und dann in die Mangel nehmen. Hat Lutz Pioch mit dem Mord an Tröger etwas zu tun, wird Schwinka das von ihm im Verhör erfahren. Der große, schmächtige Kerl ist nicht verschlagen genug, um eine detaillierte Geschichte zu erfinden. Denn es sind immer die Details, die eine wahre Aussage von einer falschen unterscheiden. Schwinka hat über die Jahre die Erfahrung gemacht, das Zeugen oder Tatverdächtige immer dann facettenreich erzählen, wenn sie die Realität abbilden. Ein weiteres Indiz für eine wahre Geschichte ist die Wiederholbarkeit. Das heißt, dass die kleinen Nebensächlichkeiten auch dann wieder auftauchen, wenn der Befragte den geschilderten Ablauf noch einmal nacherzählen soll. Wird den Ermittlern allerdings etwas Erfundenes aufgetischt, ist es meist grob umrissen. Gedankliche Seitenstraßen fehlen, Details bleiben aus. Das macht aus Sicht des Erzählenden schon deshalb Sinn, da er sich die ganzen Unwahrheiten merken und sie miteinander verknüpfen muss. Bei tatsächlichen Vorgängen braucht der Befragte nur zu schildern, was er auf seiner inneren Festplatte gespeichert hat. Und obendrein hat er dazu visuelle Eindrücke im Hinterkopf. Lügen erfordert demnach eine enorme Denkleistung. Erst recht, wenn es sich dabei um die Aussage vor Kriminalisten handelt, die geschult sind, jemanden der Lüge zu überführen.

Er wird leichtes Spiel bei Pioch haben.

30

Gute Stimmung

Schwinka hat noch Samstagabend mit Schobel telefoniert. Sie treffen sich Sonntagvormittag um 10 Uhr in Ralswiek vor dem Störti. Die Tatortuntersuchungen sind beendet. Der gesamte Restaurantkomplex ist allerdings abgeriegelt und versiegelt. Heute bewachen zwei Polizisten den Tatort. Niemand soll unbefugt hinein. Morgen, wenn die Aufführungen wieder beginnen, werden ab 16 Uhr fünf Kollegen aus den Revieren in Bergen und Sassnitz allein für die Sicherung der Gaststätte abgestellt. Denn keiner weiß, wie die vielen Gäste reagieren werden, wenn sie auf jenen Ort stoßen, in dem der Goedeke-Darsteller ums Leben kam. Freigegeben wurden lediglich die im hinteren Bereich liegenden Schauspielerumkleiden, die Maske und der Kostümfundus.

Schobel ist immer noch ganz aufgeregt von dem, was Schwinka ihm schon am Telefon mitgeteilt hat. »Dann war es doch der Pioch«, ruft er Schwinka entgegen, als dieser aus seinem Auto steigt.

»Es sieht ganz danach aus«, sagt der Chefermittler und nimmt seinen Kollegen beim Arm. Mit gedämpfter Stimme fügt er hinzu: »Jetzt gilt es, ruhig zu bleiben! Natürlich kann es sein, dass Pioch Tröger erschlagen hat. Aber erstens fehlt uns das Motiv und zweitens: Was ist mit Möhricke? Du kannst es drehen und wenden, wie du willst – Pioch kriege ich mit Möhricke nicht in Verbindung gebracht. Und dass der Koch so ausgebufft ist, jemandem mit einem Sud aus der Eisenhutpflanze zu töten, würde ich an dieser Stelle mal rigoros ausschließen.«

»Mmh, stimmt. Dafür ist er mit Sicherheit zu doof«, überlegt Schobel.

»Also holen wir uns Pioch. Wir nehmen ihn in Gewahrsam und verhören ihn in Bergen. Einen Haftbefehl habe ich beim Bereitschaftsrichter beantragt.«

»Wo finden wir Pioch heute?«

»Er wohnt in Jarnitz bei seinen Eltern. Da war ich aber schon. Die sagten mir, er sei seit gestern unterwegs und wollte heute hier aufs Gelände kommen. Die Cateringbuden werden für morgen vorbereitet.«

Schwinka klingelt Silvio Haßmann an.

Der ist erneut nach nur wenigen Sekunden dran.

»Hallo, Herr Haßmann! – Jaja, alles prima. – Nee, nun lassen wir die Floskeln mal weg. Wo sind sie jetzt? – Ach, in Frau Strabachs Büro? Ihre Chefin, auch da? – Wir sind in einer Minute da.« Schwinka steckt das Telefon ein und bedeutet Schobel mit einer Kopfbewegung, ihm zu folgen.

In Strabachs Büro werden die beiden Polizisten freundlich empfangen. Haßmann hält die Tür auf, Strabach erhebt sich hinter ihrem Schreibtisch vom Stuhl. »Sie machen wohl nie Pause«, sagt sie und kommt auf Schwinka zu. »Hallo, Herr Oberkommissar.« Ihre gute Stimmung ist der Aussicht auf die bevorstehende Woche geschuldet. Die Aufführungen sind ausverkauft, die Lücken in der Besetzung gefüllt und auch die Versorgung der Besucher konnte mit der Einrichtung einer weiteren Bude noch üppiger ausgestaltet werden. Hier sollen sich die Köche aus dem Störti zu schaffen machen.

»Hallo Frau Strabach«, erwidert Schwinka den Gruß, »Sie scheinen recht zufrieden zu sein.«

»Natürlich bedauern wir den Tod unserer beiden Kollegen sehr«, sagt die Intendantin und scheint sich ertappt zu fühlen, »aber das Leben geht weiter. Und wir wollen noch ein paar Wochen viele Tausend Menschen glücklich machen.«

»Ich wünsche Ihnen, dass sie dazu weiterhin die Gelegenheit behalten.« Und Silvio Haßmann zugewandt. »Sagen Sie, ist eigentlich der Jaukner zurückgekommen?«

»Seit gestern«, antwortet der Geschäftsführer. Dann grinst er fast unverschämt: »Silvie Pochowski übrigens auch.«

»Können Sie uns Lutz Pioch ranholen?«, fragt Schwinka.

»Ich glaube nicht«, entgegnet der Geschäftsführer, »als ich vor einer halben Stunde bei den Küchenleuten war, fehlte Lutz noch.«

»Wann sollte er denn da sein?«

»8 Uhr haben wir hier angefangen. Es sind Geräte aus der Küche rausgeholt worden, die heute aufgestellt werden. Da brauche ich jede Hand.«

»Naja, vielleicht hat er sich verspätet«, sagt Schwinka – als die Bürotür auffliegt und gegen den Schrank knallt.

»Herr Haßmann«, ein etwas fülliger Mittdreißiger steht starr im Türrahmen, »Frau Strabach – Pioch …!«

»Was ist mit dem Pioch?«, fragt Haßmann.

»Pioch … also ich habe keine Ahnung. Aber ich glaube, er ist tot.«

31

Eiseskälte

Eiseskälte schlägt Schwinka entgegen, als er die Kühlzelle im hinteren Bereich der Küche im Störti betritt. Hier im vorderen Teil liegen die Temperaturen um den Gefrierpunkt. Es ist ein merkwürdiges Gefühl, von einer Sekunde auf die nächste einen Unterschied von circa 30 Grad Celsius zu spüren. Denn der Juli ist dieses Jahr sehr warm. Seit Tagen ist das Wetter hochsommerlich.

Der Koch, der in das Intendantenbüro gestürmt war, bleibt vor der schweren Eisentür stehen. Auch Strabach und Haßmann hat Schwinka geboten, zu warten.

Die klobige chromglänzende Tür der Tiefkühlzelle, die sich an den Kühlraum anschließt, steht nur einen Spalt offen. Trotzdem ist aus dieser Richtung ein weiterer Temperaturunterschied zu bemerken. Die rechts am Rahmen angebrachte Kontrolleinheit des Frostbereichs zeigt gerade minus 22 Grad Celsius. Das ist ungewöhnlich, weil für Lebensmittel eigentlich nicht notwendig. Schwinka öffnet die Tür ganz, Schobel schüttelt sich vor Kälte und blickt dem Chefermittler über die Schulter, indem er leicht auf die Zehenspitzen geht. Da liegt ein Mann auf einem Gitterrollwagen. Starr. Graublaue Haut. »Das ist ein Scheißtod!«, bemerkt Schobel.

»Sicher, aber vom Erfrieren hat Pioch nicht viel mitbekommen«, sagt Schwinka und geht in die Tiefkühlzelle hinein. Darin verschlägt es ihm im ersten Moment fast den Atem, die Haut in seinem Gesicht spannt sich. Nur mit einem T-Shirt und einer leichten Übergangsjacke bekleidet, sind das hier gefühlt minus 50 Grad. Schwinka kniet nieder und betrachtet den Toten. Dessen Augen sind geschlossen, der Mund ist leicht geöffnet. Der rechte Arm liegt neben Piochs Körper, der linke über seinem Bauch. Die Leiche wirkt so, als würde sie in hunderttausend kleine Kristalle zerspringen, berührte man sie. »Wäre er in den Augenblicken des Erfrierens bei Bewusstsein gewesen, hätte er sich hier nicht so malerisch drapiert«, erläutert Schwinka. »Menschen hängen bis zur letzten Sekunde an ihrem Leben und versuchen auch in ausweglosen Situationen, dem Tod von der Schippe zu springen. Also hätten wir Pioch garantiert in einer anderen Körperhaltung aufgefunden. Der wurde hier eindeutig so auf dem Wagen abgelegt.« Schwinka erhebt sich. Mit einem kleinen Wink signalisiert er Schobel, dass er hinaus möchte.

Sein Mitstreiter nimmt das gern an. Dieser Leichenfundort ist ihm viel zu kalt.

Als die beiden Polizisten vor die Stahltür in den Küchengang treten, empfängt sie Ilona Strabach. »Ist die Aufführung in Gefahr?«, fragt sie sofort.

Schwinka lädt sie mit einer Armbewegung ein, ihm voranzugehen. Zu den anderen sagt er: »Bitte warten Sie hier!« Der Oberkommissar begibt sich mit der Intendantin in den Schankraum und bleibt neben der Treppe zur Empore stehen. »Wir werden jetzt quasi das gleiche Prozedere wie bei Tröger erleben«, sagt der Kriminalist. »Hier wird die Spurensicherung anrücken und noch einmal so ziemlich alles untersuchen. Da wir die Beamten aus Bergen und Sassnitz zur Bewachung des Komplexes sowieso schon abgestellt haben, können wir alles wie geplant ablaufen lassen. Außerdem werden die Kollegen diesmal nicht so lang brauchen.«

»Was ist denn geschehen?«, fragt Strabach.

»Pioch ist gestorben.« Ein bisschen klingt das wie ein Necken. Schwinka schaut aber ernst.

»Das weiß ich ja. Ich meinte, was geschehen ist?«

»Sagen Sie es mir!«

»Ich habe keine Ahnung.«

»Nun, ich erst einmal auch nicht. Die Spurensicherung wird es herausbekommen.«

32

Liga der Begierde

»Es ist zum Kotzen«, flucht Schwinka, als er und Schobel im Jaguar sitzen. Vor einer halben Stunde hat der Stralsunder Kriminaldauerdienst seine Arbeit aufgenommen. Es sind nur ein paar Mann gekommen. Die Auffindesituation hat darauf hingewiesen, dass der Tatort – denn von einem Tötungsverbrechen geht eigentlich jeder aus – nur kurz aufgesucht worden ist, um das Opfer hier abzulegen. Und dass Pioch erfroren war, konnten die Kollegen von der Spurensicherung schon nach wenigen Augenblicken mit ziemlicher Sicherheit sagen. Da das Opfer allerdings offenbar zu keinen Abwehrhandlungen fähig war, ist eine vorangegangene Betäubung sehr wahrscheinlich. »Wenn uns ständig unsere Verdächtigen wegsterben, laufen wir im Kreis«, fügt Schwinka seinem Ausbruch hinzu.

»Müssen wir jetzt von vorn anfangen?«, fragt Schobel.

»Was glaubst du?«

»Ich bin etwas ratlos.«

»Okay, was haben wir? – Wir haben drei Opfer. Es sind alles Männer, zwei von ihnen wurden mit Substanzen getötet oder damit außer Gefecht gesetzt. Auch wenn das bei Pioch noch nicht untersucht wurde, gehe ich jetzt einfach mal davon aus. Mindestens zwei der Getöteten hatten Affären mit Frauen, die hier arbeiten. Vielleicht auch der dritte. Aber bei Pioch wissen wir das noch nicht genau. Eines der Opfer ist zu allem Überfluss der Mörder des zweiten Mannes, was schon mal die drei Leichen miteinander verbindet. – Gib mir mal deinen Block!«

Schobel holt den Schreibblock aus seiner Aktenmappe, die er ständig bei sich führt, und reicht seinem Chef auch einen Kugelschreiber.

Der beginnt zu zeichnen. Am oberen Blattrand entstehen vier Kreise, in denen Schwinka jeweils einen Namen schreibt. »Sieh her! Hier haben wir die Liga der Begierde: Pochowski, Burgner, Sauer, Hermanova.« Etwas auseinandergezogen folgen ein klein wenig tiefer sechs weitere Kreise. »Das sind jene Leute, die in diesem Reigen mehr oder weniger eine Rolle spielen: Jaukner, Haßmann, Winkler, Strabach, Puls und Kranich. Und schließlich sind hier unten unsere drei Toten: Möhricke, Tröger, Pioch.« Dann beginnt Schwinka zwischen den Kreisen Linien zu ziehen, die die jeweiligen Verbindungen der Personen zueinander darstellen sollen.

»Das hat etwas Willkürliches«, sagt Schobel, als er auf das Netz von Linien schaut.

»Im ersten Moment schon«, entgegnet Schwinka, »aber sieh dir Kranich an: Der hat zu jedem eine Verbindung, ist aber noch nie in Erscheinung getreten. Oder Haßmann – den könnte man auch ins Zentrum stellen, und irgendwie würden sich alle Wege der handelnden Personen immer wieder bei ihm treffen. Das gleiche gilt quasi für Puls. Oder Hermanova, eine pikante Person, die jeden Tag mit jedem Schauspieler zu tun hat. Und nicht nur beruflich, will man einigen Aussagen Glauben schenken. Denn Tröger sagte, ich zitiere: ›Die kann was!‹«

»Und Mechthild Sauer?«

»Undurchsichtiges Mädchen. Erst recht, weil wir durch das Haar eine Verbindung zwischen Tröger und ihr herstellen können.«

»Der Hammer?«

»Tatwaffe bei Tröger, vermutlich von Pioch geführt. Und zur zweiten Tatwaffe – wenn wir den Eisenhut mal so nennen wollen – haben Jaukner und Silvie Zugriff.«

»Und was sagt uns das jetzt?«

»Für den Tod der drei Männer ist nur eine Person verantwortlich.«

»Verstehe ich nicht.«

»Natürlich gibt es keinen roten Faden, wie zum Beispiel bei Edgar Wallace, wo die Morde immer ein Muster haben und mit Ausnahmen von einer Person mit der gleichen Tatwaffe verübt werden. Aber auch unsere Toten hängen miteinander zusammen. Selbst wenn sie sich womöglich gegenseitig umbrachten. Vielleicht ist das ein Zeichen dafür, dass dem Mörder schon nach Möhricke die Zügel aus den Händen glitten. Und mit der Ermordung von Pioch hat er sie wieder fest in die Hand genommen.«

»Und wer soll das sein?«

»Ich habe eine Vermutung. Sieh es mir aber nach, wenn ich sie dir hier und heute nicht offenbare. Selbst wenn du es nicht wolltest, würde es deine Ermittlungen und deine Fragen bei Vernehmungen beeinflussen. Liege ich falsch mit meiner Annahme, treibe ich dich auf eine vollkommen falsche Fährte.«

Schobel überlegt: »Da magst du recht haben.«

»Also, lass uns zu den Piochs fahren. Wir müssen seinen Eltern sagen, was passiert ist. Und vielleicht ergibt sich im Zuge dessen eine Möglichkeit, mal einen Blick auf seine Habseligkeiten zu werfen.«

Isolde Pioch bricht zusammen, als Schwinka ihr eröffnet, dass ihr Sohn ums Leben gekommen ist. Die Umstände würden noch geklärt, behauptet er. Die Mutter sitzt auf den Knien im Türrahmen zum Wohnzimmer und weint.

Piochs Vater, Hans-Peter, ein Landwirt, lässt sich in einen der Wohnzimmersessel fallen und starrt zu Boden. Seine Stirn zeigt tiefe Furchen. »Ist gut, Alte!«, ruft er zornig. »Ist gut, verdammt noch mal!«

»Ich kann es nicht glauben«, wimmert die Frau.

»Ich auch nicht«, knurrt der herbe Mann und starrt zu Boden.

»Herr Pioch, Ihr Sohn wohnte doch noch bei Ihnen«, sagt Schwinka vorsichtig. »Er hatte doch sicherlich ein eigenes Zimmer. Dürften wir uns das einmal ansehen?«

»Machen Sie, was Sie wollen!«, grummelt der alte Pioch. »Treppe rauf und rechts.«

Die beiden Polizisten gehen die knarrenden Stufen hinauf und kommen oben in ein Zimmer, das einer Rumpelkammer gleicht. Die Schrankwand, die noch aus Piochs Kindertagen stammen dürfte, ist mit Krimskrams vollgestellt: Action-figuren, Teile eines Getriebes, Militärmagazine, Geschirr, ein Mikrofon, ein Briefmarkenalbum, Kosmetikartikel, auf der zur Schrankwand gehörenden Schreibplatte liegt ein angebissener Apfel, daneben ein offenes, halb geleertes Bier. Das Bett ist zerwühlt, vor dem Gestell stehen grüne Hausschuhe, daneben ein halb voller Aschenbecher und eine geöffnete Schachtel Zigaretten. Das Zimmer stinkt nach kaltem Rauch und ein wenig nach scharf gewürztem Essen. Auf einem alten Drehsessel, dessen Sitzfedern ausgeleiert sind, liegen Bekleidungsstücke. Schwinka fällt sofort eine blutgetränkte Jeansjacke auf. Auch das darunter liegende T-Shirt mit undefinierbarem Aufdruck weist zahlreiche Blutflecken auf.

»Da haben wir ja, was wir suchen«, sagt Schobel.

»Offensichtlich. Das wird Trögers Blut sein. Wäre zu schön gewesen, wir hätten den Burschen festnehmen können und den Fall damit zur Hälfte gelöst.« Schwinka ist sauer. Er schickt Schobel hinab zu den Eltern, damit sie den beiden Polizisten eine Mülltüte aushändigen.

Darin verstaut Schwinka anschließend die blutigen Bekleidungsstücke.

Als die beiden Ermittler mit der Tüte nach unten kommen, fährt der alte Pioch sie an. »Was wollen sie mit den Sachen?«, fragt er empört.

»Sie geben uns unter Umständen Aufschluss über seine Todesursache«, lügt Schwinka.

»Wieso die Sachen?«

»Wir brauchen genetische Spuren ihres Sohnes, um nachverfolgen zu können, was da eigentlich in Ralswiek passiert ist, als Ihr Sohn verunglückte.«

Hans-Peter Pioch schaut verwundert. Das versteht er nicht. Es gibt da allerdings auch nichts zu verstehen. Das erkennt der harte Mann aber nicht und winkt ab.

Seine Frau sitzt immer noch auf dem Boden und wimmert.

»Es tut uns wirklich sehr leid«, sagt Schobel. »Wir möchten Sie jetzt auch nicht weiter belästigen. Auf Wiedersehen, Frau Pioch!«

Die Mutter hebt leicht den Kopf.

Schobel nickt ihr zu. Der alte Pioch bekommt noch ein »Wiedersehen!«.

33

Klackgeräusch

Montag. Es ist wieder heiß. Mathias Sichel, der Pyrotechniker der Festspiele, ist in seiner Werkstatt unterhalb der Naturbühne zugange und bereitet das allabendliche Feuerwerk vor. Das erfordert Geduld und Achtsamkeit. Später wird er die Abschussrampen an einer Pontoninsel befestigen, die er dann während der Aufführung mit einem Boot hinaus auf den Bodden schleppt. Er ist seit über zehn Jahren für die Knalleffekte der Show verantwortlich – und damit einer der Hauptdarsteller. Denn Feuer, Rauch und Detonationen machen einen wesentlichen Teil der Wirkung der Störtebeker-Stücke auf das Publikum aus. Er macht seine Sache gut. Seit Sichel die Verantwortung trägt, gab es nur einen Unfall. Das war vor drei Jahren, als sich einer der Stuntleute während der sogenannten Feuerprobe einen Arm verbrannte. Das hatte aber nicht an Sichel oder seinen Sicherheitsvorkehrungen gelegen. Der Stuntman hatte eine der zigmal trainierten Bewegungschoreografien missachtet und war dabei mit dem rechten Arm in eine Stichflamme geraten. Sichel war unschuldig. Das weiß er. Der Ehrgeiz ist allerdings seine größte Antriebsfeder, sodass ihn dieser Unfall noch heute wurmt, wenn er daran denkt. Dabei muss er sich wahrlich keinen Kopf machen, denn sein Vorgänger war ein wahrer Filou. Feuerunfälle hatte es früher reihenweise gegeben. Immer nur kleine, bei denen die Akteure sich Hautrötungen oder schlimmstenfalls Brandblasen zuzogen. Trotzdem beeinflusste das irgendwann das Spiel der Mimen und Laiendarsteller. Sie wurden vorsichtiger, zum Teil ängstlich. Bei dem Tempo der Inszenierungen war das für Außenstehende kaum zu sehen, allerdings verloren die gefährlichen Szenen an Kraft und Spontaneität. Mit dem Pyro-Experten Sichel war eine Sicherheit zurückgekehrt, die manche Kaskadeure mitten in den Aufführungen zu verwegenen Eigenkreationen verführten, damit ein bestimmter Stunt noch gefährlicher aussah. Dafür gab es zwar von der Intendanz, dem Geschäftsführer oder dem Regisseur Kritik, sie fiel aber immer moderat aus, weil es den Verantwortlichen im Stillen gefiel, wenn der Actionlevel weiter hochgeschraubt wurde. Und obwohl Mathias Sichel locker das doppelte kassierte wie sein Vorgänger, führte seine Anstellung zu einer Einsparung: Die Crew für technische Gimmicks konnte entlassen werden. Das erledigte Sichel jetzt mit seiner Truppe mit. Wenn für Pyros und Spezialeffekte vor zehn Jahren zusammen elf Leute tätig waren, bewerkstelligen das jetzt sechs.

Felix Wulff kommt in die Werkstatt. Er ist ein stattlicher junger Mann. 1,90 Meter groß, sehr muskulös, dunkelblond und äußerst geschickt. Egal, was ihm vorgelegt wird, er repariert alles. Das beginnt beim Werk einer Taschenuhr und endet beim Getriebe einer Landmaschine. Nur mit »dem ganzen Feuerzeugs«, wie er es nennt, will er nichts zu tun haben. Das ist aber okay, denn ob seiner handwerklichen Fähigkeiten ist Wulff goldwert. »Die Kisten mit den Knallern habe ich in den Munitionsbunker gebracht, Chef. Ich habe die Lieferung auch überprüft: Die Chinesen haben alles, wie bestellt, zu uns geschickt«, sagt Wulff und übergibt Sichel die Lieferscheine. Der Chef der Pyro-Truppe lässt sich schon lange aus dem Reich der Mitte mit Bomben, Raketen, Flammenwerfern und Böllern versorgen. Die Qualität der Produkte ist herausragend und sie sind im Vergleich zu europäischen Anbietern weitaus preisgünstiger.

»Ich habe vorhin nochmal die Guillotine getestet«, sagt Sichel. »Ich glaube nicht, dass sie klemmen könnte, aber wenn das Beil herunterrauscht, gibt es ein kurzes klackendes Geräusch. Schau dir das mal an, Felix!«

»Wird erledigt«, sagt der Handwerker und macht auf dem Hacken kehrt. Er geht in den seeseitigen Bereich der Bühne, wo das Fallbeil bis zu seinem jeweiligen »Auftritt« abgestellt wird. Wulff beginnt, den Mechanismus auszulösen. Einmal. Noch einmal. Und noch einmal. Das wiederholt er zehn-, zwölfmal. Das Klacken hört er, kann in der Laufschiene aber nichts entdecken, was der Schneide im Wege stehen könnte. Vielleicht ist es das Drahtseil? Also überprüft er auch das.

»Na, Felix«, hört er hinter sich eine Frauenstimme. Es ist Katalena Priest, die hübsche Störtebeker-Freundin. »Alles in Ordnung mit der Maschine?«

»Ja, so weit schon«, sagt der Mann, ohne die Schauspielerin anzuschauen. Er ist nervös, denn die Katalena ist dermaßen sein Typ, dass er seit dem ersten Tag ihres Erscheinens mindestens die Hälfte aller täglich durch seinen Kopf spukenden Gedanken an die zarte Schönheit verschwendet.

»Und warum bastelst du dann hier herum?« Katalena Priest kommt näher.

»Es gibt ein störendes Nebengeräusch«, sagt Wulff und arretiert das Beil ganz oben in der Laufschiene. »Pass auf!« Die Schneide rauscht herab und schlägt dumpf auf. Zwischendurch hat es kurz metallisch geklackt.

»Oh, ich hab's gehört«, sagt die Schauspielerin und dreht sich neben dem Handwerker derart um die Guillotine herum, dass sie sich an seinen Schultern festhalten muss.

Felix Wulff bekommt Gänsehaut. Dieser Griff ist so sanft, als berührte sie ihn kaum.

»Und ist es schlimm, wenn es so klackt?«, fragt Priest und lässt den Mann wieder los. Allerdings bleibt sie ganz dicht vor ihm stehen. »Ich staune sowieso, dass der Trick mit dem Köpfen jeden Abend so wunderbar klappt. Das ist doch eigentlich ziemlich gefährlich, nicht wahr?«

»Die Guillotine ist eine sichere Theaterrequisite«, sagt Wulff. »Wenn Störtebeker mit seinem Kopf nicht nach unten in den Kasten fällt, wird das Beil automatisch blockiert.«

»Aber auch so eine ausgeklügelter Mechanismus kann doch mal kaputtgehen.«

»Sehr unwahrscheinlich. Wir überprüfen das nicht umsonst jeden Tag. Und schließlich ist die Klinge aus leichtem Alu-Blech. Wenn das auf Störtis Nacken knallt – naja, passieren sollte das dennoch nicht. Wer weiß, ob man sich da nicht vielleicht doch eine erhebliche Verletzung zuziehen könnte.«

»Aber du bist dazu da, das zu verhindern«, sagt Katalena Priest und wendet sich von dem Handwerker ab. Dabei dreht sie verführerisch ihren Kopf zu ihm und winkt. Sie lächelt und zwinkert. Dann geht sie.

Felix Wulff ist durcheinander. Wie gern hätte er diese Frau. Und wie unerreichbar ist sie doch für ihn. Doch wie nah war sie eben. Wer weiß, manchmal spielt das Leben verrückt. Und manchmal haben Frauen dieses Kalibers ein Faible für ungewaschene Naturburschen. Als er das denkt, lacht er. Dabei lässt er sogar ein leises, meckerndes »Hähähähä« hören.

Wulff untersucht jetzt das Drahtseil und die Rollen. Sieht alles gut aus. Eigentlich müsste man sich wegen des Klackens keine Sorgen machen, aber mit der Zeit hat er von Mathias Sichel gelernt, dass die kleinste Unregelmäßigkeit eine große Wirkung haben kann. Es hat gedauert, das zu begreifen. Mittlerweile hat er diesen Gedanken intus, als wäre das immer schon sein eigener gewesen. Das geht sogar soweit, dass Wulff an der Guillotine alle drei Tage die Schrauben nachzieht, auch wenn die sich gar nicht gelöst haben. Aber sicher ist sicher.

»Hey Felix, du hier an dem Hackebeil? Ist was kaputt?«

›Das ist Mechthild Sauer. Was will die hier?‹ – »Nein, kaputt ist nichts. Wenn die Klinge runterkommt, gibt es allerdings immer ein kleines Klackgeräusch zu hören. Ich versuche rauszubekommen, wo das herkommt.«

»Lass mal hören!« Sie kommt näher heran.

Der Handwerker führt ihr den Mechanismus vor, und als das Beil heruntersaust, klackt es leise.

»Ja, ich habe es auch gehört. Ist das schlimm?«, fragt die junge Frau.

»Nö, eigentlich nicht«, entgegnet Wulff und denkt, dass die Kellnerin ihm ziemlich gut gefällt. Sie ist brünett, relativ schlank mit einem üppigen Busen, der irgendwie nicht zu ihrer Figur passen will. Sie hat ein rundes Gesicht, das anziehend wirkt, aber niemanden aufregt. Mechthild sieht man – und zwei Tage später hat man sie vergessen.

»Dann ist es doch egal«, findet sie und lächelt.

»Was die Guillotine angeht, ist ehrlich gesagt gar nichts egal.« Felix Wulff sagt das in einem ruhigen Ton, ohne belehrend zu klingen. »Wenn da an jedem Abend Störtebekers Kopf drunterliegt, muss alles bis ins letzte Detail perfekt sein.«

»Okay, kann ich verstehen. Was wäre wohl, wenn Robert seinen hübschen Kopf verlieren würde?« Sauer kichert und zieht die Schultern nach oben. »Wenn du durstig bist, kannst du an unseren Stand kommen. Wir haben alles angeschlossen und probieren die Zapfhähne aus. – Mach's gut!«

›Nett‹, denkt Wulff und zieht das Beil wieder nach oben. Er schaut sich die mechanischen Teile an, die Sicherung und die Vorrichtung, die beim Herabfallen des Bleches den Oberkörper des Störtebeker-Darstellers in eine Kiste plumpsen lässt. Wulff löst den Hebel, das Beil saust hinab. Wieder klackt es. Von den Schienen kommt es nicht. Eher scheint es kurz vor dem Aufschlagen kurz »Klack« zu machen.

»Guten Tag, Felliex!«

Die Stimme und den süßen Dialekt kennt Wulff. »Grüß dich, Elli! Was treibt dich denn hinter die Bühne?«

»Nur so«, sagt Eliska Hermanova. Die Tschechin sieht heute ganz bezaubernd aus. Hautenge Stretch-Jeans, eine zarte olivfarbene Bluse, dezentes Make-up und das offene Haar fällt ihr bis auf die Schultern.

›Mein Gott, ist die gut gewachsen, so klein wie sie ist‹, denkt Wulff und starrt ihr auf die Beckenregion.

Eliska Hermanova registriert das und schaut sich verwundert auf die Hüften. »Was iest?«, fragt sie und lacht dem Handwerker kokett ins Gesicht. »Iest was niecht in Ordnung – oder gefalle ich?«

»Wohl eher das zweite«, sagt Wulff, richtet sich in voller Größe auf und lächelt das zerbrechliche Mädchen an. »Sag schon, wo kommst du her?«

»Bei den Pferden«, entgegnet sie in ihrer Art, vieles verknappt auszusprechen, weil ihr manchmal die Satzkonstruktionen nicht ganz klar sind.

»Warst du bei den Pferden oder hast du dort jemanden besucht?« Wulff ist dreist. Allerdings fühlt er sich mit Mädchen dieser Art unter Seinesgleichen, und um die bei den Festspielen angestellten jungen, hübschen Frauen ranken sich immer schnell irgendwelche Gerüchte. Auch die Maskenbildnerin war schon Gegenstand verschiedener Geschichten in Männerrunden.

»Vielleicht.« Sie lächelt. Und das wirkt so unschuldig, dass Wulff sofort jede schlüpfrige Verdächtigung gleich wieder vergisst. »Du bekommst auch manchmal Besuch?«

»Äh … nein. Also hier nicht. Also ich habe hier keine Freundin, falls du das meinst.«

»Und keine Mädchen, das dich besucht hier?«

»Ach Elli, ich habe jeden Tag so viel zu tun, dass ich gar nicht dazu komme, mich noch um Weiberkram zu kümmern.«

»Aber wäre schön, niecht?« Sie lächelt und legt den Kopf ein bisschen schief.

»Ja, schon«, sagt er und muss tief Luft holen. Die kleine Maskenbildnerin ist sehr anregend.

»Naja, Felliex, vielleicht besucht dich mal eine Mädchen.« Als Eliska Hermanova das sagt, dreht sie zweimal unbedarft mit dem Becken, als würde sie für den ersten Schritt aus dem Sand etwas Schwung holen, und geht davon. Sie macht noch einmal kehrt und sagt: »Tschau!«

›Meine Güte, was ist hier denn heute los?‹, denkt Wulff. ›Eine Perle nach der anderen kommt vorbei. Haben wohl unten im Graben hinter der Bühne angestanden – hähähähä.‹

Da entdeckt er den Haken. Kurz bevor das Beil unten aufkommt, löst es den Mechanismus aus, der den darunter liegenden Schauspieler in die Kiste rutschen lässt. So wird vermieden, dass er das Aluminiumblech in den Nacken bekommt. Dieser Haken bleibt nicht eingerastet, sondern klackt wieder hoch, wenn das Beil an ihm entlanggerauscht ist. Zwar wird die Mechanik für den Oberkörper des Schauspielers betätigt, das der Haken aber nicht festklemmt, ist ein Defekt. Das muss repariert werden. Heute Abend ist wieder Aufführung. Und da muss alles perfekt funktionieren. Und nichts darf klacken.

34

Aufmerksamer Bürger

Sehr geehrte Redaktion,
wie Ihnen vielleicht noch nicht bekannt ist, hat es am Wo-
chenende bei den Störtebeker Festspielen in Ralswiek bereits
den dritten Toten gegeben. Eine große Anzahl ermittelnder
Polizeibeamter ist damit betraut, den Verantwortlichen für
diese Tötungsverbrechen zu finden. An der Spitze der Ermitt-
lungskommission steht ein neuer Mann: Karsten Schwinka.
Es ist verwunderlich, dass ausgerechnet mit seinem Auftau-
chen auf Rügen solche furchtbaren Dinge geschehen. Auch fällt
auf, dass die Polizei trotz hohem personellen Aufwand unter
seiner Leitung bei der Täterermittlung noch keinen Schritt
weitergekommen ist. Hier scheint einiges im Argen zu liegen.
Vielleicht ist Ihnen das mal eine Recherche wert.

Ein aufmerksamer Bürger

Polizeikommissar Michael Neumann liest den Brief noch
einmal sorgfältig durch. Dabei sucht er nicht nach Fehlern.
Es ist diese Art, etwas in die Länge zu ziehen, von dem man
nicht voll überzeugt ist. Er ist das Geschriebene jetzt wohl
schon sechs- oder siebenmal durchgegangen. Und jedes Mal
hat er sich eine andere Möglichkeit ausgemalt, wie die Presse
darauf reagieren könnte. Aber er muss das hier tun.

Seit Tagen kann er kaum noch arbeiten. Aber was arbeitet er schon. Um ihn herum beschäftigt sich ein Dutzend

Polizeibeamter aus Anklam mit den Toten von Ralswiek. Er nimmt Anzeigen zu Unfällen mit geringen Blechschäden auf. Und als hätten sich alle Ganoven der Insel darauf verständigt, während der Mordermittlungen in der Versenkung zu bleiben, gibt es derzeit nicht einmal Einbrüche oder Körperverletzungen. Neumann ist besessen. Und ein klein wenig ist er sich dessen sogar bewusst, denn ab und zu versucht er, die Situation zu akzeptieren. Aber diese Versuche scheitern nur nach wenigen Minuten, wenn die quälende Wut in ihm hochkommt. Für ihn ist Schwinka ein lächerlicher Emporkömmling, der viel Glück hatte und das für sich zu nutzen verstand. ›Koryphäe unter den Kriminalisten Deutschlands. Dass ich nicht lache‹, denkt Neumann. ›Wir sehen jetzt ganz deutlich, was der Typ drauf hat. Nämlich nichts. Bin gespannt, wie viele Leute direkt vor seinen Augen noch ermordet werden. Langsam muss der doch mal was schnallen!‹

Neumann faltet das Blatt zusammen und steckt es in einen neutralen Allerweltsbriefumschlag. Da er dabei sogar Handschuhe trägt, könnten nicht einmal Fingerabdrücke auf seine Urheberschaft schließen lassen. Aber er weiß, dass keine Zeitung der Welt wegen anonymer Schreiben solch einen Aufwand betreiben würde. Ihm ist es nur wichtig, dass die Schreiberlinge in Bergen ein paar unbequeme Fragen stellen. Wenn die sich erst einmal festgebissen haben, ist Schwinka schnell ein Polizist, der einen gefährlichen Mörder nicht findet. Stattdessen wird munter weitergetötet.

Michael Neumann intrigiert. Dass dem so ist, wusste er aber schon, als er die ersten Vernehmungsprotokolle an

Ilona Strabach weitergab. Und natürlich hat er Skrupel. Sonst hätte es nicht so lange gedauert, bis er dieses Papier endlich in dem Umschlag verstaute. Aber der Kommissar ist gleichzeitig überzeugt davon, etwas Gutes zu tun. Denn je schneller Schwinka wieder weg ist, desto besser ist es für die Polizeiarbeit auf Rügen.

Auf seinem Weg nach Hause fährt Neumann also an der Redaktion vorbei und steckt den Umschlag in den entsprechenden Briefkasten. Da es mittlerweile gegen 19 Uhr ist, treibt sich hier an der Hauptpost gegenüber dem Rathaus auch niemand mehr herum. Dass er ausgerechnet in den paar Sekunden des Briefeinwurfs von jemandem gesehen werden könnte, der irgendwann einmal eine Verbindung zwischen ihm und einem anonymen Schreiben für die Presse herstellen könnte, ist praktisch ausgeschlossen.

35

Gleichberechtigung

Karla Schwinka kann sich nicht beruhigen. Seit sie und die Kinder wieder zu Hause sind, hängt sie fast ohne Pause am Telefon. Mal ist es ihre Freundin Luise, bei der sie sich über ihren Ex-Mann auslässt. Dann redet sie viel mit ihrem Anwalt, weil ihr ständig neue Dinge einfallen, die im Verhältnis zu ihrem Ex so nicht funktionieren und wo sie sich rechtlichen Beistand erhofft. Seit sie Karsten mit dieser Neuen gesehen hat, befindet sich Karla in einem emotionalen Ausnahmezustand. Das hat mehrere Ursachen: Sie fühlt sich verraten, weiß aber gar nicht, warum. Denn eigentlich kann Karsten tun und lassen, was er will. Aber ihn jetzt schon mit einer Neuen zu sehen, ist noch eine zu große Hürde. Sie fühlt sich gedemütigt, obwohl ihr Geschiedener sie warnte, er habe keine Zeit für die Jungs. Karla kann diesen Satz aber nicht mehr hören, denn Zeit hatte Karsten nie. Sie fühlt sich ausgenutzt, wie sie es all die Jahre empfand. Er macht Karriere und sie muss sich um die Kinder kümmern. Das kann alles so nicht mehr weitergehen. Sie hat sich nicht umsonst von ihm getrennt.

Karla Schwinka hat mit ihrem Anwalt besprochen, ihrem Ex-Gatten eine gerichtliche Verfügung anzudrohen, wenn er nicht binnen der nächsten 14 Tage sämtliche Einkünfte und Ersparnisse inklusive der Sachwerte aufführt, um seine Unterhaltszahlung auf den neuesten Stand bringen zu können.

Außerdem soll der Jurist ein Schreiben aufsetzen, in dem Schwinka unmissverständlich mitgeteilt wird, dass er die Jungs zu bestimmten Zeiten zu nehmen hat. Spielt er nicht mit, will Karla ihn auch dafür vor Gericht zerren. Und die Jungs hat sie für eine Woche zu ihrer Schwester gegeben. Die ist mit dem Vater der beiden seit Jahren auf Kriegsfuß.

Anneliese ist 48 Jahre alt, alleinstehend und eine Kämpferin für die Gleichberechtigung der Frau. Zurzeit arbeitet sie als Gleichstellungsbeauftragte in Schmalkalden, wo sie bereits eine Reihe von Gendermaßnahmen durchsetzen konnte. So gibt es im Rathaus zum Beispiel eine Unisextoilette, die alle Geschlechter gemeinsam nutzen können. Mit der Einrichtung eines dritten Sanitärbereichs für Personen, die sich nicht zwischen Mann und Frau entscheiden können, konnte sie sich nicht durchsetzen. Auf das Unisex-Klo ließen sich die Stadtvertreter aber ein. Für Anneliese ist Karsten Schwinka ein Relikt aus den 20er-Jahren des vergangenen Jahrhunderts: In ihren Augen dringt der Polizist auf ein längst überholtes Rollenverhalten zwischen Mann und Frau. Er strahlt Respektlosigkeit gegenüber dem weiblichen Geschlecht aus und kommt von konservativen Familienstrukturen nicht los. Darauf hatte sie ihre jüngere Schwester Karla immer wieder aufmerksam gemacht – und recht behalten. Das hatte nicht gut gehen können. Anneliese schüttelte sich jedes Mal demonstrativ, wenn sie Karsten Schwinka begegnete und die Hand geben musste. Natürlich nimmt sie die Jungs nicht gern, denn die haben eine Menge von ihrem Vater. Aber ihre Schwester Karla hat es im Kampf gegen ihren Ex schwer genug. Und sie wird die Bengels schon kurz halten.

Karla weiß, dass Karsten es hasst, wenn die Kinder unter der Knute von Tante Anneliese stehen. Ihre große Schwester hat ein paar verschrobene Ansichten. Aber er hat es nicht anders gewollt. Sie will diese Woche ihren Dingen nachgehen, da kann sie ein bisschen Ruhe gut gebrauchen. Und wenn ihr geschiedener Mann von der Betreuungssituation erfährt, wird er komplett ausflippen. Bei dem Gedanken entspannt sich ihr Gesicht für einen kurzen Moment, und sie tippt die Nachricht an Karsten in ihr Smartphone.

36

Komplexe Probleme, einfache Antworten

Nadine Pollwitz ist glücklich. Mit dem Polizisten versteht sie sich blendend. Sie kennt ihn zwar erst seit Kurzem, aber irgendwie ist das alles so herrlich unkompliziert. Ist sie bei ihm, möchte sie ihm am liebsten ihr ganzes Leben erzählen. Er hört zu und reagiert sogar auf Dinge, die sie selber eher banal finden würde, erzählte sie ihr jemand anderes. Obendrein funktioniert es auch im Bett. Einfach so, als würden sie sich schon ewig kennen. Nadine hat sich fest vorgenommen, diesen Mann nicht wieder gehen zu lassen. Darum ist sie dazu übergegangen, ihm jeden Tag mehrfach verliebte Nachrichten zu schreiben. Zurzeit überlegt sie, ob sie nicht vielleicht dazu übergehen sollte, auch mal das ein oder andere erotische Foto mit anzuhängen. Es muss nicht gleich etwas Obszönes sein. Aber er soll ruhig immer wieder daran erinnert werden, wer da auf ihn wartet. Nadine Pollwitz fühlt sich geschmeichelt. In ihren Augen ist Karsten Schwinka ein wichtiger Mann. Das ist so ganz anders. Ihr Verflossener hat in einer Tischlerei gearbeitet. Das ist ehrenwert und sie mag Männer, die kräftig sind und anpacken können, sehr. Manchmal war er ihr zu einfach gestrickt gewesen, hatte für komplexe Probleme viel zu einfache Antworten. Die Dinge müssen häufig abgewogen und aus verschiedenen Blickwinkeln betrachtet werden. Findet sie zumindest.

Als die Binzerin nach dem Trip in die Hansestadt die Nacht über bei Schwinka geblieben war, hat sie sich sehr wohlgefühlt. Da war eine starke Verbindung zwischen ihnen, in Stralsund hatten sie sich quasi blind verstanden. Sie hatte gehofft, der Polizist würde Sonntagabend wieder zu ihr kommen, aber er schrieb ihr, er habe zu tun. Heute gab es von ihm bisher auch ziemlich wenig. Das ist vielleicht so, wenn jemand einen so verantwortungsvollen Beruf ausübt. Trotzdem wird sie aufpassen. Sollte er sich auch morgen nicht mit ihr verabreden, wird sie nach Putbus fahren und ihn überraschen. Dafür wird sie sich die aufreizendste Unterwäsche anziehen, die sie im Schrank hat.

37

Flutlicht

Die Aufführung am Montagabend ist sensationell. Die Schauspieler agieren entfesselt, der Goedeke-Ersatz Pete Schoner ist ein besserer Piratenhauptmann, als es Helmar Tröger war. Und das Publikum scheint eine solidarische Stimmung entwickelt zu haben: Szenen werden bejubelt, komische Dialoge erhalten viel mehr und lautere Lacher als sonst. Und als Robert Kranich, wie mit Regisseur Pedro Puls abgesprochen, bei seiner Rede auf dem Richtblock die Passage »Und mögen auch grausige Tode unseren Alltag bedrohen, uns bekommt man nicht niedergerungen. Wir sind immer für die Menschen da, die uns lieben« hinzufügt, bekommt der Störtebeker-Darsteller stehende Ovationen.

Schwinka und Schobel sind beeindruckt. Hier hat sich etwas entwickelt, das das normale Theaterspektakel übersteigt. Nach Ralswiek kommen die Leute nicht nur, um einen unterhaltsamen Abend zu erleben. Vielen ist das hier Identifikation. Und für nicht wenige Fans dürfte dieser Besuch der Störtebeker Festspiele gar jedes Jahr der Höhepunkt schlechthin sein.

Das Restaurant Zum Störti wird von den Menschenmassen diszipliniert links liegen gelassen. Zwar bleibt mal die ein oder andere Gruppe stehen, um sich aufgeregt über das hier wohl Geschehene zu unterhalten und angesichts des Ereignisortes einen wohligen Grusel zu verspüren, aufdringlich wird niemand. Die zur Bewachung eingeteilten Polizisten haben kaum etwas zu tun. Sie werden zwar häufig angesprochen und nach dem Mord an Tröger befragt, aber obwohl sie keine Auskunft geben dürfen, bleiben die Gäste der Festspiele respektvoll.

Die Spurensicherung hatte noch vor dem ersten Ansturm ihre Arbeit beenden können. Gegen 17 Uhr waren die Beamten wieder abgezogen. Es hatte sich herausgestellt, dass Lutz Pioch tatsächlich auf dem Gitterrollwagen durch den Biergarten in die Küche gebracht worden war, wo ihn dann jemand in der Tiefkühlzelle abgestellt hatte. Jemand, der offenbar sowohl den Schlüssel zur Küche als auch zur Kühlzelle besessen hatte. Allerdings gibt es zu den hinteren Räumen der Küche eine ganze Menge identischer Schlüssel, die während der laufenden Tatortuntersuchungen nach dem Tröger-Mord wohl von Hand zu Hand wanderten, galt es doch, die Gerätschaften für einen zusätzlichen Cateringstand nach draußen zu transportieren.

Die beiden ermittelnden Polizisten waren tagsüber getrennte Wege gegangen. Schwinka ließ sich jede noch so kleine Auffälligkeit bei der Spurensicherung erläutern; Schobel durchstreifte das Festivalgelände, redete mit diesem und jenen.

»Ich habe mir das alles noch einmal durch den Kopf gehen lassen«, sagt Schobel nach dem Feuerwerk zu Schwinka. Sie sind auf ihren Stühlen sitzengeblieben, während die Menschenmassen nach draußen strömen. »Lutz Pioch spielt nur eine Nebenrolle in diesem Reigen.«

»Warum ist das so?«, fragt Schwinka, als wollte er einen Schüler bei seinen Gedanken Hilfestellung geben.

»Möhricke wurde mit großer krimineller Energie und mit Vertuschungsabsicht um sein Leben gebracht. Und Pioch starb auf perfide Weise, nachdem ihm vermutlich irgendetwas verabreicht worden ist. Der Mord an Tröger, der mit ziemlicher Sicherheit von Pioch verübt wurde, ist schmutzig. Pioch raste und hatte keinen Plan. Er hat nicht einmal annähernd versucht, irgendeine Spur zu verwischen. Er hat sogar die Tatwaffe einfach so achtlos fortgeworfen.«

»Dann ist er klopfenden Herzens nach Hause gegangen – oder gefahren –, die Treppe hinaufgestiegen, entledigte sich seiner Klamotten und ging duschen.«

»Genau, und daraufhin hat er sich ins Bett gelegt …«

»Vermutlich nicht«, unterbricht Schwinka seinen Kollegen. »Überleg mal! Pioch hat zum ersten Mal in seinem Leben einen Mord verübt. Er ist wie von Sinnen, was das ›Übertöten‹ Trögers deutlich macht. Also muss er sein Adrenalin loswerden. Er muss zumindest mit jemandem über das Geschehene reden. Deshalb zieht er sich um und haut von zu Hause wieder ab.«

»… und geht wohin?«

»Zu demjenigen, der ihn zu dem Mord getrieben hat. Zu dem, der vermutlich auch Möhricke und später Pioch tötete …« Schwinka macht eine Pause. »… oder töten ließ.«

»Eine Frau?«

»Die Möglichkeit besteht«, sagt Schwinka, lehnt sich zurück und schaut dem Treiben auf der Naturbühne zu. Dort wird unter Flutlicht aufgeräumt. »Allerdings steht ganz oben immer wieder die Frage nach dem Motiv.«

»Tja, vielleicht gibt es da etwas, das wir uns gar nicht vorstellen können?!«

Schwinka muss lachen. »Das ist doch oft so, Danilo«, sagt er. »Ich glaube aber auch, dass wir mit unseren gedanklichen Konstruktionen nicht weiterkommen, weil das Motiv einfach zu absurd ist.«

38

Reißleine

Als Schwinka spät in der Nacht nach Hause kommt, erwartet ihn einmal mehr eine Nachrichtenflut auf seinem Smartphone, das er tagsüber wieder einmal absichtlich nicht dabei hatte. Dass Karla ihn mit Vorwürfen überschütten würde, hatte er erwartet. Nicht aber das: Die Jungs sind eine Woche bei Karlas Schwester Anneliese.

»Dieses verdammtes Miststück!«, flucht Schwinka und setzt sich auf das Sofa, das bereits in seinem Wohnzimmer steht. Mit beiden Händen hält er das Telefon umklammert und tippt mit dem Gerät versonnen immer wieder gegen seine Stirn. »Dieses verdammte Miststück!«, sagt er noch einmal. »Der Preis ist zu hoch, den ich jetzt zahle … Aber eigentlich zahlen ihn die Jungs.«

Seine Söhne können die Schwester ihrer Mutter nicht leiden. Bei dem Großen kann man bereits von einer tiefen Abneigung sprechen. Das ist aber auch nur allzu verständlich, werden sie von Anneliese doch behandelt als wären sie unmündig. Das, was sie selbst als gerechten Kampf um die Gleichberechtigung der Frau vor sich her trägt, nennt Schwinka Männerhass, und überträgt sich bereits auf kleine Jungs, denen sie schon ihren Hang zu Raufereien als primitives Überbleibsel eines patriarchalischen Gesellschaftsmusters auslegt und rigoros dagegen vorgeht. Bei Anneliese bekommt Oskar Puppen zum Spielen und der Große muss jeden Tag irgendwelche Haushaltsarbeiten verrichten. Und im Stehen pinkeln ist strikt untersagt. Das sei ekelerregend, sagt Tante Anneliese. Schwinka beruhigt sich damit, dass seine Jungs nach einem Aufenthalt bei ihr bisher immer viel zu lachen hatten, wenn sie ihrem Vater von den ganzen Regeln erzählten. Allerdings waren die beiden noch nie eine volle Woche bei Anneliese.

Eine ganze Menge Nachrichten sind von Nadine. Sie überschüttet ihn seit Samstagnacht mit Liebesbekundungen. Diesmal ist sogar ein Bild dabei, auf dem die Frau blank zieht und barbusig verliebt in die Kamera knutscht. So etwas mag Schwinka nicht besonders. Zumindest nicht, wenn sich beide noch so wenig kennen. Fotos dieser Art setzen Vertrauen voraus – und künden seiner Ansicht nach von einer tiefer gehenden Beziehung. Die hat er mit Nadine aber nicht. Vielleicht, noch nicht. Aber auf jeden Fall »nicht«. ›Ich mag die Frau‹, denkt er, ›aber was Festes kann ich mir im Moment zeitlich nicht leisten. Erst mal muss ich hier ankommen, mich auf dem Revier durchboxen. Und nebenbei gibt es auch noch einen Mordfall zu klären.‹ Schwinka würde die Beziehung zu der Frau aus Binz gern aufrecht erhalten. Hin und wieder tut es gut, abzuschalten. Wenn Nadine allerdings anfängt, Präsenz und Zeit einzufordern, muss er die Reißleine ziehen. Schade wäre es ja. Bei der nächsten Verabredung will er mit ihr darüber reden.

39

Mordfallinszenierung?

Ilona Strabach steht in ihrem Büro und schaut aus dem Fenster in den Nachthimmel. Sie ist zufrieden – mit der Aufführung, dem neuen Goedeke, Pete Schoner, der finanziellen Situation, den ausverkauften Abenden bis nächste Woche Dienstag … Nur die Todesfälle bereiten ihr Bauchschmerzen. Warum kommt die Polizei nicht voran? Liegt es tatsächlich an diesem Schwinka, wie Kommissar Neumann ihr heute Vormittag erneut am Telefon sagte? Und wenn sie ehrlich zu sich selbst ist, dann fürchtet sie sich auch ein wenig. Denn Strabach kann sich beim besten Willen nicht erklären, warum diese drei Männer umgebracht worden sein sollen. Und noch viel weniger kann sie sich vorstellen, dass das jemand getan haben könnte, der in ihrem Betrieb arbeitet. ›Was, wenn ich mit auf der Liste stehe?‹, denkt sie mit Schaudern – und zuckt zusammen. Die Haare am ganzen Körper stehen ihr zu Berge. Das Herz klopft. Ging da nicht eben die Tür vorn am Eingang? Tatsächlich. Strabach hört Schritte auf dem Korridor. Wie zum Schutz begibt sie sich hinter ihren Schreibtisch. Die Schritte sind fest und haben einen langsamen Rhythmus. Als würde jemand auf dem Weg zu ihrem Büro nebenbei noch die Fotos betrachten, die im Flur an den Wänden hängen. Strabach blickt fahrig über die Arbeitsplatte des Tisches. Sie sucht nach einem Gegenstand, den sie greifen könnte, falls sie sich wehren muss.

Da. Die Schritte haben aufgehört. Jemand steht vor ihrer Bürotür. Und klopft.

Ilona Strabach empfindet das Geräusch wie ein Donnern. Sie hat Angst. Und als würde es eine ungebetene Person daran hindern, die unverschlossene Tür einfach zu öffnen, sagt sie nichts.

Da klopft es erneut. Das klingt jetzt nicht mehr so gewaltig wie beim ersten Mal. Aber vielleicht hört sie es auch nur anders.

»Herein!«, sagt Strabach mit belegter Stimme. Aber es ist laut genug, dass der Jemand dort auf dem Flur die Einladung verstanden hat.

Der Drücker senkt sich und die Tür öffnet sich langsam. »Schön, dass du hier bist«, sagt Michael Neumann und tritt ein.

Ilona Strabach holt tief Luft und setzt sich. »Mein Gott, wieso zelebrierst du hier denn solch einen Auftritt?«, fragt sie bissig.

»Wieso? Ich bin vorn zur Tür rein und direkt zu deinem Büro gegangen.«

»Und warum so langsam?«

»War ich langsam? Habe ich gar nicht so empfunden. Was ist denn los?«

»Nichts weiter«, sagt Strabach, die Neumann keine Blöße geben möchte, »ich wundere mich bloß, dass du heute hier bist.«

»Hattest du eben etwa Angst?«, fragt Neumann und kann sich ein leichtes Grinsen nicht verkneifen. Das ist aber nicht zu erkennen, da sein Mund einfach einen geraden Strich bildet.

»Nein, hatte ich nicht. – Komm zur Sache!« Strabach fühlt sich ertappt. Michael Neumann soll nicht mitbekommen, dass sie verwundbar ist. Der schon gar nicht!

»Oh, du bist heute recht kurz angebunden …«

»Es ist spät, Michael«, versucht sie, etwas versöhnlicher zu klingen.

»Ich wollte mit dir über Schwinka reden. Tagsüber habe ich keine Zeit. Außerdem treibt er sich sowieso ständig hier herum. Und am Telefon ist es mir zu oberflächlich.«

»Ist es wegen heute Vormittag?«

»Ja, so ungefähr …«

»Gut, dann gib mir Bescheid, wenn es etwas Neues gibt!«, sagt die Intendantin ungeduldig.

Neumann setzt sich in einen der Ledersessel und versucht zu lächeln – dabei zieht er die Mundwinkel ein klein wenig herunter. »Ich fürchte, du glaubst mir nicht.«

»Was? Dass ohne Schwinka längst alles aufgeklärt wäre?«

»Zum Beispiel … Ist es für dich nicht komisch, dass in einer so geschlossenen sozialen Struktur derart viele Tötungsverbrechen geschehen können. Und niemand weiß, wer es getan hat?«

»Das hast du heute Vormittag schon gefragt …« Auch das klingt ungeduldig. Trotzdem kommt Strabach jetzt hinter ihrem Schreibtisch hervor. Sie setzt sich zu Neumann in den anderen Sessel.

»Manchmal kann man gar nicht so komisch denken, wie es in der Realität abläuft«, sagt Neumann. »Ich möchte Schwinka nicht unterstellen, dass er selbst etwas mit den

Morden zu tun hat. Aber ich halte es nicht für ausgeschlossen, dass er etwas weiß, es aber aus irgendwelchen Gründen nicht preisgibt.«

Ilona Strabach zieht die Stirn in Falten und überlegt. Dabei kommt sie aber keinen Zentimeter weiter, weil ihr das alles irgendwie nach einem absurden Drehbuch für einen TV-Thriller klingt. »Warum sollte er das tun?«, fragt sie also.

»Schwinka ist durch halb Deutschland gewandert. Überall tauchte er auf, wenn es spektakuläre Fälle zu lösen gab. Irgendwann präsentierte er die Lösung, wurde gefeiert wie Spiderman, packte seine Siebensachen und zog weiter. Ist das nicht merkwürdig?«

»Warum?«

»Vielleicht hat er jedes Mal an den Ermittlungen gedreht, unlautere Sachen veranstaltet, gegen geltendes Recht verstoßen oder womöglich durch eigenes Eingreifen die Fälle noch spektakulärer gemacht. Am Ende kann man dann als leuchtender Held dastehen.«

»Und was hat das mit uns zu tun?« Ilona Strabach weiß beim besten Willen nicht, worauf Neumann hinauswill.

»Möhrickes Tod war unspektakulär«, sagt Michael Neumann und setzt sich dabei etwas mehr auf. Er beginnt, seine Worte gestenreich zu unterstützen. »Daraus lässt sich nichts machen, womit sich der Wunderpolizist Schwinka ins Rampenlicht bugsieren könnte. Ich glaube immer noch nicht an Mord. Nun gut, Jan Möhricke hat dieses Eisenhutzeug geschluckt. Aber vielleicht ist er nur versehentlich mit der Pflanze in Berührung gekommen.«

»Eisenhut? Daran ist er gestorben? Wie furchtbar …«
Ilona Strabach schaut vor sich hin und scheint nachzudenken.

»Ach ja, das weißt du noch gar nicht …«, sagt Neumann. Das hatte er eigentlich nicht preisgeben wollen. »Das ist Täterwissen, also rede nicht darüber!«

Strabach schüttelt den Kopf. »Und was ist mit Helmar Tröger? Wie passt der in deine Theorie?«, fragt sie dann.

»Vielleicht geht der schon auf Schwinkas Konto?«

»Aber du hast doch gerade gesagt, du möchtest Schwinka nicht unterstellen, selbst etwas mit den Morden zu tun zu haben.«

»Vielleicht ist das nur so eine Redensart …«

Strabach wirkt beunruhigt. Sie atmet schwer, und ihre Augen wandern hin und her, ohne etwas im Raum zu sehen.

»Okay.« Neumann sitzt jetzt noch aufrechter. »Lass es mich frei heraus formulieren: Ich halte es für möglich, dass dieser Schwinka den Unglücksfall mit Möhricke benutzt hat, um einen spektakulären Mordfall zu inszenieren.«

Strabachs Gedanken überschlagen sich. Sie hat Gespräche mit dem Ermittler vor ihrem geistigen Auge, ruft sich Aussagen einiger Schauspieler in Erinnerung und versucht dabei krampfhaft, irgendwie dem Szenario von Neumann zu folgen. Plötzlich löst sich ihre Anspannung. »Blödsinn!«, sagt Strabach. »Ich kann mir so etwas nicht im Geringsten vorstellen. Schon allein deshalb nicht, da es für Schwinka schier unmöglich wird, irgendwann einmal einen Täter zu präsentieren, wenn er da selbst mit drinhängt.«

»Da gibt es sicher Wege ...«, entgegnet Neumann. Er wüsste im Moment zwar keine. Aber man kann nie wissen. »Ich habe dafür gesorgt, dass diesem Emporkömmling mal tüchtig auf den Zahn gefühlt wird.«

Strabach schreckt auf: »Was hast du? Wie denn?«

»Ich habe der Presse einen anonymen Hinweis gegeben.«

»Was für einen Hinweis? Bist du nicht ganz bei Sinnen?«

»Wieso denn? Es ist doch gar nicht so schlecht, wenn dem Typen mal jemand auf die Finger guckt ...«

»Hast du sie nicht alle?« Ilona Strabach springt auf. »Wir bringen uns fast um, dass die Medien so wenige Details wie möglich geliefert bekommen, damit sie uns die Festspiele nicht zerschießen – und du, vom Ehrgeiz zerfressener Hilfspolizist, gibst der Presse anonyme Hinweise?«

Auch Michael Neumann ist aufgesprungen. »Entschuldige mal! Wie titulierst du mich? Ich habe in deinem Sinne gehandelt ... und dann so was?«

Strabach weicht von Neumann einige Schritte zurück. »In meinem Sinne?« Sie wird lauter, als man es von der sonst so ausgeglichenen Intendantin gewohnt ist. »Was weißt du denn, welchen Sinnes ich bin? Du kannst doch der Presse nicht anonyme Hinweise geben. Welche Hinweise denn? Was hast du denen denn geschrieben?«

Neumann ist ebenfalls aufgebracht: »Ich habe auf die unsägliche Ermittlungstätigkeit dieses Schwinkas aufmerksam gemacht, die auch den dritten Toten nicht verhindern konnte ...«

»Wie bitte?« Ilona Strabach dehnt das »Wie«, was das Ansteigen ihrer Wut dokumentiert. »Du hast denen von dem dritten Toten geschrieben. Was bilden Sie sich überhaupt ein, Neumann? Medien informiere immer noch ich. Und nicht umsonst habe ich dazu eine Absprache mit der Staatsanwaltschaft getroffen. Mir ist es immer darum gegangen, bei all den Tragödien Schaden von den Festspielen abzuwenden. Und da kommen Sie daher und spielen Gerechtigkeitsfanatiker? Was haben Sie denn für ein krankes Ego? Ich kann Ihnen nur raten, das wieder in Ordnung zu bringen, sonst …!« Ilona Strabach unterbricht ihren Redeschwall, den sie fast keifte.

»Was ›sonst‹?« Neumann stellt die Frage lauernd wie ein Raubtier, das nur darauf wartet, dass seine Beute eine falsche Bewegung macht.

»Ich möchte Sie bitten, jetzt zu gehen!«, sagt die Intendantin, die die bedrohliche Atmosphäre spürt.

»Was ist mit ›sonst‹ gemeint?« Der Polizist wiederholt die Frage mit einem gefährlichen Unterton.

»Nichts«, sagt Strabach ruhig, »ich war wütend. – Bitte gehen Sie jetzt! Vielleicht sollten wir morgen noch einmal in Ruhe über das Problem sprechen, wenn wir unter Umständen schon wissen, wie die Presse auf Ihr Schreiben reagiert.« Ilona Strabach versucht das Feuer aus der Situation zu nehmen. Sie fürchtet sich vor Neumann, mit dem sie sich ganz allein in dem Bürogebäude befindet.

»Drohst du mir?«

»Nein, das tue ich nicht … Ich war aufgeregt.«

Michael Neumann war für einen Moment drauf und dran, die Intendantin niederzuschlagen. Er ist da auch gar nicht zimperlich. Schon als Jugendlicher hatte er den Ruf eines Schlägers weg. Allerdings kam er immer um eine Anzeige wegen Körperverletzung herum, sonst hätte es mit der Polizeikarriere auch nicht geklappt. Dieser Jähzorn in Augenblicken, in denen er sich beleidigt oder bedroht fühlt, ist aber geblieben. Er kann damit jetzt aber halbwegs umgehen. Als Strabach jedoch die Schimpftirade über ihn ergoss und in ihren Worten sogar Drohungen mitschwangen, hätte er sich beinahe vergessen. »Du solltest dir gut überlegen, was du zu mir sagst!« Neumann hat die Intendantin fest im Blick und spricht ganz ruhig: »Und du solltest dir obendrein genau überlegen, was du tust! Wie du deinen Laden führst, ist mit vollkommen gleichgültig. Und es ist mir auch egal, wie du mit etwaigen Presseanfragen umgehst. Sollte ich aber mitbekommen, dass du irgendwie versuchst, mir Schaden zuzufügen, stehe ich wieder auf der Matte. Und dann kannst du dich frisch machen!«

Ilona Strabach kommt sich gerade vor, als befände sie sich in einer Parallelwelt unter Achtklässlern. Das ist so ein primitives Gehabe. Das, was dieser Polizist da ausspricht, ist doch nicht etwa die Ankündigung, sie verletzen oder gar töten zu wollen? Wer steht denn da vor ihr? »Lassen Sie uns das bitte beenden!«, sagt Strabach. Ihr ist heiß geworden. Und sie hat die blanke Angst gepackt. »Ich werde nichts zu Ihrem Nachteil unternehmen, Herr Neumann.«

»Wieso Siezen wir uns jetzt wieder?«

»Es ist vielleicht besser so …«

Michael Neumann schweigt und schaut die Intendantin durchdringend an. Was soll er tun? Sich darauf verlassen, dass sie niemandem von seinen kleinen Dienstleistungen erzählt? Käme das nämlich raus, wäre es vorbei mit dem Polizeidienst. Ihm schwant, dass er an irgendeiner Stelle einen Riesenfehler gemacht hat. Er hätte ihr nicht von seinem anonymen Brief erzählen sollen. Vielleicht wäre es besser gewesen, gleich ganz über seinen Verdacht in Richtung Schwinka zu schweigen. Ach, selbst dieser Person die Vernehmungsprotokolle zuzuspielen, war Blödsinn. Zum einen hatte es niemandem etwas genützt, zum anderen sieht er jetzt ja, was dabei rausgekommen ist.

Ilona Strabach schweigt ebenfalls. Ihr Atem geht flach und schnell. Sie vermeidet es, dem Polizisten direkt ins Gesicht zu schauen. Im Moment möchte sei einfach nur, dass er geht. Und dann will sie nie wieder etwas mit ihm zu tun haben. Im Stillen schwört sie sich auch, Neumann nicht zu verraten, denn dessen Reaktion war furchteinflößend gewesen. ›Manchmal bin ich viel zu selbstsicher‹, denkt sie. ›Wie kann ich glauben, dass jeder halbwegs normal tickt. Manche Leute wirken im Alltag völlig umgänglich, sind aber in Wirklichkeit wahre Monster.‹ Für einen kurzen Augenblick denkt sie, dass dieser Neumann vielleicht sogar etwas mit den Morden in Ralswiek zu tun haben könnte. Diese Idee verscheucht sie aber sofort wieder, denn der Mann sagt etwas.

»Nun gut. Wir sind erwachsene Menschen. Und da ich davon ausgehe, dass jeder von uns möchte, dass es ihm gut geht, werden wir auch nichts tun, was dem jeweils anderen zum Nachteil gereichen könnte. Habe ich recht?«

»Absolut«, sagt Strabach freundlich, »wir hatten ein Arrangement. Und ich bin sehr dankbar für die Hilfe. Aber manchmal entstehen Missverständnisse, die eine weitere Zusammenarbeit behindern. Wenn alles vorbei ist, lachen wir vielleicht darüber.« Ilona Strabach vermeidet jede Anrede, um Neumann nicht etwa noch ein weiteres Mal zu provozieren. Und die verbalisierte Aussicht auf eine Versöhnung soll ihr Gegenüber besänftigen. Das scheint auch zu funktionieren.

»Lassen Sie uns die Tage wenigstens telefonieren!«, sagt Neumann. Er braucht den Kontakt zu der Intendantin, um auf dem Laufenden zu bleiben. Wenn er nicht mitbekäme, was sich seitens der Medien tut, verlöre er über den weiteren Verlauf die Kontrolle. Und das würde ihm seinen Feldzug gegen Schwinka erschweren – wenn nicht gar unmöglich machen.

»Lassen Sie uns telefonieren! Meine private Handynummer ist ja bekannt.«

»Habe ich«, entgegnet Neumann ruhig. »Ich bedaure es sehr, dass es zu diesem Konflikt gekommen ist. Das hätte nicht sein müssen.«

»Ja, vermutlich nicht … Aber wir sollten warten, bis sich die gesamte Situation entspannt hat. Dann können wir uns mal wieder zu einem Kaffee treffen.« Strabach will nur noch, dass Neumann geht. Jetzt würde sie ihn sogar umarmen und küssen, wenn das nur dazu führen würde, dass er sich endlich verabschiedet.

»Über das, was wir besprochen haben, wahren Sie Stillschweigen!« In dem Satz des Polizisten schwingt wieder etwas Bedrohliches mit.

»Auf mich ist diesbezüglich Verlass. Kein Wort kommt über meine Lippen.«

Michael Neumann schaut die Intendantin an und schweigt. Er steht da, als dächte er darüber nach, doch noch eine Entscheidung treffen zu wollen, die diese Begegnung völlig anders ausgehen lässt, als von Ilona Strabach erhofft.

Quälende Sekunden vergehen. Ihre Blicke treffen sich, Neumanns Augen sind unergründlich, Strabach versucht ein Lächeln. Es ist so still, dass beide deutlich die Bühnenarbeiter beim Aufräumen hören.

›Da draußen ist alles wie immer‹, denkt Strabach. ›Selbst wenn ich schreien würde, keiner könnte mich hören.‹

»Gut. Ich verlasse mich auf Sie. Und ich nehme unsere täglichen Telefonate als Garant dafür, dass Sie Ihr Versprechen halten.«

»Gut, vielen Dank!« Strabach zögert, dann sagt sie aber: »Ich wünsche eine gute Nacht.«

»Ich auch«, entgegnet Neumann. Der Polizist dreht sich langsam um, geht zur Tür, um dort kurz zu verharren.

Für Ilona Strabach ist das noch einmal ein Augenblick der Qual.

Schließlich drückt Neumann die Klinke und geht.

Die Intendantin geht um den Schreibtisch herum und sinkt in ihren Stuhl. Sie birgt das Gesicht in ihre Hände und schluchzt, ohne Tränen zu vergießen. ›Was für ein gefährlicher Mann!‹, denkt sie noch.

40

Vorschusslorbeeren

Als ihn der Anruf von Staatsanwalt Pjotr Dückert erreicht, hält sich Schwinka gerade in der Rechtsmedizin in Greifswald auf. Die Leiche von Lutz Pioch weist keine Spuren von Gewaltanwendung auf, auch kann bestätigt werden, dass er erfroren ist. Verabreicht wurde ihm davor die Partydroge GBH. Vermutlich war Pioch davon derart benommen, dass er sich ohne Widerstand auf dem Rollgitterwagen in die Kühlzelle hat fahren lassen. Die Mediziner konnten die 4-Hydroxybutansäure im Blut nachweisen, über den Todeszeitpunkt sagte das aber herzlich wenig. Denn da der Mann praktisch eingefroren war, hielten sich in seinem Körper fremde Substanzen sowieso länger als üblich. So soll Pioch irgendwann in den Samstagabendstunden ums Leben gekommen sein. Eine Selbsttötung liege im Bereich des Möglichen, wurde allerdings als absolut unwahrscheinlich angenommen.

Dückert zitierte Schwinka und Schobel nach Stralsund. Es gäbe Gesprächsbedarf zu den Ermittlungsfortschritten, hatte er begründet. Am späten Nachmittag waren die beiden Polizisten dort eingetroffen.

»Ich kenne Ihre Erfolge, Herr Schwinka«, setzt Dückert zu einem Monolog an, als sich die Kriminalpolizisten gesetzt haben, »ich weiß natürlich auch um Ihre außergewöhnliche Ermittlungstätigkeit. Allerdings können Vorschusslorbeeren nicht ewig der Garant für Erfolg sein. In Ihrem Beruf muss man sich immer wieder neu beweisen. Das wissen Sie so gut wie ich. Und angesichts der sensiblen Örtlichkeit liegt allen daran, so schnell wie möglich einen Täter präsentieren zu können. Als ich mit diesem Fall betraut wurde und las, dass Sie die Ermittlungen leiten, war ich ausgesprochen froh. Denn ich versprach mir eine schnelle Aufklärung. Natürlich kann ich keine Wunder erwarten, dass aber ausgerechnet unter Ihren Augen ein weiterer Mord passiert, ist jedoch ein herber Rückschlag. Logisch, dass irgendwann die Öffentlichkeit darauf aufmerksam werden würde und sich für die Ermittlungserfolge interessiert. Was jetzt geschehen ist.«

Da Dückert eine Pause macht, hält Karsten Schwinka es für angebracht, kurz etwas zu äußern. »Wäre unter meinen Augen jemand zu Tode gekommen, wie Sie sagen, hätten wir Ihnen den Täter längst präsentiert«, sagt er gelassen. »Und dass die Presse anfängt zu nerven, war zu erwarten. Wo ist das Problem?«

»Bitte unterbrechen Sie mich nicht, Herr Schwinka!«, entgegnet Dückert spitz und setzt an, um fortzufahren.

»Ich habe Sie nicht unterbrochen, Herr Dückert. Sie haben eine Pause gemacht, was in der für die westliche Welt typischen Konversation ein Signal ist, dass man in den Dialog treten kann. Also?«

Dückert stutzt kurz. »Es geht nicht um eine normale Presseanfrage«, sagt der Oberstaatsanwalt, ohne auf den Einwurf des Polizisten zu reagieren. Allerdings hätte er auch nichts zu sagen gewusst. »Vielmehr ist ganz klar darauf abgezielt worden, dass es unter ihrer Führung Pannen gegeben haben muss, die weitere Todesopfer zur Folge hatten und Fortschritte bei den Ermittlungen verhinderten.«

»Aha«, sagt Schwinka, »und wie sehen Sie das?«

»Wenn Sie mir sagen können, warum es nicht vorangeht, sage ich Ihnen, wie ich das sehe.«

Schobel lacht leise auf und schüttelt den Kopf.

»Was ist so lustig, Herr Schobel?«, fragt Dückert energisch.

»Nichts, Herr Staatsanwalt«, entgegnet der Polizist lächelnd.

»Vielleicht schießen Sie einfach ein bisschen schnell, Herr Oberstaatsanwalt«, wendet Schwinka ein.

»Wie meinen Sie das?«

»Kennen Sie die Ergebnisse aus der Rechtsmedizin zum Todesfall Pioch?«

»Nein, noch nicht.«

»Sehen Sie, das ist zum Beispiel ein Fortschritt der Ermittlungen. Denn um für weitere Befragungen gewisse Schlüsse zu ziehen, ist es für einen Kriminalisten wichtig zu wissen, woran, wann und wie ein Mensch gestorben ist. Sonntag wurde Pioch gefunden, heute, am Dienstag wissen wir bereits alles über seinen Tod.«

»Das kann ich später nachlesen«, sagt Dückert wieder energisch, obwohl er hinter seinem klobigen Schreibtisch fast etwas verloren wirkt. »Mich interessiert vielmehr, wie es dazu kommen konnte, dass Pioch just in der Zeit zu Tode kam, in der sie sich vor Ort aufgehalten haben.«

»Nun, Herr Dückert, ich habe keine Ahnung, was Sie annehmen lässt, wir seien in Ralswiek gewesen, als Pioch starb.

Aber eines kann ich Ihnen versichern: Kein Mensch hätte seinen Tod verhindern können.«

»Warum sind Sie sich da so sicher?«

»Weil ich meine Hausaufgaben mache. – Jetzt etwas für Ihr internes Protokoll: Lutz Pioch hat Helmar Tröger ermordet. Das ist keine Annahme, sondern Ergebnis unserer Ermittlungstätigkeit. Das war uns bereits am Sonnabend bekannt, weshalb wir beim Bereitschaftsrichter einen Haftantrag für Pioch stellten. Das können Sie in den Unterlagen finden. Damit ist ein Mord aufgeklärt und der Täter gefunden. Bedauerlich, dass der zu Tode gekommen ist. Wenn Sie aber unbedingt möchten, können Sie uns sagen, welches Tempo wir bei den Ermittlungen in diesem Fall anzuschlagen haben.«

Pjotr Dückert ist konsterniert. Dass Schwinka einen Haftantrag gestellt hat, ist ihm nicht bekannt. Und ihm wird klar, dass er sich nicht ausreichend auf dieses Treffen vorbereitet hat. Ihm ist der persönliche Aspekt dieses Gesprächs im Moment auch gar nicht mehr so wichtig. »Lutz Pioch hat Helmar Tröger ermordet? Das ist ja ein Ding! Kennen Sie das Motiv?«

»Nur so viel, Herr Dückert«, setzt Schwinka an, »Pioch ist vermutlich ein Zufallstäter. Hinter den Morden scheint jemand anderes zu stecken. Im Moment kann ich Ihnen über das Motiv des Hilfskochs noch nichts sagen. Wenn Sie uns aber unsere Arbeit machen lassen, ohne uns mit der Stechuhr im Nacken zu stehen, werden wir Ihnen bald eine Lösung präsentieren können.«

»Die Redaktion in Bergen hat einen anonymen Brief bekommen«, gibt Dückert preis, der jetzt versöhnlicher gestimmt ist. »Darin wird Ihnen schwere Nachlässigkeit vorgeworfen – sagt zumindest der Redakteur, der mich angerufen hat. Ich bin eigentlich überzeugt davon, dass es keine Nachlässigkeiten gibt. Aber vielleicht sollten Sie bei Ihren Ermittlungen ein wenig vorsichtiger sein, Herr Schwinka!«

»Nun, das werde ich sicher nicht«, reagiert der Chefermittler. »Ich habe mich noch nie darum geschert, wie die Presse, Politik oder einflussreiche Wirtschaftsleute meine Ermittlungen beurteilten. Wer sich von so etwas beeinflussen lässt, verliert das Ziel aus den Augen. – Und seien wir mal ehrlich: Welchen Wert hat solch ein anonymer Brief? Es geht doch eindeutig darum, mich zu beschädigen oder die Ermittlungen zu behindern. Sagt Ihnen das nicht eigentlich, dass wir auf dem richtigen Weg sind, Herr Oberstaatsanwalt?«

»Sie sind es nicht, der Rede und Antwort stehen muss«, knurrt Dückert. »Somit können Sie hier leicht daherreden.«

»Meine Güte, Herr Dückert! Sie haben sich doch ausdrücklich die Pressearbeit vorbehalten. Also müssen Sie sich auch in solch einer Situation das Passende einfallen lassen! Und ich glaube nicht, dass Ihre Absprache mit der Intendantin einer passenden Reaktion auf die Anfrage der Bergener Redaktion im Wege steht.« Das hat gesessen. Schwinka hat etwas angesprochen, das der Staatsanwalt eigentlich in einem Unter-vier-Augen-Gespräch geklärt hat. Und der Ermittler war mit seinen Worten nicht einmal angriffslustig oder vorwurfsvoll. Er wollte es nur erwähnt haben.

»Nun gut«, Dückert macht eine Pause und schaut von Schwinka zu Schobel und von dem wieder zu Schwinka.

»Machen Sie keine Fehler, Herr Schwinka!«, sagt er und zieht tadelnd die Stirn in Falten.

›Ja, das muss er jetzt sagen‹, denkt der Oberkommissar. ›Was soll's? Wenn er sich besser fühlt.‹ – »Seien Sie versichert, dass alles nach Recht und Gesetz läuft und wir Ihnen schon bald den Schuldigen präsentieren werden.«

›Oh, hat er sich da nicht ein bisschen weit aus dem Fenster gelehnt?‹, denkt Schobel, der nach dem jetzigen Ermittlungsstand eher noch mit einem weiten Weg rechnet. Und über die Brücke, dass Schwinka nicht auch zu unlauteren Mitteln greifen würde, um an Informationen zu gelangen, würde er auch nicht unbedingt gehen.

Als die beiden Polizisten wieder im Auto sitzen und zurück nach Bergen fahren, reden sie über den anonymen Brief.

»Wer kann ein Interesse daran haben, so etwas zu schreiben? Der Täter?«, fragt Schobel.

»Sehr unwahrscheinlich«, sagt Schwinka. »Mörder, die aus ihrer Deckung kommen und mit der Öffentlichkeit kommunizieren, haben ausschließlich sich selbst im Fokus. Denen ist die Reputation der ermittelnden Polizisten egal. Sie wollen mit Informationen an die Presse Ermittler vielleicht auf eine falsche Fährte locken, meist geht es Ihnen aber um den eigenen Ruhm. – Ich sehe hier andere Ziele. Und damit kommen automatisch ganz andere Leute infrage. Die Festspielleitung zum Beispiel. Das wäre aber dumm, und Strabach halte ich absolut nicht für dumm. Ich habe da einen ganz anderen Verdacht. Aber der ist eigentlich nicht von Bedeutung.«

41
Brückenmonster

Während in Anklam und Greifswald bei der Auswertung sämtlicher Spuren aus Ralswiek mit Hochdruck gearbeitet wird, werten im Bergener Revier die Leute von der SoKo Vernehmungsprotokolle und Daten aus. Der Druck der Öffentlichkeit – unabhängig von der durch den anonymen Brief losgetretenen Recherche – ist immens. Wer die Störtebeker Festspiele bisher immer noch für eine triviale Unterhaltungsshow für eine eingeschworene Piratenfangemeinde hielt, wird jetzt eines Besseren belehrt. Mittlerweile haben alle überregionalen Zeitungen und auch die wöchentlichen Nachrichtenmagazine das Thema für sich entdeckt. Um halbwegs im zeitlichen Konkurrenzrahmen zu bleiben, wurden die meisten Beiträge mit offiziellen Verlautbarungen, schnell herantelefonierten Aussagen von mehr oder weniger engen Freunden Helmar Trögers und wilden Spekulationen zusammengeschustert.

Als allerdings die Ostsee-Zeitung am Mittwoch den Tod von Lutz Pioch verkündet, gibt es kein Halten mehr. Schon am Nachmittag fallen Heerscharen von Journalisten über Ralswiek her. Die wieder eingerichtete Sperrung an der Abfahrt von der B96 aus zeigt nur noch wenig Wirkung. Die Medienvertreter suchen sich andere Wege – und stoßen bis zum Büro von Intendantin Ilona Strabach vor.

Karsten Schwinka hat bereits am Dienstag die Absicherung des Störti inklusive aller Nebengelasse verlängert. Und da, wo es mit tausenden Anstand und Respekt wahrenden

Fans ein leichtes Spiel war, wird es mit den 20 bis 30 Journalisten zu einer Tortur. Schwinka und Schobel müssen am späten Nachmittag sogar ihre Ermittlungsrunde, die sie zu Bekannten und Freunden von Lutz Pioch führte, abbrechen, um in Ralswiek unter Umständen Recht und Ordnung durchzusetzen.

Als die beiden Kriminalisten auf dem Parkplatz vorm Störti ankommen, sehen die zwei Polizisten im Streitgespräch mit vier Presseleuten. Und dass es sich um einen Streit handelt, ist an der Körpersprache der Zivilisten deutlich zu erkennen.

»Sie haben doch alle Möglichkeiten, sich bei offiziellen Stellen zu informieren«, sagt einer der beiden Beamten im ruhigen Ton. Er ist mit seinen gut 1,90 Meter Körpergröße, der Kurzhaarfrisur und dem Fitness-Center-gestählten Körper durchaus respekteinflößend.

»Ihre sogenannten offiziellen Stellen haben wir zur Genüge kontaktiert. Da bekommt man immer nur denselben Sermon aufgetischt«, schimpft einer der Journalisten. Es ist ein schmächtiges Männchen mit blasser Haut und schütterem Haar. Die riesige Kamera mit dem monströsen Teleobjektiv, die er vor den Brust trägt, scheint ihm etwas zu schwer zu sein, steht er doch ein wenig nach vorn geneigt vor den Polizisten. »Es ist unser gutes Recht, hier vor Ort Informationen zu erhalten«, schlägt er einen aggressiven Ton an. »Wir haben es bei Helmar Tröger um eine Person der Zeitgeschichte zu tun, die Festspiele sind von großem öffentlichen Interesse. Oder haben Sie etwas zu verbergen?«

»Sie haben den Nagel auf den Kopf getroffen«, sagt Karsten Schwinka mit fester Stimme. Er ist just in diesem Moment mit Schobel bei der diskutierenden Gruppe angekommen.

»Sag ich doch«, nimmt der Mann mit dem riesigen Fotoapparat Schwinkas scheinbare Unterstützung an. »Also versperren Sie uns hier nicht wie zwei Torwächter den Weg! Wie haben die Pflicht, unsere Leser umfassend und wahrheitsgetreu über das aktuelle Geschehen zu unterrichten …«

»Wer sind Sie denn?«, fragt ein anderer Journalist etwas verächtlich die beiden Neuankömmlinge. Dieser etwas korpulente Mann um die 50 Jahre hat die Ironie in Schwinkas Worten sehr wohl herausgehört.

»Ich bin der, der hier die Ermittlungen leitet, und möchte Sie bitten, meine Kollegen nicht weiter zu belästigen!«, sagt Schwinka. »Die machen ihre Arbeit gut und richtig und haben es definitiv nicht nötig, Ihnen irgendeine Art von Rechenschaft abzulegen. Informationen gibt es schon gar nicht.«

»Und das haben Sie zu sagen?«, wirft die einzige Frau in der Runde dem Polizisten entgegen. »Ich glaube, dass da die Staatsanwaltschaft ein Wörtchen mitzureden hat.«

»Ich sage Ihnen, junge Frau: Unterlassen Sie die Versuche, Polizeibeamte auszufragen! Und kommen Sie mir nicht auf die Idee, in die Gaststätte eindringen zu wollen! Ich garantiere für nichts.« Und an die beiden Polizeibeamten gewandt, sagt Schwinka: »Sie müssen den Herren und Damen nicht Rede und Antwort stehen. Und sollte jemand versuchen, mit Gewalt an Ihnen vorbeikommen zu wollen – seien Sie nicht zimperlich!«

Ein lautstarkes Durcheinander der Stimmen der Medienleute ist die Folge. Sie machen ihrer Empörung Luft, drohen mit Beschwerden bei irgendwelchen Vorgesetzten und stellen fest, dass es mit der Polizeiwillkür in unserer Demokratie mittlerweile schon soweit gekommen ist wie in den USA.

Schwinka und Schobel wenden sich ab und gehen zu den Buden im Versorgerpark auf dem Festspielgelände. Hier ist noch nichts los. Die Stände werden immer erst kurz vorm Einlass vorbereitet. Also setzen sich die beiden Polizisten an einen der Tische, an denen ab heute Abend wieder unzählige Störtebeker-Fans Bier trinken oder Bratwurst essen werden. »Nach dem, was wir da heute herausbekommen haben, war Pioch zwar kein Kind von Traurigkeit. Aber viel Mist scheint er noch nicht gebaut zu haben«, fasst Danilo Schobel die neuen Ermittlungsergebnisse zusammen.

»Dass er noch nie so recht eine feste Freundin hatte, gibt mir zu denken«, lenkt Schwinka das Gedankenspiel in eine bestimmte Richtung.

»Warum?«, will Schobel wissen.

»Ich kann mir vorstellen, dass so jemand empfänglich für weibliche Schmeicheleien ist. Er ist mit Anfang 20 in einem Alter gewesen, wo es in manchen Cliquen zum guten Ton gehört, mit Weibergeschichten auftrumpfen zu können. Konnte er das nicht, dürfte sich bei ihm einiges aufgestaut haben. Ich kann mir vorstellen, dass ein Kerl wie er dann so ziemlich jede Gelegenheit mitnimmt, um an ein Mädchen zu kommen.«

»Und du meinst, ihn hätte deshalb eine besonders attraktive Person um den Finger wickeln können?«

»Halte ich für möglich.«

»Aber dann gleich für einen Mord instrumentalisieren? Ist das nicht ein bisschen doll?«

»Unser Hilfskoch Pioch konnte anscheinend sehr aufbrausend sein«, erwidert Schwinka. »Das ist zwar noch nicht unbedingt eine Bedingung, um zu einem Mord in der Lage zu sein. Aber wer weiß, in welchem emotionalen Zustand sich der Mann befand, als er Tröger den Hammer in den Schädel rammte. Wir müssen davon wegkommen, dass es hier um eine Dreiecksbeziehung ging, wo der eine auf den anderen eifersüchtig war und wegen eines gebrochenen Herzens aus Leidenschaft tötete. Da steckt mehr dahinter. Pioch scheint geradezu verrückt gewesen zu sein. Und in diesen Zustand wurde er von jemandem versetzt. Das ist jemand, der es draufhat, der ganz genau weiß, welche Knöpfe er bei wem drücken muss. Verstehst du, was ich meine?«

»Ja, ich denke schon«, meint Schobel. »Manipulation durch und durch – mit Köpfchen und Körpereinsatz.«

»So ungefähr.«

Mechthild Sauer taucht auf. Sie geht gerade durch jenes Tor, das in den von der Polizei freigegebenen Bereich des Störti-Komplexes führt. Als sie die beiden Polizisten sieht, stutzt sie kurz. Und vermutlich wäre sie auch viel lieber wieder zurückgegangen. Aber womöglich hätte das Argwohn erregt. Also setzt sie die eingeschlagene Richtung fort und kommt zwangsläufig an dem Tisch mit dem Ermittlerduo vorbei.

»Hallo Frau Sauer, schön Sie zu sehen!«, sagt Danilo Schobel, der sich mit der Kellnerin besonders gut versteht. »Wollen Sie sich nicht ein klein wenig zu uns setzen?«

Mechthild hätte Schobel liebend gern Gesellschaft geleistet. Den kann sie richtig gut leiden. Wenn allerdings der andere dabei ist, wird es wohl nur in einer Befragung ausarten. Sich dem zu entziehen, hält sie aber für ebenso auffällig, wie vorher die Versuchung, wieder umzukehren. »Ja, das kann ich gerne tun«, sagt sie deshalb und nimmt an der Stirnseite des Tisches Platz. Dadurch hat sie sich aber in einer eher unangenehme Situation begeben, da sie genau zwischen Schwinka und Schobel sitzt.

»Schlimme Zeit gerade«, beginnt Schobel, als wollte er nur ein wenig plaudern.

»Das ist es wirklich«, sagt Sauer, die für sich wohl gerade ihre missliche Position analysiert, denn sie schaut immer wieder abwechselnd mal auf Schobel, dann wieder auf Schwinka.

»Dass mit dem Pioch ist eine merkwürdige Sache, finden Sie nicht auch?«, setzt Schobel die Unterhaltung fort.

»Ja, das finde ich auch«, entgegnet sie. Sauer ist froh, dass Schobel mit ihr redet und nicht Schwinka.

»Warum ist ihm so etwas zugestoßen? Können Sie sich das erklären?«, fragt der Polizeihauptmeister weiter.

»Wir haben uns alle gewundert«, entgegnet die Kellnerin. »Dass unter den Schauspielern mal etwas passieren könnte

– darüber haben alle immer Witze gemacht. Dass aber einem von uns so etwas passiert …«

»Hatte Pioch mit jemandem Streit?«

»Ich wüsste nicht. Nun, Lutz hat seit dem Tod von Jan Möhricke ziemlich viel Stress verbreitet. Er hat immer sehr darauf geachtet, dass die Mädchen nicht so viel mit Gästen über den Toten reden. Oder, dass sie nicht so viel der Polizei erzählen. Aber Sie wissen selbst, dass der Lutz ziemlich einfach gestrickt war. Und deshalb haben wir darüber eher gelacht.«

»Hatte er eine Freundin?«

»Der Lutz? Nee, das glaube ich nicht. Er hatte so seine Favoritinnen. Er mochte die Burgner total. Auch von der Elli hat er ab und zu geschwärmt.«

»Wer ist Elli?«, hakt Schobel nach.

»Die Eliska … Aber bei der hätte er nie eine Chance gehabt. Die soll ab und zu was mit Schauspielern angefangen haben.«

»Ach, die also auch?«, fragt Schwinka dazwischen.

»Wieso ›auch‹?«, wundert sich Sauer.

»Silvie ist mit Jaukner und war mit Möhricke zugange, die Burgner bekommt Avancen von Pedro Puls, dem Regisseur, – fragt sich, für wen Sie sich entschieden haben«, bleibt Schwinka dran.

»Oh, da kennen Sie sich aber schon ziemlich gut aus«, lächelt die junge Frau. Und mit einem Seitenblick auf Schobel: »Mich können Sie da aber rauslassen! Ich halte nichts von diesen Techtelmechteln untereinander.«

»Hat Eliska Hermanova aktuell irgendetwas zu laufen?«

»Ich bin mir da nicht sicher.«

»Egal, verbreiten Sie ruhig Gerüchte!«, ermutigt Schwinka sie amüsiert. »Sie werden auf diesem Gelände keine weiteren zwei Personen finden, bei denen Gerüchte einfach versickern und diese garantiert nicht weitertragen.«

»Nun, es heißt, sie hätte was mit Goedeke gehabt …«

»Sie meinen Helmar Tröger?«

»Ja, den meine ich. – Aber ich will nichts behaupten, denn selbst habe ich davon nichts mitbekommen.«

»Wer hat Ihnen das denn erzählt?«, fragt Schwinka weiter.

Mechthild Sauer druckst herum. Sie faltet ihre Hände und legt sie auf die Tischplatte. Dann schaut sie unter das Dach des rustikalen Anbaus für den Ausschank. »Burgner.«

»Echt? Angelina Burgner?«, hakt Schwinka nach.

»Ja, genau die.«

»Merkwürdig …«

»Warum ist das merkwürdig?«, fragt Sauer.

»Ach, das hat nichts zu sagen.« Schwinka wirkt abwesend. Er erinnert sich daran, dass Angelina Burgner den Goedeke-Darsteller verteidigte wie kein anderer. Und jetzt behauptet diese junge Frau, dass ausgerechnet ihre Kollegin Tröger ein Verhältnis mit Hermanova unterstellt. Das passt nicht.

»Frau Sauer«, bleibt Danilo Schobel förmlich, »es wird doch sicher über die Ereignisse sehr intensiv gesprochen. Gibt es jemanden, von dem sie sagen würden, dass er vom Tod Piochs kaum berührt war?«

»Ach wissen Sie, Herr Schobel«, Mechthild Sauer scheint es wichtig zu sein, den Kriminalisten mit seinem Namen anzusprechen, »Lutz Pioch hat hier niemanden interessiert. Deshalb müssen Sie nicht denken, dass da wer weiß was für ein Theater veranstaltet wurde, als die Nachricht von seinem Ableben die Runde machte. Nach außen hin sind immer alle ganz traurig, doch untereinander lassen sie dann meist die Masken fallen. Aber, um die Frage zu beantworten, berührt hat das eigentlich kaum jemanden. – Doch wenn ich mir das recht überlege … Angelina hat geheult.«

»Die Burgner wieder«, sinniert Schwinka. Er schaut Mechthild Sauer an. »Wo wohnt Angelina Burgner eigentlich?«, fragt er.

»In Rappin.«

»Allein? Mit Freund? Bei den Eltern?«

»Ach je, ich glaube, sie wohnt bei den Eltern.«

»Hat Angelina Burgner heute Dienst?«

»Ich glaube schon, aber vor 19.30 Uhr ist die nicht hier.«

Schwinka schaut auf seine Uhr. Halb sieben. Wenn sie jetzt losfahren, erwischen sie die Frau noch – so sie denn zu Hause ist. Bis Rappin sind es knapp zehn Minuten Autofahrt. »Los Danilo, lass uns hinfahren! Wir müssen mit der Frau in ihren vier Wänden reden. – Ihnen vielen Dank, Frau Sauer! Sie haben uns sehr geholfen.«

»Ja, gerne«, sagt sie und sieht dabei Schobel an.

Der zwinkert ihr freundlich zu und gibt ihr zum Abschied die Hand.

Auf der Fahrt nach Rappin kommt Schwinka für einen kurzen Moment runter. Vielleicht liegt es daran, dass er heute Beifahrer ist, denn sie sind mit Schobels VW Passat unterwegs. Er schaut aus dem Fenster und nimmt bewusst wahr, wie schön die Insel vielerorts noch ist. Sie fahren vorbei an Weiden mit kleinen Kuhherden, hier und da befindet sich mitten in der Kulturlandschaft ein kleines Waldstück, ihnen begegnen Erntefahrzeuge, sogar eine Kutsche mit zwei kräftigen Ackergäulen. Das wirkt idyllisch, fast ein wenig vergessen. Rappin passt in dieses Bild: reetgedeckte Häuser hinter verwilderten Gärten, eine kleine Backsteinkirche, und verlässt man die Hauptstraße, kommt man leicht auf zerfahrene Feldwege.

Angelina Burgners Adresse hat sich Schwinka per SMS von Haßmann schicken lassen. Der reagiert tatsächlich immer sehr schnell, wenn die beiden Polizisten irgendeine Zuarbeit benötigen. ›Legen wir ihm das mal positiv aus‹, lächelt Schwinka bei dem Gedanken in sich hinein.

Die Burgners wohnen in einer sanierten, reetgedeckten Fachwerkkate. Der Familie scheint es gut zu gehen.

Nachdem die Kripomänner geklingelt haben, öffnet ein Mann um die 60 Jahre. Schwinka hält ihn für Angelina Burgners Vater.

»Guten Tag, ich bin Karsten Schwinka von der Kriminalpolizei Bergen. Und das ist mein Kollege Danilo Schobel«, beginnt der Chefermittler mit einer Vorstellung.

»Guten Tag!«, entgegnet der Mann etwas verhalten.

»Sind Sie Herr Burgner?«

»Nein.« – Pause

»Okay, wer sind Sie dann?«, fragt Schwinka.

»Äh, muss ich Ihnen des sagen?«

»Och, das wäre schon ganz nett«, entgegnet Schwinka. »Denn immerhin suchen wir den Herrn des Hauses.«

Bevor der Mann antworten kann, ruft eine Frauenstimme von irgendwo aus dem hinteren Bereich: »Wer ist denn da? Ist es für mich?«

Der Mann dreht sich um und ruft zurück. Dabei offenbart sich ganz deutlich eine schwäbische Zunge: »Noi Schadz, da will jemand zu deinem Vater.«

Poltergeräusche, Schritte auf einer Holztreppe – und Angelina Burgner erscheint in der Tür. »Ach, die Herren von der Kriminalpolizei«, stellt sie überrascht fest.

»Hallo Frau Burgner«, erwidert Schwinka freundlich.

»Ja, hallo…« Die junge Frau ist sichtlich nervös. Sie kratzt an ihren Handgelenk, zupft am Ärmel des Mannes neben ihr in der Tür und schaut auf die Polizisten, an ihnen vorbei, auf den Mann, der locker ihr Vater sein könnte – immer nur für Bruchteile von Sekunden. »Tja …«, sagt Burgner.

»Tja«, sagt auch Schwinka. »Wollen Sie uns nicht hineinlassen? Es gibt ein paar Dinge, über die wir unbedingt reden sollten.«

»Was isch noh los, Angelina?«, fragt sie der Grauhaarige wie aufgesagt.

»Mann, du weißt doch …«, zischt sie ihn an. Dann geht sie einen Schritt zurück und zieht den Herrn an ihrer Seite mit sich.

»Ja, bitte, kommen Sie herein! Meine Eltern sind aber nicht hier. Die machen im Sommer, wenn die ganzen Touristen da sind, Urlaub. Ich kümmere mich dann um die Ferienwohnungen.« Und als sie sieht, wie Schwinka auf den Mann schaut, fügt sie noch hinzu: »Und das ist Herr Laabs, der ist einer unserer Stammgäste.«

»Aha«, lächelt Schwinka.

Schobel grient unverschämt.

»Würden Sie uns denn mal allein lassen, Herr Laabs?!« Die Frage Schwinkas klingt eindeutig wie eine Aufforderung.

»Äh, ja … ähm, des kann i du … Du komschd zurechd, Angie?«

Burgner wird rot und nickt.

Als der Gast das Haus verlassen hat, schaut Schwinka die junge Frau an und zieht die linke Augenbraue verschmitzt nach oben. Dabei lächelt er. »Ist das Ihr Freund, Frau Burgner?« Der Ermittler macht grundsätzlich nicht viel Federlesen, wenn er etwas wissen möchte.

Die junge Frau spielt nervös mit zwei schmucklosen Fingerringen. Sie zieht sie abwechseln ab und steckt sie dann wieder auf. »Das ist mir sehr unangenehm …«, sagt Burgner kleinlaut.

»Muss es nicht«, entgegnet Schwinka. »Glauben Sie mir, es ist uns wirklich gleichgültig, mit wem Sie ihre Zeit verbringen. Wir haben Morde aufzuklären. Und nur in diesem Zusammenhang interessieren uns unter Umständen Familienverhältnisse oder eben wer mit wem eine Beziehung führt.«

»Das ist mein Freund.«

»Seit wann?«

»Schon seit letztem Jahr.«

»Da war er als Gast hier, sie verliebten sich ineinander, aber weil der Altersunterschied so groß ist, haben Sie es vor Ihren Eltern geheim gehalten«, mutmaßt der Oberkommissar.

»Ja, so ungefähr …«

»Wie haben Sie die Zeit zwischen den Urlauben Ihres Freundes überbrückt?«

Von dieser Frage ist Angelina Burgner überrascht. Sie schaut auf und unterbricht für einen Moment sogar ihr unruhiges Spiel mit den Ringen. »Äh, wieso? – Na, telefonieren, Nachrichten schreiben … Wir haben uns auch zweimal getroffen … auf halbem Wege.«

»Was arbeitet Ihr Freund?«

»Vertreter für Baumaschinen.«

»Hat er Familie?«

Wieder ist Burgner überrascht. »Wieso fragen Sie das? – Äh, nein. Natürlich nicht. Er ist geschieden. Seine Frau hat ihm jahrelang das Leben zur Hölle gemacht.«

»Und nun ist er glücklich, in Ihren Armen jene Ruhe gefunden zu haben, die er immer schon gesucht hat?«

»Äh, ja, so ungefähr.«

»Nun gut, Frau Burgner«, wechselt Schwinka das Thema, »Sie kennen die aktuelle Entwicklung? Der Hilfskoch Lutz Pioch ist zu Tode gekommen. Und wie Sie sicher den Medien entnehmen konnten, wurde wohl auch er umgebracht.«

»Ja …« Sie schluckt.

»Macht Sie das so traurig?«

»Ja, natürlich«, sagt Angelina Burgner laut und schaut Schwinka mit tränenfeuchten Augen an.

»Warum macht Sie das so traurig?«

»Soll ich mich darüber denn freuen?« Jetzt schaut sie bereits wieder verschüchtert auf ihre Hände – und schluchzt.

»Es geht nicht darum, dass Sie etwas sollen. Es geht darum, warum Sie gewisse Gefühlsregungen entwickeln. Erst recht, nachdem wir gehört haben, dass Pioch eigentlich allen ziemlich egal war.«

»Ja, das ist ja das Problem«, entgegnet sie ruhig. »Allen ist das egal. Es war auch allen egal, dass Helmar umgebracht worden ist. Und als Jan starb, sagte mancher sogar: Geschieht ihm recht!«

»Warum machen Sie dann eine Ausnahme?«

»Weiß ich doch nicht«, schluchzt sie und wischt sich mit dem Handrücken die laufende Nase ab.

»Hatten Sie ein inniges Verhältnis zu Lutz Pioch? Hat er Ihnen Persönliches anvertraut?«

»Wir haben uns ganz gut verstanden.« Wieder wischt Angelina Burgner mit der Hand ihre Nase ab.

Schobel fingert sein Stofftaschentuch hervor – auch er besitzt solch ein Teil, für den Fall, dass mal ein Beweismittel schonend verpackt werden muss – und reicht es der jungen Frau.

»Worüber haben Sie gesprochen? Hat er Ihnen auch davon erzählt, wenn er eine Freundin hatte?«

Angelina Burgner schweigt und spielt mit den Ringen an ihren Fingern. Sie schluchzt und wischt mit Schobels Taschentuch ihre Nase ab. »Der hatte nie eine …«, sagt sie.

»Und warum hat er dann mit Ihnen über Eliska Hermanova gesprochen?«

Wieder ist Angelina Burgner überrascht. »Wieso die Elli? – Er hat mir von Helmar erzählt.«

»Was hat er Ihnen von Helmar Tröger erzählt?«

»Dass er mit der Elli …« Burgner stockt, als hätte sie einen neuen Kloß im Hals. Aber es hat wohl doch eher damit zu tun, dass ihr das Thema nicht gefällt.

»Was war zwischen Tröger und Hermanova?«, fragt Schwinka energisch.

»Ich weiß es doch auch nicht«, entgegnet die junge Frau gedehnt und schaut dabei seitlich an die Wand.

»Was hat Pioch erzählt?«

»Irgend so ein Zeug … Dass Helmar die Hermanova bedrängt haben soll. Und dass sie nicht wollte, er sie aber trotzdem genommen hat …«

»Vergewaltigung?«, platzt Schobel dazwischen.

»Ich habe wirklich keine Ahnung. Vielleicht irgend so was.« Angelina Burgner windet sich wie unter der Daumenschraube.

»Wollte Pioch Hermanova beschützen?«, fragt Schwinka.

»Ich weiß es nicht. Er hat eine Zeit lang immer wieder auf Helmar geschimpft. Mehr nicht. Als der dann tot war, habe ich schreckliche Angst bekommen?«

»Warum?«

»Na, ist doch logisch.« Angelina Burgner wird lebhaft. »Da erzählt mir Lutz eben noch, was Helmar angeblich für ein schrecklicher Mensch sei, und ein paar Tage später ist er tot. Was soll ich da denn denken? So was ist doch alles kein Zufall.«

»Vielleicht«, sagt Schwinka. »Ziehen Sie aber keine voreiligen Schlüsse! Und vor allem, teilen Sie Ihren Verdacht nicht mit jedem! Es kann sein, dass Sie das alles belastet. Aber reden Sie darüber lieber mit Ihrem Freund, Ihren Eltern oder wen Sie sonst noch außerhalb des Dunstkreises der Störtebeker Festspiele haben!«

»Warum?«, fragt die Kellnerin mit großen Augen. »Hatte Lutz denn etwas mit Helmars Tod zu tun?«

»Das will ich Ihnen damit nicht gesagt haben«, antwortet Schwinka, »aber solche Geschichten, wie Sie sie uns eben erzählt haben, sorgen schnell für Unruhe. Verdächtigungen nehmen zu, Misstrauen wird gesät. Und am Ende zeigt man mit dem Finger auf Sie, obwohl Sie nur Dinge weitererzählt haben, die Sie von anderen hörten.«

Angelina Burgner starrt vor sich hin und scheint zu überlegen. »Ich glaube, Sie haben recht«, sagt sie dann. »Ich werde am besten mit niemandem mehr darüber reden. Das regt mich sowieso alles viel zu sehr auf.«

»Auf jeden Fall sind wir Ihnen sehr dankbar, dass Sie so ehrlich zu uns waren«, sagt Schwinka. »Sie müssen sich keine Sorgen machen! Und haben Sie nicht so viel Angst, Ihnen geschieht nichts.« Der Chefermittler erlaubt sich einen Hauch von Mitgefühl. Für Angelina Burgner ist das auch nicht verschwendet, findet er. Vor allem, weil sie da von irgend so einem Vertreter aus dem Westen schamlos ausgenutzt wird. Dem will er übrigens noch einmal kurz auf den Zahn fühlen. »Wohnt der spezielle Gast in einem der kleinen Bungalows hinten auf Ihrem Gelände?«, fragt er die Frau deshalb.

»Ja, in dem mit der grünen Tür. – Aber, warum fragen Sie? Was wollen Sie von ihm?«

»Nur kurz ein paar Fragen und dann sind wir weg«, verspricht Schwinka.

Als sich die Polizisten zur Eingangstür wenden, hält Angelina Burgner sie auf und macht sie darauf aufmerksam, dass der Weg durchs Haus und über die Terrasse weitaus kürzer sei. Also geht das Ermittlerduo direkt durchs Wohnzimmer. Das nimmt gut die Hälfte der zu Verfügung stehenden Fläche im Erdgeschoss ein und ist stilvoll eingerichtet. Antike Möbel dominieren. Über die Terrasse geht es auf ein Grundstück von gut 6000 bis 8000 Quadratmetern. Drei kleine Gartenhäuser sind auf diesem Areal verteilt, gleich neben dem Wohnhaus befindet sich ein Stellplatz für die Pkw der Gäste. Alle drei Nischen sind belegt. Die Kennzeichen verraten dem Oberkommissar, dass die Urlauber aus München, Stuttgart und Bremen kommen.

Während Schwinka und Schobel zu dem Bungalow mit der grünen Tür gehen, bleibt Angelina Burgner auf der Terrasse zurück. Laabs hat die Polizisten kommen sehen und tritt aus seiner Kurzzeitbleibe heraus. »Na, ischd ällas bschbrochda«, empfängt sie der betagte Herr.

»Na, Herr Laabs. Haben Sie einen schönen Urlaub auf Rügen?«, fragt Schwinka, ohne auf die Äußerung des Mannes einzugehen.

»Abr natierlich, des isch mai zwoide Hoimad«, entgegnet Laabs, der sich jetzt keine Mühe mehr gibt, seinen Dialekt abzudämpfen, um verständlich zu bleiben. »I überleg scho, ob i ned ganz hierhr ziehe, wenn i Rendnr bin.«

»Ach, das würde ich lassen«, entgegnet Schwinka amüsiert. »Die Immobilienpreise gehen auf der Insel durch die Decke, die Bevölkerung ist mürrisch und die Infrastruktur lässt zu wünschen übrig.« Etwas Wahrheit mag in den Worten des Polizisten liegen, in seinem Tonfall schwingt aber so viel Ironie mit, dass Laabs durchaus versteht, was ihm der Ermittler sagen will.

»Se möga dahana koi Fremda. Und wenn sie aus däm Weschda komma, noh scho gar ned. Hab i rechd?«

»Empfinden Sie das so? Merkwürdig. Herzlicher kann ein Empfang doch gar nicht sein«, sagt Schwinka und deutet mit dem Kopf zur Terrasse, auf der immer noch Angelina Burgner steht.

»Was soll des? Habet Sie a Broblem damid, dess Angelina ond i uns lieba? Sind Se so jemand, der bei größera Aldersunderschieda die Nase rümbfd?«

»Meinen Segen brauchen Sie dazu nicht«, antwortet Schwinka. »Ich frage mich allerdings, was Ihre Frau dazu sagt?«

Laabs stutzt und schaut den Polizisten auf Schlag etwas zorniger an. »Wollet Sie mi vor Angelina unmöglich macha?

Wohr wollet Sie den wissa, ob i verheiraded bin? Und überhaubd, was gohd Se des an?«

»Wissen Sie, Herr Laabs«, Schwinka macht eine Pause, »wir ermitteln im Moment gerade in einem Mordfall. Der Getötete kommt aus Hannover. Unsere Nachforschungen haben ergeben, dass unser Hauptverdächtiger intensive Kontakte in der Raum Stuttgart pflegte. Vielleicht kommt er sogar von dort. Da finde ich das schon bemerkenswert, dass eine der Personen, die dem Opfer über Wochen am nächsten war, einen Freund aus Stuttgart hat. Ich denke, wir werden das mal etwas genauer untersuchen. Und gewiss werden unsere Stuttgarter Kollegen dann auch Ihrer Frau einen Besuch abstatten. Das tut mir alles wahnsinnig leid, aber wir können in diesem Falle keine falsche Rücksicht nehmen.«

»Ääähm …« Laabs schaut den Polizisten verstört an und ringt nach Worten. Verstohlen schaut er dabei in Richtung Terrasse. Angelina Burgner ist zurück ins Haus gegangen.

»Höret Sie, Herr Kommissar«, Laabs kommt Schwinka etwas näher und schlägt einen vertraulichen Ton an, »I han mid ihrem Mord überhaubd nix zu dun. I bin nur dahana, um für oi baar Wocha mol oi bissle Schbaß zu han. Se wissa scho …«

»Ihren Spaß können Sie auch woanders haben!«, sagt Schwinka bestimmt. »Wenn Sie nicht wollen, dass Ihre Frau in Kürze im Rahmen unserer Ermittlungen Besuch von Kriminalbeamten bekommt, suchen Sie sich einfach eine andere Spielwiese! Haben Sie mich verstanden, Herr Laabs?«

Der Vertreter blickt Schwinka ins Gesicht. Es ist ihm anzusehen, dass es in ihm brodelt. Ihm ist klar, dass dieser Polizeimensch gerade seine Kompetenzen überschreitet. Gleichzeitig spürt er, dass ihn der Ermittler in der Hand hat. Für den ist es ein Leichtes, herauszubekommen, wo er lebt. Und seine Drohung, seiner Frau einen Tipp zu geben, würde der auch wahrmachen. ›Adiei, du Inselbaradies‹, denkt Laabs noch und sagt dann: »I glaub, i han Se mordsmäßich guad verschdanda. Und i werd mi zürüggziha. Seiet Sie abr versicherd, dess i des nur undr Brodeschd due. Se geha absolud zu weid. Und wenn i ned mai familiära Frieda schüdza müssde, würd i gegen die Überschreidung Ihrr Bfugnisse vorgeha.« – ›Und vielleichd werd i des au no dun‹, denkt Laabs noch, klemmt sich aber, es auszusprechen. Bloß nicht noch provozieren.

»Ich wusste, dass Sie ein intelligenter Mensch sind«, sagt Schwinka voll Ironie.

Als der Chefermittler und sein Kollege wieder im Auto sitzen, lacht Schobel in sich hinein. »Also Karsten, da ist dir ja eine ulkige Geschichte mit einem Hauptverdächtigen aus dem Raum Stuttgart eingefallen«, sagt Schobel grinsend. »Ich kann mich noch gut erinnern, wie du vor gar nicht langer Zeit zu unserem Staatsanwalt gesagt hast, dass alles nach Recht und Gesetz läuft.«

»Läuft es doch«, entgegnet Schwinka leise lachend. »Das war eine ermittlungstaktische Aussage. – Aber seien wir mal ehrlich: Dieser Laabs ist ein Riesenarschloch. Und von der Sorte haben wir auf Rügen genug.«

Als Karsten Schwinka nach Binz fährt, wird es bereits dunkel. Die Staus auf der B 196, die in den Sommermonaten das Inselleben stark beeinflussen, haben sich gegen Abend aufgelöst. Die Strecke zwischen der B 96 und dem Ostseebad ist die wohl am meisten befahrene Straße Rügens. Und wenn er sich an die Jahre erinnert, in denen er hier noch lebte, war er eigentlich auch ständig auf dieser Bundesstraße unterwegs. Mit wem er auch immer mitfuhr oder ob er selbst am Steuer saß – alle hatten ihre Blicke fest auf die Fahrbahn gerichtet. Es wurde geschimpft, wenn man wegen der Automassen in einen Stau fuhr, es wurde sich beschwert, wenn wieder eine Baustelle für Verzögerungen sorgte, und auch über die Fahrbahn schnellende Wildtiere galten als natürliche Feinde.

Heute Abend schaut Schwinka mehr nach links und nach rechts als nach vorn. ›Das Land ist bezaubernd‹, denkt er. ›Wenn man hier lebt, verliert man den Blick dafür.‹ Nach all den Jahren entdeckt er die Schönheit der Insel wieder neu. Natürlich hat sie ihr Gesicht verändert. Allein dieses Brückenmonster mit der sich anschließenden Inselautobahn schreit: »Massentourismus«. Das ist für Rügen eigentlich tödlich. Aber wer auf dem Eiland Geld verdienen will, dem ist Natur und Ursprünglichkeit egal. Da kann er noch so viel Kreide gefressen haben. Die Frage, ob die Insel noch zu retten ist, vermag sich Schwinka nicht zu beantworten. Aber es scheint eine ganze Menge Leute zu geben, die mit der infrastrukturellen Entwicklung Rügens überhaupt nicht einverstanden sind.

Bei diesen Gedanken fährt er auf den Parkplatz vor Nadine Pollwitz' Plattenbau. Für ein paar Augenblicke bleibt er noch im Auto sitzen. Seine Gedanken schweifen ab: zu Angelina Burgner, zu Mechthild Sauer, zu der erstarrten Frostleiche von Lutz Pioch, zu dem zertrümmerten Gesicht von Helmar Tröger, zu Ilona Strabach …

Diese Mordserie – denn nichts Geringeres ist es – bei den Störtebeker Festspielen ist eine grauenvolle Angelegenheit. Dieser Fakt geht in dem Trubel um Aufführungen, Medienumgang und Beziehungstheater manchmal unter.

Als er bei Nadine klingelt, dauert es wieder nur wenige Sekunden, bis die Aufgangstür aufsummt. Die Begrüßung ist leidenschaftlich, und das bisher übliche Geplänkel über den Tag lassen sie diesmal weg.

42

Offizielle Korrespondenzen

Der Handywecker klingelt. Die Sonne knallt ins Fenster. Es sind schon jetzt am frühen Morgen 30 Grad Celsius. Der gestrige Abend hat einen faden Beigeschmack hinterlassen, denn das Ende bei Nadine war diesmal unschön. Vor allem für ihn. Als beide nämlich kurz vorm Abschied sich scheinbar in eine Plauderei verloren, hatte Schwinka ganz nebenbei bemerkt, wie schwierig es für ihn in der derzeitigen Situation sei, eine feste Beziehung mit Zukunftsaussichten einzugehen. Der Polizist hatte versucht, dass so unverbindlich und vage wie möglich zu formulieren – Nadine reagierte darauf aber sehr empfindlich. Das ging sogar soweit, dass sie an irgendeiner Stelle meinte, sie sei nicht Schwinkas »kostenlose Mätresse«. Es hatte ihn viel Mühe gekostet, das Gespräch nicht in einen handfesten Streit ausarten zu lassen. Als er dann schließlich ging, schienen die Wogen zwar geglättet, Gewitterwolken waren am Horizont aber immer noch zu sehen. Wohin diese ziehen werden, kann er nicht einschätzen. Dazu kennt er Nadine zu wenig.

Nachdem der Ermittler aufgestanden ist und sich für den Tag fertiggemacht hat, schaut er wie immer auf sein privates Smartphone: Nadine hat sich schon viermal gemeldet. Jede Nachricht ist mit einem mehr oder weniger erotischen Foto garniert. Und was er da herausliest, ist die Ankündigung, dass sie heute Abend vorbeikommen möchte. ›Ach herrje, ich kann sie doch jetzt nicht abwimmeln‹, denkt Schwinka.

Denn im Subtext der Nachrichten liest er ganz klar heraus, dass da immer noch ein paar Gewitterwolken umherziehen. Dumm nur, dass er überhaupt nicht sagen kann, wann er heute Abend Schluss machen kann. Schobel und er haben wieder ein volles Programm. Schwinka ärgert sich. Es hatte alles so schön unkompliziert angefangen. Vielleicht ist er zu offenherzig gewesen, vielleicht war es ein Fehler, sie mit nach Stralsund zu nehmen. Der Gedanke, dass Nadine sich verliebt haben könnte, kommt ihm nicht. Er will diese Sache mit der Binzerin so rational wie möglich betrachten.

Auf dem Revier berät er sich mit seinem Stellvertreter, Ralf Hortung. Vom Leiter der SoKo Klaus, Martin Elkner, weiß er, dass es neue Erkenntnisse über Pedro Puls gibt, der in den letzten Tagen recht wenig in Erscheinung getreten war.

»Der Regisseur hat mal ein Engagement verloren, nachdem er im Jähzorn einen Schauspieler gewürgt hat«, sagt Hortung. »Das ist interessanterweise aus sämtlichen Unterlagen getilgt – oder war dort nie aufgenommen worden. Allerdings haben die Anklamer Kollegen eine Schauspielerin gefunden, die mal mit ihm am Nationaltheater in Weimar gearbeitet hat. Und von der wissen sie, dass diese Attacke so weit ging, dass der betreffende Schauspieler mit schweren Verletzungen ins Krankenhaus eingeliefert wurde.«

»Und das ist nicht strafrechtlich verfolgt worden?«

»Irgendwie hatte Puls da irgendetwas mit dem damaligen Intendanten abzumachen«, sagt Hortung. »Worum es dabei ging, konnte sie nicht sagen. Jedenfalls haben die alles unternommen, das Ganze unter den Teppich zu kehren. Trotzdem wurde der Vertrag mit Puls aufgelöst. Danach ging er zwei Jahre nach Berlin, bevor er sich in Schwerin festsetzte.«

Pedro Puls hat Schwinka nie aus seinen Überlegungen gestrichen. Immerhin leidet der Mann erheblich unter den Ermittlungen, könnte er doch auch jederzeit die Festspiele verlassen und andernorts mit einer neuen Inszenierung starten. In Ralswiek ist seine Arbeit getan. ›Verdammt!‹, durchfährt es den Ermittler. ›Wieso ist der Kerl hiergeblieben? Regisseure verschwinden doch üblicherweise schon in der ersten Woche, nachdem die Festspiele begonnen haben.‹

Die nächste Runde: Strabach, Puls, Hermanova. Doch bevor Schwinka seinem Kollegen nach draußen folgt, biegt er in das Büro von Michael Neumann und Steffen Dorvitz ab. Die beiden Männer sitzen an ihren Schreibtischen vor den Computern, als Schwinka eintritt. »Guten Tag«, grüßt der Chefermittler seine Kollegen und schließt hinter sich die Tür, während Dorvitz geradezu von seinem Stuhl hochschnellt.

»Guten Tag, Herr Oberkommissar«, entfährt es ihm.

»Tag«, sagt Neumann und bleibt sitzen. Er schaut nicht einmal auf.

»Was machen die alltäglichen Dinge auf unserer schönen Insel?«, fragt Schwinka.

»Ziemlich ruhig, als hätten sich die schweren Jungs für ein paar Wochen verzogen«, lächelt Dorvitz – wird aber gleich wieder ernst, als er Neumanns Blick gewahr wird.

»Womit beschäftigen Sie sich derzeit, Herr Neumann?«, wendet sich Schwinka an den Kommissar, der wieder einmal sein maskenhaftes Gesicht aufgesetzt hat.

»Ladendiebstahl in Sellin.«

»Naja, nimmt sicher nicht allzu viel Zeit in Anspruch, nicht wahr?« Als Karsten Schwinka das sagt, geht er langsam auf den Schreibtisch von Neumann zu.

Der blickt den Oberkommissar lauernd an.

»Da kann man denn schon mal das ein oder andere Schreiben aufsetzen«, sagt Schwinka und stützt sich mit seinen Händen an der Kante von Neumanns Schreibtisch auf. Er fixiert den Untergebenen mit einem durchdringenden Blick.

»Ja, manchmal muss man auch mal ein Schreiben aufsetzen«, entgegnet der und bleibt dabei scheinbar gelassen.

Schwinka richtet sich wieder auf. »Denken Sie dran, Neumann«, die Höflichkeitsanrede hat er jetzt ganz bewusst weggelassen, »offizielle Korrespondenzen aus dem Polizeirevier sind vom jeweiligen Kollegen zu unterschreiben!«

Michael Neumann schluckt, versucht aber seine Gelassenheit zu bewahren. »Das ist mir bekannt«, sagt er.

»Ich kann mir nicht vorstellen, dass Sie in irgendeiner Art und Weise nachlässig wären.« Schwinka spricht ruhig und deutlich. Jedem Wort gibt er Gewicht. »Ich wünsche Ihnen beiden einen stressfreien Arbeitstag«, sagt er noch und geht.

Als Schwinka hinter sich die Tür schließt, greift Neumann zu einem Becher mit Stiften und schleudert diesen mit einer derartigen Wucht an die Wand hinter seinem Kollegen, dass das Gefäß in tausende Stücke zerspringt. Einer der Kugelschreiber saust Dorvitz an den Hinterkopf.

»Aua«, schreit der. »Was ist denn in dich gefahren?«

»Halt die Fresse, Dorvitz!«

43

Maulwurf

Als Schwinka und Schobel einmal mehr nach Ralswiek rein-
fahren, erscheint ihnen der Ort wie jeden Tag. Vorbei an
der kleinen Kapelle geht es in die einzige Dorfstraße, die
von hübschen Eigenheimen gesäumt wird. Am Ende gelangen sie in eine Art Kreisverkehr, von dem aus man in Richtung Hafen, zum Busparkplatz der Festspiele, hinauf zum
Schloss und zum Theatergelände und zum Restaurant Zum
Störti kommt. Tagsüber – vor allem am Vormittag – herrscht
hier Ruhe. Dann ist Ralswiek ein Dorf wie die meisten anderen auf Rügen.

Erst in den späten Nachmittagsstunden wird der Ort zu
einem Ameisenhaufen. Dann schluckt er sechsmal in der
Woche zwischen 5000 und 8000 Besucher. Selten sind es
weniger. Aber immer noch genug, um für einen gehörigen
Trubel zu sorgen.

Hinter der boddenseitigen Eigenheimreihe gibt es eine Art
Festplatz, auf dem in erster Linie Imbisswagen aufgestellt sind.
Und als hätten die Besucher den ganzen Tag gedarbt, stürzen sie sich auf Bratwurst, Pommes Frites, Pilzpfanne, Softeis,
Bier, Limo und Cola. Die wenigsten unternehmen Spazier-
gänge an den kleinen Hafen oder in die Umgebung. Die richtige Stimmung scheint bei vielen nur beim Essen aufzukom-
men. Denn hinter dem Einlass geht das Schlemmen weiter.
Wieder Bratwurst, Pommes, Bier, Wein und Süßigkeiten.

Als das Ermittlerduo auf den Parkplatz vorm Störti fährt, ist allerdings einiges anders. Wie in der Nacht, als Jan Möhricke starb, haben sich Gruppen gebildet, in denen aufgeregt miteinander diskutiert wird. Im Verwaltungsgebäude ist reges Treiben, die Tür, die in den Trakt führt, geht auf und zu.

»Jetzt erzähl mir nicht, dass hier der nächste um die Ecke gebracht wurde!«, sagt Schobel. Er sieht sich erstaunt um.

»Das sollte mich wundern«, meint Schwinka.

Sie halten, steigen aus und werden sofort von Störtebeker-Darsteller Robert Kranich bestürmt. »Schön, dass Sie kommen!«, ruft er.

Pete Schoner, der Goedeke-Ersatz, und Regisseur Pedro Puls folgen ihm.

»Hat Frau Strabach Sie informiert?«

»Ähm … nein. Was ist denn passiert?«, fragt Schwinka.

»Das kann ich Ihnen sagen: Bei mir und einigen anderen Schauspielern wurden die Fensterscheiben eingeworfen. Und in das Intendantenbüro wurde eingebrochen.«

»Wann wurde das denn der Polizei gemeldet?«, erkundigt sich der Chefermittler.

»Das weiß ich nicht«, sagt Kranich. »Jedenfalls ist das irgendwann so gegen 3 Uhr passiert. Seitdem herrscht hier eine heillose Aufregung.«

»Wo wohnen Sie eigentlich?«, fragt Schwinka an Schoner gewandt, der jetzt direkt neben ihm steht.

»Ich wohne im Schloss«, entgegnet der. »Die zur Verfügung stehenden Unterkünfte sind alle belegt. Und Helmar Trögers Räume sind immer noch von Ihnen gesperrt.«

»Ach, Sie wären dort reingegangen?«

Schoner überlegt kurz. Offensichtlich hat er sich mit dieser Frage noch gar nicht beschäftigt. »Wenn Sie mich so fragen: Ich glaube nicht«, lächelt er.

»Wem wurden denn die Fenster eingeworfen?«, fragt Schwinka den Störtebeker-Mimen.

»Mir, Friedhelm Jaukner und Tobias Gürtler – ein Schauspielerkollege.«

»Gürtler, Gürtler?«, überlegt der Oberkommissar. »Der spielt doch Ihren Widersacher, nicht wahr?«

»Da liegen Sie richtig.«

»Gut, dann lassen Sie uns gehen! Sie wohnen doch alle drei im Blauen Haus?!«, sagt Schwinka.

»Richtig.«

»Danilo, kümmere du dich mal um den Einbruch! Ich vermute, dass da sowieso schon alle Spuren vernichtet wurden. Denn von einer Anzeige wusste vorhin im Revier noch niemand etwas.«

Schobel und Schwinka gehen in zwei unterschiedliche Richtungen.

Als der Chefermittler am Blauen Haus ankommt, bemerkt er sofort, dass die drei Unterkünfte mit den eingeworfenen Fensterscheiben unmittelbar nebeneinanderliegen. Das genügt ihm schon. Die beiden Schauspieler und der Regisseur, die ihn begleitet hatten, sind sichtlich enttäuscht, dass sich der Polizist ohne Kommentar wieder abwendet und zurückgeht.

»Haben Sie kein Interesse an diesem Vorfall?«, ruft Pedro Puls ihm hinterher.

Schwinka bleibt stehen und dreht sich um. »Doch, ich habe mein Interesse bekundet, indem ich mir das angeschaut habe«, sagt er. »Und was ich gesehen habe, genügt mir.«

Die drei Männer setzen sich in Bewegung und trotten dem Ermittler erneut hinterher.

Vor Ilona Strabachs Büro herrscht ein Massenandrang. Karsten Schwinka drängelt sich durch die Herumstehenden hindurch und sieht die Intendantin und seinen Kollegen allein im Raum.

»Die da jetzt alle vor der Tür stehen, haben vor fünf Minuten noch das Büro bevölkert«, sagt Schobel und zuckt mit den Achseln.

»Dachte ich's mir.« Schwinka schaut sich um: Schreibtischschubladen wurden geöffnet und durchwühlt, der Inhalt der Schränke ist auf dem Boden verteilt. Die Täter waren über die Terrassentür eingedrungen. Die hatten sie aufgehebelt. »Fehlt was, Frau Strabach?«, fragt Schwinka.

»Geld – nicht viel«, antwortet sie. »Vielleicht 70 Euro, die lagen in einer der Schubladen. Dann der Computer, der Bildschirm – naja, das sehen Sie ja. Aus den Schränken wurde noch eine Kamera mitgenommen, es fehlen mir zwei Kleider … Mehr habe ich noch nicht festgestellt. Vor allem weiß ich nicht, ob von den Papieren etwas weg ist. Das kann ich erst sagen, wenn das alles wieder aufgeräumt wurde. Und man soll nichts anfassen, bevor die Polizei eintrifft.«

»Ach, das wäre jetzt, nachdem die Hälfte ihrer Mitarbeiter eine Runde in diesem Büro gedreht hat, auch egal«, sagt

Schwinka. Und an Schobel gewandt: »Hast du die Kollegen informiert?«

»Na klar«, sagt der Hauptmeister.

Karsten Schwinka beordert erst einmal alle nach draußen. Auch Ilona Strabach muss ihr Büro räumen.

»Wollen Sie mich zu dem Einbruch denn gar nicht befragen?«, ist Strabach erstaunt.

»Haben Sie eigentlich schon mal im Hauptkassenraum nachgesehen?«

»Brauche ich nicht«, antwortet die Intendantin. »Da sind überall Gitter davor. Außerdem glaube ich, dass es da jemand ganz bewusst auf mein Büro abgesehen hat.«

Die Hauptkasse, die sich nur wenige Meter oberhalb des Verwaltungsgebäudes befindet, wirkt dem ersten Anschein nach unberührt. Schwinka findet aber sofort Einbruchsspuren an der Eingangstür. Am giebelseitigen Fenster hat obendrein jemand versucht, im Putz die Halterung des Gitters freizulegen. »Sehen Sie, Frau Strabach? Hier haben die Täter angefangen. Danach sind Sie auf Ihr Büro ausgewichen«, sagt Schwinka und deutet auf die Beschädigungen.

»Tatsächlich.« Die Intendantin ist überrascht. »Könnte das aber nicht nach dem Einbruch in meinem Büro gemacht worden sein?«

»An dem Gitter haben sich die Täter ziemlich lange zu schaffen gemacht«, sagt Schwinka. »Und das wäre sinnlos gewesen, wenn es nur darum gegangen wäre, eine falsche Spur zu legen. Die Typen haben vielmehr noch einen Abstecher zum Blauen Haus gemacht und dort Fensterscheiben eingeworfen. Dabei sind sie doch tatsächlich noch das Risiko eingegangen, erwischt zu werden.«

Ilona Strabach schaut den Ermittler verwundert an. »Ich verstehe nicht«, sagt sie.

»Nicht schlimm«, entgegnet Schwinka. »Lassen Sie unsere Kollegen die noch verwertbaren Spuren aufnehmen. Dann bekommen Sie heute Abend oder spätestens morgen Ihre Antworten.« Der Oberkommissar bedeutet Schobel, ihm zu folgen.

Beide gehen vorbei am Störti in die dahinterliegende Parkanlage und setzen sich auf eine Bank. »Langsam gehen uns die Vernehmungsräume aus«, sagt Schwinka zu seinem Kollegen. Dabei schmunzelt er. »Was hältst du von dem Einbruch?«

»Ich glaube, die Strabach bringt das mit den Morden in Verbindung«, antwortet er.

»Inwiefern?«

»Sie glaubt, dass da jemand in Ihrem Büro etwas gesucht hat.«

»Unsere Vernehmungsprotokolle?«

»Hä, wieso unsere Vernehmungsprotokolle?«, fragt Schobel überrascht.

»Manchmal darf uns auch der Zufall in die Hände spielen. – Jedenfalls habe ich ein Blatt aus einem Vernehmungsprotokoll inmitten des Papierkrams auf dem Boden liegen sehen. Ich vermute mal, dass Strabach den Rest aufgesammelt hat und bereits verschwinden ließ. Darum gab es auch nicht sofort eine Anzeige. Denn hätten unsere Kollegen den unberührten Tatort untersucht, wären ihnen diese Dokumente in die Hände gefallen. Das wollte die Intendantin verständlicherweise auf keinen Fall. Nun, fast hätte sie ihr Geheimnis vor uns bewahren können.«

»Das ist ein Ding!« Schobel haut sich mit der rechten Faust auf den Oberschenkel. »Woher hat sie die denn?«

»Na, aus dem Revier.«

»Wow, haben wir da etwa einen Maulwurf?«

»Wie du das immer nennen möchtest – klug hat derjenige nicht gerade gehandelt.«

»Ich muss gestehen, dass ich jetzt gar nicht mehr so recht weiß, was ich von dem Einbruch halten soll.«

»Warten wir die Ergebnisse der Spurensicherung ab.«

44

Täterwissen

Dieser Donnerstag hat es in sich. Das Ermittlerduo knöpft sich zuallererst Friedhelm Jaukner vor. Der geht anfangs fast ein wenig zu vertraut mit den Polizisten um, meint er doch, mit ihnen ein Geheimnis zu teilen. Denen geht es allerdings vermehrt um seinen Eisenhut im Garten. Damit kann er überhaupt nichts anfangen. Er weiß nicht einmal, dass die Pflanze so heißt, wenngleich seine Frau ihn zur Sicherheit des Kindes schon vor Jahren mal darauf aufmerksam gemacht hat, dass die Pflanze giftig ist. Dem hatte er damals aber nicht viel Bedeutung beigemessen. Giftige Pflanzen gibt es eine Menge, meint Jaukner.

Die Unterhaltung mit Pedro Puls scheint eingangs auch mehr das Abarbeiten von ein paar allgemeinen Fragen zu den neuen Entwicklungen im Störtebeker-Kosmos zu sein. Dazu sind die drei Männer in die Maske im freigegebenen Bereich des Störti-Komplexes gegangen.

Als Schwinka ihm hier allerdings unterstellt, Hintergründe zum Mord an Helmar Tröger zu kennen, wird Puls kiebig. »Sie scheinen nicht voranzukommen und suchen jetzt mit aller Gewalt jemanden, dem Sie das Ganze anhängen können«, klagt der Regisseur.

»Oh, Herr Puls, wenn ich wirklich etwas konstruieren wollte, säßen Sie schon in Untersuchungshaft.« Schwinka hat seinen Schmusekurs beendet. Seit ein paar Tagen braucht niemand mehr zu hoffen, von dem Polizisten mit Rücksicht behandelt zu werden. Er hat sein Ziel vor Augen und Fahrt aufgenommen.

»Da müssten Sie aber erst mal irgendwelche Beweise liefern, die mich mit dem Tod von Tröger in Verbindung bringen!«, entgegnet der Regisseur energisch.

»Glauben Sie mir, Herr Puls, wenn ich jemandem etwas vorwerfe, kann ich auch beweisen, dass er es getan hat. Allerdings haben Sie gerade nicht einmal richtig zugehört. Ich sagte nicht: ›Der böse Regisseur hat einen seiner wichtigsten Schauspieler umgebracht.‹ Vielmehr bin ich überzeugt davon, dass Sie uns über den Mord an Tröger noch nicht alles erzählt haben.«

»Was soll ich denn verschweigen?«

»Sagen Sie es mir!«

»Ich verschweige nichts«, sagt Pedro Puls und macht Anstalten, damit das letzte Wort gesprochen zu haben.

»Sie sollten einfach mal ein bisschen in ihren Gedankenschubladen kramen, bevor wir uns mit Ihnen intensiver über einen Beinahetotschlag in Weimar unterhalten.«

Puls wird blass.

»Und wenn wir damit erst anfangen, geraten Sie garantiert in den Fokus aller Ermittlungen als ein Hauptverdächtiger«, fügt Schwinka hinzu.

»Woher wissen Sie das? Worum geht es hier?« Puls Selbstsicherheit ist dahin. Er hat sich in seinem Stuhl gesetzt und mit beiden Händen die Lehnen ergriffen.

»Was wissen Sie über den Streit zwischen Möhricke und Tröger?«

Puls sitzt weiter in der angespannten Haltung und schaut Schwinka starr ins Gesicht. Er überlegt angestrengt. Es vergehen gut 30 Sekunden. »Was schon? Das, was alle wissen. Möhricke hat Tröger wohl erpresst. Heißt es zumindest …«

»Ja, Weiberkram, das sagten Sie mir schon an der Bar, als Sie betrunken waren. Jetzt will ich was Konkretes! Worum ging es?«

»Ich war betrunken?«

»Ja, aber das spielt keine Rolle. Was hat die beiden so unversöhnlich gemacht?« Schwinka wird eindringlich.

»Ich glaube, Möhricke wusste, dass Tröger ein Verhältnis hatte. Und da Tröger wegen seiner Politikerschnepfe auf gar keinen Fall in Verruf kommen wollte, hat Möhricke Tröger unter Druck gesetzt.«

»Mit wem war Tröger zusammen?«

»Weiß ich nicht.«

»Kommen Sie schon, Herr Puls!«

»Vielleicht mit Hermanova?«

»Woher wissen Sie das?«

»Ich habe es selbst gesehen.«

»Wo?«

»Auf dem Busparkplatz.«

»Was haben Sie da gemacht?«

Das war Puls alles zu schnell gegangen. Die Information musste raus, Zeit, das Ganze noch irgendwie zu einer Halbwahrheit zu machen, hatte er aber nicht. »Ja, was habe ich da gemacht …?«, sinniert der Regisseur.

»Sie sind Burgner, Sauer oder wem auch immer nachgestiegen«, sagt Schwinka unverblümt.

»Das ist eine Unterstellung.«

»Wirklich?«

Pedro Puls schweigt. Er denkt sich, dass die Polizisten ihre Informationen über sein Treiben längst haben werden. »Ich habe sie gesehen … Wir haben auch kurz geredet.«

»Ach, was war denn der Inhalt der Unterhaltung?«

Pedro Puls stützt die Ellenbogen auf seine Oberschenkel, faltet die Hände und neigt sich leicht nach vorn. »Der Parkplatz wird von Büschen und kleinen Bäumen begrenzt«, beginnt der Regisseur zu erzählen und streicht sich dabei durch sein sowieso schon zerwühltes Haar. »Als ich dort hindurchging, um einer Verabredung zu folgen …«, hier stockt er kurz und schaut die Polizisten entschuldigend an, »jedenfalls lief ich den beiden geradezu in die Arme. Sie waren tüchtig zugange. Also nicht, was Sie denken, aber sehr hitzig. Und doch auch schon sehr intim. Keine Ahnung, ob die da was machen wollten. Ich bin dran vorbei, habe gegrüßt. Die beiden haben sich voneinander gelöst, Elli ist zu ihrem Auto, Tröger hinterher – erst mal. Dann kam er zu mir. Ich sollte über das Gesehene schweigen. Ich hatte etwas getrunken.« Wieder stockt Puls und setzt erneut die Unschuldsmiene auf: »Jedenfalls war ich recht guter Dinge. Also habe ich Tröger angelacht … vielleicht auch ausgelacht … Ich fand's jedenfalls lustig, ihn da so gesehen zu haben.«

»Was hat Tröger zu Ihnen gesagt?«, dringt Schwinka auf das Wesentliche.

»Nachdem ich gelacht habe? – Dass er mir Ärger machen wird, wenn ich plaudere.«

»Was noch?«

»Naja, ich habe da wohl wieder gelacht … Jedenfalls drohte er mir. ›Ich bringe dich um, wenn du irgendetwas darüber erzählst!‹, sagte er.«

»Und Sie?«

»Er solle sich beruhigen, habe ich gesagt. Und dass ich nichts erzählen würde. Er sah mir schon recht bedrohlich aus, wie er da so vor mir stand, und sagte, dass er mich umbringen wolle. Dass war dann doch ziemlich fett.«

»Deshalb Ihre Vermutung, Tröger könnte Möhricke umgebracht haben?«, fragt Schwinka.

»Oh, davon bin ich immer noch überzeugt. Jan Möhricke wird das mitbekommen haben. Dieser blöde Einzelgänger schlich bis in die tiefen Nachtstunden auf dem Gelände umher und tat wer weiß was! Energie tanken … Keine Ahnung.«

»Wieso waren Ihre Fingerabdrücke auf dem Hammer, mit dem Tröger erschlagen wurde?«

Pedro Puls erstarrt. Er leckt sich die trockenen Lippen. Dann reibt er sich mit einer Hand die Stirn. »Ich habe keine Ahnung …« Puls schluckt. »Sind Sie sicher?«

»Ich würde Sie nicht fragen, wenn …«, erwidert Schwinka.

Im selben Moment ist von Schobel ein Seufzen zu hören. Er hat die ganze Zeit von seinem Block kaum aufgesehen und fleißig notiert, was da gesprochen wurde.

»Bin ich ein Verdächtiger?« Puls klingt verunsichert.

»Sehen Sie sich ab und zu Kriminalfilme an?«, fragt der Chefermittler.

»Ja, wieso?«

»Wären Sie ein Verdächtiger, säßen wir bei uns auf dem Revier in einem schmucklosen Raum ohne Fenster. Vor Ihnen stünde ein Mikrofon, dass jedes Wort von Ihnen aufzeichnen würde. Und wenn ich mit Ihnen fertig wäre, würden Sie mit aller Wahrscheinlichkeit wieder zurück in Ihre Zelle gebracht werden. Denn dann hätte ich Sie in Untersuchungshaft genommen. – Also entspannen Sie sich und sagen mir, wie Ihre Fingerabdrücke auf den Hammer kommen!«

»Was ist das denn für ein Hammer?«

Schwinka grinst sein Gegenüber an. »Dann werde ich mal Täterwissen ausplaudern: ein Zimmermannshammer. Kennen Sie doch – mit der einen Seite kann man Nägel einschlagen, mit der anderen ist es möglich, sie wieder herauszuziehen.«

Schobel sieht seinen Vorgesetzten erstaunt an und wundert sich, dass der so freimütig über die Tatwaffe spricht.

Und Pedro Puls denkt nach. »Ja«, sagt er unvermittelt, »ich hatte so ein Ding in der Hand. Ich hatte so ein Ding in der Hand …« Puls überlegt weiter. »Ich kann aber beim besten Willen nicht sagen, wo das gewesen ist. Wo war das?«

»Wenn sich Ihr Erinnerungsvermögen diesbezüglich noch ein wenig schärfen könnte, würden Sie uns sehr helfen«, sagt Schwinka.

»Ja, das kann sein …« Der Regisseur ist immer noch etwas in Gedanken. »Ich habe das Ding irgendwo in die Hand genommen. Das muss in einem Gespräch mit jemandem gewesen sein. Der Hammer lag so herum und ich ergriff ihn, weil ich ihn in meiner Hand wiegen wollte. Einfach nur so.«

»Ist das in der Werkstatt gewesen?«

»Ach, das glaube ich nicht. Da bin ich viel zu selten. Das muss irgendwo hier oben gewesen sein.«

»Gut, Herr Puls, ich bin soweit durch. Wenn Ihnen das mit dem Hammer noch einfallen sollte, rufen Sie mich bitte an! Hier noch einmal meine Nummern.« Schwinka reicht ihm seine Visitenkarte. »Im Büro erreichen Sie mich zurzeit eher selten. Also nehmen Sie am besten gleich die Handynummer!« Schwinka steht auf.

Für Schobel ist es das Zeichen, seinen Block zuzuklappen und wegzupacken. Auch er erhebt sich.

Puls bleibt sitzen und schaut die Ermittler entgeistert an. »Ja, ich melde mich«, sagt er und wendet seinen Blick zum Fußboden. Seine Augen hat der Regisseur weit aufgerissen. Er scheint erst jetzt so recht zu begreifen, welche Dimensionen die Ereignisse angenommen haben, und wie schnell er dabei in den Verdacht geraten könnte, ein Mörder zu sein.

45

Abgründe

Eliska Hermanova wohnt in einer Ferienwohnung in Ralswiek. Seit vier Jahren ist sie während der Spielsaison bei den
Festspielen tätig. Sie macht ihren Job sehr gut. Für die richtigen Töne und Mengen beim Schminken der Schauspieler-
gesichter hat sie ein Händchen. Obendrein arbeitet sie derart
flink, dass manch einer der Mimen erst kurz vor Auftritts-
beginn zu ihr auf den Stuhl kommt. Da sie in der kleinen
Ferienunterkunft allein wohnt, hat sie es zur Gewohnheit
gemacht, mittags ein bisschen zu kochen. Manchmal isst
sie auch nur eine Stulle oder etwas Obst. Sie muss sparen,
denn mit dem, was sie verdient, kann sie keine Sprünge machen. Und die Ferienunterkunft muss auch bezahlt werden.

Eliska Hermanova kommt aus Brünn. Dort wurde sie geboren, dort wuchs sie auf und dort verlebte sie auch ihre
Jugend. Ihr Vater ist deutscher Abstammung. Er war es,
der ihr Deutsch beibrachte. In der Schule konnte sie per
Wahlfach ihre Sprachkenntnisse noch vertiefen. Maskenbildnerin war nicht ihr Traumberuf, eigentlich hatte sie
Kosmetikerin gelernt. Irgendwann will sie mal einen eigenen Salon aufmachen. Hermanova fand in ihrem Job
zu Hause aber keine Anstellung. Da kam irgendwann der
Tipp, es am Theater zu versuchen, gerade recht. Es war ihr
Vater, der schließlich von den guten Verdienstmöglichkei-
ten in Deutschland erzählte.

Als Schwinka und Schobel an ihre Tür klopfen, macht die außergewöhnlich gelenkige Maskenbildnerin gerade Yoga. Sie erhebt sich aus einer Spagatposition und geht zur Tür. Als sie diese nur einen Spalt öffnet, dreht sie beim Anblick der beiden Polizisten mit den Augen.

»Hallo Frau Hermanova«, sagt Schwinka, »wir kennen uns schon. Dürfen wir reinkommen?«

»Biete!«, sagt die zierliche Frau und öffnet die Tür ganz, um die Beamten an sich vorbei in die Wohnung zu lassen.

»Stören wir?«, fragt Schobel.

»Oh nein, machen Sie sich niecht Sorgen!«, entgegnet sie. Eliska Hermanova hat wieder ihre puffige Freizeithose an, die ihre zerbrechliche Figur völlig verbirgt. Außerdem hat sie sich ein schwarzes Sweatshirt übergeworfen, dass ihr ebenfalls locker drei, vier Nummern zu groß ist. Oder vielleicht ist sie für Sachen in ihrer Größe einfach zu schlank, denn in der Armlänge stimmt alles. Das Haar hat sie zu einem kleinen Zopf zusammengebunden, auf ihrer Gesichtshaut schimmert ein feuchter Film. Sie ist beim Yoga mächtig ins Schwitzen gekommen. Ein wenig ist das in dem Raum wegen der geschlossenen Fenster auch zu riechen. »Biete, nähmen Sie Platz!«, sagt sie, als das Kriminalistenduo im kleinen Wohnraum steht, der mit einer Couch, einem Sessel, einem schmucklosen, kniehohen Tisch, einer Vitrine und einem Flachbildschirm auf einer niedrigen Kommode sehr spärlich eingerichtet ist.

Schobel nimmt die Couch, Schwinka den Sessel und Eliska Hermanova setzt sich einfach auf eine Kante der Kommode.

»Möchten Sie etwas trienken?«, fragt die Frau.

»Oh, das ist lieb. Aber danke, ich nicht«, entgegnet Schwinka.

Auch Schobel schüttelt den Kopf. Er sitzt schon mit seinem Schreibblock bewaffnet da und schaut die Maskenbildnerin erwartungsvoll an.

»Frau Hermanova, über die Ereignisse der zurückliegenden Tage muss ich Ihnen sicher nichts mehr erzählen ...«

Die Angesprochene hat die Beine übereinandergeschlagen und stützt sich seitlich mit den ausgestreckten Armen auf der Kommode ab. Ihre Haltung sieht sehr ungemütlich aus. »Ja«, sagt sie nur kurz. Dabei blicken ihre Augen unergründlich.

Schwinka erwidert den Blick der Tschechin und stellt überrascht fest, dass er dort einfach nichts hineinzudeuten weiß. Nein, sie ist nicht ängstlich. Aber auch nicht selbstsicher oder überheblich. Sie spielt auch nicht mit den beiden Männern, schaut weder aufreizend, noch verschmitzt. Unsicherheit ist das aber auch nicht.

Hermanova sieht Schwinka direkt an. Sie macht die Augen etwas größer, als es für sie normal wäre. Aber es spricht auch keine Neugier oder Erwartung aus diesem Blick.

»Ich möchte mit Ihnen über Helmar Tröger sprechen«, sagt der Oberkommissar.

»Ja«, sagt Hermanova wieder nur.

»Es gibt eindeutige Hinweise darauf, dass Sie mit dem Schauspieler kurz vor seinem Tod eine intime Beziehung hatten.«

Die junge Frau reißt die Hände vor ihr Gesicht und beginnt herzerweichend zu schluchzen. Und dann weint sie. Bitterlich. Dabei rutscht sie von der Kommode auf die Knie und beugt sich vor wie zum Gebet. Das Gesicht immer noch in den Händen vergraben. Sie weint. – Sie weint so sehr, dass eigentlich jedem klar sein dürfte, dass da irgendetwas in ihr explodiert ist. Dass sie sich gerade eine Last von der Seele weint.

Schwinka blickt entgeistert auf diesen zusammengekrümmten kleinen Körper.

Schobel wirkt geradezu hilflos, als er den Block beiseitelegt und Anstalten macht, sich zu der jungen Frau hinabbeugen zu wollen.

Schwinka hindert ihn mit einer Handbewegung daran.

Der Gefühlsausbruch der Tschechin dauert gut fünf oder sechs Minuten. Dann erhebt sie sich in eine Hundestellung, in der sie noch einmal 20 Sekunden verharrt, bevor sie sich in den Schneidersitz begibt. Sie legt die Hände auf ihre Waden und blickt starr zu Boden.

»Wollen Sie darüber sprechen, Frau Hermanova?«, fragt Schwinka. Er runzelt die Stirn und zieht eine Augenbraue hoch.

Die Maskenbildnerin nickt.

»Lassen Sie sich Zeit!«, sagt der Ermittler darauf. »Wir sitzen hier. Und wenn Sie meinen, Sie können reden, legen Sie einfach los!«

Hermanova nickt erneut. Minuten verstreichen. Die Frau dort am Boden schluchzt von Zeit zu Zeit. Zwischendurch holt sie mal tief Luft, was den Eindruck erweckt, sie würde zu sprechen beginnen. Aber dann sackt sie wieder in sich zusammen und nestelt mit den Fingern am Stoff ihrer Hosenbeine. »Er chat mich …«, sagt sie auf einmal ganz leise.

Die Polizisten schweigen.

»Ich wollte niecht …«

Die Polizisten schweigen und schauen die Maskenbildnerin an.

»Er war brutal … chat wehgetan.« Sie schluchzt. »Chat geschlagen … und iemmer wieder genommen mich.« Eliska Hermanova hebt ihren Kopf, mit den Augen sucht sie einen Punkt an der Wand, bei dem sie verweilen kann.

»Wollen Sie damit sagen, dass Helmar Tröger Sie vergewaltigt hat?«, fragt Schwinka.

Die Frau nickt und schluchzt.

»Warum haben Sie keine Anzeige erstattet?«

»Er miech bedroht.«

»Was hat er gesagt?«

»Er miech umbringen, wenn ich was erzähle.«

›Junge, Junge, hier wird sich scheinbar pausenlos nach dem Leben getrachtet‹, denkt Schwinka. Dann sagt er: »Haben Sie mit Lutz Pioch darüber gesprochen?«

Hermanova nickt.

»Warum mit ihm?«

»Er war lieber Junge. Wir chaben manchmal geraucht Zigaretten draußen auf Hoff.«

»War er also so was wie ein Vertrauter für Sie?«

Sie nickt.

»Hat Lutz Pioch deswegen Helmar Tröger umgebracht?«

Eliska Hermanova zeigt keine Regung. Sie schluchzt nur, wimmert ein wenig vor sich hin. »Ja«, sagt sie dann mit erstickter Stimme.

»Wollte er Sie beschützen, Frau Hermanova?« Schwinka wird bei seinen Fragen einen Hauch lauter und energischer.

Sie nickt und blickt wieder auf den Boden.

»Waren Sie mit ihm intim?«

Sie schüttelt den Kopf und schluchzt.

»Womit hat er Helmar Tröger getötet?«

Sie zuckt mit den Achseln – und schluchzt.

»Wann haben Sie Lutz Pioch das letzte Mal gesehen?«

Sie zögert, spielt weiter mit dem Stoff ihrer Hose. Dann zuckt sie mit den Achseln.

»Sie werden sich erinnern, dass Pedro Puls Sie und Tröger mitten in der Nacht in verliebter Umarmung überrascht hat.«

»Ich niecht verliebt«, widerspricht Eliska Hermanova. »Er miech bedroht. Darum ich war lieb zu ihm.«

»Sie meinen, Sie haben mit ihm eng umschlungen in den Büschen gestanden, weil er Sie dazu gezwungen hat?«

»Er miech gezwungen, ihn zu begleiten … Dann er Pedro gehört und mir gesagt, ich soll sein lieb, sonst …!« Hermanova schnieft und fummelt aus einem Fach der flachen Kommode hinter ihr eine Packung Papiertaschentücher hervor. Umständlich entnimmt sie daraus ein Stück Zellstoff und schnäuzt sich kräftig. Zweimal, dreimal. Dann drückt sie das Tuch in ihre rechte Faust.

»Was ist mit Pioch passiert?« Schwinka bleibt hart.

Sie schluchzt.

»Was ist mit ihm passiert?«

Sie schnieft.

»Sie sagen, er hat Tröger umgebracht. Ist das richtig?«

Sie nickt und schluchzt.

»Was ist danach mit ihm passiert? Haben Sie sich getroffen, hat er es Ihnen erzählt?«

Eliska Hermanova blickt weiter auf den Boden, schluchzt und nickt.

»Warum musste Lutz Pioch sterben?«, fragt Schwinka fest.

»Ich weiß niecht.«

»Woran ist er gestorben?«

Eliska Hermanova schluchzt erneut, dreht die Augäpfel diesmal allerdings für den Bruchteil einer Sekunde zum Fragesteller, als wollte sie ihm unbemerkt ins Gesicht schauen. »Er doch in Eiskeller gefunden …«, sagt sie mit tränenerstickter Stimme.

»Wie kam er dort hin?«

Hermanova wischt sich die laufende Nase und schüttelt sich.

Schwinka hebt leicht den Kopf und kratzt sich theatralisch den unrasierten Hals. »Nun, das ist alles eine sehr traurige Geschichte, Frau Hermanova«, sagt Schwinka unvermittelt. »Versuchen Sie sich zu beruhigen! Allerdings kann ich Ihnen nicht versprechen, dass wir zu den von Ihnen geäußerten Anschuldigungen nicht doch noch einmal Ihre Aussage brauchen.«

Sie nickt und blickt weiter zu Boden.

Die Polizisten verabschieden sich, was Eliska Hermanova veranlasst, sich zu erheben. Sie gibt den Ermittlern ihre rechte Hand, in der eben noch das feuchte Taschentuch ruhte. Dementsprechend feucht ist auch der Händedruck.

Vor der Tür holt Danilo Schobel tief Luft. »Das war schon harter Tobak«, sagt er. »Der Kleinen wurde da wohl sehr übel mitgespielt. Und dieser Moralapostel von Schauspieler entpuppt sich als der Oberschweinehund.«

»Tja, die Abgründe in dieser scheinbar eingeschworenen Truppe sind tief«, sinniert Schwinka. »Eines finde ich aber beachtenswert: Die beiden Hauptpersonen in diesem zwischenmenschlichen Drama sind tot.«

46

Schlupflöcher

Es sind nach Bergen abgestellte Anklamer Kriminalisten, die wegen der sensiblen Örtlichkeit den Einbruch in Ilona Strabachs Büro bearbeiten. Als Schwinka und Schobel dort am frühen Abend auftauchen, packen die vier Männer gerade zusammen und entledigen sich ihrer weißen Schutzanzüge.

So wie der Chefermittler vermutete, wurden unzählige Fingerabdrücke sichergestellt, es gab ein paar rudimentäre Fußabdrücke auf der Rabatte hinter dem Verwaltungstrakt, die Terrassentür wurde klassisch mit einem Stemmeisen aufgehebelt. Es waren allem Anschein nach zwei Täter.

Nach den Angaben der Intendantin fehlten ausschließlich wertintensive Gegenstände. Dokumente oder Papiere hatten die Täter nicht mitgenommen. Allerdings kann nicht ganz von der Hand gewiesen werden, dass es sich bei der nächtlichen Aktion um einen Einschüchterungsversuch gehandelt hat.

Der Medienansturm hat nachgelassen. Journalisten, die sich im Moment in Ralswiek herumtreiben, benehmen sich zurückhaltend. Zwar war von zwei der Pressemenschen, mit denen Schwinka aneinandergeraten war, unverzüglich Beschwerde in der Anklamer Kriminalpolizeiinspektion eingereicht worden, per Telefon war Schwinka aber bereits mitgeteilt worden, dass diese Sache nicht weiter verfolgt werden soll.

Der Bergener Chefermittler hatte schon am Donnerstagmorgen darüber nachgedacht, unter Umständen ab sofort auch nachts nach 0 Uhr Wachen im Bereich des Störti aufzustellen. Anhand des Personalmangels und der Tatsache, dass alle in der SoKo Klaus zusammengefassten Kollegen bereits Überstunden schrubbten, hatte er den Gedanken aber wieder verworfen.

Als dann um 20 Uhr die nächste Aufführung vor ausverkauftem Haus beginnt, steigt das Ermittlerduo ins Auto und rollt nach Hause. Schwinka setzt Schobel in Bergen vor dessen Wohnung ab und fährt weiter nach Putbus. Nadine Pollwitz hat er abgeschrieben. Es werde spät, teilte er ihr in einer Nachricht mit.

Als er bei sich zu Hause ankommt, lässt er sich wie ein Zementsack auf die Couch fallen. Er ist ermattet. Die ständigen Vernehmungen und die sich unentwegt ändernde Lage bei den Festspielen zermürben. Und immer noch ist er sich im Unklaren über den Drahtzieher der Morde von Ralswiek. Wenngleich sich die Schlinge langsam zuzieht. Für eine Festnahme fehlen ihm aber noch die Beweise.

Da klingelt es. Zum ersten Mal, seit er hier wohnt, klingelt jemand an seiner Tür. Schwinka schaut auf die Uhr: kurz nach 21 Uhr. Als er öffnet, steht Nadine auf der Schwelle.

Sie strahlt. »Na, was denkst du?«, fragt sie fröhlich. »Ich bin mit dem Zug gekommen. Der letzte. Freust du dich?«

Schwinkas Mine ist vermutlich im ersten Moment etwas abweisend gewesen, weswegen sich der Gesichtsausdruck der Frau bei der Frage bereits verfinstert hat.

»Ja … äh, ja, ich freue mich. Komm rein!«, sagt der Polizist. Bei diesen Worten ist ihm gar nicht wohl.

Nadine lächelt wieder. Sie hat eine kleine Reisetasche dabei. Als Schwinka seinen Blick darauf richtet, hebt sie das Kunststoffteil leicht in die Höhe. »Morgen habe ich freigenommen«, sagt sie. »Ich kann also bis Sonntagabend bleiben. Und ich werde dich nach dem Aufstehen und wenn du abends von der Arbeit kommst, total bemuttern. Das wird dir gefallen.« Die junge Frau, die wegen ihrer leicht rauchigen Stimme immer irgendwie entspannt wirkte, klingt jetzt aufgedreht. Sie spricht auch deutlich höher als sonst. Die Aufregung ist ihr anzuhören – und wegen der knallroten Wangen auch anzusehen.

Karsten Schwinka ringt sich ein Lächeln ab. »Schön«, sagt er. ›Ach, du grüne Neune!‹, denkt er.

Nadine geht im Schlafzimmer sofort daran, ihre Tasche auszupacken. Nebenbei räumt sie gleich ein bisschen auf. Und während sie das tut, erzählt sie, wie sie darauf gekommen ist, doch noch den Abendzug zu nehmen, dass dieser trotz Urlauberinvasion ziemlich leer gewesen sei und dass sie hoffe, ihn nicht überrumpelt zu haben. Dann geht sie in die Küche und checkt den Kühlschrank.

Schwinka trottet hinterher.

»Morgen werde ich für das Wochenende einkaufen«, sagt Nadine. »Und wenn du Sonnabend nicht so spät kommst, können wir mal ausgehen.«

Wie ein Rollkommando hat Nadine Pollwitz den Abend von Schwinka in eine völlig andere Richtung gelenkt, als es sich der Polizist vor ein paar Minuten noch vorstellte. Und so ist er auch noch gar nicht recht in der Lage, sein Veto einzulegen. Verdutzt verfolgt Schwinka, wie Nadine auch die Küche aufräumt. ›Sie meint es gut‹, sagt er sich. »Du hättest vorher anrufen sollen«, bringt er hervor.

Nadine hält inne. »Passt es dir nicht, dass ich hier bin?«, fragt sie. Dabei erreicht sie wieder die etwas tiefere Stimmlage mit der angenehm belegten Note.

»So würde ich das nicht sagen«, entgegnet Schwinka – und weiß sofort, dass das garantiert nicht der richtige Satz gewesen ist.

Die Binzerin dreht sich zu ihm um und lehnt sich an die Küchenzeile. Die Arme lässt sie hängen, was ihr eine resignierte, enttäuschte Haltung gibt. »Wie würdest du es denn sagen?«, fragt sie ruhig.

»Ach, das klang dumm«, versucht Schwinka ein Streitgespräch zu vermeiden, »aber es wäre schön gewesen, wir hätten solch ein Wochenende vorher besprochen. Was nutzt es dir, hier zu sein, wenn ich bis in die Nachtstunden unterwegs bin?«

»Es geht nicht darum, einen Nutzen daraus zu ziehen, sondern einfach da zu sein, wenn du kommst«, verteidigt sich Nadine.

Das hört sich lieb an. Aber er ist noch längst nicht soweit, um solch eine Art Beziehung zu führen. Und was ihm gar nicht behagt: Nadine bestimmt mit ihrer Anwesenheit und ihrer Wochenendplanung auf eine sanfte Art, wie in dieser Zeit sein Leben zu laufen hat. »Das ist lieb von dir«, sagt er trotzdem. Er geht auf sie zu und umarmt sie. »Jetzt bist du hier.«

Sie schmiegt sich eng in ihn hinein.

Am nächsten Morgen lässt sich Schwinka etwas mehr Zeit als sonst, um mit Nadine zu frühstücken. Gern hätte er mit ihr über seine Gedanken zu dem aktuellen Fall gesprochen. Denn sein Kopf ist voll damit. Aber er hat es immer so gehalten, dass er während laufender Ermittlungen Familie und Freunden nur oberflächliche Informationen zukommen ließ. Das hat sich bewährt. Zum einen ist es ihm nicht gestattet, darüber zu reden, zum anderen kommt so niemand auf die Idee, ihm irgendwelche laienhaften Theorien zu suggerieren. Schwinka verfolgt Richtungen konsequent. Und ist damit bisher immer sehr gut gefahren. Kollegen, mit denen er unmittelbar zusammengearbeitet hat, haben ihm seine Zurückhaltung oft als Arroganz ausgelegt. Es ging sogar soweit, dass einige behaupteten, er wolle den Ermittlungserfolg allein für sich verbuchen können – deshalb habe er angeblich mit ihnen nicht sofort jede zur Verfügung stehende Information geteilt.

Danilo Schobel könnte ihm nach der Festnahme des Mörders Ähnliches unterstellen, denn sein Partner weiß mittlerweile um den Umstand, dass Schobel einen sehr konkreten Verdacht hat. Und sicher könnte der versierte Ermittler den anderen an seinen Gedanken teilhaben lassen. Schwinka hat aber die Erfahrung gemacht, dass nicht jeder Kriminalist so ruhig und gelassen damit umgeht wie er.

Als der Rüganer zu Beginn seiner Karriere bei der Kriminalpolizei häufig Teamgeist bewies und sich eine Potenzierung der Ermittlungstätigkeit versprach, wenn er allen an einem Fall Beteiligten den gleichen Einblick in seine analytische Gedankenwelt ermöglichte, geriet die Jagd nach dem Täter manchmal stattdessen ins Stocken. Beweise wurden übersehen, Vernehmungen oberflächlicher durchgeführt, und der – bildlich gesprochen – umzingelte Tatverdächtige bemerkte viel zu früh, dass die Beamten es auf ihn abgesehen hatten. Besonders schlimm waren zwei Fälle in Dresden und Berlin gewesen, als Kollegen Beweismaterial verschwinden ließen oder den Verdächtigen warnten, kurz bevor Schwinka den Zugriff anordnen wollte. Das waren zwei Fälle von insgesamt 34. Sehr wenig, könnte man sagen. Schwinka sieht das anders, denn Korruption und strafrechtliche Vergehen bei der Kriminalpolizei haben in den vergangenen zehn, fünfzehn Jahren zugenommen. Manches kommt an die Öffentlichkeit, das meiste wird intern geregelt. Schwinka hat den Eindruck, dass der Gedanke, die Polizei müsse aus einer moralischen Elite bestehen, mehr und mehr verloren geht. Ihn hat es nie gestört, wenn Polizisten bei der Jagd nach einem Verbrecher auch mal Grenzen überschreiten oder Regeln brechen. Er ist selbst nicht frei davon. Sich allerdings als Polizist an Straftaten zu beteiligen oder diese zu unterstützen beziehungsweise zu verschleiern, nur um sich zum Beispiel bereichern oder Vorteile verschaffen zu wollen, ist erbärmlich.

Als Karsten Schwinka sich all diese Gedanken macht, ist er mit seinem Jaguar bereits unterwegs nach Bergen ins

Hauptrevier. Der Morgen mit Nadine war nett. Wohl fühlt er sich mit der Situation aber nicht. Er wird nach dem Wochenende klare Fronten schaffen müssen. Ein klein wenig wabert da aber noch der Gedanke mit, dass er einfach mal abwarten will, wie es sich anfühlt, wenn sie die ganze Zeit in Putbus bleibt.

Schwinka denkt an Michael Neumann. Nach Lage der Dinge wäre es ihm lieber gewesen, der Kommissar hätte jeden Tag versucht, ihn mit irgendwelchen Nickligkeiten zu triezen. Mit so etwas kann er umgehen. Zwar kann solch ein Kleinkrieg innerhalb einer Abteilung kein Dauerzustand sein, aber: Kommt Zeit, kommt Rat! Dass Neumann aber offensichtlich Interna nach außen getragen hat und womöglich auch für den anonymen Brief an die Presse verantwortlich ist, hat andere Dimensionen.

Im Revier beruft Schwinka zum ersten Mal eine Lagebesprechung ein. Hortung, Schobel, Neumann und Dorvitz sind dabei, auch der ihm unterstellte Leiter der im Bergener Revier angedockten SoKo Klaus, Martin Elkner. Und Silvio Uhlmann. Der ist seit Tagen missgelaunt. Ihm behagt es gar nicht, wenn sein Haus voller Polizeibeamter ist, denen er nichts zu sagen hat und die alle nur so nebenher laufen. Manche von denen wissen bis heute nicht, wer er ist, wenn sie ihm auf dem Flur begegnen.

Es gibt wieder Einbrüche auf der Insel. Die durch die Ganoven gewährte Schonzeit ist vorüber. Wie Schwinkas Stellvertreter schildert, sind die bisher bekannt gewordenen vier Fälle – inklusive dem in Ralswiek – von einer beachtlichen

Dreistigkeit gekennzeichnet. Es ist demnach nicht ausgeschlossen, dass sie zusammenhängen.

Die Anklamer Ermittler unter Elkner fördern immer mehr Bemerkenswertes aus den Lebensläufen der Schauspieler und Festivalmitarbeiter zutage. Das meiste ist bestenfalls etwas für die Klatschspalten in der Regenbogenpresse. Allerdings hat Justus Schmiedt, der für Jan Möhricke jetzt den Herzog Hinrich spielt, bereits zwei Wochen vor dem Giftmord an dem Mimen seinen Vertrag am Greifswalder Theater einseitig aufgelöst. Das ist nicht ganz uninteressant. »Soll das einer meiner Männer näher untersuchen, oder wollen Sie selbst mit ihm sprechen?«, fragt der SoKo-Leiter Schwinka.

»Den nehmen wir uns selbst zur Brust«, antwortet der und nickt Schobel zu.

»Ich hoffe, Sie sind dem Täter schon ganz dicht auf den Fersen, denn so viele Kollegen kann das Haus auf Dauer nicht beherbergen«, meldet sich Silvio Uhlmann zu Wort. Er versucht dabei, irgendwie lustig zu klingen. Das gelingt ihm aber nicht.

Michael Neumann ist bemerkenswert zurückhaltend. Nach einer halben Stunde ist die Runde durch. Als die Polizisten den Versammlungsraum verlassen wollen, hält Schwinka ihn zurück. »Bleiben Sie bitte noch einen Augenblick hier!«, sagt der Ermittler.

Neumann und Dorvitz tauschen vielsagende Blicke und der Kommissar setzt sich wieder.

»Was gibt es?«, fragt Schwinkas Widersacher.

»Ich will nicht lange um den heißen Brei herumreden«, sagt der Oberkommissar, als der Letzte die Tür hinter sich zugezogen hat. »Ich muss annehmen, dass Sie unberechtigt Ermittlungsinterna nach draußen gegeben haben. Und bevor ich eine dementsprechende Untersuchung in Gang bringe, möchte ich Ihnen die Gelegenheit geben, dazu Stellung zu nehmen.«

»So läuft das hier jetzt also?!« Michael Neumann springt auf und ist sofort voller Zorn. »Bevor Sie gekommen sind, waren wir hier eine eingeschworene Gemeinschaft. Plötzlich fangen wir an, gegen die eigenen Leute zu ermitteln?«

»Neumann!« Schwinka fährt seinen Untergebenen scharf an.

Der steht vor seinem Stuhl wie zum Sprung bereit.

»Ich kann Ihnen nur den Tipp geben, sich nicht so zu ereifern! Ich unterstelle Ihnen erst einmal nichts. Der von mir geäußerte Verdacht besteht allerdings. Sollten Sie mit dem aufgetretenen Sachverhalt etwas zu tun haben, wissen Sie das in diesem Moment besser als ich. Und dann haben Sie jetzt die Chance, alles aufzuklären. Ansonsten veranlasse ich in dem Moment, in dem Sie diesen Raum verlassen, eine Untersuchung, die mit einschließt, dass ich Sie für einen Tag beurlaube. Ich lasse Sie dann nicht mehr in Ihr Büro, geschweige an Ihren Computer.«

Neumann atmet schwer und ballt die Fäuste. Am liebsten würde er sich auf Schwinka stürzen und auf ihn einschlagen, bis der sich nicht mehr rührte. Trotz seiner Wut, die es ihm schwermacht, klare Gedanken zu fassen, weiß er, dass alles auffliegen wird. Man wird auf seinem Computer in der Befehlsleiste für den Drucker die Protokollauszüge ebenso finden wie in einem der Ordner den anonymen Brief. Natürlich war es dumm von ihm, dass alles hier auf der Dienststelle zu machen. Aber nie im Leben hätte er gedacht, dass das auffliegen könnte. Ob die Strabach ihn verraten hat? Wenn er das rausbekäme, würde die Intendantin ihr blaues Wunder erleben.

Die beiden Polizisten blicken sich in die Augen. Schwinka ist wachsam, Neumann voll unbändiger Wut. Nur – was soll er jetzt tun? Alles erzählen? Sich die Blöße geben? Vor dem? Der Kommissar schnauft. Langsam löst er seine angespannte Haltung, die eigentlich für den Kampf gedacht ist. Dann setzt sich Michael Neumann.

»Wollen Sie mit mir reden?«, fragt Schwinka ruhig.

»Ich wüsste nicht, worüber«, entgegnet der andere widerwillig. »Ich glaube, dass Sie da falschen Informationen aufgesessen sind.«

»Mensch, Neumann!«, sagt Schwinka, der sich das »Herr« mittlerweile völlig klemmt. Ihm fehlt vor diesem Mann einfach der dafür nötige Respekt. »Wenn Sie vernünftig mit mir darüber reden, müssen wir das Ganze nicht an die große Glocke hängen. Aber Sie können sich doch sicher vorstellen, was das für Kreise zieht, wenn weitere Kollegen davon erfahren und das auf den Tischen übergeordneter Stellen landet.«

Neumann versucht, nicht wieder wütend zu werden. Auch seine Nervosität will er unterdrücken. Für Karsten Schwinka ist der Kommissar allerdings ein offenes Buch.

Um den Mund zuckt Neumann leicht, er zwinkert häufig und wackelt mit dem linken Bein rasch auf und ab. Er weiß selbst, dass er auf verlorenem Posten steht. Sich allerdings dem Mann, den er im Moment wohl am meisten hasst, zu öffnen, erscheint ihm wie eine unüberwindliche Mauer.

Michael Neumann hebt beide Hände und streicht sich durch das gegelte Haar. Er holt tief Luft und stößt sie geräuschvoll wieder aus. Wären sie beide jetzt allein, irgendwo, wo niemand sie beobachten könnte, er würde Schwinka an die Gurgel gehen. Er würde auf diesen Mann so sehr einschlagen, wie er es nie zuvor getan hat. Vermutlich würde er ihn umbringen. Dieser Gedanke macht Neumann wieder etwas ruhiger. ›Ja‹, überlegt er, ›jemanden zu töten, ist immer der letzte Ausweg, den man wählen kann. Und er löst Probleme.‹ Der Kommissar lehnt sich leicht zurück. Für ein paar Sekunden schließt er sogar die Augen und atmet ruhig.

Schwinka sieht das. Und er deutet die Regungen des Gegenübers nicht etwa als die Vorbereitung darauf, die Waffen zu strecken. Michael Neumann ist nicht der Mann, der gleich aufgibt, wenn sich ihm ein scheinbar unüberwindbares Hindernis in den Weg stellt. So lange er Schlupflöcher findet, wird er versuchen, diese zu nutzen. Aber gibt es in dieser Situation welche für ihn? Hat Schwinka etwas übersehen?

Michael Neumann schaut seinen Chef wieder an. Für ihn ist dieser Mann nicht nur jemand, der ihm vor die Nase gesetzt wurde, obwohl er sich selbst an dessen Stelle befinden müsste. Für ihn ist Schwinka langsam eine Laus im Pelz seines Lebens, so wie er es sich auf Rügen eingerichtet hat. Als er damals auf die Polizeihochschule kam, war er in seinem privaten Umfeld der Größte. Michael Neumann galt als das leuchtende Beispiel für jemanden, der es zu etwas bringen konnte, ohne sich gesellschaftlichen Zwängen zu unterwerfen. Wenn so einer Polizist werden kann, muss er ein unbändiges Durchsetzungsvermögen besitzen. Mädchen hatte er damals an jedem Finger. Es gab genug, die glaubten, an seiner Seite etwas von der Bewunderung durch andere abzubekommen. Innere Ruhe verschaffte ihm das aber nicht. Schon auf der Schule war es immer wieder mal zu Handgreiflichkeiten zwischen ihm und anderen Anwärtern gekommen. Dass es nicht eskalierte und ihm endgültig den eingeschlagenen Weg verbaute, hatte auch damit zu tun gehabt, dass ihm einige körperlich überlegen waren. Die ließen sich weder die Butter vom Brot nehmen, noch wichen sie Auseinandersetzungen aus. Das hatte den Rüganer gebändigt.

Seine erste Dienststelle war in Barth. Für Michael Neumann ein guter Start. Auch verstand er sich blendend mit seinem Chef. Immer, wenn er daran zurückdenkt, macht es ihn wütend, dass er nach nur drei knappen Dienstjahren – zwar mit Lorbeerkranz im Haar – nach Stralsund zum Kriminaldauerdienst versetzt wurde. Hier hatte man große Hoffnungen in ihn gesetzt, leider funktionierte es mit einem Schichtleiter nicht. In Neumanns Augen ein inkompetenter Gernegroß, den er bei einem Aufeinandertreffen ohne Zeugen mit nur einem Faustschlag niedergestreckt hätte. Stattdessen maßte dieser Polizist sich an, ihn unentwegt zu kritisieren und die unangenehmsten Aufgaben zuzuweisen. Neumanns Genugtuung bestand darin, dass alte Bekannte aus Sassnitz dem ungeliebten Vorgesetzten des Nachts das Auto abfackelten. Das war schnell erledigt und hatte ihn nicht einmal etwas gekostet.

Als dann eine Stelle in Bergen frei geworden war, hatte Neumann zugegriffen. Im Schoße seiner Familie, im Dunstkreis seiner Bewunderer glaubte er, am schnellsten voranzukommen. Und es war definitiv nicht von der Hand zu weisen, dass der Kripomann eine gute Polizeiarbeit leistete. Die Aufklärungsquote bei Einbruchsfällen war unter seiner Regie überdurchschnittlich hoch. Auch galt er bei allen Kollegen als sortierter Beamter mit einer schnellen Auffassungsgabe. Nicht umsonst machte er auf der Insel zügig Karriere – und hatte erst vor Kurzem die Leitung der Kripo in Bergen übernehmen sollen.

Sein Groll auf Schwinka ist also berechtigt, findet Michael Neumann. Darin wird er auch jeden Abend von seiner Frau unterstützt, die von der Insel stammt – genau wie er. Und deren Eltern kannten die alten Schwinkas auch ziemlich gut. Von seiner Frau weiß der Polizist, dass Schwinkas Vater an einem Herzinfarkt starb, als dessen Sohn mit Freunden nach Japan verreist war. Ihm sei die Todesnachricht übermittelt worden, als sein Vater schon zwei Tage nicht mehr lebte. Die Mutter hielt danach noch vier Jahre durch und erlag einem Krebsleiden. Viele sagen, sie sei aus purem Kummer gestorben. Nicht nur wegen des Todes ihres Mannes. Auch habe sich der Sohn viel zu wenig gekümmert. ›Passt zu dem‹, denkt Michael Neumann gerade. ›Die Karriere gnadenlos vorantreiben, aber die eigene Familie im Stich lassen.‹ Auch deswegen hasst Neumann seinen neuen Vorgesetzten, denn er selbst ist ein Familienmensch, durch und durch. Seine Frau und sein kleiner Sohn von viereinhalb Jahren stehen über allem. Dann kommen seine Eltern und die drei Geschwister – zwei Brüder und eine Schwester.

Karsten Schwinka hat Zeit und Geduld. Egal, wie lange Michael Neumann schweigt, egal, welche Regungen er offenbart – Schwinka sagt und tut nichts. Er sitzt nur auf seinem Stuhl, hat die Beine leicht gespreizt, die Hände vorm Bauch gefaltet und schaut den Kollegen an. Abwartend. Er weiß eine Menge über diesen Mann da vor ihm. Kennt seine Verfehlungen aus der Jugendzeit, weiß, dass er in Stralsund nicht Fuß fassen konnte, und hat auch von den handfesten Auseinandersetzungen mit anderen Polizeianwärtern gehört. Sicher kann Schwinka seinen Untergebenen jetzt in gewisser Weise besser einschätzen, weiter hilft ihm das aber nicht. Denn jeder hat seinen Rucksack zu tragen. Und offenbar arbeitete Neumann als Polizist präzise und ohne Verfehlungen. Bis jetzt. Oder vielleicht besser: Bis jetzt hat noch niemand mitbekommen, dass dieser Mann auch in der Lage ist, seine Ideale zu verraten.

Michael Neumann schwankt. Nicht aus Einsicht, sondern weil sich in ihm Selbstschutzmechanismen regen. Und die haben viel mit seinem Familiensinn zu tun. Denn zum einen will er auf gar keinen Fall das von ihm bei allen existierende Bild zerstören, zum anderen kann eine interne Ermittlung gegen ihn auch zum Ergebnis haben, dass er nicht mehr als Kriminalpolizist arbeiten darf. Was wird dann aus seiner Frau und seinem Sohn? Gut, sie werden nicht verhungern. Aber einen gewissen Wohlstand will er sich und der Familie schon erhalten. ›Warum muss der Schwinka da sitzen?‹, denkt Neumann. ›Mit Hortung und jedem anderen hätte ich über die ganze Angelegenheit geredet. Bei dem weiß ich doch gar nicht, ob er gemachte Zusicherungen einhält. Diese Emporkömmlinge sind doch nicht umsonst so schnell in ihre Positionen gerutscht. Die gehen für ihren eigenen Vorteil über Leichen. Und warum sollte der auf meine Befindlichkeiten Rücksicht nehmen.‹ – »Alles, was Sie glauben, mir vorwerfen zu können, ist an den Haaren herbeigezogen«, sagt Michael Neumann bestimmt. »Sie können meinen Computer durchforsten, Sie können meinetwegen auch eine Hausdurchsuchung veranlassen: Sie werden nichts finden, das mich in Misskredit bringt. Und dann werde ich dafür sorgen, dass Sie hier wegkommen, Schwinka!« Neumann geht voll auf Konfrontation. Sogar den verbalen Krieg, den Schwinka mit dem Weglassen der Anrede begonnen hat, ficht er jetzt mit aus. Dem Kommissar ist es in diesem Augenblick gleichgültig, welche Ergebnisse eine interne Ermittlung zutage fördern werden. Er hat bis jetzt immer noch eine Lösung gefunden, wenn es für ihn mal richtig eng wurde. Warum sollte ihm das ausgerechnet diesmal nicht gelingen? Neumann ist in einem Rausch der eigenen Zuversicht.

Karsten Schwinka ist ein wenig überrascht, dass es Neumann darauf ankommen lässt. Der Chefermittler muss sich eingestehen, dass er seinen Widersacher womöglich doch etwas unterschätzt hat. »Gut, Neumann. Dann ist das so«, sagt Schwinka. »Haben Sie noch etwas in Ihrem Büro, das Sie mitnehmen möchten?«

»Meine Umhängetasche.«

»Noch etwas auf dem Schreibtisch?«

»Nein, nichts weiter«, sagt Neumann, der nun wieder ganz ruhig ist. »Ich konnte noch nichts auspacken, da wir erst zu Ihnen in die Lage kommen mussten. Das ist übrigens ein ungünstiger Zeitpunkt für so etwas. Wir haben vor Ihnen immer erst gegen 11 Uhr eine Lagebesprechung gemacht – wenn die Kollegen schon die ersten Posteingänge gecheckt hatten. Manchmal ergibt das etwas Neues für den Tag.«

›Wow‹, denkt Schwinka, ›der ist sich seiner Sache aber gerade wieder total sicher. Was habe ich übersehen?‹ – »Es steht Ihnen nicht zu, mir vorschreiben zu wollen, wann ich Sie und die Kollegen zur Lagebesprechung ranzitiere«, entgegnet der Chefermittler. »Und wenn das ein gut gemeinter Vorschlag für eine Verbesserung von Arbeitsabläufen war, ist der Zeitpunkt dafür herzlich schlecht gewählt.«

Neumann zuckt mit den Schultern, steht auf und wartet, dass sein Chef vor ihm den Versammlungsraum verlässt.

Dann geht Schwinka in das Büro des Kommissars, holt unter dem verwunderten Blick von Steffen Dorvitz Neumanns Umhängetasche und händigt sie diesem auf dem Flur aus. »Sie sind einen Tag beurlaubt«, sagt Karsten Schwinka. »Ihre Dienstwaffe haben Sie noch im Schließfach?«

»Ja.«

»Gut. Ich benötige noch das Passwort für Ihren Computer.«

»Sie würden ganz schön alt aussehen, wenn ich Ihnen das nicht sagen würde«, grinst Neumann. »Es steht aber auf der oberen Kante des Bildschirms.«

»Dann melden Sie sich am Montag, Punkt 10 Uhr, bei mir im Büro! Dort unterrichte ich Sie über die ersten Ergebnisse der Untersuchungen. Und ich werde Ihnen mitteilen, wie wir weiter mit Ihnen verfahren.«

Michael Neumann grinst immer noch und zieht dabei die Mundwinkel ein wenig herab. »Vielleicht werde ich Ihnen sagen, wie weiter mit Ihnen verfahren wird«, sagt er selbstbewusst.

Und Schwinka denkt: ›Puh, wird mir schwerfallen, dem nicht die volle Breitseite der Konsequenzen zu verpassen.‹

Neumann dreht sich grußlos um und verlässt das Revier.

Der Chef der Bergener Kriminalpolizei begibt sich in Schobels Büro. Sein Mitstreiter sortiert gerade Papierkram in seinen Schreibtischschubladen. »Danilo, ich quartiere in einer Minute Steffen Dorvitz in eines der Sachbearbeiterbüros um«, erläutert ihm Schwinka die Lage. »Dort ist krankheitsbedingt ein Schreibtisch frei. Du wirst dich heute ausschließlich mit Neumanns Computer befassen! Ich habe Grund zur Annahme, dass er es war, der Ilona Strabach die Vernehmungsprotokolle zukommen ließ. Auch denke ich, dass er den anonymen Brief an die Presse verfasst hat. Wonach du in diesem Zusammenhang auf dem Computer suchen musst, weißt du. Auch musst du an das Schreiben kommen, dass der Redaktion vorliegt!«

Schobel sieht seinen Chef entgeistert an. »Bist du dir sicher, dass es Michael war?«

»Ja, das bin ich.«

»Ähm, Karsten … ihr hattet beide sicher nicht den besten Start. Aber Michael ist ein wirklich guter Kriminalpolizist.« Danilo Schobel zweifelt zum ersten Mal am Urteilsvermögen des Chefermittlers.

»Nun, Danilo, und ich möchte den guten Ruf dieses Mannes auch nicht beschädigen. Genau aus diesem Grund betraue ich dich mit der Aufgabe. Eigentlich müsste ich ein internes Ermittlungsverfahren einleiten, allerdings kämen dann alle Räder ins Rollen. Und wenn sich mein Verdacht bestätigen würde, wäre Neumann vermutlich ziemlich schnell weg vom Fenster. Wenn wir das aber erst mal unter uns klären, können wir den Kollegen womöglich vor einer schwerwiegenden Disziplinarstrafe bewahren.«

»Seine Verfehlungen hältst du für so gravierend, dass ihm eine schwerwiegende Disziplinarstrafe drohen könnte?«

»Ja. Leider.

»Hoffentlich verrennst du dich da nicht in etwas!«

»Danilo, ich vertraue dir voll und ganz. Finde die Protokolle und den Brief auf seiner Festplatte und organisiere den Schriebs von der Zeitung!«

»Okay, kann ich machen. Aber ich bin kein IT-Spezialist.«

Schwinka merkt Schobel an, dass er von dieser Untersuchung gar nichts hält. Gegen Kollegen zu ermitteln, gehört unter Polizisten zu den größten Schweinereien. Was den Hauptmeister allerdings beruhigt, ist der Versuch seines

Vorgesetzten, den geäußerten Verdacht nicht an die große Glocke hängen zu wollen. ›Aber vielleicht ist er sich unsicher und will deswegen erst einmal alles heimlich herausbekommen‹, denkt Schobel. ›Das wäre eine riesige Sauerei. – Aber eigentlich traue ich dem Schwinka so etwas gar nicht zu.‹

Er packt seine Sachen zusammen und geht mit Schwinka in das Nachbarbüro. Der Kripoleiter ordnet für Dorvitz einen vorübergehenden Wechsel des Arbeitsplatzes an und Danilo Schobel macht sich über Neumanns Computer her.

47

Gewehr bei Fuß

Michael Neumann wird aktiv. Zuerst unternimmt er sein obligatorisches Telefonat mit Ilona Strabach.

Die hat sich seit ihrer nächtlichen Unterredung an alle Absprachen gehalten. Als der Kommissar sie mit den Vorwürfen seines Chefs konfrontiert und die Warnung ausspricht, er hoffe sehr, dass nicht sie die Infos an Schwinka gegeben habe, reagiert die Intendantin bestürzt. Sie schwört Stein und Bein, dass von ihr niemand auch nur ein Sterbenswörtchen gehört hat. Dass ihr Geschäftsführer mit im Boot ist, verschweigt sie vorsichtshalber. Gleichzeitig beschleicht sie die Angst, Haßmann könnte der Informant sein, hat er doch zurzeit geradezu einen heißen Draht zu den Ermittlern.

Neumann lässt sich besänftigen und sinniert mit Strabach darüber, ob beim Einbruch eventuell eines der Protokollblätter entwendet wurde. Der Polizist hält es in diesem Fall sogar für möglich, dass Schwinka hinter der Räuberei stecken könnte.

Ilona Strabach weiß, dass keines der Blätter fehlt, lässt Neumann allerdings seinen Verdacht. Zum einen erkennt sie dadurch, wie besessen der Mann vom Hass auf Schwinka ist, zum anderen lenkt dieser Gedanke Neumann womöglich davon ab, sich mit ihr zu beschäftigen. Denn je mehr sie hinter die Fassade des Bergener Beamten schaut, desto tiefere Abgründe tun sich ihr auf. Und die bereiten ihr große Sorgen.

Anruf Nummer zwei gilt dem Sassnitzer Hotelier Simon Selinski. Dem hat Neumann nicht nur einmal Strafzettel erspart. Sogar mit Fahren unter Alkoholeinfluss kam der Touristiker durch. Diese Freundschaftsdienste leistete der Kommissar mit Bedacht, ist Selinski doch ein einflussreicher Mann im Deutschen Hotel- und Gaststättenverband und im Tourismusverband von Rügen. Darüber hinaus ist er als CDU-Mann mit einigen Ministern der Schweriner Landesregierung ziemlich dicke.

Neumann schildert Selinski am Telefon kurz, dass er durch ein intrigantes Spiel eines Vorgesetzten in Schwierigkeiten geraten sei und deshalb die Unterstützung des Hoteliers benötige. Der ist ganz bei seinem Polizistenfreund und verspricht, zu helfen.

Und schließlich versetzt der Kommissar noch zwei alte Kumpels in Alarmbereitschaft. Auf deren Handlangerdienste konnte er schon so manches Mal zurückgreifen. Mal zahlte er einen erträglichen Obolus, mal schützte er auch diese beiden vor dem Arm des Gesetzes. Er kündigt eine Aktion an, über die er sie in Kürze noch etwas genauer informieren will. Die beiden Männer stehen Gewehr bei Fuß.

48

Krimiklischees

Auf dem Zettel von Karsten Schwinka steht Justus Schmiedt. Diese Kündigung eines sicheren Jobs in einem renommierten Theater ist durchaus bemerkenswert. Allerdings hat der Ermittler an den Möhricke-Ersatz bisher noch nicht den geringsten Gedanken verschwendet. Er scheint auch nicht in das Spiel zu passen, das offenbar in Ralswiek läuft. Aber es wäre nicht das erste Mal, dass ein fehlendes Puzzleteil ausgerechnet im Kühlschrank gefunden wurde.

Er ist diese schnurgerade Dorfstraße seit seiner Rückkehr auf die Insel schon unzählige Male entlanggefahren. Für die Ralswiek-Besucher ist sie ein Weg der Verheißung. Für Schwinka verbinden sich damit ganz andere Empfindungen, denn am Ende dieser Straße geht ein Mörder unbescholten seinem Tagwerk nach.

Als er wieder auf dem kleinen Parkplatz vor dem Störti hält, bleibt er im Auto sitzen und schaut sich um. Nicht, dass er was suchen würde. Es ist dieses Umschauen, ohne etwas zu sehen, denn im Moment dominieren die Bilder vor seinem geistigen Auge, die in seinem Kopf entstehen. Könnte er rigoros wie die Axt im Walde vorgehen, wäre er vielleicht schon kurz vor dem letzten Schritt. Dazu gehörten aber Hausdurchsuchungen bei Personen, die nicht einmal verdächtig sind. Trotzdem verspräche er sich Erkenntnisse daraus. Aber so etwas bekäme er nie durch. Auch hat er da zwei, drei Spezis, die er am liebsten in Untersuchungshaft nehmen würde, um die Wahrheit aus ihnen herauszudrängeln. Aber auch für solche Festnahmen reichen die Beweise nicht. Also bleibt ihm weiter nur die akribische Kleinarbeit.

Da knallt es plötzlich. Wie ein Schuss. Schwinka schreckt zusammen und reißt die Fahrertür auf. Da, noch einmal. Und noch ein dritter Knall. Ja, das sind Schüsse aus Richtung Bühne. Schwinka rennt los. Er kommt nicht einmal mehr dazu, seinen Wagen zu verriegeln. Das Tor zum Bereich hinter der Kulisse steht weit offen. Der Polizist läuft durch den Sand, was ihn langsam macht. Es geht vorbei an den Holzaufbauten, die wie Baugerüste aussehen und ein komplexes Konstrukt aus Stützelementen und Aufgängen sind. Als er die Bühne und den dahinterliegenden Graben erreicht – sieht er nichts Verdächtiges. Allerdings müssen die Schüsse hier irgendwo gefallen sein.

Auf der anderen Seite bei der gegenüberliegenden Fassade aus Holz, Pappmaché und Stahl regt sich etwas. Das ist Felix Wulff, der Handwerker von der Pyro-Mannschaft. Hinter ihm geht Katalena Priest, die hübsche Störtebeker-Freundin. Beide lachen, er hält zwei mittelalterliche Schießeisen in den Händen.

Fürs Erste scheinen die Schüsse geklärt zu sein. Schwinka geht in den Graben und damit auf kürzestem Weg den beiden entgegen.

Die haben ihn entdeckt – und scheinen nichts zu verbergen zu haben. Denn zwanglos reden sie weiter miteinander und lachen.

»Na, guten Tag«, sagt Schwinka.

Das Pärchen erwidert den Gruß.

»Veranstalten Sie hier Schießübungen?«

»Oh, interessiert sich die Kriminalpolizei jetzt sogar für Theaterrequisiten?«, fragt Katalena Priest schnippisch – aber kokett.

»Nicht per se«, antwortet Schwinka, »aber wenn Sie ehrlich sind, gibt es bei den Festspielen so einiges, das bei falscher Handhabe einen Menschen durchaus umbringen kann.«

»Diese Pistolen nicht«, versichert Felix Wulff. »Alles nur laut, nicht gefährlich.«

»Auch solch ein Ding kann präpariert oder auf die Schnelle umgebaut werden. Das wissen Sie besser als ich«, sagt Schwinka.

»Naja, so schnell geht das nun auch wieder nicht«, entgegnet der Handwerker. »Und ein bisschen Ahnung sollte man davon auch haben.«

»Was hat Sie beide denn zu der kleinen Schießerei veranlasst?«, fragt der Ermittler weiter.

»Katalena wollte …«

»Ach, nichts wollte ich«, fällt die Schauspielerin dem Pyrotechniker ins Wort.

»… wissen, wie …«, klingt da von Wulff noch durch. Dann schaut der Handwerker die schlanke Frau entgeistert an.

»Also im Moment macht bei den Festspielen so ziemlich jeder die harmlosesten Dinge zu einem Drama«, sagt Schwinka leicht genervt. »Ihnen muss doch klar sein, Frau

Priest, dass ich erst so richtig neugierig werde, wenn jemand auf so eine Frage mit ›Ach, nichts‹ antwortet, oder?«

Sie schweigt und lächelt.

Felix Wulff schaut die Schauspielerin immer noch verwundert an. Die Pistolen wirken mittlerweile etwas deplatziert in seinen Händen. »Also«, beginnt er vorsichtig, »es war nichts. Ich habe ihr nur die Funktionsweise der Waffen gezeigt.«

»Felix hat bereits angefangen die Pyro-Strecke für heute Abend aufzubauen und dabei die Pistolen präpariert«, sagt Katalena Priest. »Und ich wollte einfach sehen, wie das mit den Pistolen funktioniert.«

»... und ob sich damit jemand verletzen kann, wenn man auf ihn draufhält«, fügt Wulff hinzu und will damit die Erklärung der Frau freundlich unterstützen, erntet von ihr aber sofort einen tadelnden Blick.

»Wieso wollen Sie denn so etwas wissen?«, fragt Schwinka die Mimin.

»Na hören Sie mal, Herr Kommissar! Um mich herum knallen jeden Abend diese Dinger zu Dutzenden. Da werde ich mich doch wohl mal erkundigen können, wie gefährlich die sind.« Katalena Priest gibt sich empört. Und ist es vermutlich sogar.

»Ach kommen Sie, Frau Priest!« Schwinka klettert aus dem Graben und steht jetzt direkt vor den beiden. »Ich esse meine Suppe doch nicht mit einer Mistforke. Sie haben mit den Knalleffekten auf dieser Bühne seit Wochen zu tun. Da wollen Sie mir doch nicht ernsthaft erzählen, dass Sie jetzt plötzlich auf den Gedanken gekommen sind, das Ganze könnte unter Umständen auch ein bisschen gefährlich sein.«

»Doch!«, sagt die Schauspielerin gespielt trotzig. Dabei legt sie den Kopf ein klein wenig schräg und schaut den Polizisten herausfordernd an.

Felix Wulff gefällt gar nicht, in welche Richtung sich gerade das Gespräch entwickelt. »Ich werde die Pistolen mal vorbereiten und in der Werkstatt ablegen«, sagt er also. Und an Katalena Priest gerichtet: »Möchtest du mitkommen?«

Die Schauspielerin lächelt Schwinka erneut sehr verführerisch an und zuckt mit den Achseln. »Darf ich mitgehen, Herr Kommissar?«

»Wer soll Sie daran hindern?«, entgegnet Schwinka.

Beim Weggehen dreht sich Priest noch einmal zu ihm um, lächelt und winkt unmerklich.

›Sie trägt ununterbrochen eine Maske‹, denkt der Ermittler. ›Und sie spielt mit diesem Pyro-Menschen. Nur, was will sie von dem?‹

Karsten Schwinka begibt sich durch den Sand in die Mitte der riesigen Naturbühne. Er schaut auf die leeren blauen Stuhlreihen. Über 8000 Menschen haben dort Platz. ›Wahnsinn‹, denkt er weiter vor sich hin, ›als Schauspieler muss man doch irgendwann völlig abdrehen, wenn man jeden Abend in dieser Kulisse von Tausenden Menschen bejubelt wird. Das ist ein bisschen wie ein Rockkonzert.‹

Schwinka steht und sein Blick ist starr irgendwo in die blaue Wand gerichtet. Aber er sieht eigentlich schon wieder nichts, denn die Gedanken beherrschen ihn.

Katalena Priest und Möhricke ... Katalena Priest und Tröger ... Neumann und Strabach ... Hermanova und Tröger ... Hermanova und Pioch ... Puls und Burgner ... Silvie und Jaukner ... Silvie Pochowski und Möhricke ... Katalena Priest und der Pyrotechniker – nun, das ist neu. Aber warum? Und muss sich Schwinka mittlerweile bei jeder zwischenmenschlichen Konstellation auf diesem Gelände am Bodden Gedanken über deren Bedeutung machen? Im Moment ist das wohl noch so. Er darf nichts übersehen. Denn so lange er nicht wirklich weiß, warum diese drei Männer starben, kann es auch noch weitere Tote geben.

Karsten Schwinka ruft Geschäftsführer Haßmann an. Der Ermittler will wissen, wo er Justus Schmiedt finden kann. – Im Schloss oberhalb des Freilufttheaters. Aha, hätte er sich denken können. Also macht Schwinka einen Spaziergang hinauf zum Hotel, das von der Naturbühne aus wie eine Kulisse wirkt.

Das sind gut 15 Minuten Fußmarsch, wenn man sich Zeit lässt. Und Schwinka lässt sich Zeit. An der Rezeption fragt er nach Schmiedt. Zimmer 137. Schwinka geht hinauf, klopft.

Der Schauspieler öffnet. »Ach, ich habe mich schon gefragt, wann ich denn dran sein würde?!«, ist die launische Begrüßung durch Justus Schmiedt. Er ist Anfang 30, mittelgroß und trägt einen schwungvollen Scheitel. Der Mime ist ein Allerweltstyp, der in TV-Serien in jeder Rolle besetzt werden kann. Das liegt aber nicht an dem Typ Schmiedt, sondern an den Charakteren: Ob Verbrecher, Anwalt, untreuer Ehemann oder Spekulant – jede Figur ist zu allererst smart. Dann kommen die Facetten. Und davon gibt es meist nur wenige.

Schwinka nickt nur kurz und Justus Schmiedt bittet den Polizisten herein.

»Ich war schon fast enttäuscht, dass die Polizei so gar kein Interesse an mir zu haben schien«, redet der Schauspieler weiter. »Aber jetzt sind Sie da. – Nehmen Sie doch Platz, Herr Kommissar!«

Die TV-Krimis haben einige Klischees begründet. Eines davon ist, dass die Ermittler alle Kommissare sind. Schwinka musste mit Erstaunen feststellen, dass sich diese Ansicht durch alle Schichten zieht. Selbst Leute mit nachweislich hohem Bildungsgrad reden ihn mit »Herr Kommissar« an. Vielleicht ist das aber auch nur der Ersatz für das »Sir« der Briten und Amerikaner und das »Monsieur« der Franzosen. Im Deutschen gibt es das so nicht. »Können Sie mir sagen, wie spät es ist, mein Herr?« wird man im Alltag kaum hören. Im Englischen und Französischen sind die angehängten Anreden selbstverständlich. Vielleicht ist also dieses »Herr Kommissar« das Überbleibsel einer Umgangsform, die von respektvoller Höflichkeit geprägt war.

»Wie kann ich Ihnen denn helfen, Herr Kommissar?«, sagt Schmiedt und Schwinka hat das Gefühl, der Mann habe seine Gedanken erraten.

»Das werden wir sehen«, sagt der Ermittler, der sich nicht weiter vorstellt, denn Schmiedt scheint ihn zu kennen. »Haben Sie gut in das Stück hineingefunden?« Der Ermittler umgeht wie so oft die Einstiegsfloskeln.

»Ja, läuft gut. Ist auch keine so große Rolle«, sagt Schmiedt.

»Kannten Sie Jan Möhricke eigentlich?«

»Nicht persönlich. Oder sagen wir, ich habe mich mal mit ihm zehn Minuten unterhalten. Damit erschöpften sich unsere Kontakte allerdings.«

»Wieso hatten Sie die Rolle schon drauf, als Sie angerufen wurden?«

»Ich war kurzzeitig als Herzog im Gespräch. Dann haben Ilona und Silvio allerdings eine Zusage von Jan Möhricke bekommen. Und der passte ihnen altersmäßig besser ins Bild.«

»Und als Sie vage in den Fokus für die Rolle gerückt waren, haben Sie sie gleich vollständig gelernt.«

»Da ist gar nichts Ungewöhnliches dran: Ich versuche seit Jahren, hier zu spielen. Also lege ich mich ins Zeug. Und womit kann man punkten? Dass man draufhat, was von einem verlangt wird, wenn man die Chance kriegt.«

»Ungewöhnlich finde ich allerdings, dass Sie einen gut bezahlten Job am Greifswalder Theater sausen ließen. Und das obendrein zwei Wochen vor dem Mord an Möhricke.«

Justus Schmiedt, der Schwinka in einem engen Sessel gegenübersitzt, lächelt und schaut sich auf die Füße. »Das wissen Sie also auch schon«, sagt der Mime und hebt den Kopf. »Aber ist auch logisch. Sie müssen alle durchleuchten, die hier arbeiten und auf der Bühne stehen.«

»Richtig«, entgegnet Schwinka. »Also?«

»Die zeitliche Merkwürdigkeit ist purer Zufall«, sagt Schmied. »Der Grund ist allerdings schon ein bisschen schwerwiegender. Ich hatte persönliche Differenzen mit einem Kollegen. Die gingen schließlich sogar soweit, dass er sich in Angelegenheiten meiner Familie einmischte – also Anrufe tätigte und solche Sachen. Deswegen habe ich auch einen Anwalt eingeschaltet. Spätestens zu diesem Zeitpunkt konnte ich mit ihm nicht mehr zusammenarbeiten. Also habe ich mich einvernehmlich vom Greifswalder Theater getrennt.«

»Okay.« Schwinka steht schon wieder auf. »Schreiben Sie mir bitte den Namen des Kollegen auf! Auch die Telefonnummer des Intendanten. Wir werden Ihre Angaben überprüfen.«

»Oh das war's schon?«, ist Schmiedt überrascht. »Ich dachte, das wird hier ein richtiges Verhör.«

»Da muss ich Sie enttäuschen.« Schwinka geht bereits zur Tür.

»Wissen Sie eigentlich, dass Tobias Gürtler einen Tag nach Jan Möhrickes Tod mit ähnlichen Symptomen ins Krankenhaus gekommen ist?«, sagt Schmiedt plötzlich.

Schwinka bleibt stehen. Er dreht sich in dem kleinen Flur des Hotelzimmers wieder um.

Der Herzog-Darsteller sitzt immer noch in seinem engen Sessel.

»Woher wissen Sie das? Sie waren doch gar nicht hier, als Jan Möhricke starb.«

»Zum einen reden die Schauspieler davon, zum anderen hat Tobias mir das bestätigt.«

»Was sagt er? Wie lange war er im Krankenhaus?« Schwinka ist hellhörig geworden.

»Nur den einen Tag. Und er misst dem nichts bei.«

»Nun, Herr Schmiedt, ich muss sagen, dass ich mich geradezu freue, mich heute mit Ihnen unterhalten zu haben.«

Der Ermittler lächelt. Der Schauspieler auch. Ein kurzer Gruß mit der Hand und Schwinka geht.

Karsten Schwinka kehrt wieder zurück ins Dorf. Diesmal schlendert er nicht, sondern hat einen zügigen Schritt drauf. Er will ins Blaue Haus, dort wohnt Gürtler neben Robert Kranich. Meist sind die Schauspieler auf ihren Zimmern, lediglich zum Mittagessen zieht es sie in die Gegend. Als das Störti noch offen war, aßen die meisten dort. Jetzt gehen viele ins Riff direkt unten am Hafen. Schwinka hofft, Gürtler in seiner Unterkunft zu treffen. Er hat Glück.

›Auf diese Leute ist Verlass‹, denkt der Polizist, als der kernige Darsteller die Tür öffnet.

Gürtler hat einen leicht südländischen Einschlag, ist dunkelhaarig mit einem starken Bartwuchs. Wenn er sich nicht jeden Tag rasiert, sind bei ihm Kinn und Wangen nach 48 Stunden schwarz. Der Mann spielt sehr intensiv. Schwinka mag es, wie sich der Mime auf der Naturbühne ins Zeug legt. Er ist ein Bösewicht nach Maß und gehört definitiv nicht zu den Lieblingen beim Publikum. Und das ist für einen Schauspieler, der über seine Darstellung hinaus mit seiner Rolle identifiziert wird, gemeinhin ein gutes Zeichen. »Ach, die Polizei«, begrüßt ihn Tobias Gürtler.

›Langsam gehöre ich anscheinend zur Familie‹, denkt Schwinka darauf. »Tja, die Polizei«, sagt er aber. »Darf ich reinkommen?«

»Oh, durchaus«, entgegnet der Mittvierziger, der bei dieser Frage mitbekommt, dass er einfach in der Tür stehengeblieben ist. Wie aufgeschreckt hüpft er beiseite.

»Danke«, sagt Schwinka und tritt ein. »Hübsch haben Sie es hier«, stellt er als nächstes fest. Das ist gar nicht die Art des Ermittlers, aber nach all den kargen und unpersönlichen Zimmern und Wohnungen der anderen Schauspieler überrascht es ihn schon, dass Gürtler ganz individuell eingerichtet hat. Er muss quasi mit einem Umzugswagen angereist sein. Der Wohnraum wird von eigenwilligen Designermöbeln dominiert, die keineswegs ungemütlich wirken. Allerdings hat der Tisch eine bizarre Form, die bei längerer Betrachtung an eine kniende nackte Frau erinnert. Die davor stehende, in zig Farben leuchtende Couch könnte den Bug eines Bootes meinen, hat auch etwas von einer Bütt – erfüllt aber total die Funktion einer gemütlichen Liege. Auch die Musikanlage ist beeindruckend. Sie sieht zwar mehr nach einer Kulisse aus »Star Wars« aus, macht aber vermutlich auch gerade deshalb eine Menge her.

»Danke, Herr Kommissar.«

›Da ist es wieder‹, denkt Schwinka und fragt: »Warum haben Sie sich so viel Mühe gegeben, sich einzurichten?«

»Ich bin drei Monate hier«, sagt Gürtler. »Warum soll ich da auf Komfort und jene Ästhetik verzichten, die ich so mag? Und – ich kann es mir darüber hinaus leisten.«

»Ich kann Ihr Bedürfnis nachvollziehen«, lässt sich Schwinka auf eine Unterhaltung ein, »vor allem, als ich gesehen habe, wie Sie alle tagsüber eher auf den Unterkünften bleiben. Da ist es doch richtig schön, eine angenehme Umgebung zu haben und sich mit den Dingen beschäftigen zu können, die einem am meisten Spaß machen.«

Gürtler nickt.

»Was macht Ihnen am meisten Spaß?«, fragt Schwinka und leitet damit leicht die Vernehmung ein.

»Musik hören zum Beispiel«, entgegnet der Schauspieler. »Jazz Rock, progressiver Rock – da muss man zuhören können.«

»Haben Sie in Ralswiek zwischenmenschliche Bindungen entwickelt?«

»Mmh, ich denke, Sie meinen, ob ich etwas mit einer Frau habe?«

»Zum Beispiel.«

»Nein, bin glücklich verheiratet.«

»Das ist kein Grund, wie ich schon einige Male feststellen durfte während der Ermittlungen.«

»Okay, dann sagen wir so: Ich bin mit dem, was ich zu Hause habe, absolut zufrieden. Und das ganze Bäumchen-wechsle-dich-Spiel finde ich total unwürdig«, präzisiert Tobias Gürtler seine Antwort.

»Aber Sie kriegen einiges mit?«

»Natürlich. Allerdings muss ich Ihnen sagen, Herr Kommissar, dass man doch erstaunlich wenig mitbekommt im Vergleich zu dem, was hier wirklich abgeht.«

»Wie meinen Sie das?«, hakt Schwinka nach.

»Mit der Zeit erfährst du schon, dass der mit der oder die mit dem. Das fällt dann meist irgendwie nebenbei in einer Bemerkung. Allerdings bleibt das oberflächlich. Wie intensiv manche Sachen sind, kam erst jetzt durch die Tragödien ans Licht.«

»Zum Beispiel?«

»Da gibt es die Kellnerin Silvie … die kennen Sie. Die ist mit Friedhelm Jaukner richtig fest zusammen.«

»Wie kommen Sie darauf?«

»Sie glauben gar nicht, was in den letzten Tagen alles so analysiert worden ist. Vieles blieb vage, klang nach einem Gerücht. Über die Kellnerin und Friedhelm waren sich aber alle einig. Und ganz ehrlich? Ich habe keine Ahnung wie er das vor seiner Frau geheim hält.«

»Und? Noch eine Geschichte, die Sie erfuhren und womöglich überraschte?«, fragt Schwinka weiter.

»Ja, ganz eindeutig das Ding zwischen Helmar – Gott sei seiner Seele gnädig – und der Maskenbildnerin.«

»Was war da?«

»Das ist wohl eine unglaublich leidenschaftliche Liebesbeziehung gewesen.«

»Ich habe da anderes gehört«, unterbricht Schwinka. »Er soll ihr Gewalt angetan haben.«

»Helmar der Elli? Pah – nie im Leben! Wer erzählt das?«

»Das behalte ich vorerst für mich. Allerdings hörte ich das aus mehreren Richtungen.«

Gürtler schüttelt den Kopf. »Helmar war eigentlich ein prima Typ. Und seine Freundin in Hannover hat er verehrt wie eine Heilige. Da war es überhaupt komisch, dass er sich mit der Tschechin eingelassen hat. Aber scheinbar fehlte ihm zu Hause etwas. Und das hat er sich bei dieser Frau geholt. – Eine merkwürdige Person übrigens, finden Sie nicht auch?«

Karsten Schwinka zuckt mit den Achseln. »Das möchte ich nicht bewerten«, antwortet er. »Aber was hat ihm denn gefehlt?«

»Herr Kommissar, kommen Sie schon! Irgendetwas wird es schon gewesen sein. Jedenfalls hat er immer wieder gesagt: ›Die Tschechinnen können was‹ – und so ziemlich jeder wusste, dass er Eliska meinte.«

»Warum schließen Sie aus, dass Tröger der Frau Gewalt antat? Haben Sie dafür mehr in der Hand, als nur, er sei ein ›prima Typ‹ gewesen?«

»Nein«, sagt Gürtler, »aber Helmar kannte ich. Seit Jahren schon. Die Maskenbildnerin hingegen finde ich unheimlich, undurchsichtig sowieso.«

Karsten Schwinka biegt plötzlich komplett anders ab und fragt Tobias Gürtler über die Musikanlage aus.

Der freut sich über das Interesse und verliert sich in Details, die der Polizist aber absolut interessant findet. Nach gut zehn Minuten Unterhaltung über Technik und Design stellt Schwinka unvermittelt wieder eine Frage im Rahmen seiner Ermittlungen. »Sie waren im Krankenhaus?«

»Nur einen Tag«, winkt der Schauspieler ab.

»Was war los mit Ihnen?«

»Magenkrämpfe, ich habe mich ständig übergeben, Herzrasen, kalter Schweiß – ein, zwei Stunden dachte ich wirklich, es ist aus.«

»Und dann tun Sie das Ganze so ab?«

»Die Ärzte sprachen von einer Lebensmittelvergiftung, denn als ich alles aus meinem Körper raushatte, ging es mir wieder gut.«

»Die Symptome traten einen Tag nach Jan Möhrickes Tod auf?«, fragt der Oberkommissar weiter.

»Akut, ja. Unpässlich war mir schon an dem Abend, als es Jan so schlecht ging.«

Die ganze Zeit hatten die zwei Männer auf den zu der Couch passenden Sesseln sich gegenüber gesessen und praktisch nichts weiter getan. Man versinkt in die Sitzmöbel, als würden sie einen auffangen. Das tut gut. In diesem Augenblick ist Tobias Gürtler aber aufgefallen, dass er seinem Gast etwas zu trinken anbieten könnte. Er springt auf. »Wollen Sie einen Kaffee oder ein Wasser oder vielleicht sogar ein Bier?«, fragt er.

»Ach, was soll's – ich trink ein Bier. Wenn Sie eins mittrinken«, willigt Schwinka ein.

»Deswegen habe ich gefragt«, grinst der Schauspieler und geht in die kleine Apartmentküche. Schwinka hört, wie Gürtler zwei Flaschen öffnet.

Dabei hat Gürtler offenbar einen Einfall. »Sagen Sie, Herr Kommissar«, ruft er, »könnte der tote Koch etwas mit dem Tod von Helmar zu tun haben?«

Schwinka stutzt. Wieso wirft Tobias Gürtler diesen Gedanken in die Runde? »Warum glauben Sie das?«, ruft der Polizist so beiläufig wie möglich zurück.

»Eifersucht«, sagt Gürtler und steht mit den beiden Bierflaschen vor Schwinka. Sie stoßen an.

»Eifersucht also«, sagt der Ermittler, nachdem er einen ordentlichen Schluck genommen hat. »Warum sollte er eifersüchtig gewesen sein.«

»Weil er die Tschechin wollte?«

»Aber deswegen bringt man doch niemanden um.«

»Der Koch war einfach gestrickt. Und, wie ich hörte, bis über beide Ohren verknallt.«

»In die Hermanova?«

»Ja, wohl in die …«

»Und warum ist er in der Kühlzelle gelandet?«, fragt Schwinka.

»Selbstmord aus Schuldgefühlen?«

»Selbstmord in der Kühlzelle?«

Gürtler überlegt: »Er soll sich doch vorher betäubt haben.«

»Und dann in der Kühlzelle?«

»Verdammt, Sie haben recht, Herr Kommissar«, winkt der Schauspieler ab. »Ich habe mir echt Gedanken gemacht. Aber irgendwie passt das jetzt doch alles nicht mehr.«

Beide trinken wieder einen großen Schluck aus ihren Bierflaschen, nachdem sie sich kurz zugeprostet haben. Dann wechselt Karsten Schwinka erneut abrupt das Thema. »Was haben Sie an dem Abend, an dem der Jan Möhricke starb, getrunken?«, fragt der Polizist.

»Ich kann mich noch ziemlich gut daran erinnern, was ich gegessen habe«, sagt Gürtler. »Immerhin ging es darum, herauszubekommen, wo ich mir die Lebensmittelvergiftung zugezogen haben könnte. Aber getrunken …? Auf jeden Fall ein Bier am Tresen.«

»Wann?«

»Na, so eine Stunde vor dem Auftritt.«

»Haben Sie danach noch etwas zu sich genommen? Vor allem Flüssiges?«

»Ich glaube, ich habe mir aus dem Automaten noch einen Kaffee geholt«, antwortet Gürtler.

»Ausgetrunken?«

»Nein, nicht ganz.«

»Woher wissen Sie das?«

»Bevor ich hinten durch zur Bühne bin, habe ich noch den letzten Schluck nehmen wollen, allerdings einen falschen Becher gegriffen. Ha! Genau, das weiß ich auch noch. Da war nämlich Cappuccino drin. Es stehen kurz vor dem Auftritt einfach überall viel zu viele davon herum.«

»Cappuccino mögen Sie nicht besonders, oder?«

»Ist mir viel zu süß.«

»Noch irgendwo ein Glas Wasser gereicht bekommen?«

»Nee, nichts mehr«, sagt Gürtler. »Getrunken habe ich erst wieder abends hier in der Wohnung. Da ging es mir dann aber auch schon etwas schlechter. Aus diesen Grund war ich auch nicht mehr mit den anderen im Störti. Ich fühlte mich einfach nicht. Naja, und morgens gegen 5 Uhr ging es richtig los. Wenig später kam ich dann auch schon ins Krankenhaus.«

Karsten Schwinka lächelt. »Hatten Sie danach irgendwann noch einmal solche Attacken?«, fragt er.

»Nein, fühle mich blendend. Und ich trinke jetzt noch mehr Bier als vorher«, sagt Gürtler.

Beide lachen.

Karsten Schwinka ist wieder im Schlendermodus. Nachdem er sich von Tobias Gürtler verabschiedet hat, geht er zum Restaurant. Dieses Haus und seine ganzen Nebengelasse spielen eine Schlüsselrolle in dem Fall. Der Tod der drei Männer hängt unmittelbar mit dem Gebäudekomplex zusammen. Als der Ermittler am Haupteingang ankommt, grüßt er kurz den Sassnitzer Polizisten, der hier Wache schiebt. Schwinka will das so. Noch ist das Störti ein zu sensibles Terrain, als dass man es unbeaufsichtigt lassen sollte. Zwar haben sich die Medienvertreter verzogen, auch blieb das Publikum diszipliniert – trotzdem gibt es in den Augen des Kriminalpolizisten zu viele Leute, die ein unmittelbares Interesse daran haben könnten, die Räume noch einmal zu durchstöbern.

So wie er jetzt. Schwinka öffnet das Polizeisiegel und schließt die Tür zur Gaststätte auf. Den Schlüssel hat er seit Tagen bei sich. Vorsichtshalber, wie er sich jeden Morgen sagt.

Merkwürdig. Als Schwinka in dem leeren und stillen Gastraum steht, ist ihm, als sei er schon Monate nicht mehr hier drin gewesen. Vielleicht liegt es daran, dass einfach so viel passiert ist. Er schaut hinauf zur Empore, wo die Uhr zu sehen ist. Im Fenster zeigt sich gerade die Figur des Todes – dieses Gerippe mit dem grauen Umhang und der Sense. Karsten Schwinka geht durch die Tür zu den Toiletten, die sich noch im abgesperrten Teil des Hauses befinden. Gleich gegenüber dem Damenklo hängt der Getränkeautomat an der Wand. Zwei Meter weiter kommt die nächste Tür, die die Barriere zum schon wieder nutzbaren Bereich darstellt.

Sie ist verschlossen und versiegelt. Dahinter befindet sich die Maske und ein paar andere Räume, die zur Vorbereitung auf die allabendlichen Vorstellungen dienen. Der Automat ist handelsüblich. Nicht ungewöhnlich. Wollte man den präparieren, bräuchte man einen entsprechenden Schlüssel. Und den haben nur die jeweiligen Vertreter, die sich um das Befüllen dieser Dinger kümmern. Aber unabhängig davon: Wer immer dem Wasser oder dem Pulver in den Kammern etwas beimischen würde, müsste damit rechnen, dass die halbe Schauspielergilde draufgeht. Also kommt eine Manipulation dieser Maschine eigentlich nicht infrage. Da ist es schon viel leichter, in einen der vielen Becher – wie es Gürtler schilderte – im Vorübergehen eine Substanz hineinfallen zu lassen. Dem widersprechen würde aber ausgerechnet die Menge der Gefäße und die Unordnung, die irgendwann herrscht. Woher will jemand wissen, welcher Becher wem gehört? Gut, er könnte das beobachten. Allerdings ginge er dann immer noch das Risiko ein, dass eben genau das passiert, was Gürtler widerfuhr: Jemand greift sich den falschen und wird zum Zufallsopfer. ›Moment mal!‹, denkt Schwinka jetzt. ›Was, wenn Möhricke gar nicht sterben sollte und der Giftanschlag jemand anderem galt?‹ Vielleicht sollte an jenem Abend bereits Helmar Tröger dran glauben? Schwinka steht vor den Kaffeeautomaten und denkt nach. Angestrengt. Er starrt auf die Symbole und geht im Kopf ohne Hast Vernehmungen durch, die eine Rekonstruktion der Ereignisse so wahrscheinlich wie möglich machen. Der Polizist löst Verknüpfungen in seinen Gedanken, bindet neue, verwirft sie wieder, kehrt zu alten zurück, um dann noch einmal neue Varianten auszuprobieren. Da gibt es einige Richtungen, die er einschlagen könnte, das Vorabergebnis ist aber immer ernüchternd: Selbst wenn Möhricke aus Versehen gestorben sein sollte, wird das Konstrukt nicht durchsichtiger.

Karsten Schwinka greift zum Mobiltelefon und wählt die Nummer vom Greifswalder Labor. Nachdem er seine Identifikationsnummer genannt hat, erkundigt er sich nach der Untersuchung von Flüssigkeiten aus herumstehenden Gefäßen aus der Nacht, in der Möhricke starb. Da ist nicht viel, sagt man ihm. Untersucht wurden vor allem jene Getränke, die den Schauspielern hinter der Bühne zur Verfügung standen. Fehlanzeige. Und was ist mit den DNA-Spuren auf Trögers Leiche? Nachdem nun auch Eliska Hermanova eine Speichelprobe abgegeben hat, konnte nachgewiesen werden, dass sehr viele DNA-Rückstände auf dem Körper des Goedeke-Darstellers von der Maskenbildnerin stammten. Das war zu erwarten. Denn, wenn die beiden diese innige Beziehung miteinander pflegten – ob einvernehmlich oder von Tröger erzwungen –, wäre es unlogisch gewesen, hätte Hermanova keine Spuren hinterlassen. Also führt das auch nicht weiter. Schwinka steckt das Gerät zurück in die Jacke aus dünnem dunkelgrünen Stoff. Er trägt immer eine, egal bei welchem Wetter. Okay, manchmal – wenn es gar zu schwül ist – nimmt er sie in die Hand und schleppt sie mit sich herum. Eine Jacke braucht er aber jeden Tag. Bei dem ganzen Kram, den er bei sich hat, ist sie wie eine Aktentasche zum

Überziehen. Und wenn er mit Waffe unterwegs ist, dient sie zusätzlich dazu, die Pistole vor den Blicken anderer zu verbergen. Heute ist er unbewaffnet. Eine Nachlässigkeit. Eigentlich sind die Ermittler dazu angehalten, mit Dienstwaffe auf Täterjagd zu gehen. Und Schwinka hält diese Vorschrift im Stillen auch für richtig, denn selbst bei harmlos erscheinenden Nachforschungen können Wendungen eintreten, die man vorher nie für möglich gehalten hätte. Aber da der Einsatz der Pistole viel zu selten erforderlich ist, wird sie schnell zum Stiefkind der Ausrüstung. Handschellen führt er zum Beispiel immer mit sich. Auch dafür ist die Jacke gut.

Karsten Schwinka verlässt die Gaststätte und versiegelt die Tür. Er will noch ins Revier und mit Danilo Schobel sprechen. Der wird seine Aufgabe garantiert längst erledigt haben. Als er in sein Auto steigt, sieht er unterm Scheibenwischer einen Zettel. Schwinka beugt sich noch einmal kurz raus und fingert das Papier hervor. Darauf enthalten ist eine Zahlenfolge: +420 515 659 371. Eigenartig. Sieht aus wie eine Telefonnummer, scheint aber keine zu sein. Die Notiz ist handgeschrieben. Mit einem Kugelschreiber. Die Zahlen sind recht klein, aber sehr harmonisch. Die Person, die hier einen Gruß hinterließ, hat garantiert eine gute Handschrift. Schwinka will sich dem Ganzen später widmen und steckt den Zettel in seine Jacke. Dann fährt er los. Ihm ist mulmig zumute. Die gegen Michael Neumann in die Wege geleitete Untersuchung schlägt ihm auf den Magen. Das Einzige, was Schwinka beruhigt, ist die interne Abwicklung. Zumindest nach Stand der Dinge.

Im Revier trifft er Schobel im Raum des Diensthaben-den. Als der Chefermittler seinen Kopf durch den Türspalt steckt, unterbricht Schobel seine Unterhaltung sofort und kommt heraus. Als der Hauptmeister vor die Tür tritt, schaut Schwinka ihn mit hochgezogenen Augenbrauen an.

»Wir sollten dort reden, wo uns garantiert niemand hören kann«, sagt der Polizist.

»Meinetwegen«, entgegnet Schwinka und sie gehen in dessen Büro.

»Na, was ist los?«, setzt der Kripoleiter wieder an.

Schobel druckst.

Schwinka zieht erneut erwartungsvoll die Augenbrauen hoch.

»Ich weiß gar nicht, womit ich anfangen soll?«, stammelt Danilo Schobel.

»Einfach anfangen!«

»Also: Es hat sich alles bestätigt: Der Brief war in Michaels Druckaufträgen ebenso zu finden wie die Vernehmungsprotokolle. Das sagt auf jeden Fall schon mal eine Menge, würde aber vermutlich nicht genügen, ihm zu unterstellen, dass er beides weitergereicht hat.«

»Naja, ganz so abwegig ist es natürlich nicht, dass Neumann auch derjenige ist, der damit hausieren ging.«

»Aber egal«, unterbricht Schobel seinen Chef. Das ist ungewöhnlich, hat er das bisher doch noch nie getan. Ihn scheint irgendetwas aufzuwühlen. »Mit den anderen Sachen, die ich noch in speziellen Ordnern gefunden habe, wird Michael aber sowieso nicht zu halten sein.«

»Wieso, was denn?«, fragt Schwinka mit einem Hauch Sorge in der Stimme.

»Michael hat in mehreren Fällen Ordnungsgeldverfahren gegen ein paar ihm nahestehende Personen manipuliert. Er hat sogar Anzeigen unterschlagen!«

»Quatsch!«

»Doch, hat er«, sagt Schobel hörbar sauer, »und obendrein hat er alles fein säuberlich aufgehoben. Ich hätte das Zeug doch spätestens nach Erledigung von meinem Computer gelöscht.«

»Er hat sich ziemlich sicher gefühlt«, meint Schwinka. »Und er wird die Dokumente vorsichtshalber archiviert haben, um jene, die seine Gunst genossen haben, immer mal wieder an ihre Loyalität zu erinnern. Da können Schriftstücke bekanntlich Wunder wirken.«

»Was machen wir denn nun, Karsten?«

»Eigentlich müssten wir das melden. Dann wäre Neumann weg. Sicher sogar aus dem Polizeidienst raus. Oder – wenn es glimpflicher läuft – ab Montag beim Streifendienst.«

»Oh Gott, der Michael. Mann, den kenne ich doch schon ewig.«

»Offenbar aber nicht so gut.«

»Ja, so scheint es zu sein.« Danilo Schobel setzt sich, stützt sich mit den Ellenbogen auf den Oberschenkeln auf und faltet die Hände. »So eine Scheiße!«

49

Denunziant

Pjotr Dückert beschäftigt sich seit ein paar Tagen die meiste Zeit mit dem Fall Ralswiek und Chefermittler Karsten Schwinka. Die Presseanfragen reißen nicht ab, auch wenn sie langsam weniger werden. Und immer wieder bohren einige Journalisten nach, weshalb es weitere Todesfälle gab, obwohl die Kriminalpolizei bereits auf Tätersuche ist. Der Oberstaatsanwalt hat eine Strategie entwickelt: Er versichert den Medienvertretern, man sei kurz vor Ende der Ermittlungen, weshalb keine neuen Informationen an die Öffentlichkeit gegeben werden können. Und er verspricht ihnen für die kommende Woche eine Pressekonferenz. Auf den genauen Tag will er sich nicht festlegen. – Das hat bisher ganz gut funktioniert. Ein paar Reporter baten ihn, ihnen unter Umständen vor der offiziellen Verlautbarung einen Tipp zu geben. Die waren von Spiegel online, von der Bild und von der Zeit. Warum diese Leute allerdings annahmen, sie seien in seinen Augen so wichtig, dass er sie bevorzugen müsste, erschließt sich ihm nicht.

Heute kam noch der Anruf von diesem Tourismustypen dazu. Simon Selinski echauffierte sich über Schwinkas Arbeit. Von Gastronomen habe er gehört, dass der Polizist unflätig auftrete. Und angeblich soll er im Bergener Revier die Kollegen schikanieren. Dafür habe er so seine Quellen, meinte der einflussreiche Mann.

Dückert hatte sich brav für den Hinweis bedankt und dann den Hörer des Telefons stinksauer aufgelegt. Sein Zorn richtet sich keineswegs gegen den Polizisten. Vielmehr wurde ihm durch das Telefonat bewusst, dass Leute hinter den Kulissen daran arbeiten, den Ruf des neuen Kripochefs in Bergen nachhaltig zu schädigen. Nur, warum ist das so? Stecken hinter den Morden in Ralswiek womöglich noch Verstrickungen bis in Kreise der Wirtschaft und Politik? Ein verrückter Fall.

Dückert hat sich längst eingestanden, dass Schwinka vermutlich nie sein Freund wird. Er braucht den Polizisten aber dringend, damit diese unsägliche Mordserie ein Ende findet und er der Öffentlichkeit einen Täter präsentieren kann. Darum wird er Schwinka vorerst auch nichts von dem denunzierenden Anruf erzählen. Wenn alles vorbei ist, kann der Oberstaatsanwalt immer noch überprüfen lassen, was an den Vorwürfen dran ist.

50

Auf Gedeih und Verderb

Wie geht er mit Michael Neumann um? Dass ausgerechnet unter den Leuten, für die er erst ein paar Tage verantwortlich ist, so etwas zum Vorschein kommen muss, ist mehr als ärgerlich. Er könnte über Leichen gehen und Neumann ans Messer liefern. Bei übergeordneten Stelle brächte ihm das womöglich noch zusätzliche Meriten ein, denn bisher ist offenbar niemandem aufgefallen, dass der Kommissar sein eigenes Süppchen am Kochen hat. Allerdings glaubt Schwinka nicht, dass es bei seinen neuen Kollegen besonders gut ankommen wird, wenn er als Einstand einen der Ihren aus dem Polizeidienst entfernen ließe.

Diese Gedanken beherrschen ihn komplett, als er zurück nach Putbus fährt. Erst als Schwinka in den Circus einbiegt, fällt ihm ein, dass Nadine zu Hause auf ihn wartet. Und er ist sich im Unklaren, ob ihm das jetzt gefällt oder nicht. Wohl eher nicht. Sie lenkt vom Wesentlichen ab. Oder vielleicht ist das ganz gut, denn die Grübelei nervt. Es ist aber auch nicht so schlecht, nach dem Dienst abends allein in den eigenen vier Wänden den Gedanken freien Lauf zu lassen. Dabei tun sich manchmal ganz neue Horizonte auf. Es wäre nicht das erste Mal.

Als er die Wohnung betritt, fällt ihm Nadine um den Hals. Sie hat gekocht. Dass ausgerechnet jetzt alles fertig ist, als er zur Tür hereinkommt, sei Zufall, versichert sie. Wäre er später erschienen, hätte sie das Essen noch einmal warm gemacht. Es gibt Geschnetzeltes. Okay, das ist gut. Schwinka hat Hunger.

Auf dem Couchtisch liegen drei Briefe. Einer ist von einem Telefonanbieter, die beiden anderen von Karlas Anwalt. ›Ach verdammt!‹, denkt Schwinka. ›Willkommen zurück in der Realität des Privatlebens.‹ Der Polizist öffnet den ersten Umschlag. Darin wird er mit Ultimatum dazu aufgefordert, Angaben über sämtliche Verdienste und Vermögenswerte beizubringen. Vordrucke liegen bei. Schwinka bekommt heiße Ohren und wirft das Schreiben auf den Tisch. Dann der zweite Umschlag. Darin wird er aufgefordert, das Umgangsrecht mit seinen Söhnen in regelmäßigen Abständen und festgelegten Zeiträumen wahrzunehmen. Stelle er sich quer, gehe es vor Gericht. Schwinka wirft auch diese Blätter vor sich auf die Tischplatte. Dann setzt er sich auf die Couch und reibt sich mit den Händen das Gesicht. Er spürt Druck auf seiner Brust. Eine Scheidung scheint nie zu enden. Mit der Trennung von Tisch und Bett ist es sowieso nicht getan. Die Verbindung muss auch noch vor dem Gesetz gelöst werden. Und danach ist man dann trotzdem auf Gedeih und Verderb aneinander gebunden. Erst recht, wenn Kinder mit im Spiel sind. Wenn er die Sache mit einem riesigen Abstand in der Draufsicht betrachtet, kann er Karla verstehen: Sie reizt aus, was ihr Paragrafen und Statute ermöglichen. Aber da es ihn selbst betrifft, können Emotionen nun mal nicht ausgeblendet werden. Er wird sich garantiert nicht noch einmal einem Gerichtsurteil aussetzen.

Er wird ihr schreiben. Die Liste seiner Einkünfte und Werte bekommt sie. Das wird für ihn dann zwar ein finanzieller Tiefschlag, aber auf diesem Terrain mit ihr erneut in den Kampf zu ziehen, wäre zu langwierig und zu nervenaufreibend. Die Jungs will er nehmen. So oft es geht. Dabei hofft er, dass sie vielleicht doch noch versteht, dass er dabei flexibel bleiben muss. ›Wenn sie ihre Kohle kriegt, ist sie eh etwas versöhnlicher‹, denkt Schwinka und reibt sich noch einmal das Gesicht, als wollte er alle Gedanken zu diesem Thema wegwischen.

Nadine kommt mit dem Essen.

›Es ist süß, wie sie sich ins Zeug legt‹, findet er – und lächelt sie liebevoll an. Er kommt in eine versöhnliche Stimmung. ›Wär eigentlich schön, wenn zu Hause jemand ist‹, denkt Schwinka. ›Allein sein, kann ich noch lange genug. Vielleicht sollte ich sie in mein Leben lassen?!‹

Nadine spricht, seit sie ins Zimmer gekommen ist. Ganz unaufdringlich mit dieser rauchigen Stimme.

Das ist angenehm, findet der Polizist. Gleichzeitig bemerkt er aber, dass diese ruhige Art es ihm noch leichter macht, wegzuhören. Um also noch halbwegs mitzubekommen, worum es geht, konzentriert er sich jetzt ganz auf die Frau.

»… noch einmal treffen, dann hat es sich für sie erledigt«, sagt Nadine gerade.

Um wen es geht, hat Schwinka nicht mitbekommen. »Okay …«, sagt er vorsichtig.

»Hast du mir nicht zugehört?«, fragt sie unaufgeregt, aber ein wenig enttäuscht.

»Leider nicht, ich war in Gedanken«, antwortet Schwinka ehrlich.

»Naja, ist auch egal.« Nadine schweigt und stochert auf ihrem Teller herum.

Schwinka ärgert sich. Hier hat er die Möglichkeit, sich ablenken zu lassen, doch nutzt sie nicht. »Es ist im Moment schwierig, gleich voll da zu sein, wenn ich hier bin«, erklärt Schwinka. »Und dann die Briefe. Sie sind von Karlas Anwalt. Darüber habe ich auch nachgedacht.«

»Kann ich verstehen«, sagt Nadine. Nach dem Inhalt der Post fragt sie nicht.

Das findet der Ermittler angenehm, da er nicht die geringste Lust verspürt, irgendetwas davon zu erzählen.

Allerdings muss das von ihr nicht unbedingt ein Akt der Rücksicht gewesen sein, da sie anfängt, die Geschichte von eben noch einmal zu erzählen. Als hätte sie auf die Chance gewartet. Also scheint ihr der Inhalt wichtig zu sein. Es geht um eine ihrer Freundinnen, die mit ihr neulich im Café Central gewesen ist. Dort habe die einen Typen kennengelernt und sich mit dem bisher zweimal getroffen. Das Merkwürdige: Er wollte weder zu ihrer Freundin mitgehen, noch bot er ihr an, ihn zu besuchen. Beide Male habe er komische Ausreden parat gehabt. Und deshalb glaube ihre Freundin, dass mit dem Typen irgendetwas nicht stimme.

»Vielleicht hat er nach dem ersten Abend schon festgestellt, dass er mit ihr eigentlich nichts anfangen will und tut sich jetzt schwer, dass frei heraus zu sagen«, mutmaßt

Schwinka. »Du wirst sehen: Entweder kommt er nicht zum dritten Date oder er macht per SMS Schluss.«

»Und warum sagt er das nicht gleich?«

»Männer sind manchmal so«, entgegnet Schwinka und lacht in sich hinein, ohne dabei das Gesicht zu verziehen. Das klang eben wie ein Frauenversteher, dabei war es nur ein versöhnlicher Allerweltssatz.

Nadine ist damit aber zufrieden und kommt mit dem nächsten Thema um die Ecke. Sie hat die Nachbarschaft beobachtet und entdeckt, wer dort so wohnt. Zum Beispiel direkt im Nebenhaus auf Schwinkas Ebene: ein Rentnerehepaar. Das sei so etepetete. Und in der Wohnung über Schwinka wohnt wohl ein junges Pärchen. Sie sei wirklich hübsch. Nadine verstehe gar nicht, wieso die so einen dicken Mann habe. Und der würde so überheblich gehen.

›Überheblich gehen.‹ Wieder grinst Schwinka in sich hinein. Diesmal macht sein Mund einen leichten Bogen. Er kann sich vorstellen, was Nadine meint.

Und Putbus hat wirklich kaum vernünftige Einkaufsmöglichkeiten. Kein Wunder, dass der Ort bei Touristen nicht so auf dem Zettel stehe.

›Als Binzerin muss sie das wohl so sehen‹, denkt Schwinka und bekommt ob der ulkigen Sachen, die Nadine so erzählt, immer bessere Laune.

»Und stell dir vor: Überall reden sie von deinem Fall«, sagt die junge Frau weiter, »zum Beispiel an der Netto-Kasse. Da sprach eine Kundin die Kassiererin an und meinte, dass sie fürchte, der Mörder könnte sich auf den Weg machen und sich auch auf der Insel unschuldige Opfer suchen. Und sie behauptete, dass schon der erste Mord an einem Mann aus Ralswiek verübt worden sei, der überhaupt nichts mit den Störtebeker Festspielen zu tun hat. Stimmt das denn?«

»Das ist Unsinn«, sagt Schwinka. »Das, was du aus den Medien kennst, ist der aktuelle Stand. Was denkst du denn? Fühlst du dich bedroht?«

»Ich weiß nicht … Komisch ist das schon. Morde hatten wir auf Rügen bisher noch nicht so oft. Und ausgerechnet bei den Festspielen … Bei diesem ersten Schauspieler hieß es ja noch, es sei ein Unfall gewesen. Da kann aber jeder eins und eins zusammenzählen. Und dieser dritte Tote. Ich habe gehört, dass soll ein Küchenjunge gewesen sein!?«

»Ich sollte wohl langsam anfangen, das Ohr in den Wind zu halten«, lächelt Schwinka. »Ist bestimmt ganz spannend, was der mir so flüstert.«

»Lach nicht! Du würdest staunen, was da so alles kursiert. Und geh mal auf Facebook! Da gibt es Seiten, die sind voll mit Spekulationen über einen möglichen Mörder. Und du kommst da zum Teil auch nicht gerade gut weg. Das habe ich erst heute entdeckt.«

Das Internet. Sobald Morde öffentlich gemacht werden, stürzen sich selbstgemachte Nachrichtenplattformen auf die Information und lassen den Fall ein Eigenleben entwickeln. Schwinka hatte diese Begleiterscheinung schon fast vergessen. Von den Großstädten kannte er es, für die Insel Rügen war das aber nicht unbedingt sein erster Gedanke gewesen.

Nadine hat schon ihr Smartphone gezückt und scrollt ein paar Facebook-Einträge hoch und runter. »Hier«, ruft sie, »soll ich vorlesen?«

Schwinka nickt und lehnt sich zurück.

»*Mit dem neuen Leiter der Kripo in Bergen scheint das Kapitalverbrechen auf Rügen Einzug gehalten zu haben. Seit dieser Herr Sch. im Revier das Sagen hat, sterben plötzlich immer mehr Menschen auf unnatürliche Weise. Er leitet zwar die Ermittlungen, kommt aber ganz offensichtlich nicht voran. Denn mittlerweile soll es schon einen vierten Mord geben, der von der Staatsanwaltschaft aber geheim gehalten wird.* – Dürfen die so was schreiben?«

»Die dürfen alles«, stöhnt Schwinka. »Naja, eigentlich ist das unredlich. Und man könnte dagegen vorgehen. Allerdings ist der Aufwand zu groß. – Und bevor du fragst: Nein, es hat keinen vierten Toten gegeben.«

»Warum schreiben die dann so was?«

»Was ist das denn für eine Seite?«

»Ein Rügen-Portal mit Neuigkeiten von der Insel.«

»Wer unterhält das?«

»Weiß ich nicht. Zu den Texten stehen auch nie Namen.«

»Solche Facebook-Seiten gibt es überall zu hunderten«, sagt Schwinka. »Was glaubst du, was in Dresden oder Berlin los ist!? Da behauptet jeder mehr zu wissen als der andere. Und alle laufen um die Wette. Dabei kommen die dollsten Dinger heraus.«

»Eigentlich tun die doch so, als wärst du die Ursache für die Toten. Oder zumindest attestieren sie dir Unfähigkeit.«

»Ja, so liest sich das …« Schwinka ist es gewohnt, bei spektakulären Mordfällen im medialen Fokus zu stehen. Und da es mittlerweile in der Presse – ob Zeitung oder Internet – zum vermeintlich guten Ton gehört, die Polizei zum Buhmann der Nation zu machen, wird immer wieder auf Ermittlern herumgehackt. Richtig ungemütlich wird es immer dann, wenn die Schreiber den Namen des jeweiligen Polizisten kennen. Da kann er fast von Glück reden, dass auf dem Rügen-Portal seiner nicht ausgeschrieben worden ist. Ihm ist bei der ganzen Sache aber nicht verborgen geblieben, dass ausgerechnet heute so etwas im Netz auftaucht. Er hält es nicht für ausgeschlossen, dass dabei erneut Michael Neumann seine Finger mit im Spiel hat, denn der Tenor ist der gleiche wie im vom Kommissar verfassten »anonymen« Brief. Langsam wird es allein aus emotionaler Sicht für ihn immer schwerer, den Fall Neumann intern im Revier klären zu können. Der Mann scheint sich nicht im Klaren darüber zu sein, dass er fast hysterisch an dem Ast sägt, auf dem er sitzt.

Schwinka ist still geworden und wieder in Gedanken versunken. Nadine räumt ab. ›Vielleicht rede ich Montag noch einmal mit Neumann‹, überlegt er. Aber allein bei diesem Satz durchfährt ein Stich seine Magengegend. ›Es wird vermutlich sinnlos sein.‹ Schwinka könnte alles klarmachen: Ein gezieltes Gespräch mit Ilona Strabach und sie packt aus. Sie wird Neumann ohne Federlesen ans Messer liefern. Dann ist es für den Polizisten aber ein für alle Mal zu Ende.

51

Dringender Tatverdacht

Es gibt kein Wochenende, wenn ein Mörder gefunden werden muss. Für Karsten Schwinka nicht, für Danilo Schobel nicht. Und auch der Gejagte ist weit davon entfernt, eine Pause zu machen. Vielleicht beseitigt er Spuren, vielleicht plant er seine nächste Tat. Oder er macht sich einfach aus dem Staub.

Am Samstagabend stehen Ilona Strabach und Silvio Haßmann vor einer mittleren Katastrophe: Friedhelm Jaukner ist weg. Schon wieder. Silvie Pochowski auch. Aber die hätte niemand vermisst. Servicekräfte, die entgegen ihrer Stellenbeschreibung eingesetzt werden müssen, haben die Festspiele im Moment genug. Wenn aber ausgerechnet der Lustige Heiner fehlt, ist das Stück einer wichtigen Säule beraubt. Strabach berät sich mit Regisseur Pedro Puls. Bis zum Vorstellungsbeginn sind es noch knapp 80 Minuten. Nicht viel, aber immerhin ist den Verantwortlichen jetzt schon aufgefallen, dass Jaukner fehlt. Grund: Er hat sich den ganzen Tag nicht um seine Ponystute Isolde gekümmert. Das ist nicht nur ungewöhnlich, sondern auch komplett gegen die Vereinbarungen im Engagementvertrag.

»Wir müssen also tatsächlich davon ausgehen, dass er nicht kommt?«, fragt Strabach ihren Geschäftsführer und streichelt dem kleinen Pferd über den Rücken. Die Intendantin hat sich mit Haßmann und Puls im Stall getroffen.

Sie wollte irgendwie vor Ort sein, wenngleich es für dieses Problem eigentlich kein »vor Ort« gibt.

»Wir müssen in Bezug auf die Vorstellung immer vom Schlimmsten ausgehen, damit uns noch rechtzeitig eine Lösung einfällt«, sagt Puls.

»Hat sich etwas angekündigt?«, fragt die Intendantin den Regisseur.

»Nein, eigentlich nicht. Er war die ganze Woche konzentriert. Zumindest soweit ich das beurteilen kann.«

Ilona Strabach riecht, dass Pedro Puls etwas getrunken hat. Und wer den Mann gut kennt, merkt das auch. Dass er Alkohol konsumiert, wundert die Intendantin nicht. Jeder weiß hier, dass sich Puls allabendlich einen einhilft. Nur ist der Zeitpunkt anders als sonst. Normalerweise fängt er immer erst an zu trinken, wenn das Stück begonnen hat. »Hast du einen Plan?«, fragt sie

»Ich könnte versuchen, seinen Part zu streichen und an den wichtigsten Stellen neue Anschlüsse herstellen.«

»Das geht?«

»Ich hoffe es. Es wird aber zu merken sein, denn die Schauspieler haben die Abläufe intus, reagieren auf Stichwörter. Die fehlen jetzt natürlich zum Teil. Aber das ist vermutlich immer noch besser, als die Vorstellung abzublasen, oder?«

»Die Polizei soll endlich diesen verdammten Killer finden!«, sagt Strabach zornig und stampft dabei mit ihrem linken Fuß auf. Sie ist am Verzweifeln. Was ist das bloß für eine Saison? Die ganzen zurückliegenden Jahrzehnte zusammengenommen hatte sie nicht so viel Ärger, wie in diesen paar Wochen seit Möhricke starb.

»Soll ich die Kripoleute informieren?«, fragt Silvio Haßmann.

»Wozu?«, keift Strabach. »Damit die heute Abend hier auch wieder herumschnüffeln?«

»Sie sollen doch den Killer finden, wie du gerade sagtest.«

»Ja, verdammt noch mal!«, schreit Strabach. »Dann sollen sie herkommen und schnüffeln. Am besten sie machen am Einlass noch Taschenkontrolle. Und sie können ab sofort auch jeden Abend von der Bühne aus dem Publikum erzählen, was sie denn wieder für neue Erkenntnisse gewonnen haben. Dann kann ich den Laden gleich dichtmachen!« Die Intendantin ist in Rage und hat den letzten Satz mit erstickender Stimme gerufen.

Silvio Haßmann staunt: Er hat seine Chefin noch nie weinen gesehen.

Die dreht sich weg, hebt den linken Handrücken zur Nase und geht.

»Ich trommle die Truppe zusammen und erkläre denen den neuen Ablauf«, sagt Puls wie zu sich selbst. Dann geht auch er.

Haßmann ist sich unsicher. Er muss die Polizisten anrufen. Dass Jaukner fehlt, kann triftige Gründe haben, die vielleicht sogar mit den Verbrechen zusammenhängen. Er will seine Chefin aber nicht übergehen. Wiederum kann er sich nicht vorstellen, dass sie es ernstgemeint hat, als sie sagte, die Ermittler sollten von Jaukners Fehlen nichts wissen. Er streichelt das Pony. Das schnauft zufrieden und stößt mit der Nase nach ihm. Dann holt Haßmann sein Smartphone hervor und ruft Schwinka an.

Der sitzt gerade im Revier und wertet mit Danilo Schobel schon bekannte und ein paar neue Labor- und Ermittlungsergebnisse aus. Dabei fällt dem Chefermittler der Zettel ein, der hinter seinem Scheibenwischer steckte. »Sieh mal!« Schwinka reicht Schobel das Papier. »Google doch mal die Zahl für mich!«

Gleich der erste Aufruf ist ein Treffer. »Ist eine tschechische Telefonnummer. Brünn, wenn ich das richtig deute«, sagt Schobel.

»Das ist Hermanovas Ecke«, erinnert sich Schwinka und rückt mit seinem Stuhl an den Hauptmeister heran, um besser die Angaben auf dem Bildschirm zu sehen. »Eine bestimmte Adresse steht da aber nicht!?«

»Nee, nur kryptisches Zeug, merkwürdige E-Mail-Adressen und ein paar Sachen auf Tschechisch.«

»Lass uns da anrufen!«, sagt Schwinka.

Im selben Moment klingelt sein Mobiltelefon. Haßmann ist dran.

»Wie, nicht da? Verschwunden? Und er kann nicht noch kommen? – Ja, das ist vermutlich eine richtige Entscheidung. – Wir kommen. –Jaja, heute Abend noch.« Er drückt das Gespräch aus und schaut aufs Display. »Jaukner ist weg«, sagt er dann zu Schobel. »Mit seiner Silvie.«

»Wow, nicht, dass die doch die Drahtzieher der Morde gewesen sind«, meint der Hauptmeister.

»Das ist schon eigenartig«, entgegnet Schwinka. »Aber du hast nach der Auswertung aller Indizien selbst gesehen, dass Jaukner als Mörder eigentlich nicht infrage kommt. Silvie ist da schon ein bisschen näher dran, aber immer noch im Bereich der Unwahrscheinlichkeit.«

»Wenn die aber nun doch den Sud angerührt haben, alles Tröger galt, Möhricke aus Versehen starb und Pioch sich als gut bezahlter Auftragsmörder verdingte?«, mutmaßt Schobel.

Karsten Schwinka greift zum Telefon. Zuerst wählt er die Nummer von Friedhelm Jaukner. Keine Verbindung. Dann die von Silvie Pochowski. Keine Verbindung. Der Polizist steckt das Gerät wieder ein. »Los, Fahndung auslösen!«, sagt Schwinka zu Schobel. »Dringender Tatverdacht. Ich kümmere mich beim Bereitschaftsrichter um einen Durchsuchungsbefehl für Silvies Wohnung.«

52

Pure Ecstasy

Die Suche nach Jaukner und Silvie rollt zügig an. Das mit dem Durchsuchungsbefehl gestaltet sich schwieriger. Schwinka muss ganz formell bleiben, kennt den Richter nicht, der für den Erlass zuständig ist. Und dieser wird ihm erst für Sonntagvormittag in Aussicht gestellt.

Schwinka und Schobel verbringen die einbrechende Nacht wieder in Ralswiek. Sie schauen sich die Vorstellung an. Und es ist erstaunlich, wie professionell die Darsteller das Fehlen des Lustigen Heiners überspielen. Aus dem Publikum gibt es ab und an ein paar Rufe nach dem Komiker, eine Welle der Empörung bricht aber nicht los. Schwinka hört in der Pause den Leuten zu. Es ist nicht so, dass Jaukner überall Thema Nummer eins wäre. Denn die meisten sehen das Stück heute Abend zum ersten Mal. Also wissen sie nicht, wer oder was fehlt. Unmittelbar an der Treppe zum Versorgungsbereich schnappt der Ermittler allerdings eine Diskussion auf, in der ein paar Frauen mutmaßen, Heiner-Mime Friedhelm Jaukner könnte ein nächstes Opfer des »Störtebeker-Schlitzers« geworden sein. Schwinka lächelt. Eine Tötungsserie beflügelt die Fantasie der Menschen enorm. Das kennt er nicht anders. Die Leute wollen sich gruseln. Und wenn die offiziellen Verlautbarungen nicht genügend Stoff für Gänsehaut bieten, wird einfach etwas hinzuerfunden.

Nach der Vorstellung treffen sich die beiden Ermittler einmal mehr mit Ilona Strabach und Silvio Haßmann. Das Büro der Intendantin ist wieder freigegeben. Die Unterhaltung dreht sich um die zwei Abgetauchten, als kurz vor Mitternacht Schwinkas Telefon klingelt. Die Neustrelitzer Kollegen waren bei Jaukner in Mirow zu Hause. Dessen Frau habe sich vollkommen überrascht gezeigt und vermutete ihren Mann auf der Bühne in Ralswiek. Demnach war aus dieser Richtung nichts über den Verbleib des Liebespaares zu erfahren. »Vielleicht sind die beiden auch gar nicht so weit weg«, sagt Schwinka. »Wenn ich mich nicht irre, hat Silvie hier in Ralswiek eine Ferienwohnung?« Er richtet seine Frage an Haßmann.

»Ja, die teilt sie sich mit Pia Nübel, die arbeitet in der Küche«, sagt der Geschäftsführer.

»Wo sind die beiden her?«

»Silvie ist aus Stralsund. Und Pia … mmh, ich glaube, die kommt aus Sundhagen. Jedenfalls ist es für beide praktischer, hier zu wohnen, als sich jeden Tag durch die Staus auf der Insel zu quälen.«

Die Ferienwohnung befindet sich im hinteren Teil des Dorfes, fernab vom Trubel der Straße und des Festspielgeländes. Es brennt noch Licht. Da es für die Unterkunft in dem modern sanierten Bauernhaus einen separaten Eingang gibt, können die Polizisten direkt bei den Untermietern klingeln und müssen nicht die Hauseigentümer aus dem Bett holen.

Es öffnet ein pummeliges Mädchen. Sie hat zerwühlte rotbraune Haare und rote Wangen. Bekleidet ist sie mit einem Männer-T-Shirt, das ihr bis kurz über die runden Knie reicht. »Was gibt es?«, fragt sie recht fröhlich – und wird sich sofort der späten Stunde bewusst. »Wer sind Sie und was wollen Sie?«, schickt sie etwas unsicherer hinterher und weicht zurück.

Da steht schon ein sportlicher Kerl mit freiem Oberkörper in der Tür. »Verpisst euch!«, bellt der sofort, als er die beiden Männer sieht, und versucht die Tür zuzuwerfen.

Schwinka fängt sie mit dem ausgestreckten Arm auf und sagt ruhig: »Moment, junger Mann! Sie haben es hier mit der Kriminalpolizei zu tun. Also lassen Sie uns kurz miteinander reden!«

»Halt die Fresse!«, brüllt der Kerl und schleudert die Tür erneut gegen Schwinkas Hand.

Pia Nübel wirft sich ihm in die Arme und ruft: »Nicht Kay, nicht Kay …!«

Der drückt wiederum mit aller Kraft gegen das massive Holz, sodass Schwinka sein Körpergewicht einsetzen muss, um dagegen zu halten.

Schobel umklammert mittlerweile die Türkante und drückt ebenfalls schnaufend mit.

Das wird dem jungen Typen dann doch zu viel und er springt beiseite.

Krachend fallen die Polizisten ins Haus. Während Schwinka praktisch über die kleine Pia stolpert, fällt Schobel dem aggressiven Mann vor die Füße und bekommt sofort einen Tritt gegen die Brust. Der Hauptmeister stöhnt kurz auf, will sich hochrappeln, da hat er schon einen Faustschlag des Angreifers im Nacken – und fällt wieder zu Boden. Karsten Schwinka greift dem unbeherrschten Kerl mit der linken Hand an die Gurgel, schleudert ihn gegen das Treppengeländer, sodass ihm für einen Moment die Luft wegbleibt. Den nächsten Griff nach dem Arm des Angreifers verhindert Pia Nübel, indem sie sich an den Chefermittler hängt wie eine wilde Katze. Aber in diesem Moment steht Schobel wieder, der den Rest erledigt und dem jungen Kerl einen Arm auf den Rücken dreht, sodass der in die Knie gehen muss und vor Schmerzen wimmert. Schwinka lässt die kleine Pummelige an seiner rechten Körperseite zappeln und kümmert sich ebenfalls erst einmal darum, diesen Kay ruhigzustellen.

Der brüllt jetzt vor Schmerz und setzt immer wieder an, sich befreien zu wollen. Der Griff von Schobel ist allerdings konsequent und extrem schmerzhaft, sodass der Angreifer in der in sich zusammengesunkenen Haltung verharrt.

Jetzt ist Pia dran, die nicht nur wie wild an Schwinkas Arm zerrt, sondern auch ständig schreit, man möge Kay in Ruhe lassen.

»Beruhigen Sie sich!«, brüllt Schwinka der Frau ins Gesicht. Dabei drückt er sich von ihrem Körper weg.

Pia Nübel ist erschrocken und hört auf zu schreien. Auch lässt sie von dem Eindringling ab.

Derweil wird die Zwischentür zum Wohnbereich der Hauseigentümer aufgerissen. Ein kahlköpfiger Mittdreißiger kommt zum Vorschein. »Was ist denn hier los?«, schreit er.

»Alles in Ordnung, wir sind von der Polizei.«

»Zeigen Sie mir sofort ihre Ausweise!«, sagt der andere – immer noch hochaufgeregt.

Schwinka fingert seine Dienstmarke hervor, die ihm mit einer Kette an der Hose in der rechten Tasche steckt.

Der Kahlköpfige beugt sich ein wenig vor und zeigt sich erstaunt. »Wow, die Kriminalpolizei«, sagt er. »Und warum sind Sie mitten in der Nacht in meinem Haus?«

»Wir wollten zu Frau Nübel«, entgegnet Schwinka und steckt die Marke wieder ein. »Es tut uns leid, dass Sie dadurch geweckt worden sind.«

Am Boden jammert Kay.

»Und warum haben Sie den jungen Mann so heftig im Griff?«, fragt der Hauseigentümer.

»Er scheint mir etwas aufgeregt gewesen zu sein und hat uns angegriffen.«

»Mensch, Kay«, wendet sich der Vermieter an den auf dem Boden Kauernden, »was ist schon wieder mit dir los?«

Zum Reden kommt der nicht. Er ist ganz mit einer Strategie zur Bewältigung des Schmerzes in seinem Arm beschäftigt – und stöhnt.

»Wollen Sie hereinkommen?«, bietet der Kahlköpfige den Polizisten an. »Ich bin übrigens Thoralf Beyer«, fügt er hinzu.

Pia Nübel steht wie vergessen neben der geöffneten Wohnungstür, blickt auf ihren Kay und knabbert sich an den Fingernägeln.

»Warum nicht?«, antwortet Schwinka – und an Nübel gewandt: »Wie heißt denn ihr Freund?«

»Kay Ruwitz«, entgegnet sie phlegmatisch.

»Hey, Herr Ruwitz«, ruft Schwinka und bedeutet Schobel nebenbei, er möge den Griff etwas lockern.

Das gibt dem jungen Mann die Möglichkeit, zu antworten.

»Hey, Herr Ruwitz, können wir jetzt normal miteinander reden oder müssen wir sie hier ans Treppengeländer ketten?«

»Wir können …«, presst Ruwitz hervor.

»Na dann, stehen Sie auf!«

Schobel lässt den drahtigen Kerl los.

Der erhebt sich und hält sich mit schmerzverzogener Miene den linke Arm. »Dürfen Sie so etwas überhaupt?«, fragt Ruwitz vorwurfsvoll.

»Wenn uns jemand angreift, dürfen wir noch ganz andere Dinge«, schnauzt Schobel zurück. Der Hauptmeister ist stinksauer, dass er einen Tritt und einen Faustschlag abbekommen hat.

»Also, Herr Beyer, wenn Sie nichts dagegen haben, würde ich die beiden jungen Leute gern in ihre Einladung mit einbeziehen«, sagt Schwinka.

Beyer nickt. »Klar, die kenne ich doch gut. Sollen sie mit reinkommen«, sagt er.

Als sich alle auf den rustikalen antiken Sitzmöbeln verteilt haben, holt Beyer etwas zu knabbern hervor und stellt ein paar Bier auf den Tisch.

Ruwitz massiert sich weiter den Arm.

Pia Nübel schaut beinahe ängstlich von einem zum anderen.

»Wieso haben Sie uns angegriffen, Herr Ruwitz?«, fragt Schwinka den jungen Mann, der vielleicht 25 Jahre alt ist, einen frisch ausrasierten Nacken unter einer mit Bedacht angelegten Kurzhaarfrisur trägt und immer noch einen freien Oberkörper hat.

»Was wollt ihr von uns?«, entgegnet der. »Wir sind ehrliche Leute und brauchen um Mitternacht keinen Besuch von den Bullen.«

»Na, Kay! Jetzt komm mal wieder runter!«, zischt Beyer. »Die Herren werden dein Vorstrafenregister kennen.«

»Mir egal!«, sagt Ruwitz.

»Es ist bestimmt eine unchristliche Zeit, allerdings sind wir auf der Suche nach Silvie Pochowski«, lenkt Schwinka ab.

»Wieso? Hat die Mist gebaut?«, fragt Beyer.

»Das wissen wir noch nicht«, sagt der Chefermittler. »Jedenfalls ist sie mit ihrem Freund, Friedhelm Jaukner, verschwunden. Und jetzt suchen wir nach Hinweisen, wo die beiden hin sein könnten.«

»Also, heute Vormittag war Silvie noch hier«, meldet sich Pia Nübel zu Wort.

»Hat sie etwas gesagt? Was sie vorhat, wo sie hin will«, hakt Schwinka ein.

»Ja, sie wollte mit Friedhelm weg«, sagt Nübel. »Aber es klang nicht so, als ob das heute sein sollte.«

Kay Ruwitz futtert das Knabberzeug.

»Wo wollte sie hin?«, fragt Schwinka weiter.

»Och, das hat sie so genau nicht gesagt«, antwortet die Frau. »Aber es klang nach einem romantischen Abhauen.« Pia Nübel hat die Hände neben ihre drallen Schenkel aufgestützt und drückt die Arme so durch, dass sich ihre Schultern heben. Dabei ist das T-Shirt etwas in die Höhe gerutscht und gibt den Blick auf einen rosafarbenen Schlüpfer frei.

Das bemerkt auch Thoralf Beyer, der links neben ihr sitzt. Der Hauseigentümer beugt sich vor und zieht das Shirt soweit herunter, dass die Unterwäsche nicht mehr zu sehen ist.

Ruwitz futtert weiter das Knabberzeug.

Danilo Schobel hat sich in einen Sessel neben den jungen Mann gefläzt und schreibt seinen Block voll.

»Was heißt ›romantisches Abhauen‹?«, fragt Schwinka.

»Na, Liebe und so«, sagt Nübel und wird langsam zutraulicher. »Friedhelm ist doch verheiratet, oder so. Aber eigentlich liebt er sie, und nicht seine Frau. Und deshalb wollten beide abhauen. – Aber das wollten sie schon im letzten Jahr.«

»Okay, und wo könnten sie hin sein?«

»Mmh, das weiß ich nicht so genau«, plappert Pia. »Das hat sie mir auch nicht erzählt.«

»Überlegen Sie, Frau Nübel! Hat ihre Freundin irgendetwas von einem Haus erzählt, in das sich Jaukner zurückzieht? Ferienhaus, Bungalow, Liebesnest … irgend so etwas.«

»Na klar, so was gibt es«, freut sich die Pummelige. »Er hat da noch ein Bauernhaus auf Usedom. Das hat er sich wohl vor ein paar Jahren gekauft. Da waren sie auch des Öfteren schon.«

»Wo das genau ist, wissen Sie aber nicht?«

»Nö.«

»Hast du die Nummer von Jaukner in Mirow?«, fragt Schwinka unvermittelt seinen Kollegen.

»Nee, verdammt!«, entgegnet Schobel, wohl ahnend, dass sein Chef noch in diesem Moment die Frau des Schauspielers angerufen hätte, um nach der Adresse des Hauses zu fragen.

»Herr Beyer, könnten wir uns in dem Zimmer, dass Frau Pochowski bewohnt, einmal umsehen?«, wendet sich Schwinka an den Eigentümer.

»Ist das eine Durchsuchung?«, wundert der sich.

»Keineswegs, einen Durchsuchungsbefehl bekomme ich erst morgen«, entgegnet Schwinka kalt. »Sie können es sich aber ersparen, dass ein Trupp Beamter ihre Ferienwohnung auf den Kopf stellt, wenn Sie uns noch heute Nacht die Möglichkeit geben, in dem Zimmer der Frau nachzuschauen.«

»Meine Güte, da scheint was Schlimmes vorgefallen zu sein, wenn das so Zackzack gehen muss …«, sagt Beyer.

»Sie würden uns sehr helfen«, fügt Schwinka hinzu.

»Na los, dann sehen Sie sich mal um!«

Wie auf Kommando stehen Schwinka und Schobel auf. Kay Ruwitz erhebt sich ebenfalls, die Knabbersachen sind alle. Pia Nübel hat die Situation noch nicht vollständig erfasst und schaut den Männern mit großen Augen zu. Thoralf Beyer geht voran und begleitet die Polizisten in die Ferienwohnung im oberen Stockwerk. Hinter den Beamten trottet Ruwitz, Pia Nübel tippelt hinterdrein.

Die Ferienwohnung besteht aus drei Zimmern, einem Korridor und einem kleinen Bad. Den Wohnraum teilen sich die beiden Frauen, haben dann aber jeweils ein separates Schlafzimmer – das beide ganz individuell jeweils zu ihren Reichen umfunktioniert haben. Die Tür zu Nübels Raum steht offen, das Bett ist zerwühlt. Auch ansonsten herrscht darin eine heillose Unordnung.

Silvie Pochowskis Zimmer ist aufgeräumter. Es deutet im ersten Moment aber nichts darauf hin, dass die junge Frau überstürzt abgereist sein könnte. Im Schrank befinden sich reichlich Bekleidungsstücke, sowohl Unterwäsche als auch T-Shirts, Blusen, Hosen, Kleider. Danilo Schobel durchsucht jedes einzelne Fach. Karsten Schwinka nimmt sich den Nachtschrank und eine Kommode mit drei Schubladen vor. Thoralf Beyer hat sich in der Tür breitgemacht. Er ist neugierig, gleichzeitig versperrt er mit seinem Körper dem hinter ihm stehenden Pärchen den Blick auf das, was die Polizisten gerade tun. Schwinka sind die Zuschauer egal.

Die Schublade im Nachtschrank gibt zwar einen Einblick in Silvie Pochowskis Leben, hingegen wenig Aufschlüsse auf ihren Aufenthaltsort oder den Grund des Verschwindens: eine Augenmaske, um bei Licht schlafen zu können, ein Störtebeker-Programmheft, Handykopfhörer, Kondome, Papiertaschentücher, eine Promi-Klatsch-Zeitschrift. Hinter der darunter befindlichen Klappe entdeckt Schwinka eine leere Weinflasche, ein benutztes Weinglas, einen Schlafanzug … Auf der Kommode liegen benutzte Wäsche, Papierstapel, zwei Ordner, Pillenschachteln, Kopfschmerztabletten, Zeitschriften, Korrespondenzen wie Zahlungsaufforderungen oder Krankenversicherungsinformationen

– und ein Reiseprospekt von Usedom. Das ist interessant. Schwinka setzt sich aufs Bett und beginnt, das Faltblatt auszubreiten. Es konzentriert sich stark auf Trassenheide, weshalb der Kriminalist vermutet, dass sich das Ferienhäuschen eben dort befinden könnte. Er könnte jetzt beim Neustrelitzer Diensthabenden anrufen und noch einmal zwei Kollegen nach Mirow schicken, um von Jaukners Frau die Adresse zu erfahren. Aber sollten die beiden Abgetauchten tatsächlich dort sein, reicht es auch noch morgen Vormittag. Mittlerweile ist es 1.30 Uhr, Gefahr ist nicht in Verzug. Und sind die beiden dort, sind sie das morgen garantiert auch noch. Schwinka sucht weiter. In der untersten Schublade häuft sich Papier, Papier, Papier. Was sich da immer alles so ansammelt! Silvie Pochowski hat offensichtlich unter anderem ihr wichtige Rechnungen aus dem Störti aufgehoben. Und dann stößt Schwinka auf einen Zettel mit einer Nummer. Mehr steht da nicht drauf. Er erkennt sofort, dass es eine tschechische Telefonnummer ist, denn heute Nachmittag hatte er und Schobel gerade damit zu tun gehabt. Und diese hier könnte sogar mit der ihm zugespielten identisch sein. Leider hat er die Zahlen nicht mehr genau im Kopf. Schwinka nimmt sein Smartphone hervor. Zu nachtschlafender Stunde ist solch eine Aktion meist sinnlos, aber da die beiden Ermittler es vor ein paar Stunden versäumten, den Kontakt auszuprobieren, tippt Schwinka die Zahlen jetzt ein. Bis der Klingelton kommt, dauert es gut 20 Sekunden. Dann tutet es. Und nur weitere zehn Sekunden später geht tatsächlich jemand ran.

Die Begrüßung durch die weibliche Stimme auf der anderen Seite erfolgt auf tschechisch.

Schwinka versteht kein Wort und sagt: »Hallo, sprechen Sie deutsch?«

Mit der linken Hand winkt er Thoralf Beyer hinaus. Der folgt brav der Anweisung und Schwinka schließt die Tür.

»Moment«, sagt die Frau am Telefon. Sie scheint jemanden zu holen.

Wieder meldet sich eine Frauenstimme. »Ja, biete?«, lässt diese hören.

»Ich weiß nicht, ob ich da richtig bin … Eine Freundin hat mir diese Nummer gegeben«, sagt Schwinka.

»Wer chat gegäben?«, fragt die Frau. Sie ist völlig ruhig und freundlich. Ein Anruf um diese Zeit scheint für sie nichts Ungewöhnliches zu sein.

»Eliska«, lügt Schwinka.

»Oh, und was du möktest?«

»Nun …«, Schwinka zögert. Da er nicht weiß, wo er da gelandet ist, sucht er verbissen nach einer Möglichkeit, die Verbindung nicht abreißen zu lassen. »… ich würde gern vorbeikommen.«

»Du kaannst«, sagt die Frau. »Wann du hier?«

»Morgen.«

»Mmh … dann du hier. Du niekt vorher anrufen …«

»Und bekomme ich, was ich will?«

»Was du wielst …«

Schwinka ist sich nicht ganz im Klaren, ob das eine Frage war oder die Bestätigung, dass er bekommt, was er möchte –

was das auch immer sein mag. »Nun, das freut mich«, sagt er unverbindlich.

»Dann iest schön …«

»Bis morgen.«

»Ano, ahoj.«

Schwinka drückt den Anruf weg und schaut versonnen auf das Display. Seine Rufnummer war bei dem Anruf mit rausgegangen. Deshalb hat er abgebrochen. Bloß keine Pferde scheu machen. Einen kleinen Erfolg hat er erzielt, denn dass Eliska Hermanova irgendetwas mit dieser Nummer zu tun haben muss, hat die Reaktion der Frau am Telefon gezeigt. Wie er Silvie damit in Verbindung bringen soll, ist ihm im Moment unklar.

»Wieso hast du Hermanova mit ins Spiel gebracht?«, fragt Schobel.

»Die ist eine Tschechin, stammt aus der Brünner Ecke und verteilt hier womöglich eine Telefonnummer, die für den ein oder anderen wichtig zu sein scheint.«

»Was suchen wir eigentlich?«

»So was wie diese Nummer, zum Beispiel«, sagt Schwinka. »Naja, und wenn wir ganz plump über ein Gefäß stolpern, in dem Eisenhut angerührt wurde oder das K.o.-Tropfen enthielt, sind wir auch schon ein Stück weiter …«

»Na, dann guck mal hier!«, sagt Schobel mit einem breiten Grinsen und reicht seinem Chef ein kleines braunes Fläschchen, das wie ein zu klein geratener Flachmann aussieht. Auf dem Etikett prangen die Buchstaben *GHB*, darüber steht *Heaven* und *The original U.S.A.* Unter der Abkürzung ist der

Schattenriss eines von hinten kopulierenden Pärchens zu sehen, was daneben mit *Pure Ecstasy* kommentiert ist.

»Ha«, ruft Schwinka, »da sind sie ja. Die Dinger hätte ich bei Silvie gar nicht vermutet.«

»Aber du sagtest doch ...?«

»Ja, das sagte ich. Trotzdem bin ich durchaus ein wenig überrascht, dass wir die Dinger ausgerechnet bei ihr finden.«

»Ist sie es denn nun gewesen?«, fragt Schobel und setzt sich zu Schwinka aufs Bett.

»Mmh, einige Indizien sprechen natürlich gegen sie«, antwortet der. »Nur, würde Jaukner bei solch einer Sache wirklich mitspielen? Selbst wenn der sich bis über beide Ohren in Pochowski verliebt hätte – deswegen einen Mordkomplott anzuzetteln, da gehört schon einiges dazu. Wenn ich ehrlich bin, mache ich mir jetzt eher um unseren Lustigen Heiner Sorgen.«

»Warum? Glaubst du, Silvie ...?«

»Man kann nichts ausschließen«, sagt Schwinka. »Vielleicht ist ihm das Ganze mit der Pochowski zu heiß geworden und er wollte aussteigen. Schwupps, ein paar Tropfen in den Becher und ab in den Kühlschrank.«

»Vielleicht sollten wir da mal nachschauen«, lacht Schobel.

Es klopft. Thoralf Beyer steckt den Kopf zur Tür herein. »Langsam sollten wir Feierabend machen«, sagt er.

»Ja, Sie haben recht«, entgegnet Schwinka und die beiden Polizisten erheben sich.

»Haben Sie gefunden, was Sie suchten?«, fragt Beyer die Polizisten.

»Kann man so sagen«, bleibt Schwinka kurz angebunden.

»Muss ich also keine Hausdurchsuchung fürchten?«

»Erst mal nicht.«

Bevor die Ermittler die Treppe hinuntergehen, tritt Karsten Schwinka noch einmal vor Kay Ruwitz, der mit seiner Freundin vor deren Zimmertür steht. Der durchtrainierte Mann hat sich an den Rahmen gelehnt und die Arme verschränkt. »Wie geht's deinem Arm?«, fragt Schwinka.

»Äh, ja … tut noch weh.« Ruwitz ist überrascht.

»Solltest du noch einmal diesen Arm gegen einen Polizisten erheben, werde ich ihn dir brechen! Und den anderen auch! Klar?«

Ruwitz stößt sich vom Rahmen ab und nimmt die Arme herunter. Er ist sichtlich eingeschüchtert. »Äh, klar … das war auch nicht so gemeint«, sagt er kleinlaut.

Pia Nübel schmiegt sich an ihn.

Ihr Freund schlingt die Arme um sie.

53

K.o.-Tropfen

Nadine ist sauer, weil er erst mitten in der Nacht zurückkommt. Der Sonnabend war für sie quasi verschenkt. Und sie wollte auch eigentlich mit ihm abends noch aus.

Schwinka bemerkt, dass die Frau wach ist, als er in den Raum mit der Matratze auf dem Fußboden kommt. Als er sich zu ihr legt, dreht sie sich mit einem missmutigen Stöhnen demonstrativ von ihm weg.

Als Schwinka nach ein paar Stunden wach wird, springt er auf, geht ins Bad und macht sich in Windeseile fertig. Von Nadine hört er nichts. Vielleicht schläft sie noch, vielleicht schmollt sie. Das ist ihm im Moment aber herzlich egal. Er hat Wichtigeres zu tun. Dem Diensthabenden in Neustrelitz hat er übermittelt, dass er entweder die Telefonnummer von Jaukners Festanschluss benötigt oder Kollegen der Tagschicht gleich morgens nach Mirow fahren sollten, um die Adresse des Ferienhauses auf Usedom in Erfahrung zu bringen.

Gegen halb zehn dann der Anruf: Die Frau des Komikers weiß nichts von einem Urlaubsdomizil. Das ist mal ein Knaller! Da die beiden zur Fahndung ausgeschrieben worden sind, ist die Suche auf der Grenzinsel ziemlich schnell auf Hochtouren angelangt. Konzentration auf Trassenheide.

Ansonsten läuft es eher schleppend. Die K.o.-Tropfen-Flasche muss ins Labor. Vor morgen geht sie aber gar nicht erst weg. Und wegen einer Einbruchsserie in einigen Dörfern rund um Stralsund findet sich beim Kriminaldauerdienst auch niemand, der sich intensiv um die Identifizierung der Brünner Telefonnummer kümmern könnte. Zu allem Überfluss bekommt Schwinka seinen Durchsuchungsbefehl nicht. Das sei noch zu prüfen, heißt es vom Bereitschaftsrichter. Also geht da nichts vor Montag. Gut, dass der nächtliche Vorfall diesen Antrag schon überholt hat. Aber schaden kann es nicht, wenn die Kriminalpolizei die Wohnung noch einmal auf den Kopf stellt. Vor allem dann, wenn das Paar bis Montagabend nicht gefunden werden kann.

Gegen Mittag sitzen Schwinka und Schobel beim Lila Bäcker am Bergener Markt und trinken draußen auf einer eigens für den Sommer errichteten Terrasse Kaffee. Sie haben beide das Gefühl, dass etwas getan werden müsste, der profane Siebentage-Rhythmus mit dem Wochenende ihnen allerdings einen Strich durch die Rechnung macht.

»Am liebsten würde ich nach Usedom fahren und in Trassenheide jedes Haus abklappern«, sagt Schwinka. Er zieht den Faltprospekt aus der Wohnung der Servicekraft hervor und breitet ihn auf dem Tisch aus. Die beiden Männer schauen sich die Bilder an, gehen Zeile für Zeile des Gedruckten durch. Vielleicht gibt es irgendeinen Hinweis. Und tatsächlich. Wie konnte er das bisher übersehen, denkt Schwinka. In einem Abschnitt sind die Namen mehrerer Ferienhäuser aufgezählt, und diese stehen laut Text im Kiefernweg. Dieser ist mit Bleistift unterstrichen. Gut, das Grau hebt sich vor dem violetten Untergrund des Blattes nicht gerade ab, es ist aber zu sehen. Das könnte es sein. Schwinka ist klar, dass Jaukner sich keines dieser namentlich aufgeführten Feriendomizile zugelegt hat, aber irgendwo dazwischen wird er hausen. »Also, Danilo? Was denkst du?«, fragt Schwinka.

»Wir könnten die Usedomer Kollegen dort hinschicken«, entgegnet Schobel verhalten.

»Echt? Wollen wir denen das überlassen?«

»Mmh, eigentlich nicht«, grinst der Hauptmeister.

»Also, lass uns fahren!«, bestimmt Schwinka.

Auf dem Weg nach Usedom organisiert Schobel per Telefon ein Hotelzimmer im Bernstein. Vorsichtshalber. Schwinka hat seit gestern nur noch Gedanken für den Fall. Das machte er vorhin auch Nadine klar, als sie beide noch einmal in Putbus an seiner Wohnung hielten, um Wechselwäsche mitzunehmen. Die Binzerin hatte zugemacht – emotional. Sie schien von dem Wochenende extrem enttäuscht zu sein, dabei hatte Schwinka sie gewarnt.

»Versuche, Verständnis für sie zu haben!«, sagt Schobel, als die beiden Polizisten über die Rügenbrücke fahren. Schwinka hatte ihm kurz erzählt, dass die Frau in der Wohnung eine frische Bekanntschaft sei und dass sie offenbar austesten wollte, ob ein Zusammenleben funktionieren könnte. »Sie sieht nicht die Dinge, die passieren. Sie bekommt nur das Ergebnis mit. Und das heißt: Du hast keine Zeit für sie. Also muss sie sauer sein.«

»Ich habe es satt, Verständnis zu haben«, sagt Schwinka fast emotionslos. »Sie weiß um die Bedeutung des Falles. Zumindest habe ich mich bemüht, das rüberzubringen. Unsere Ermittlungen haben die absolute Priorität. Das muss sie akzeptieren.«

»Ich weiß, dass das viele Kriminalisten völlig anders sehen«, sagt Schobel darauf. »Die haben Familie und würden einen Teufel tun, wegen Ermittlungen Frau und Kinder zu vernachlässigen. Und ehrlich? Ich glaube, dass das auch funktioniert. Für die ganz kniffeligen Sachen gibt es dann immer noch Leute wie dich.« Dabei grinst Schobel breit übers Gesicht.

»Vielleicht bin ich manchmal gefangen in meiner Art, die Dinge anzugehen«, sagt Schwinka. Er lässt sich ganz bewusst auf das offene Gespräch mit seinem Kollegen ein. Er will reden. »Jetzt sitzen wir hier im Auto, hatten wieder kein Wochenende, fahren nach Usedom, wo uns bereits andere Beamte unterstützen, und grätschen einfach dazwischen, schleichen nachts um Häuser ehrbarer Leute, prügeln uns mit Halbgewalkten … Und ich habe keine Sekunde den Eindruck, dass ich irgendetwas anders machen könnte.«

»Ich kenne das so nicht«, erwidert Schobel. »Es ist aber ein gutes Arbeiten. Und ich kann nachvollziehen, dass einem das ins Blut übergeht. Seit wir an diesem Fall dran sind, bin ich froh, im Moment keine Frau zu haben. Das verschafft mir eine angenehme Freiheit. Deswegen hat es mich erstaunt, dieses Mädchen bei dir in der Wohnung zu sehen.«

»Als ich sie kennenlernte, kam mir Abwechslung und Nähe ganz recht«, sagt Schwinka. »Ich hatte durch die Begegnung mit ihr das Gefühl, einfach so nahtlos auf Rügen angekommen zu sein. An ihre Intentionen habe ich dabei gar nicht gedacht.«

»Das ist das Problem. Und wenn ich so an ihren Gesichtsausdruck denke, wirst du bei eurem nächsten Treffen garantiert Stress haben. Oder sie lässt es gleich sein.«

Dann reden beide über Michael Neumann. Der wird am Montag wieder zur Arbeit kommen und seinen Computer nicht vorfinden. Eigentlich wollte Schwinka den Kommissar mit den Ergebnissen der Untersuchung konfrontieren und unmittelbar auf eine Konfliktbewältigung zusteuern. Das ist nicht möglich, wenn er sich mit Schobel morgen noch auf Usedom aufhält. Und was Neumann dann anstellt, ist nicht vorauszusehen. Der hat mit Blick auf die Facebook-Einträge offenbar einige Dinge in Gang gebracht, die Schwinka in Verruf bringen sollen.

Schobel schlägt vor, gleich morgen früh Michael Neumann anzurufen. »Ich kann das übernehmen«, sagt der Hauptmeister. »Wir kennen uns sehr gut. Und ich habe den ganzen Kram schließlich auch gefunden.«

»Mein Lieblingsszenario: Neumann sagt, dass es ihm alles schrecklich leidtut, er das nie wieder machen wird und künftig nach einer konstruktiven Zusammenarbeit mit mir strebt. Das klingt wie Vertragen auf dem Schulhof. Aber manchmal funktioniert Zwischenmenschliches genau so. Für mich wäre dann nämlich alles gut und ich würde den ganzen Scheiß unter den Tisch fallen lassen.«

»Das ist aber sehr kulant«, staunt Schobel, »denn was sich Michael geleistet hat, ist eigentlich nicht entschuldbar. Ich hätte gedacht, er ist aus dem Spiel.«

»Jemand, der auf Rügen Hinz und Kunz kennt, ist für die Kripo von Vorteil«, meint Schwinka. »Das gilt es abzuwägen, bevor man jemanden wegen bestimmter Verfehlungen an den Galgen bringt.«

Gegen 17 Uhr checken die beiden Polizisten im Bernstein ein, von den Usedomer Kollegen erfahren sie per Telefon, dass Silvie Pochowski und Friedhelm Jaukner noch nicht gefunden wurden – obwohl den ganzen Tag ein Beamten-Duo nichts weiter getan hatte, als Eigenheime und Ferienhäuser abzuklappern.

Nur 20 Minuten später durchstreifen die beiden Männer den Kiefernweg. Prachtvolle Einfamilienhäuser gibt es hier reichlich. Eines ist opulenter als das andere. Sie kommen für eine temporäre Absteige eigentlich alle nicht infrage. Dann gibt es da aber noch eine schmale geschwungene Stichstraße, die zum Kiefernweg gehört. Und hier steht ein kleines, unsaniertes Bauernhaus. Schwinka ist sich sicher: Wenn Jaukner sich tatsächlich im Kiefernweg ein Haus zugelegt hat, dann ist es dieses. Alle anderen Domizile hätten Unsummen gekostet. Der Audi am Nordgiebel der Kate mit Neustrelitzer Kennzeichen bestätigt ihn in seiner Annahme. »Wie groß ist die Wahrscheinlichkeit, dass die beiden mit uns rechnen?«, sagt Schwinka fast zu sich selbst.

»Jaukner müsste sich dessen eigentlich sicher sein …«

»…, wenn er bei klarem Verstand ist«, sagt der Chefermittler.

»Wollen wir anklopfen?«

»Das werden wir tun. Aber stell dich darauf ein, dass ich auf jeden Fall in dieses Gebäude eindringen werde. Unabhängig davon, ob jemand öffnet oder nicht.«

»Dachte ich mir«, grinst Schobel.

Schwinka klopft, denn eine Klingel fehlt.

Erst einmal geschieht nichts. Der Kripomann betätigt die Klinke, die Tür ist verschlossen. Also klopft er erneut. Wieder ist nichts zu hören. Nach einer Minute dringen allerdings Geräusche heraus. Schurrende Schritte. Jemand ist bemüht, leise zu sein. Da dreht sich der Schlüssel im Schloss. In einem Spalt ist das Gesicht von Silvie Pochowski zu erkennen. Und noch bevor sie das Brett wieder zuwerfen kann, hat Schwinka seinen Fuß in die Lücke gestellt.

Die junge Frau hat aber gar nicht vor, sich weiter zu verstecken. Sie weicht zurück, lässt die Tür los und setzt sich heulend auf eine hölzerne Bank an der Rückwand des kleinen Vorflurs.

Schwinka und Schobel treten ein. In dem Haus riecht es muffig. Seit vielen Jahren wird in den Mauern der Kate nichts mehr verändert worden sein.

»Hallo Frau Pochowski. Alles in Ordnung mit Ihnen?«, fragt Schobel und beugt sich zu der Frau hinab.

Die Kellnerin aus dem Störti heult wie entfesselt.

Schwinka bemerkt, dass sie sich gerade emotional erleichtert. »Wo ist Ihr Freund?«, fragt er.

Silvie wird von Heulkrämpfen geschüttelt und ist nicht imstande, zu antworten.

Schwinka geht durch die niedrige Tür in den Wohnraum. Dabei muss er sich bücken. Die Einrichtung dürfte beim Kauf des Hauses miterworben worden sein. Die Möbel sind uralt, zum Teil beschädigt. Auf dem Tisch stehen zwei Flaschen Wein und ein Glas. Zwei Türen sind noch zu sehen. Eine führt in einen weiteren Flur, von dem aus man in eine Küche und ein Bad gelangt, hinter der anderen verbirgt sich das Schlafzimmer.

In einem antiken Holzbett, das zwischen zwei gewaltigen Kleiderschränken steht, liegt Friedhelm Jaukner. Er hat den Rücken zur Tür gekehrt und rührt sich nicht. Schwinka geht um die Schlafstatt herum und sieht den Schauspieler scheinbar im Tiefschlaf versunken. Er atmet röchelnd. Aus dem halb geöffneten Mundwinkel läuft Speichel. »Hey, Jaukner«, ruft der Chefermittler halblaut. »Hey, stehen Sie auf!« Dabei rüttelt er den Mimen an der Schulter.

Der reagiert nicht. Der Atem geht weiter röchelnd, wach wird er allerdings nicht.

»Hey!« Schwinka wird lauter. Er rüttelt den Liegenden förmlich durch.

Nichts. Jaukner verschluckt sich kurz und röchelt weiter.

»Danilo! Ruf den medizinischen Notdienst an. Und unsere Inselkollegen kannst du auch gleich informieren. Am besten auch die vom Dauerdienst.«

Als Schwinka Silvie Pochowski in der Polizeistation in Karlshagen gegenübersitzt, blickt er in ein verheultes und aufgequollenes Gesicht. Sie weint nicht mehr, starrt aber vor sich hin. Sie sind beide allein in einem Raum mit zwei Stühlen und einem Tisch. Draußen ist es bereits dunkel geworden, eine Deckenleuchte sorgt für kaltes Licht. Schwinka fühlt sich einmal mehr an Szenen aus dem TV-»Tatort« erinnert, fehlt nur noch die Spiegelwand, hinter der sich andere Kriminalisten verbergen. Der Polizist schaut die junge Frau eine Zeit lang schweigend an. Von der kecken Kellnerin aus dem Störti, die die Vernehmung durch die Polizisten ganz aufregend fand, ist heute nichts zu spüren. Silvie ist am Boden zerstört, sie wirkt hilflos und ängstlich.

Schwinka wartet auf den richtigen Moment, etwas zu fragen. Aber er scheint nicht zu kommen. Silvie Pochowski würde sofort anfangen zu weinen, wenn er sie ansprache. Also sitzt er und wartet.

Der herbeigerufenen Notarzt hatte bei Friedhelm Jaukner sofort übermäßigen Drogenkonsum vermutet. Auf Schwinkas Hinweis hin, dass es sich um K.o.-Tropfen handeln könnte, wollte er dies auf keinen Fall ausschließen. Der Schauspieler befand sich in einem bedauernswerten Zustand, lebensbedrohlich war dieser aber nicht. Im Moment hätte Silvie schlimmstenfalls gefährliche Körperverletzung vorgeworfen werden können. Was war aber wirklich geschehen? Falls sie Jaukner das Zeug verabreicht hatte – warum? Und wollte sie ihn womöglich töten? Das alles könnte er die junge Frau fragen. Nur antworten würde sie vermutlich nicht. Also wartet Schwinka weiter. Kaltblütige Menschen, die andere bewusst verletzen oder töten, haben keine Skrupel. Die würden jetzt auch nicht schweigen. Selbst wenn sie

nichts Vernünftiges oder Erhellendes von sich geben würden – sie hätten zumindest das Bedürfnis, zu sprechen. Manchen ginge es darum, sich herauszureden, andere wollten
durch Verbalattacken ihre Macht auch gegenüber der Polizei demonstrieren, wieder andere plapperten aus purer Lust
an der Konversation.

Die Kellnerin schweigt. Nicht verstockt. Eher sprachlos.

Nach einer knappen halben Stunde versucht Schwinka
sein Glück. »Frau Pochowski«, sagt er vorsichtig.

Silvie fängt sofort zu weinen an.

›Okay‹, denkt Schwinka ›versuche ich es morgen.‹ – »Ich
werde Sie jetzt in Ruhe lassen«, sagt er zu der Frau und
steht auf.

Silvie weint weiter. Mittlerweile ist es ein stilles Weinen
geworden, nicht mehr so hysterisch wie in jenem Moment,
als sie den Polizisten die Tür geöffnet hat.

»Wir müssen Sie aber in Gewahrsam nehmen. Verstehen Sie das?«

Silvie Pochowski nickt.

Am Sonntagabend in Trassenheide nach Acht noch eine
Gaststätte zu finden, ist nicht einfach. Die meisten schließen gegen 21 Uhr. Schwinka und Schobel möchten aber
gern noch ein bisschen länger sitzen als nur 30 Minuten.
Also kehren sie in Käpt'ns Dinner ein. Hier können sie wenigstens bis Zehn bleiben. »Haben wir sie jetzt?«, fragt Schobel, nachdem sich das Duo Bier bestellt hat.

»Die Mörderin? – Nein, sie ist es nicht gewesen.«

»Was macht dich da so sicher?«

»Silvie ist in eine Extremsituation geraten, die dazu geführt hat, dass sie sich an Jaukner vergriff.«

»Okay, welche Situation?«

»Sie ist schwanger, zum Beispiel. Oder Jaukner wollte ein für alle Mal Schluss machen. Du weißt – so wie er es schilderte, war sie wohl recht hartnäckig.«

»Naja, er schien aber auch nicht gerade von ihr lassen zu können«, gibt Schobel zu bedenken.

»Friedhelm Jaukner hätte für ein Mädchen wie Silvie nie im Leben sein gutbürgerliches Dasein aufgegeben. Silvie hat ihn fasziniert, was es auch immer gewesen sein mag. Aber schon intellektuell trafen bei den beiden zwei Welten aufeinander.«

»Und was sollte die Aktion?«

Schwinka nimmt einen kräftigen Zug vom Bier, das gerade an ihren Tisch gebracht worden ist. »Kurzschluss«, sagt er. »Die beiden müssen Sonnabendvormittag mit dem Auto unterwegs gewesen sein. Dort ist es ihr unter irgendeinem Vorwand gelungen, ihm mit einer Flüssigkeit die Tropfen zu verabreichen. Und als das Zeug seine Wirkung tat, ist sie hierher ins Liebesnest gefahren. Immer wenn Jaukner wieder halbwegs zur Besinnung kam, hat sie nachgefüllt.«

»Sinnlos …« Schobel schüttelt den Kopf.

»Das hatte sie bereits selbst gemerkt. Deswegen öffnete sie, und deswegen sackte sie auch sofort in sich zusammen, als sie uns sah.«

»Aber was macht dich so sicher, dass sie nicht diejenige ist, die Möhricke, Tröger und Pioch auf dem Gewissen hat?«

»Pochowski kam im vergangenen Jahr mit Friedhelm Jaukner zusammen. Große Liebe, und so. Das zerbricht nach der Spielzeit vorerst, weil sie aber über beide Ohren verliebt ist, bleibt sie am Ball. In diesem Jahr kehrt der Lustige Heiner entgegen den Vermutungen unserer Verdächtigen zurück, was sie darin bestärkt, dass er mit ihr noch nicht völlig abgeschlossen hat.«

»Das ist für mich noch kein Beweis für ihre Unschuld«, unterbricht Schobel seinen Chef ungeduldig.

»Hey, jetzt warte ab!«, ermahnt der den Hauptmeister. »Also Jaukner zeigt vorerst keine Anstalten, die Affäre wieder aufflammen zu lassen, weshalb sie sich Hals über Kopf in eine Beziehung mit Möhricke wirft, von der praktisch alle in der Crew und im Schauspielerlager erfahren. Das will sie ja so. Klar soweit?«

»Klar!«

»Friedhelm wird rallig. Seine Silvie! Und er weiß ganz genau, was jemand an ihr hat, den sie zu sich in die Kissen lässt. Also zurück zu alten Verbindungen, beide fangen wieder etwas miteinander an. Möhricke fand das bestimmt doof, hatte aber längst ein anderes Steckenpferd – nämlich, Tröger zu erpressen. Pochowski erzählte uns zwar davon, es hatte für sie aber kaum Bedeutung. Sie fand den Stress, den Möhricke mit Puls hatte, viel dramatischer. Du erinnerst dich?«

»Ja, das tue ich.« Schobel hört aufmerksam zu und ist fasziniert, wie Schwinka die Aussagen zusammenfügt.

»Egal, wie sie zu Möhricke stand – ob sie die Affäre mit ihm banal fand oder vor Leidenschaft explodiert ist: Sie hatte zu keiner Zeit irgendeinen Grund, Möhricke zu töten. Denn Jaukner war zu ihr zurückgekehrt, nur das zählte.«

»Und Jaukner?«

»Jaukner hat mit seinem Verhalten und auch mit den Dingen, die er uns bei sich zu Hause erzählte, klargemacht, dass die Pochowski für ihn ein hitziges Intermezzo ist. Er hat sie ganz bestimmt gemocht. Aber schon letztes Jahr hat er mit seinem Verhalten zu verstehen gegeben, dass die Liebe auf drei Monate begrenzt bleibt. Nachdem Silvie wieder in seinem Bett lag, wird er auf Möhricke nicht mehr eifersüchtig gewesen sein. Also hätte er einen Teufel getan, Jan Möhricke zu verletzen.«

»Das ist alles schlüssig.«

»Danke.« Schwinka grinst. »Weiter! Mit Tröger hatte keiner von beiden etwas auszumachen. Also hat der Mord durch Pioch weder etwas mit Silvie Pochowski noch mit Friedhelm Jaukner zu tun. Vielmehr waren die beiden seit der Nacht, in der Möhricke starb, noch stärker nur mit sich beschäftigt. Sie wollten so viel wie möglich zusammen sein, mussten das aber geheim halten.«

»Da war der Ausflug nach Mirow aber nicht so schlau«, findet Schobel.

»Friedhelm Jaukner hat tatsächlich mit dem Gedanken gespielt, auszusteigen«, erklärt Schwinka. »Das hing auch mit seiner Beziehung zu Silvie zusammen. Als Tröger ermordet wurde, sind einige Leute bei den Festspielen emotional durchgedreht. Jeder Zweite hat da etwas zu verbergen, hinzu kommt die Angst davor, womöglich ebenfalls im Visier eines kranken Killers zu sein. Dadurch kam es zu dieser Reaktion. Dass beide das dann obendrein für ein paar schöne Tage genutzt haben, die sie nicht unter den Augen der anderen Schauspieler und Angestellten verbringen mussten, war ein angenehmer Nebeneffekt und der Selbstsicherheit Jaukners geschuldet.«

»Und was ist nun mit den K.o.-Tropfen? Diese Methode ist doch ein direkter Hinweis auf den Mord an Pioch.«

»Unser Mörder hat einen Fehler gemacht, denn den Tipp mit den Tropfen hat Pochowski mit großer Wahrscheinlichkeit von ihm.«

54

Engmaschiges Netzwerk

Bei der Vernehmung von Silvie Pochowski bestätigen sich Schwinkas Annahmen und Schlussfolgerungen vollständig. Der Aussetzer der Kellnerin rührte tatsächlich aus dem Geständnis Jaukners, die Affäre würde wieder nur diesen Sommer dauern. Silvie schwankte danach zwischen unfassbarer Demütigung und abgöttischer Liebe. Letztere gewann und sie beschloss, ihn zu zwingen, bei ihr zu bleiben. Einen richtigen Plan hatte sie dafür zwar nicht entwickelt, allerdings sah sie in der Entführung – vom Tatbestand her war es nicht weniger als das – das einzige Mittel, ihn physisch an sich zu fesseln. Dass das Ganze aus dem Ruder lief, wollte sie bereits Sonntagmorgen begriffen haben. Den Mut, sich einzugestehen, völlig wirr gehandelt zu haben, hatte sie da aber noch nicht. Also stellte sie Jaukner weiter ruhig und wartete auf eine Auflösung. Die war dann am Abend mit den beiden Polizisten gekommen. Die Tropfen hatte sie sich besorgt. Schon vor ein paar Wochen, wie sie versicherte. Die Quelle wollte sie nicht preisgeben, als Schwinka jedoch mögliche Zusammenhänge zur Mordserie in Ralswiek erwähnte, kam Pochowski ins Grübeln. Nach einem mehr als dreistündigen Gespräch gestand sie, gemeinsam mit Eliska Hermanova, Stagecoach Maja Hirse und Kellnerkollegin Angelina Burgner GHB auf einer Techno-Party am Selliner Strand konsumiert zu haben. Wer die braune Flasche mitgebracht hatte, wollte sie nicht mehr wissen. Auf jeden Fall habe sie nach der Sause die Droge behalten. Die Banalisierung der Geschichte am Ende hielt Schwinka für geschwindelt, hatte für ihn aber keine Relevanz.

Die Befragung von Friedhelm Jaukner im Krankenhaus sollen in den späten Nachmittagsstunden Kripokollegen aus Anklam übernehmen. Schwinka verspricht sich davon aber kaum noch Erkenntnisse, die weiterhelfen könnten. Ihm brennt die Affäre Michael Neumann auf den Nägeln, weshalb die beiden Ermittler bei der Rücktour ordentlich Gas geben. Auf den Anruf hatte Schobel auf Weisung von Schwinka verzichtet. Der Kripochef will sehen, wie der unter Druck stehende Polizist reagiert, wenn er noch weitere Stunden im Unklaren über die Untersuchungsergebnisse bleibt.

Gegen 14 Uhr sind sie im Revier. Bevor sich Schwinka mit seinem Widersacher auseinandersetzt, beauftragt er die SoKo-Ermittler, alles über die Brünner Telefonnummer herauszubekommen. Und sie sollen unbedingt feststellen, ob Eliska Hermanova mit der Adresse hinter der Nummer in Verbindung zu bringen ist.

Dann sucht er Neumann. Der lümmelt in seinem Büro an seinem Schreibtisch. Die Beine übereinandergeschlagen. Er unterhält sich mit Steffen Dorvitz, der in seinem Stuhl ebenfalls eher hängt, als dass er sitzen würde.

»Guten Tag«, sagt Schwinka, als er das Büro betritt.

Dorvitz schnellt aus seiner bequemen Haltung hoch und setzt sich aufrecht hin. Auch Neumann nimmt gemächlich eine weniger lässige Position ein. Beide erwidern den Gruß.

»Herr Neumann, kommen Sie bitte mit in mein Büro!« Schwinka will zügig vorankommen. Der Leiter der Bergener Kriminalpolizei wählt eine offene Gesprächssituation. Während Neumann auf einem der zwei Stühle am kleinen Beratungstisch Platz nimmt und sich seinem Chef zuwendet, kommt dieser hinter seinem Schreibtisch hervor und setzt sich dem Kommissar vis-à-vis. Ihr Abstand beträgt keine zwei Meter. »Sie wissen, was wir gefunden haben?«, fragt Schwinka den anderen.

»Nein«, sagt Neumann mechanisch. Er ist bemüht, ruhig zu wirken. Das maskenhafte Gesicht verrät aber eine enorme Anspannung.

»Sie wissen, was wir gefunden haben.« Das ist keine Frage mehr. »Sie kennen den Inhalt ihres Computers ebenso, wie ich jetzt.«

»Und was soll mir das sagen?«

»Mein Gott, Neumann. Wir haben die von Ihnen ausgedruckten Vernehmungsprotokolle gefunden, die sich jetzt in den Händen von Ilona Strabach befinden. Wir haben auf ihrer Festplatte jenes Schreiben gefunden, das anonym an die Presse verschickt wurde. Und – und das sollten Sie sich wirklich gut durch den Kopf gehen lassen – wir kennen auch ihre Machenschaften, mit denen Sie Ihnen gut bekannte Personen auf der Insel Vorteile verschafften, indem Sie diese vor Strafverfolgung schützten oder Bußgelder bei Ordnungswidrigkeiten unter den Tisch fallen ließen.«

Michael Neumann starrt seinen Vorgesetzten an. Bis gestern war das alles abstrakt. Obwohl er sich dieses Szenario auf unterschiedliche Weise ausgemalt hatte. Dazu gehörte auch eine Variante, in der er Karsten Schwinka an die Gurgel ging und der dabei vor Angst darum bat, ihn nicht zu verletzen. Die Realität ist aber eine andere. Neumann fühlt sich wie gelähmt. Schwinka könnte er schon wegen dessen körperlicher Konstitution kaum Gewalt antun. Auch wäre das in Bezug auf seinen Verbleib bei der Polizei ein selbstmörderisches Unterfangen. Obwohl er die ganzen Tage wusste, dass es genau so kommen würde, dass Schwinka all die Dokumente bei den Untersuchungen in die Hände fielen, hatte er gehofft, es würde nicht passieren. Es war ein Strohhalm. Illusorisch, aber beruhigend. Jetzt ist allerdings alles aus. Schwinka – so empfindet es Neumann – hat gewonnen. Wie konnte er nur so dumm sein und das alles auf dem Arbeitscomputer abspeichern?

»Haben Sie einen Plan?«, fragt Schwinka in Neumanns Überlegungen hinein.

»Jetzt haben Sie doch, was Sie wollten«, stößt der andere zwischen den Zähnen hervor.

»Was wollte ich denn?«

»Mich ans Messer liefern, mich ausbooten …«

»Warum hätte ich das tun wollen?«

Michael Neumann hat die Antwort auf der Zunge, stockt dann aber. ›Ja, warum eigentlich?‹, denkt er. »Keine Ahnung«, sagt er dann. »Ist doch Ihr Problem.«

›Nanu‹, wundert Schwinka sich in Gedanken, ›sollte er jetzt für den Bruchteil einer Sekunde nachgedacht haben?

Denn selbstsicher klingt das nicht mehr.‹ – »Warum hätte ich das tun sollen?«, fragt Schwinka noch einmal. »Weil ich erfahrene Kriminalpolizisten prinzipiell nicht ausstehen kann? Oder weil ich Polizisten, die mit ihrer Region verwurzelt sind und ein engmaschiges Netzwerk aufgebaut haben, per se zum Kotzen finde? Oder dachten Sie, ich hätte Ihnen gegenüber ein schlechtes Gewissen, weil ich auf eine Position gekommen bin, für die Sie ebenfalls im Gespräch waren? Und um keines mehr zu haben, wäre ich Sie am liebsten losgeworden?«

Michael Neumann starrt seinen Vorgesetzten weiter an. »Was soll diese Unterhaltung?«, fragt er wie ein bockiges Kind. »Sie haben, was Sie wollten.« Der Beamte wähnt sich auf dem Schafott.

»Was glauben Sie, was jetzt passiert?«, fragt Schwinka.

»Sie melden den Vorfall, es gibt ein internes Ermittlungsverfahren und ich werde entlassen – oder Streifenpolizist.«

»Was, wenn ich den Vorfall nicht melde?«

»Warum sollten Sie das nicht tun?« Neumann ist überrascht. Hoffnung keimt in ihm auf. Die paart sich aber sofort mit Misstrauen. Denn ohne Hintergedanken macht dieser Super-Polizist garantiert nicht solche versteckten Vorschläge.

»Vielleicht, weil ich Sie gar nicht loswerden will?«

Neumann ist verwirrt. »Wieso nicht?«, fragt er verblüfft.

»Neumann, ich bin nicht Ihr Therapeut, weshalb es auch nicht meine Aufgabe ist, Sie mit Ihren eigenen Abgründen zu konfrontieren, um Sie zu Erkenntnissen zu bewegen.

Wenn Sie aber mal für ein paar Minuten ihren Zorn runterschlucken und überlegen, wieso wir jetzt hier sitzen, werden Sie feststellen, dass Ihre Entscheidungen dafür gesorgt haben. – Sie müssen das aber nicht jetzt tun. Und es ist im Moment auch irgendwie nicht die richtige Zeit, Fronten zu begradigen oder Freundschaften zu schließen …« Der Kommissar versteht nichts. Er hört aber, dass sein Chef so was Ähnliches wie ein Friedensangebot macht.

»Ich werde Sie eine Woche beurlauben«, sagt Schwinka. »In dieser Zeit haben Sie die Möglichkeit, sich alles noch einmal durch den Kopf gehen zu lassen. Sie sollten auf keinen Fall weiter im Hintergrund an irgendwelchen Rädchen drehen. Wenn Sie wollen, dass die Geheimnisse Ihrer Festplatte vorerst welche bleiben, dann halten Sie die Füße still! Sonst ist es für Sie bei der Kriminalpolizei garantiert vorbei. Ich möchte mich am nächsten Montag noch einmal mit Ihnen an dieser Stelle zusammensetzen. Und dann können Sie mir erzählen, wie Sie sich Ihren weiteren Werdegang bei der Kripo auf Rügen vorstellen. Und ich werde Ihnen sagen, ob ich das auch so sehe.«

Michael Neumann leckt sich die trockenen Lippen. Er starrt immer noch auf seinen Vorgesetzten. Er sieht sich untergehen, nach Luft ringen und wieder auftauchen. Das ist die Chance. »Gut«, sagt der Kommissar nur knapp, »dann werde ich das tun.«

»Gut«, sagt auch Schwinka, »dann lassen Sie das Ganze sacken! Wir sehen uns in einer Woche.« Er steht auf und will Neumann die Hand hinhalten, entscheidet sich aber dagegen. So weit ist es noch nicht.

Der Kommissar erhebt sich ebenfalls und zögert. Es sieht aus, als wollte er etwas sagen, schweigt aber lieber. Auf dem Revierflur überschlagen sich seine Gedanken. ›Glück gehabt!‹ Gehört ebenso dazu wie ›Jetzt erst recht!‹. Er fühlt sich befreit und gedemütigt zugleich. Er ist besiegt, hat aber eine Schlacht gewonnen. Ist es Zeit, die Waffen zu strecken? Oder hat er vom Schicksal noch eine Woche geschenkt bekommen, um Schwinka endgültig den Garaus zu machen? Michael Neumann ist im Widerstreit. Er muss nachdenken.

Karsten Schwinka fühlt sich überhaupt nicht wohl, als sein Untergebener das Revier verlässt. Zum einen ist ihm bewusst geworden, dass Michael Neumann ein ziemlich sturer Bock ist, der obendrein Nachsicht mit Schwäche verwechselt. Zum anderen setzt er sich gewaltig in die Nesseln, wenn herauskommt, dass er schwerwiegende Vergehen wie die von Neumann nicht ahnden lässt. Allerdings hält er eine Bedenkzeit zur moralischen Läuterung für legitim. Das könnte er auch jedem Vorgesetzten plausibel erklären. Erst recht, wenn er die fachlichen Kompetenzen des Kommissars als Kriminologe in die Waagschale wirft.

55

Ohrfeige

Ilona Strabach flippt aus. Sie packt Hauptdarsteller Robert Kranich am Kragen und schüttelt ihn. Das ist ein unwürdiges Bild – wie die zerbrechliche Frau am Hals dieses Hünen hängt und eher an ihm zappelt, als dass sie den Mann erschüttern könnte. »Habt ihr denn alle den Verstand verloren?«, schreit sie Kranich an. Ihr Gesicht ist wutverzerrt. Die kleinen knochigen Fäuste umklammern die Aufschläge der groben Leinenjacke. »Was ist hier los? Was ist mit euch los? Was ist mit dir los?« Strabachs Stimme überschlägt sich. Sie atmet schwer und schaut Kranich ins Gesicht.

Der steht vor ihr wie eine Wand und sieht entschuldigend zu ihr herab. »Nichts ist los«, sagt der Störtebeker-Mime. »Wir sind alle angespannt. Ich bin nicht der Einzige, der dünnhäutig ist und vielleicht auch mal überreagiert.«

»Überreagiert?« Ilona Strabach ist immer noch sehr laut, klingt aber nicht mehr so hysterisch. Mit dem Wort hat sie Kranich auch losgelassen. Angriffslustig bleibt ihre Haltung allerdings. »Seit wann verprügelt mein Hauptdarsteller die Angestellten?«

»Ich habe niemanden verprügelt«, sagt der Schauspieler kleinlaut – immer gewahr, dass die wütende Frau ihn unterbricht. »Es war nur eine Ohrfeige.«

»Mein Gott! Es war ›nur eine Ohrfeige‹? Sie ist hingefallen und war für Minuten völlig benommen.« Strabach ist konsterniert. »Sei froh, dass jetzt nicht schon wieder die Polizei bei uns rumturnt und Ermittlungen wegen Körperverletzung aufnimmt! Mensch Robert – hätte sie das angezeigt, könnte ich endgültig zumachen. Noch mehr Skandale vertragen die Festspiele nicht.«

Als hätte sie gerade einen Ringkampf überstanden, setzt Strabach sich schnaufend in einen der ledernen Bürosessel. Sie hat sich Robert Kranich kommen lassen, als sie von dem Vorfall mit der Maskenbildnerin erfuhr. Auf dem Hof hinter der Bühne, unmittelbar vor dem Requisitenhaus soll es passiert sein. Nach einem kurzen Wortgefecht habe Kranich zugeschlagen. Und acht, neun Leute haben es gesehen. Zum Glück, denn so konnte eine schlimmere Eskalation vermieden werden. Eliska Hermanova wurde sofort umsorgt.

»Was hat dich zu dieser Sache getrieben?«, fragt Strabach ermattet.

»Das kann ich dir nicht sagen«, antwortet Kranich.

»Setz dich hin!«, befiehlt die Intendantin. »Hast du keine Ahnung, oder willst du es nicht sagen?«

»Ich kann nicht … also, ich will es nicht sagen.« Kranich nimmt Platz, lehnt sich aber nicht zurück.

»Warum nicht? Soll das heißen, du hast mit Hermanova etwas? Habt ihr denn wirklich alle den Verstand verloren?«

»Ich will mich dazu jetzt nicht äußern«, wiederholt Kranich. »Ich muss erst wieder auf den Teppich kommen. Mir tut es leid, dass das passiert ist. Aber in dem Moment konnte ich nicht anders.«

»Ihr seid Kinder und Amateure«, faucht Strabach. »Wenn ihr eure Triebe nicht im Zaum halten könnt – bitteschön! Dann verhaltet euch meinetwegen wie die Meerschweinchen! Aber wahrt dabei doch wenigsten den Hauch von Professionalität. Das ist hier kein Ferienlager oder eine bumsfidele Après-Ski-Party. Gerade von jemandem wie dir verlange ich eine gewisses Maß an Disziplin. Du sollst noch mindestens drei Jahre die Hauptrolle spielen! Wie kann ich das denn zulassen, wenn dich so ein verhungertes Huhn aus der Fassung bringt.« Ilona Strabach ringt immer noch mit ihrer Fassung. Schimpfworte sind gar nicht ihre Art. Aber die vergangenen Wochen haben an ihren Nerven gezerrt. »Also ganz im Ernst«, setzt sie erneut an, da Robert Kranich schweigt und bedeppert dreinschaut, »ich will von dir eine plausible Erklärung zu dem Vorfall! Und ich will das schriftlich! Konzentriere du dich heute ganz auf den Auftritt! Wehe, du versaust die Aufführung! Morgen kannst du dich hinsetzen und aufschreiben, was zu diesem Aussetzer geführt hat. Von diesem Schreiben mache ich abhängig, wie das mit uns weitergeht.«

»Es tut mir leid, Ilona!«, sagt der Mime. »Danke, dass du mir noch Zeit gibst. Ich kann wirklich nicht sofort über alles reden. Morgen sieht es schon anders aus. Und vielleicht ist es gar nicht so schlecht, wenn ich das aufschreibe.«

56

Blaues Auge

Nadine ist ausgezogen. Oder besser, sie hat ihren Besuch beendet. Als Schwinka am Abend nach Hause kommt, ist die Wohnung aufgeräumt. Sein privates Smartphone, das wie immer im Wohnzimmer auf dem Fensterbrett liegt, ist voller Nachrichten der Binzerin. 23 Stück. Der Kriminalist schaut sich jede einzelne an. Sie sind ein Auf und Ab der Gefühle. Nadine schimpft, ist trotzig, verliebt, traurig, hingebungsvoll, wütend, sie säuselt, bittet und weist zurück. Schwinka weiß, dass er bei ihr einiges gutzumachen hat, wenn der Fall endlich erledigt ist. So er noch die Möglichkeit dazu bekommt. Aber jetzt wird er sich definitiv nicht mit ihr auseinandersetzen. Er hat den Kopf voll. Das gleiche gilt für die Baustelle Karla. 14 Tage hat er Zeit, bevor er auf das Schreiben ihres Anwalts reagieren muss. Also ist da noch eine Pufferzone – die Angelegenheit schiebt er in sein persönliches Wartezimmer.

Heute Nachmittag kam vom Richter die Absage zum Durchsuchungsbefehl für die Unterkunft von Silvie Pochowski. Den braucht er nun sowieso nicht mehr. Auf diesem Terrain ist aus seiner Sicht alles geklärt. Wenn Jaukner die Kellnerin anzeigt, wird man wegen Freiheitsberaubung und schwerer Körperverletzung gegen sie ermitteln. Hält er die Füße still, wird sie noch einmal mit einem blauen Auge davonkommen.

Morgen wird es genau 20 Tage her sein, dass Jan Möhricke starb. Unfassbar, was seitdem geschehen ist. Schwinka kommt es vor, als seien viele Wochen vergangen. Manchmal rast die Zeit und reißt alles mit sich. Inmitten dieses Strudels sieht er sich. Und er bewegt sich in Zeitlupe. Hebt am Wegesrand einen Stein auf, öffnet eine Tür, pflückt einen Apfel vom Baum, setzt sich zu einem alten Mann auf die Bank. Um ihn herum pfeift es wie in einem Orkan, er kann sein eigenes Wort nicht mehr verstehen. Und auch nicht den alten Mann, der ihm lächelnd etwas erzählt …

Da schrillt der Wecker. Schwinka schreckt hoch. Sein erster Gedanke gilt dem Piepen, er kann sich nämlich nicht erinnern, die Weckfunktion aktiviert zu haben. Dann stellt er fest, dass er in voller Montur auf der Couch im Wohnzimmer geschlafen hat. Er muss völlig fertig gewesen sein. Es ist 7 Uhr. Schwinka lässt sich Zeit, entledigt sich der Sachen von gestern und macht sich im Bad fertig, zieht sich frische Wäsche an, kocht sich einen Kaffee und kontrolliert auf seinem privaten Mobiltelefon noch einmal die Nachrichten. Nichts Wichtiges.

In Bergen hält der Kriminalpolizist kurz am Edeka-Markt und kauft sich beim Bäcker ein belegtes Brötchen. Das isst er im Auto. Gegen 9 Uhr trifft er im Revier ein.

Schobel geistert über den Flur und kommt auf den Oberkommissar zu, als er ihn sieht. Dabei grinst der Hauptmeister, als hätte er eine Gehaltserhöhung bekommen.

»Na, Danilo, du freust dich ja so!?«, begrüßt Schwinka seinen Kollegen.

»Du wirst dich auch gleich freuen«, entgegnet Schobel, »denn Jaukners Fingerabdrücke wurden auf dem Zettel gefunden. Du weißt, diese Giftmacher-Nachricht, die ihm unter seiner Tür durchgeschoben wurde – oder davor lag.«

»Und? Das Ergebnis?«

»Natürlich Jaukner, logisch. Ansonsten gibt es darauf nur noch die Spuren von zwei Frauen.« Schobel grinst immer noch voller Wonne.

»Soll ich raten?«

»Bitte!«

»Silvie Pochowski und Eliska Hermanova.«

»Verdammt!« Schobel ist das Grinsen vergangen. Verblüfft schaut er seinen Chef an. »Wieso konntest du das mit Hermanova wissen?«

»Weil sie diese Zettel geschrieben hat«, sagt Schwinka gelassen. »Es ist aber gut, dass wir diesen Nachweis jetzt haben. Ich werde die Durchsuchung ihrer Ferienwohnung beantragen. – Und bitte, halte dich bereit! Wir müssen in Kürze los.« Damit verschwindet Schwinka in seinem Büro.

Schobel ist fast ein wenig enttäuscht, dass er seinen Vorgesetzten mit der Nachricht nicht überraschen konnte. Er zuckt mit den Achseln und geht zurück an seinen Schreibtisch.

Karsten Schwinka kann Oberstaatsanwalt Pjotr Dückert von seinem Ansinnen nicht überzeugen. Denn die rechtlichen Voraussetzungen für eine Hausdurchsuchung sind nicht gegeben. Der Ermittler kann lediglich Verdachtsmomente äußern, Beweise hat er nicht in der Hand. Und Fingerabdrücke an einem Schmäh-Zettel reichen bei Weitem nicht aus. Der Bergener Kripochef verlegt sich aber nicht aufs Bitten und

Betteln. Für ihn ist es in solchen Momenten wichtig, es wenigstens versucht zu haben, wenngleich er die Rechtslage kennt. Also beschließt er – wie er es schon häufig tat –, einen Weg zu finden, ohne amtlichen Segen und mit Tricks trotzdem in die Wohnung von Eliska Hermanova zu kommen.

Bevor Schwinka einmal mehr nach Ralswiek aufbricht, erkundigt er sich bei SoKo-Chef Martin Elkner nach den Nachforschungen zu der Brünner Telefonnummer.

Noch sei nichts Verwertbares herausgekommen, sagt Elkner, seine Truppe beschäftige sich allerdings intensiv damit.

Auf dem Weg nach Ralswiek haben Schwinka und Schobel keine Zeit, über den Verdacht des Chefermittlers zu reden. Vielmehr besprechen sie den Handlungsplan für den heutigen Dienstag. Im Festspielort angekommen, begeben sich beide sofort zu Hermanovas Domizil – in der Hoffnung, sie dort anzutreffen.

Doch Fehlanzeige. Die Maskenbildnerin ist nicht da. Das ist die denkbar ungünstigste Variante, denn zu einem Einbruch würde sich selbst Schwinka nicht hinreißen lassen.

Vorm Störti wird das Ermittlerduo von Angelina Burgner abgefangen. Die Blondine mit dem langen Gesicht geht direkt auf Schwinka zu und nimmt seine rechte Hand. »Danke!«, sagt sie sanft.

»Warum?«, fragt Schwinka, obwohl er eigentlich weiß, worum es sich dreht.

»Er ist verheiratet«, sagt die junge Frau.

»Ja, ich weiß«, erwidert der Polizist.

Danilo Schobel lächelt. ›Ist ein bisschen wie ein Happy End‹, denkt er

»Ich möchte Ihnen noch etwas sagen.« Burgner wird auf einmal sehr ernst.

»Okay, was denn?«

Die Frau druckst. »Es hat hier einen Vorfall gegeben«, sagt sie und hält dabei immer noch Schwinkas Hand. »Der Robert hat die Elli geschlagen.«

»Wann war das?«, fragt Schwinka scharf und zieht seine Hand zurück.

»Gestern.«

»Wissen Sie, warum?«

»Sicher ein Streit«, vermutet Burgner und zögert. »Naja, sie werden wohl irgendwie was miteinander haben.«

»Danke, Frau Burgner«, sagt der Oberkommissar, »darum müssen wir uns jetzt kümmern.

Die beiden Polizisten schlagen die Richtung zum Blauen Haus ein. Den Umweg über Strabach oder Haßmann will Schwinka nicht gehen. Die Konfrontation Kranichs mit dem Ereignis soll unvermittelt und vollkommen sein.

Kranich ist nicht da. Von Tobias Gürtler, seinem Nachbarn und Gegenspieler im aktuellen Stück, erfahren die Ermittler, dass der Schauspieler ausreiten wollte. Vielleicht ist er auch noch an den Stallungen, dort ließe es sich auf den großen Koppeln auch ziemlich gut trainieren.

Also wenden sich Schwinka und Schobel den Ställen nördlich der Bühne zu. Sie gehen zügig, weshalb sie kaum miteinander reden. Auf halbem Weg trennen sie sich aber, denn der

Oberkommissar beauftragt Schobel, nahe der Ferienwohnung von Hermanova die Rückkehr der Maskenbildnerin abzupassen. Er selbst will sich den Hauptdarsteller vorknöpfen.

Aber auch bei den Ställen ist Robert Kranich nicht zu finden. Sein Pferd fehlt tatsächlich. Also wird er wiederkommen. Karsten Schwinka schlendert zwischen den Boxen der Tiere entlang und beobachtet die Vierbeiner. Sie sind durchweg stattlich und sehr gut gepflegt. Vor allem von den schwarzen Friesen geht geradezu eine majestätische Wirkung aus.

Die Zeit vergeht, es ist still bei den Ställen. Das Schnauben der Pferde bildet die einzige Geräuschkulisse. Schwinka setzt sich an einen der hölzernen Koppelzäune. Er schaut in den blauen Sommerhimmel und döst. Dabei wird er müde. Tatsächlich, die vergangenen zwei Wochen haben an ihm gezerrt. Wie bei dem berüchtigten Sekundenschlaf am Lenkrad nickt der Polizist von Zeit zu Zeit weg. Da hört er plötzlich Hufgetrappel. Schwinka erhebt sich und sieht Robert Kranich heranreiten.

Eine gute Stunde war er weg. Und seine Miene zeigt deutlich, dass er sich nicht gerade freut, den Ermittler hier zu sehen. »Morgen«, ruft Kranich vom Pferd herunter.

»Morgen«, erwidert Schwinka.

»Sind Sie wieder auf Ermittlungstour«, fragt der Schauspieler und sitzt ab.

»Wenn Sie das so nennen wollen.«

»Haben Sie auf mich gewartet?«

»In der Tat«, antwortet Schwinka, »aber lassen Sie sich ruhig Zeit! Wir können auch nachher noch reden.«

Und Robert Kranich lässt sich verdammt viel Zeit. Wenn Karsten Schwinka ihn so beobachtet, hat er den Eindruck, dass der Störtebeker-Darsteller ganz bewusst trödelt. Und so dauert es noch mal gut eine halbe Stunde, bis sich Kranich von seinem schwarzen Hengst lösen kann. »Wollen wir essen gehen?«, fragt der Mime.

»Meinetwegen«, erwidert Schwinka.

»Gut, am besten ins Riff.«

Der Weg dorthin wird mühselig. Die beiden Männer gehen den Bühnenzugang hinunter, stapfen durch den Sand zwischen den Kulissen und wählen dann den Pfad am Boddenufer entlang bis hinunter zum Hafen, wo das Restaurant Riff auf seine Gäste wartet. Zwischendurch reden die beiden kaum miteinander. Lediglich ein bisschen über das anhaltend gute Wetter, ein bisschen über den tiefen Sand und ein bisschen über das Reiten.

Nachdem sie bestellt haben und die Getränke auf dem Tisch stehen, ist es Kranich, der beginnt. »Ich weiß, warum Sie zu mir gekommen sind. Es geht um Elli, nicht wahr?«

»So ist es«, sagt Schwinka.

»Was wollen Sie von mir wissen?«

»Einiges: Seit wann sind Sie mit Hermanova liiert? Wie intensiv ist die Beziehung? Üben Sie mit ihr ungewöhnliche sexuelle Praktiken aus?«

Bei dieser Frage zuckt Kranich leicht zusammen, sagt aber nichts.

»Wer hatte noch ein sexuelles Verhältnis mit ihr? Waren Sie damit einverstanden? Warum haben Sie sich gestritten?

Und weshalb hat Sie das derart aufgebracht, dass Sie sie geschlagen haben? – Das wären so ein paar Fragen. Und in genau dieser Reihenfolge würde ich sie stellen.«

Robert Kranich bemüht sich rührend, seine antrainierte Selbstsicherheit zu behalten. Ihm ist aber nur allzu bewusst, dass er diese Vernehmung nicht eher verlassen können wird, bis er dem Polizisten genügend Stoff geliefert hat. »Das ist ein sehr delikates Thema, Herr Kommissar. Ich hoffe, Sie sind sich dessen bewusst«, tastet sich der Schauspieler vor.

»Ich bin mir dessen seit der Nacht, in der Möhricke starb, bewusst. Umso mehr hat es mich die Tage über immer wieder erstaunt, wie unvorsichtig einige mit ihren Aussagen umgegangen sind.« Dabei spielt Schwinka auf die erste Vernehmung in Strabachs Büro an, bei der sich der Störtebeker-Darsteller förmlich aufgedrängt und den Polizisten einen Hinweis zu Möhrickes Verhältnis mit Silvie Pochowski gegeben hatte.

Robert Kranich scheint den Wink zu verstehen. »Ich habe nie gelogen«, beteuert er.

»Sie haben aber versucht, von sich abzulenken, weil Sie Ihre Beziehung zu Eliska Hermanova aus der Schusslinie halten wollten. Habe ich recht?«

»Nun, vielleicht nicht ganz unrecht.«

»Dann sagen Sie mir, wie Sie es ertragen haben, dass Hermanova noch andere amouröse Abenteuer hatte. Mit Tröger zum Beispiel.«

»Kann ich davon ausgehen, dass dieses Gespräch absolut unter uns bleibt?«, fragt Kranich.

»Das ist kein Verhör und ich schneide auch nichts mit. Betrachten Sie es ab diesem Moment als informell.«

»Elli ist eine ganz außergewöhnliche Frau.« Kranich macht eine bedeutungsvolle Pause und scheint zu zwinkern.

»Soll ich Ihnen helfen?«, erkundigt sich Schwinka, um das Gespräch voranzutreiben. »Das Außergewöhnliche besteht unter anderem darin, dass Sie absolut keine Tabus kennt, nicht wahr? Egal was, wann, wo – das, was Sie von ihr wollten, haben Sie bekommen. Und Sie hatten große Sorge, dass sie mit Tröger ähnlich offenherzig umging.«

»Sie sind ein ausgebuffter Kerl, Herr Kommissar!« Robert Kranich grient. »Aber glauben Sie bloß nicht, ich hätte deswegen den Tröger umgebracht!«

»Nein, das waren Sie nicht. Das war Pioch.«

»Ernsthaft?« Robert Kranich fällt aus allen Wolken. »Warum das denn?«

»Nun, vielleicht fand der das Techtelmechtel zwischen Goedeke und Elli auch nicht so lustig.«

»Wieso?«

»Tun Sie nicht so scheinheilig, Herr Kranich! Sie wissen, dass Pioch ein Verhältnis mit Hermanova hatte.«

Robert Kranich schweigt. Er schaut Schwinka ins Gesicht. Im Moment weiß er nicht weiter. Was soll er erzählen? Wie weit kann er gehen? Bringt er sich nicht irgendwie selbst in Gefahr? »Ich bin ziemlich am Ende«, sagt er auf einmal. »Ich bin mir nicht mehr im Klaren darüber, was ich glauben soll. Ich habe Elli zur Rede gestellt. Sie sollte sich auf mich konzentrieren. Sie sollte mein Mädchen sein. Sie ist sehr giftig geworden, hat mich gedemütigt. Und sehen Sie es mir nach, wenn ich das jetzt nicht wortwörtlich wiedergebe! Aber da sind mir die Sicherungen durchgebrannt.«

»Haben Sie seitdem noch einmal mit ihr Kontakt gehabt?«

»Nein, ich will erst einmal etwas Ruhe einkehren lassen.«

»Was sagt Ilona Strabach zu der ganzen Affäre?«

»Wir haben uns ausgesprochen.«

Das Essen nehmen beide fast schweigend ein. Ab und an fallen Sätze zu der momentanen Stimmung im Schauspielerteam, und sie sprechen kurz darüber, wie das Stück ohne Jaukner funktioniert. Als sich Schwinka verabschiedet, erwähnt er nur noch, dass der *Hurenbock*-Zettel, den Kranich vor nicht allzu langer Zeit in sein Zimmer gelegt bekommen hatte, von Hermanova geschrieben worden war.

»Dreckstück!«, sagt der Schauspieler beleidigt. »Langsam bin ich froh, ihr diese Schelle verpasst zu haben.«

Karsten Schwinka geht zu Hermanovas Ferienhaus. Schobel sitzt auf der gegenüberliegenden Seite im Schatten eines Baumes, den kleinen Bungalow im Blick. »Na, nichts?«, fragt Schwinka, als er an die Seite seines Partners tritt.

»Nichts«, antwortet Schobel und steht auf.

»Wir müssen jemanden finden, der sie anruft«, sagt der Chefermittler. »Unsere Nummern könnte sie kennen. Bei anonym wird sie nicht rangehen. Am besten Strabach oder Haßmann«

Schobel klärt das mit seinem Mobiltelefon. Er hat Haßmann dran und erläutert ihm die Sachlage. Wichtig sei es zu erfahren, wo die Maskenbildnerin sich gerade aufhält. Derweil ordert Schwinka aus dem Revier zwei Beamte, die er Hermanovas Unterkunft beobachten lassen will. – Langsam fürchtet der Oberkommissar, dass es nicht mehr so einfach wird, ihrer habhaft zu werden.

Während die beiden Kripomänner auf den Entsatz warten, klingelt Schwinkas Telefon. Martin Elkner.

»Ja, Schwinka. Ja … – Alles klar. – Wie lange arbeitet sie schon dort? – Ja. – Und die Kollegen sind da schon länger dran? – Drogen auch!? – Gute Arbeit, Herr Elkner! Ich danke Ihnen.« Schwinka steckt das Gerät ein. »Pass auf, Danilo«, sagt er zu seinem Partner, »wir müssen uns jetzt quasi jeden Schritt gut überlegen. – Das war eben Martin Elkner. Du hast es schon mitbekommen: Unsere Brünner Telefonnummer ist ein Edelbordell für ganz spezielle Kunden. Die tschechischen Kollegen sind da schon seit Längerem dran. Es geht um Menschenhandel und Geldwäsche, was uns weniger tangiert – da ist aber auch einiges mit Drogen. Unsere liebe Eliska Hermanova arbeitet dort seit vier Jahren unter dem Namen Nadja und hat sich als Monika Kunderova anstellen lassen.«

»Scheiße!«, entfährt es Schobel. »Was wollte die dann hier?«

»Das kann ich nur vermuten«, entgegnet Schwinka, »aber vielleicht war Ralswiek ihr Sprungbrett in ein bürgerliches Leben. Vielleicht hatte sie sogar vor, irgendwann einmal ganz hierzubleiben. Vielleicht wollte sie sogar jemanden finden, der sie zu sich genommen hätte. Da gibt es einige Gründe …«

Im diesem Moment sehen die beiden Polizisten einen Streifenwagen kommen. Schwinka weist an, dass das Fahrzeug verborgen abgestellt wird und die beiden Beamten unauffällig das Feriendomizil im Auge behalten.

Dann verabreden sich Schwinka und Schobel telefonisch mit Strabach und Haßmann und gehen schnellen Schrittes zum Verwaltungstrakt. Dort macht der Chefermittler nicht viel Federlesen. »Haben Sie Hermanova erreicht?«, fragt Schwinka den Geschäftsführer.

»Nein, das Telefon ist aus«, entgegnet der.

»Wir haben Grund zu der Annahme, dass Eliska Hermanova etwas mit unserer Mordserie zu tun hat.«

Die Intendantin und Haßmann zeigen sich schockiert.

Deshalb schiebt Schwinka noch ein »Bitte behalten Sie das beide vorerst für sich!« dazwischen. »Wir brauchen jetzt dringend Ihre Hilfe: Telefonieren Sie jeden ab, der zu Ihrem Unternehmen gehört und erkundigen Sie sich nach der Hermanova! Bleiben Sie dabei diskret und unverbindlich! Bekommt die junge Frau mit, dass wir hinter ihr her sind, ist sie ruck, zuck verschwunden.«

»Ist es nur ein Verdacht oder sind Sie sich schon ziemlich sicher?«, fragt Strabach.

»Bitte tun Sie, worum ich Sie gebeten habe!«, sagt Schwinka kurz angebunden. »Wenn irgendetwas feststeht, erfahren Sie es zuerst.«

Strabach nickt.

»Übrigens, hat Hermanova ein Auto?«

»Ja, einen Opel«, sagt Haßmann.

»Wo würde der stehen, wenn Sie da wäre?«

»Ich glaube, es gibt unten bei der Ferienwohnung für ihren Bungalow einen Carport.«

»Alles klar, da stand nichts.«

Ilona Strabachs Büro wird zu einem Callcenter. Die Intendantin und Silvio Haßmann telefonieren, was das Zeug hält. Sie sitzt am Schreibtisch und schaut zur Terrassentür hinaus. Er hat sich in der ledernen Sitzecke verschanzt und telefoniert mit dem Gesicht zur Wand. So versuchen beide, sich nicht zu sehr zu stören. Allerdings bleibt die Maskenbildnerin verschwunden.

Schwinka unterrichtet Oberstaatsanwalt Pjotr Dückert über den Stand der Ermittlungen. Beide kommen zu dem Schluss, dass es nicht verkehrt sein kann, unverzüglich eine Fahndung auszulösen. Dabei stellt sich die Frage, wie wahrscheinlich es ist, dass sich Hermanova Richtung tschechische Grenze abgesetzt hat. Schwinka hält das durchaus für möglich. – Also gilt die Fahndung deutschlandweit.

Als es auf 18 Uhr zugeht, steht endgültig fest, dass Eliska Hermanova ihr Gastspiel in Ralswiek beendet hat. Sie ist nirgends zu finden. Niemand weiß, wo sie hin ist. Das Schminken der Schauspieler übernimmt Solveig Hauser, die erst in diesem Jahr in der Maske angefangen hat und Hermanova für gewöhnlich zur Hand ging.

Nebenbei durchwühlen Schobel und Schwinka den Raum. Was sie suchen, wissen sie selbst nicht genau. Aber alles, was ihnen über die üblichen Schminkutensilien hinaus in die

Hände fällt, schauen sie sich aufmerksam an. Natürlich fragt der ein oder andere Schauspieler, was denn los wäre und wo »die Elli« hin sei. Die Antworten der Kriminalpolizisten fallen allerdings sehr knapp aus. Irgendwann ignorieren sie die Bemerkungen ganz.

Als das Stück um 20 Uhr beginnt, treten Schwinka und Schobel immer noch auf der Stelle. In der Maske war nichts Verwertbares zu finden gewesen. »Egal«, sagt der Chefermittler fest entschlossen, während auf der Bühne Störtebeker gerade durch den Nebel quer über die Bühne reitet, »ich will jetzt in diesen verdammten Bungalow. Entweder der Eigentümer lässt uns so rein oder ich trete die Tür ein.«

Beide gehen zügig hinunter zur Hermanova-Wohnung. Diese wird immer noch von den beiden Beamten aus Bergen beobachtet. Daran wird Schwinka auch solange nichts ändern, bis die Frau gefunden worden ist. Der Bungalow steht auf einem Grundstück, das zu einem graublauen Eigenheim direkt an der Straße gehört. Die Polizisten treffen den Besitzer an, stellen sich vor und bitten darum, die Ferienwohnung inspizieren zu dürfen. Und es tritt ein, was Schwinka befürchtet hat: Es wird diskutiert. Ob die Polizei das überhaupt dürfe? Ob Frau Hermanova da nicht ihre Zustimmung geben müsse? Ob da nicht ein Durchsuchungsbefehl vonnöten sei und warum er als unbescholtener Bürger da jetzt mit reingezogen werde …?

»Hören Sie!« Karsten Schwinka verliert die Geduld. »Das mit dem Durchsuchungsbefehl kennen Sie vermutlich nur aus dem Fernsehen. Und wenn Sie unbedingt wollen, dass wir Ihnen einen vorlegen, können wir das gerne tun. Nur wird das für unsere Arbeit dann nicht mehr relevant sein, weil wir dort jetzt in diesem Augenblick hineinmüssen. Sollte da Ihrerseits aber kein Weg reinführen, werde ich Ihnen diesen verdammten Durchsuchungsbefehl besorgen. Und dann werden wir den Bungalow derart auf den Kopf stellen, dass sie dort zwei Jahre lang keine Gäste mehr einquartieren können. Schließen sie uns jetzt auf, bleibt alles heil.«

Der Hauseigentümer, ein stämmiger, stiernackiger Mann Mitte 50, schaut Schwinka verunsichert an. Er tritt von einem Bein auf das andere und holt zweimal tief Luft. »Das … das klang wie eine Drohung!«, stammelt er.

»War es nicht«, erwidert der Ermittler. »Vielmehr habe ich Ihnen kurz geschildert, was als Nächstes passieren könnte.«

»Und Sie machen mir da nichts kaputt?«

»Versprochen!«

Hermanovas kleine Wohnung sieht genauso aus wie an jenem Tag, als sie die junge Frau zu Tröger und Pioch befragten und sie hier weinend zusammengebrochen war. Schobel nimmt sich den Schlafraum vor. Schwinka sucht im Wohnzimmer. Aus der Ferne ist Donner zu hören. Bei Störtebeker sprechen die Kartaunen.

Das erste Ergebnis hat Danilo Schobel vorzuweisen. Als er zu seinem Vorgesetzten in den Wohnraum tritt, hält er zwei braune GHB-Flaschen zwischen den in blaue Kunststoffhandschuhe gezwängten Fingern. »Guck an«, sagt Schobel, »das dürfte das Zeug sein, das Pioch geschluckt hat. – Hat die mit dem Mist gedealt?«

»Hat sie nicht«, sagt Schwinka. »Die Flüssigkeit soll dich auch nicht per se ins Koma fallen lassen, sondern entsprechend dosiert berauschen. Dazu hat sie es eigentlich gebraucht. Alles andere war ein willkommener Nebeneffekt.«

Schobel hüllt die Flaschen in sein Stofftaschentuch und lässt dieses in seine Aktenmappe verschwinden. »Ansonsten gibt es nur Spielzeug«, grinst der Hauptmeister. »Bei einigen Sachen weiß ich nicht einmal, wofür sie sind.«

»Alles liegen lassen!«, befiehlt Schwinka. »Ich werde die Hütte nachher versiegeln und morgen einen Spezialistentrupp reinschicken. Ich glaube, wir werden noch eine Menge Informationen benötigen, die wir hier garantiert bekommen können.« Da stößt Schwinka auf kleine Notizzettel. Einige sind beschrieben. *Hurenbok* ohne c oder *Mörder* ist da zu lesen. Sie ähneln jener Zettelwirtschaft, die kürzlich im Blauen Haus die Runde machte und sehen wie Schreibproben aus. Und dann stößt der Ermittler auf den Heiligen Gral des Tages: Mitten in dieser Papieransammlung liegt ein Zettel, der eine Adresse beinhaltet: *Kristyna Filipova, Am Alkun 27b.* Schwinka zückt sein Smartphone, gibt die Straße bei Google Maps ein und bekommt sofort Barth als Ort angezeigt. »Danilo«, ruft er ins Nebenzimmer, »ich habe sie gefunden.«

Der Hauptmeister unterbricht seine Suche und lässt sich von Schwinka den Zettel zeigen.

»Das ist in Barth«, sagt der. »Da fahre ich jetzt hin. Du behältst hier alles im Blick und bist auf Empfang! Klar?«

»Klar.«

Es ist 20.50 Uhr. Karsten Schwinka läuft hoch zum Festivalgelände. Er will keine Zeit verlieren. Als er in seinen Jaguar steigt, hört er von der Naturbühne Gürtlers Stimme herüberschallen. – »Ha, wenn Ihr auch noch so sehr glaubt, im Volke einen Verbündeten zu haben, wird dieser Umstand uns Vertreter der Hanse nicht daran hindern, Euch das Handwerk zu legen! – Wer ist schon das Volk: eine kriechende, sich windende graue Masse ohne Kopf.« – »Unterschätzt des Volkes Kraft und Willen nicht!«, ruft Robert Kranich als Störtebeker zurück – und »rumms«, ist die Autotür zu.

Karsten Schwinka fährt sehr zügig. Umgangssprachlich würde man wohl sagen: Er rast. Dort, wo 100 Kilometer pro Stunde erlaubt sind, hat er schon mal 140 auf dem Tacho. Er fühlt sich getrieben. Da ist zuallererst die Sorge, er könnte Eliska Hermanova verpassen. Denn sie ist der Schlüssel zur Aufklärung des Falls. Und dann ist da noch eine Unruhe, die er sich gar nicht recht zu erklären weiß. Ihm ist, als könnte noch etwas Schlimmes passieren. Nur, warum ist das so? Schwinka lässt jeden Augenblick des Tages noch einmal an seinem geistigen Auge vorbeiziehen. Rekapituliert die Ereignisse, ruft sich die Gespräche in Erinnerung. Aber nichts könnte ihm erklären, weshalb er ein so ungutes Gefühl hat.

In Ralswiek ist gerade Pause. Das Publikum der wieder einmal ausverkauften Vorstellung hält sich im Versorgungsdorf schadlos. Es wird Bier gekübelt, Bratwürste, Pommes Frites, Eis und Crêpes verzehrt. Die Schauspieler bereiten sich auf den zweiten Akt vor, scherzen miteinander, klopfen sich gegenseitig auf die Schultern und necken die Laiendarsteller.

Für Karsten Schwinka ist es nicht mehr weit. Vielleicht noch 20 Minuten, eher eine Viertelstunde. Das Radio hat er aus. Seine Gedanken sind fokussiert, seine Muskeln angespannt. So stellt er sich einen Wolf vor, der kurz davor steht, über seine Beute herzufallen.

Schwinka hatte Eliska Hermanova schon sehr früh in Verdacht, etwas mit den Verbrechen zu tun haben zu können. Aufmerksam achtete er in Vernehmungen auf jeden kleinsten Hinweis, der sich auf die Maskenbildnerin bezog. Und Stück für Stück hatte das Puzzle ein Bild ergeben.

Seine Dienstwaffe hat er dabei. Das Magazin ist aufgefüllt. Als hätte er geahnt, dass es heute Ernst werden könnte, war er ganz bewusst ans Schließfach gegangen und hatte die Pistole entnommen. Sie drückt an der linken Seite immer ein wenig. Das wird aber daran liegen, dass er sie viel zu selten anlegt. Als Schwinka in die Siedlung einbiegt, an deren Ende sich die Straße Am Alkun befindet, ist es acht Minuten vor Zehn. Erst jetzt wird ihm bewusst, dass die Straße genauso heißt, wie der Ralswieker Pirat, bevor er zu Störtebeker wird – Klaus von Alkun. Ein ulkiger Zufall.

In Ralswiek steigt Klaus Störtebeker aufs Schafott. Die Hamburger Patrizier haben ihn in eine Falle gelockt und festgesetzt. Jetzt soll er hingerichtet werden. Um der Szene den gebührenden Pathos zu verleihen, bekommt der Titelheld

Zeit für eine flammende Rede über Freiheit, Selbstlosigkeit und Ehre.

›Am Alkun 27b. Hier ist es‹, denkt Schwinka und hält direkt vor dem Haus. Ein schönes Haus mit kleinem Vorgarten und reichlich Zierrat an Tür und Fenstern. Er durchschreitet das Holztor, das ihm bis zu den Knien reicht, misst sechs Schritte bis zum Eingang und läutet. Es ist 20.55 Uhr.

Eine füllige Frau um die 40 öffnet. Sie hat ein rundes Gesicht und große, klare Augen. »Guten Abend, kann iech etwas für Sie dun?«, fragt sie freundlich. Ihr Akzent ist bereits deutlich zu hören. Das wird Kristyna Filipova sein.

»Ist Eliska Hermanova bei Ihnen? – Ich bin von der Kriminalpolizei«, sagt Schwinka.

Die Frau zögert nur den Bruchteil einer Sekunde. Dann schreit sie »Eeeellie« und will die Tür ins Schloss werfen.

Schwinka springt dagegen, stößt die Frau zu Boden und läuft ins Haus. Als er einem Mann gegenübersteht, zieht er sofort die Dienstwaffe. »Bleiben Sie von mir weg!«, ruft er scharf. »Wo ist Hermanova?«

Der Mann verharrt und hebt die Hände. Er deutet mit dem Kopf zur Treppe, die unters Dach führt.

Die Frau am Eingang schreit immer noch: »Ellie, Ellie!«

In Ralswiek ist das Publikum ergriffen. Da soll er nun sterben – der Held. Ein paar Kinder sind aufgestanden, ihre Münder stehen offen – vor Spannung und vor Entsetzen. Klaus Störtebeker handelt mit seinem Richter gerade aus, dass all jene Kameraden verschont werden sollen, an denen er ohne Kopf vorbeilaufen würde. Der Pfeffersack lacht und willigt ein.

Schwinka stürzt in das erste Zimmer unterm Dach.

Hermanova. Sie starrt ihn an. Und neben ihr – Felix Wulff, der Handwerker der Störtebeker Festspiele. Der will sich erheben, doch Schwinka richtet die Waffe auf ihn.

»Sitzen bleiben!«, brüllt der Ermittler. Nebenbei fingert er sein Smartphone aus der Jacke. Das Herz schlägt dem Oberkommissar bis zum Hals, seine Hände zittern. Eilig wählt er Schobels Nummer. Es tutet. Zweimal, dreimal. Für Schwinka ist es, als vergingen Stunden.

»Ja«, tönt es am anderen Ende. Im Hintergrund geht die Hinrichtungsszene ihrem Ende entgegen.

»Stopp das Stück, Schobel! Stopp das Stück!«, brüllt Schwinka. »Es ist die Guillotine …!«

Das Beil saust herab und schlägt dumpf auf. Ein Raunen geht durch das Publikum, das von der Bühne sofort von gellenden Schreien zerrissen wird. Der Laiendarsteller, der den Scharfrichter mimt, springt entsetzt vom Schafott und reißt sich die Kapuze vom Kopf. Er brüllt wie unter der Daumenschraube. Einige Darsteller laufen zurück in die Kulissen auf beiden Seiten, mehrere Frauen inmitten der Komparsen kreischen. Kranichs Körper sackt zur Seite und fällt wie ein Sack von dem hölzernen Podest: Klaus Störtebeker hat an diesem Abend zum ersten Mal seinen Kopf verloren.

Letztes Kapitel

Nebensächlichkeiten

Die Bühne liegt verwaist in der Senke, auf dem Großen Jasmunder Bodden kräuseln sich nur winzige Wellen, die Bäume in den Wäldern ringsumher stehen wie erstarrt, die Sonne sendet eine höllische Glut vom Himmel. Da regt sich nichts in der Natur. Die Hitze sorgt dafür, dass das Leben für ein paar Stunden Pause macht. Die Festspiele sind für dieses Jahr vorbei. Vorfristig. Seit zwei Tagen gibt es keine Aufführungen mehr. Trotzdem sind die Naturbühne und Ralswiek bundesweit in den Schlagzeilen wie nie zuvor.

Die Kriminalpolizisten Karsten Schwinka und Danilo Schobel sitzen inmitten der Stuhlreihen des Freilufttheaters. Hier sahen sechsmal die Woche jeweils bis zu 8000 Menschen zu, wie Piraten, Herzöge, Ratsherren und schöne Frauen durch den Sand ritten. Wie die Guten die Schurken bekämpften – und so wie heute triumphierte auch im Mittelalter oft das Böse. Deshalb war die Geschichte von Klaus Störtebekers Tod erzählt worden: Er wurde in eine Falle gelockt, festgenommen und später enthauptet. Am Dienstag war der Trick schiefgegangen. Niemand hatte kontrolliert, dass das Aluminiumblech der Kulissen-Guillotine durch eine rasierklingenscharfe Stahlplatte ausgetauscht worden war. Und niemand hatte bemerkt, dass der Sicherungsmechanismus nicht mehr funktionierte. Robert Kranich wurde vor einer riesigen Zuschauerkulisse geköpft. Fast wie im Mittelalter.

»Als ich Felix Wulff in dem Zimmer sah, wusste ich sofort, dass er die Guillotine manipuliert hat«, erklärt Schwinka seinen überstürzten Anruf bei Schobel. »Mir war den ganzen Tag schon so mulmig. Dieses Szenario hätte ich aber nicht für möglich gehalten.«

»Wann bist du auf Hermanova gekommen, denn ihre Tränen wegen ihrer angeblichen Vergewaltigung durch Tröger waren doch schon sehr überzeugend.«

»Das waren sie eben nicht«, widerspricht Schwinka.

»Da wusstest du auch schon, dass sie es ist?«

»Ich fand die Aussage von Tröger, ›Tschechinnen könnten etwas‹, schon recht merkwürdig. Mir war so, als wollte er in jenem Moment einen vertraulichen Ton anschlagen. Er hatte das Bedürfnis, von etwas zu erzählen, das ihn beeindruckte.«

»Hielt ich für Angeberei«, sagt Schobel.

»War es ja auch. Er war stolz und happy, diese Frau für seine Neigungen gefunden zu haben.«

»Okay, das wissen wir jetzt«, hakt Schobel nach, »aber wann stand es für dich fest?«

»Vielleicht nicht fest – aber ziemlich sicher war ich mir, als Hermanova davon erzählte, wie sie Möhricke einen Cappuccino serviert hat. Das fand ich bemerkenswert. Zum einen war es der einzige Moment, an dem Jan Möhricke zwischen Biertresen und Bühne noch einmal etwas getrunken hat, zum anderen war diese Begebenheit für Hermanova so bedeutungsvoll, dass sie uns in der allerersten Vernehmung davon erzählte. Sie wusste, was es mit dem Cappuccino auf sich hatte, und wollte daraus eine Nebensächlichkeit machen. Am Ende hat sie das Gegenteil getan: Sie hat dem Ganzen viel mehr Bedeutung beigemessen, als man dem Trinken von zwei, drei Schluck Cappuccino im Allgemeinen beimisst.«

»Und dann Gürtler, nicht wahr?«, erinnert sich Schobel.

»Genau, der hat jene Tasse erwischt, die Hermanova eigentlich aus dem Verkehr ziehen wollte.«

»Und wieso Möhricke?«

»Eliska Hermanova wollte ihr Leben in Brünn tatsächlich verlassen. Im Verhör hat sie gestern bestätigt, dass sie in Helmar Tröger ihren Prinzen auf dem weißen Ross sah – mit meinen Worten gesprochen. Er konnte ihr materielle Sicherheit bieten, war eine gesellschaftliche Größe, sah gut aus und betete sie an. Sie bediente seine masochistischen Neigungen bis in die letzte Pore. In den harten Jahren in dem Brünner Puff wird sie ganz andere Sachen durchgemacht haben, da gehörte das Malträtieren eines Mannes mit Sicherheit zu den angenehmeren Praktiken. Als Möhricke hinter die Affäre Trögers mit Hermanova kam – wie das auch immer geschehen ist –, spielte sich unser Herzog als Moralapostel auf und drohte Goedeke ... ähm, Tröger, ihn auffliegen zu lassen. Natürlich war es reine Niedertracht, denn Möhricke war auf alles eifersüchtig, was Tröger erreicht hatte. Von den Rollenangeboten bis hin zu seinem Privatleben. Unser Goedeke-Darsteller vertraute sich seiner Geliebten an und sinnierte darüber, die Affäre mit ihr womöglich beenden zu müssen. Das wollte sie partout nicht und räumte Möhricke aus dem Weg.«

»Mord aus Leidenschaft«, fasst Schobel zusammen.

»Es hätte auch alles so schön sein können«, setzt Schwinka seine Erzählung fort. Dabei verliert sich sein Blick in der Weite des Boddens. »Den Fingerhut hatte sie von dieser Filipova aus Barth, die hat eine ganze Zucht in ihrem Garten. Und die Stoffe der Pflanze sind nur sehr schwer nachweisbar. Allerdings war die Hörigkeit Trögers dann doch nicht ganz so grenzenlos, wie sie es erhofft hatte. Unser Helmar bekam nämlich kalte Füße, als ihm klar wurde, dass seine Domina auch vor einem Mord nicht zurückschreckt. Er beendete die Beziehung und lief fortan nur noch wie Falschgeld durch die Gegend. Das wiederum ließ Hermanova nicht auf sich sitzen, die unter einer krankhaften Selbstbewusstseinsstörung leidet. Das konnten unsere Psychologen schon festmachen. Vermutlich wird das ihr Strafmaß mildern. Gut für Elli, Pech für Tröger. Denn an dem musste sie sich rächen. Immerhin hatte sie für ihn einen Menschen umgebracht.«

»Wenn du das so aufbröselst, finde ich das extrem logisch«, sagt Schobel sichtlich beeindruckt.

»Ist es auch«, entgegnet Schwinka ohne Arroganz, »allerdings nur, wenn du menschliche Abgründe als beeinflussende Faktoren mit zulässt. Denn oft sind die Handlungsweisen von Mördern alles andere als logisch. Meist sind das zutiefst gestörte Menschen – so wie Hermanova. Denn bevor sie auf die Idee kam, durch Morde die eigene Seele zu streicheln, holte sie sich Anerkennung mit ihrer Sexualität. Je mehr Männern sie die geheimsten Wünsche erfüllte, desto mehr fühlte sie sich geliebt, geachtet, begehrt, gewollt und was sonst noch alles. Da war die Beziehung zu Pioch quasi ein Schnäppchen. Einen dankbareren Menschen hätte sie sich kaum wünschen können. Denn dem reichte es schon, von einer Frau wie Hermanova nicht zurückgewiesen zu werden. Wenn man eine psychotherapeutische Arbeit über sexuelle und emotionale Abhängigkeit schreiben will, kann man sich an dem Beispiel Hermanova/Pioch abarbeiten.«

»Also waren die zusammen«, schlussfolgert Schobel.

»Zumindest aus der Sicht des Hilfskochs«, bestätigt Schwinka. »Für Hermanova war Pioch ein nützlicher Idiot, den sie sich schon seit Wochen hielt – für alle Fälle. Und einer dieser Fälle trat ein, als Tröger bestraft werden musste. Pioch erledigte den Job mit Inbrunst, konnte er doch seinen schlimmsten Nebenbuhler beseitigen. Außerdem hat sie garantiert behauptet, Goedeke habe ihr Gewalt angetan.«

»Das sind wirklich Abgründe«, murmelt Schobel.

»Der Rest ergibt sich fast von selbst«, erzählt Schwinka weiter, »auch Pioch musste nun weg, ohne Frage. Das war Hermanova schon an jenem Abend klar, als der junge Kerl aufgelöst zu ihr kam. Sie hat dann auf den richtigen Zeitpunkt gewartet, Pioch betäubt und mit dem Rollwagen zum Erfrieren in die Kühlzelle verfrachtet. Die wahrscheinlich größte Hürde für sie war es, ihn dort über die Türschwelle zu fahren.«

»Armer Kerl …«, kommentiert Schobel das Gehörte. »Übrigens: Verwirrt hat mich der Einbruch bei der Intendantin.«

»Hatte nichts mit unserem Fall zu tun«, sagt der Oberkommissar. »Allerdings haben die Täter die Situation ausgenutzt und mit ihrer Fensterscheibenaktion am Blauen

Haus versucht, falsche Fährten zu legen – aufmerksame Zeitungsleser!«

»Und warum musste auch Störtebeker dran glauben?«

»An dieser Stelle ist unserer Mörderin die ganze Sache aus dem Ruder gelaufen. Mit Kranich pflegte sie schon im vergangenen Jahr ein ziemlich exzessives Verhältnis, das im Mai wieder neu entflammte.«

»Mein Gott, wie hat sie das denn alles unter einen Hut bekommen?«, staunt Schobel.

»Gutes Zeitmanagement, viele Gesichter, Kreativität«, sagt Schwinka. »Du warst von ihrer Show ja auch beeindruckt.«

»Stimmt. Dazu gehören ebenso ihre denunzierenden Zettel. Um Leute zu verunsichern und womöglich gegeneinander aufzubringen, war diese Idee gar nicht so übel.«

»So ist es. Am Ende ist ihr das aber doch noch auf die Füße gefallen … Aber zurück zu Robert Kranich. Der wollte einfach zu viel. Was er auch immer mit ihr angestellt hat – zu wissen, dass andere ähnliche Vorzüge genossen, hat ihn krankgemacht. Denn er wusste von der Affäre mit Tröger ebenso wie von der Geschichte mit Pioch. Als die das Zeitliche segneten, konnte der natürlich eins und eins zusammenzählen. Zwar kam er dabei nicht auf zwei, sondern landete irgendwo bei drei oder vier, war mit seinen Verdächtigungen aber nah dran. Und in diesem Moment hat sich Kranich überschätzt. Er verlangte uneingeschränkte Exklusivität, sonst wollte er der Polizei den entscheidenden Tipp geben. Na ja, und da Elli eine perfekte Manipulatorin ist, suchte sie sich den nächsten Pioch. Und der hieß: Felix Wulff.«

»Wie hat sie den so schnell rumgekriegt, sie kann doch nicht zaubern«, sagt Schobel verwundert.

»Wieder eine neue Masche: Wohlstand in Brünn, eigenes Haus, Kosmetiksalon im Stadtzentrum, reiche Eltern, Liebe bis ans Ende aller Tage und Sex, wie ihn der Pyrotechniker noch nie erlebt hat.«

»Wie Tröger sagte: ›Die kann was‹«, lächelt Schobel.

»Unterschätze das nicht«, bleibt Schwinka ernst. »Psychologische Studien über die Manipulation durch Sex und wie das funktioniert füllen ganze Regale.«

»Aber ist die Hürde bis zu einem Mord nicht trotzdem ein bisschen hoch?«

»Dass er mit den paar Handgriffen an der Guillotine zu einem Mörder werden würde, hat er überhaupt nicht wahrgenommen. Daran herumzubasteln, gehörte zu seinem Alltag. Und so hat er über die Konsequenzen seines Handelns nicht eine Sekunde nachgedacht. Klassischer Fall eines übersteigerten Verdrängungsmechanismus‹. Als er mit dem Tod von Kranich konfrontiert wurde, ist dieser stattliche Kerl heulend zusammengebrochen.«

»Jetzt geht er für Jahre in den Knast …«, sinniert Schobel.

»Ja, er wird für das bisschen Glückseligkeit einen hohen Preis bezahlen«, nimmt Schwinka den Gedanken auf. »Aber besser so, als dass die Hermanova ihn mit nach Brünn genommen hätte. Denn was sie dort mit Wulff angestellt hätte, kannst du dir ja denken.«

»Schreckliche Frau«, sagt Schobel.

»Ja, sie ist ein schrecklicher Mensch.«